BIBLIOTHEE<·BREDA

Centrale Bibliotheek
Molenstraat 6
4811 GS Breda

D0996782

Alex van Galen

Duivelssonate

A.W. Bruna Uitgevers B.V., Utrecht

© Alex van Galen
Omslagbeeld
Ilona Wellmann/Trevillion Images; Shutterstock Images (vleugel)
Omslagontwerp
Mariska Cock
© 2010 A.W. Bruna Uitgevers B.V., Utrecht

ISBN 978 90 229 9672 0
NUR 305

Deze uitgave kwam tot stand door bemiddeling van
Sebes & Van Gelderen literair Agentschap te Amsterdam.
Zie ook www.BoekEenSchrijver.nl.

Mixed Sources
Productgroep uit goed beheerde
bossen, gecontroleerde bronnen
en gerecycled materiaal.
www.fsc.org Cert no. CU-COC-802528
© 1996 Forest Stewardship Council

Dit boek is gedrukt op papier dat het keurmerk van de Forest Stewardship Council (FSC) mag dragen. Bij dit papier is het zeker dat de productie niet tot bosvernietiging heeft geleid. Een flink deel van de grondstof is afkomstig uit bossen en plantages die worden beheerd volgens de regels van FSC. Van het andere deel van de grondstof is vastgesteld dat hiervoor geen houtkap in de laatste resten waardevol bos heeft plaatsgevonden. Daarom mag dit papier het FSC Mixed Sources label dragen. Voor dit boek is het FSC-gecertificeerde Munkenprint gebruikt. Dit papier is 100% chloor- en zwavelvrij gebleekt en wordt geleverd door Arctic Paper Munkedals AB, Zweden.

Behoudens de in of krachtens de Auteurswet van 1912 gestelde uitzonderingen mag niets uit deze uitgave worden verveelvoudigd, opgeslagen in een geautomatiseerd gegevensbestand, of openbaar gemaakt, in enige vorm of op enige wijze, hetzij elektronisch, mechanisch, door fotokopieën, opnamen of enige andere manier, zonder voorafgaande schriftelijke toestemming van de uitgever. Voor zover het maken van reprografische verveelvoudigingen uit deze uitgave is toegestaan op grond van artikel 16 h Auteurswet 1912 dient men de daarvoor wettelijk verschuldigde vergoedingen te voldoen aan Stichting Reprorecht (Postbus 3060, 2130 KB Hoofddorp, www.reprorecht.nl). Voor het overnemen van gedeelte(n) uit deze uitgave in bloemlezingen, readers en andere compilatiewerken (artikel 16 Auteurswet 1912) kan men zich wenden tot de Stichting PRO (Stichting Publicatie- en Reproductierechten Organisatie, Postbus 3060, 2130 KB Hoofddorp, www.cedar.nl/pro).

Voor Herman en Betty

BIBLIOTHEE‹•BREDA
Centrale Bibliotheek
Molenstraat 6
4811 GS Breda

'Somewhere in here I was born... and there I died.
It was only a moment for you. You took no notice.'

Uit: *Vertigo* van Alfred Hitchcock

Proloog

Notovich was altijd beroemd geweest om zijn uitstekende geheugen. De pianist had honderden composities in zijn hoofd zitten, die hij probleemloos tevoorschijn kon toveren. Zelfs jaren nadat hij ze ingestudeerd had. En niet alleen de noten, maar ook de kleinste aanwijzingen van de componist, minuscule variaties in dynamiek. Zijn geheugen was een instrument op zich.

Tot die ene avond.

Toen keerde het zich tegen hem.

De medewerkers van het theater dachten dat hij niet meer zou komen opdagen. Ze stonden al te ruziën over wie het publiek moest toespreken. Maar klokslag acht uur verscheen hij opeens in de coulissen, liep het podium op en ging aan de vleugel zitten zonder iemand aan te kijken.

Op de eerste rij zagen sommige mensen meteen dat er iets mis was. Notovich zag asgrauw en leek onrustig. Zijn haar stond alle kanten op, zijn overhemd hing uit zijn broek en hij had een vreemd, nerveus kuchje. Maar dat was niet het meest onrustbarende. Iedereen kende de verhalen over het bizarre gedrag van de pianist, daarom waren zijn recitals juist zo gewild. Hij straalde een demonische kracht uit, waarmee hij je angst aanjaagde maar ook in vervoering kon brengen. De voorste rijen zaten meestal vol met jonge, aantrekkelijke vrouwen die echt niet alleen voor de muziek kwamen. Een avondje Notovich was spannender dan een blind date, zeker als je het gevoel had dat hij vanachter de vleugel even jouw richting in keek. Een beetje ophef was dus normaal.

Maar nu was er meer aan de hand.

Op de eerste rijen steeg een geroezemoes op. De bezoekers achterin begrepen niet waar de anderen zich druk over maakten, ze zaten te ver van het podium om de pianist goed te zien. Notovich begon te spelen. Er stond een prelude op het programma, maar hij hield zich nooit aan programma's. Hij begon met de vijfde *Transcendentale Etude* van Franz Liszt. Die etude is bijna onspeelbaar, zo duizelingwekkend moeilijk dat er haast geen echte muziek van te maken valt. Geen normaal denkend mens zou er een recital mee openen.

Het geroezemoes golfde over de rijen naar achteren en bereikte al snel de directeur van het Parijse theater, die daar stond te luisteren. Hij vertelde later in een ochtendshow zijn versie van het verhaal, waarin hij natuurlijk zelf de hoofdrol speelde. Hij was laat in het theater aangekomen en had Notovich dus niet zelf kunnen begroeten (hij riep altijd dat hij zo'n innige persoonlijke band had met 'zijn' sterren, maar bij lastige artiesten kwam hij steevast te laat). Achter in de zaal merkte hij dat het publiek onrustig was, maar ook hij kon niet zien waarom.

De manager liep op een drafje om de zaal heen en kwam licht hijgend aan bij de voorste ingang, waar hij het podium op keek. Hij zag alleen de rug van Notovich, die zo te zien volledig opging in zijn etude. Hij stapte via een kleine deur het toneel op. Tussen de coulissen kon hij nog steeds niet zien wat er aan de hand was. Een paar mensen op de voorste rijen waren opgestaan en stonden hardop te overleggen wat ze moesten doen. Anderen maakten gebaren dat ze moesten gaan zitten en stil moesten zijn.

Hij moest ingrijpen, maar hoe?

Hij liep het podium op. De pianist leek diep in zichzelf verzonken, half over de toetsen gebogen om de laatste akkoorden zo goed mogelijk te plaatsen. Achteraf zei Notovich dat hij niet eens wist welk stuk hij had gespeeld. Het was alsof iemand anders bezit had genomen van zijn lichaam. Er was alleen muziek. Daarbuiten totale duisternis, doffe stilte.

Het hart van de directeur sloeg over toen hij eindelijk de oorzaak van de onrust zag: er zat bloed op de handen van de pianist. Die kwam nu bij de laatste maten van de etude en ging nog steeds helemaal op in de muziek. Ook zijn hals en linkeroor waren besmeurd. Was hij gewond, of zat dat bloed er al voordat Notovich aan zijn optreden begon? Net toen de directeur zijn hand voorzichtig op de schouder van de pianist wilde leggen, hoorde hij snelle voetstappen.

Een groep gendarmes kwam van beide kanten het podium op gelopen, aangevoerd door een rechercheur in burger. Bij alle ingangen stonden agenten. In de zaal brak nu een chaos uit. Mensen begonnen door elkaar te schreeuwen en pakten meteen hun mobiele telefoon om de buitenwacht in te lichten. Sommigen waren zo bijdehand om het gebeuren te filmen.

'Monsieur, het spijt ons zeer, maar we komen u arresteren.'

Geen reactie. Notovich was bezig aan zijn allerlaatste akkoord. De directeur wachtte het einde niet af en legde zijn hand op de arm van Notovich. De muziek bleef besluiteloos in de lucht hangen en leek toen in het niets op te lossen. Ook de zaal viel stil. De pianist keek verbaasd naar de vreemde hand.

De rechercheur schraapte zijn keel.

'We nemen u mee naar het bureau in verband met de verdwijning van Senna van Ruysdael.'

Die naam leek niet tot de pianist door te dringen. Hij keek de politieman aan met de verwilderde blik van een kind dat net een afstraffing heeft gehad.

'Moet ik doorgaan?'

De directeur schudde zijn hoofd, dat was niet nodig nu. Toen liet Notovich zich gedwee afvoeren onder het gepiep en geklik van mobiele telefoons en camera's. Op internet circuleerden diezelfde avond al opnames, schokkerig en slecht belicht: Notovich zweeft tussen twee uniformen over het podium, bleek, met lege oogkassen, een echo uit een andere wereld.

Vlak voor het podium zakte een vrouw in elkaar. Een ander begon, zonder dat ze precies kon overzien wat er gebeurde, hardop te snikken. Dat was háár Notovich, niemand mocht hem kwetsen. Sommige mensen voelden aan dat dit een historisch moment was en begonnen te applaudisseren. Het aarzelende applaus leek vreemd genoeg wel tot de pianist door te dringen. In een reflex draaide hij zich om en maakte een sierlijke buiging. Het was de laatste keer dat het grote publiek hem hoorde spelen.

1

De eerste dagen hing Senna's aanwezigheid nog om hem heen als een parfum dat langzaam vervloog. Hij kon haar nog voelen op zijn huid, ruiken in zijn kleren en naast zich zien liggen in bed. Maar daarna begon het grote vergeten, net zo genadeloos als het voortschrijden van de tijd. De details vervaagden. De kleine donshaartjes op haar wang, de vreemde uitstulping van haar navel en de smaak van haar huid – alles werd minder scherp. Soms kwam opeens één van haar bizarre opmerkingen in hem op, maar dan twijfelde hij toch weer: had ze wel precies die woorden gebruikt? Ook die ontglipten hem steeds vaker.

Maar dat was niet het enige wat hij kwijt was. Haar laatste uren waren volledig uit zijn geheugen gewist.

De dag dat ze verdween, was begonnen als alle andere dagen. Hij was lang in bed blijven lezen. Toen hij honger kreeg, slenterde hij lusteloos naar een restaurantje. Daarna zwierf hij uren over straat, zoals hij wel vaker deed. Sinds zijn relatie met Senna voorbij was, miste zijn leven alle richting. Maar wat er die dag verder gebeurd was, wist hij niet meer.

De politie deed in eerste instantie niet veel toen de melding van haar verdwijning binnenkwam. Een surveillanceteam ging bij zijn appartement langs, maar hij was niet thuis. Niemand had hem gesproken of gezien. Totdat een buurvrouw hem 's avonds in een taxi zag stappen, op weg naar zijn optreden. Ze zag de bloedvegen op zijn huid en de verwilderde blik in zijn ogen. Ze belde meteen het nummer dat de agenten haar gegeven hadden.

Toen werd er alarm geslagen.

De politie had Notovich namelijk een paar weken eerder al verhoord in verband met een ander incident. Senna was toen in het ziekenhuis terechtgekomen na een verkeersongeluk en iemand had de politie getipt dat Notovich het ongeval opzettelijk veroorzaakt had.

Ze hadden Notovich ondervraagd, maar het slachtoffer had geen aangifte gedaan.

Het voorval maakte Notovich nu extra verdacht.

Hij werd vastgezet.

In zijn appartement vond de politie niets wat wees op een misdrijf of zelfmoord. Iemand van de technische recherche kwam in zijn cel om een monster te nemen van het opgedroogde bloed in zijn hals en op zijn handen. Notovich liet hem begaan. Zijn kleding werd snel met blacklight gescand, maar er zaten geen bloedvlekken op. Ze wilden onder zijn nagels zoeken naar huidschilfertjes van het mogelijke slachtoffer, maar de nagels van Notovich waren daar te kort voor, zoals bij veel pianisten. Daarna stelden rechercheurs steeds weer dezelfde vragen en hielden ze hem uren vast. Maar Notovich herinnerde zich niets.

Helemaal niets.

Ze geloofden hem natuurlijk niet. Maar de tijd drong, want zonder bewijs konden ze hem niet onbeperkt vasthouden. Nadat ze hem een nacht lang hadden ondervraagd, werd hij snel naar een bewaakte kliniek gebracht voor een medisch en psychologisch onderzoek. Daar kreeg hij iets te eten en mocht hij zich douchen. Voor het eerst was hij even alleen.

Toen hij zich uitkleedde, rook hij Senna's parfum op het T-shirt dat hij onder zijn overhemd droeg. Er ging een vlaag van onbestemde emoties door hem heen. Ze had dit shirt 's nachts vaak aan, daarom droeg hij het ook zo graag; het hielp hem in de juiste sfeer te komen voor een optreden. Pas toen hij het weg wilde leggen, zag hij dat er bloedvlekken op zaten. Hij had het schone overhemd voor het optreden blijkbaar over het shirt heen aangetrokken. De politie had het over het hoofd gezien.

Ze hadden gezegd dat hij al zijn kleren in de plastic zak moest doen die op het bed lag, maar hij propte het T-shirt in een nachtkastje voordat er iemand binnenkwam. Hij wist zelf niet precies waarom.

Hij werd twee dagen lang onderzocht door een team neuropsychologen. Eerst werd zijn hoofd nagekeken op verwondingen. Toen ze die niet vonden, werd er een serie CT-scans gemaakt, die niets opleverden. Iedere expert trok daaruit zijn eigen conclusies. De een had het over een verdrongen trauma. Dat zou vanzelf weer bovenkomen (veel praten was de oplossing). Nummer twee wees erop dat Notovich wel vaker black-outs had gehad. Dat kon wijzen op een hele reeks neurologische aandoeningen, van parkinson tot vroege dementie. Expert nummer drie was minder spraakzaam. Hij wilde geen beschuldigingen uiten die hij niet met absolute zekerheid kon bewijzen. Na enig aandringen formuleerde hij na een zorgvuldige afweging van voors en tegens zo genuanceerd mogelijk zijn mening: Notovich loog dat het gedrukt stond. Dus werd er een uitgebreide persoonlijkheidstest gedaan. De uitkomst was voorspelbaar. Hij had een neiging tot labiliteit en neurotisch gedrag. Jeugdtrauma. Bindingsproblemen. En nog wat belangwekkende inzichten, die Notovich snel weer vergat.

Zijn advocaat vond het welletjes. Ze konden Notovich niet langer vasthouden, want er was nog niet eens een lijk gevonden. De politie liet hem voorlopig vrij. Toen hij wegging, trok hij het T-shirt aan onder zijn andere kleren.

De politie had flink huisgehouden in zijn appartement. Hij deed niet eens moeite de boel weer op te ruimen. Hij klampte zich vast aan de laatste restjes van Senna's geur die daar van haar hingen: de thee die ze dronk, de deodorant die nog op de wastafel stond. Foto's had hij niet, dat had hij altijd maar krachteloze wapens tegen de sterfelijkheid gevonden. Nu zou hij veel overhebben voor één pasfootje.

De politie hield inmiddels een grootscheepse zoekactie naar het lijk van Senna. Ze werd niet gevonden. Ook het bloedonderzoek leverde tot verbazing van de recherche geen sluitend bewijs. De monsters bevatten niet genoeg DNA om eenduidig vast te stellen of ze van Senna waren. Waarschijnlijk had hij veel getranspireerd of zat er bodylotion op zijn huid. Niemand had op deze uitslag gerekend.

Een halfuur later stonden ze weer bij Notovich op de stoep. Er moest toch ergens kleding liggen met bloedvlekken. Notovich zei dat hij zijn pak en overhemd al had afgestaan aan de recherche. Ze wilden het appartement nogmaals doorzoeken, maar Notovich was hier door zijn advocaat op voorbereid. Hij weigerde de politie binnen te laten; hij had nu wel genoeg meegewerkt. De stem van de rechercheur klonk hees van onderdrukte aversie: 'We komen vanmiddag terug met een huiszoekingsbevel. U begrijpt dat u beschikbaar moet blijven voor ons onderzoek. Als u Parijs verlaat, beschouwen we u als een voortvluchtige.'

Notovich begreep het maar al te goed. Hij begreep dat zijn leven voorbij was. Dat ze nooit zouden geloven dat hij zich niets herinnerde. En dat zijn gemis alleen maar groter zou worden als hij in dit appartement bleef, in deze stad waar hij op elke straathoek verwachtte haar tegen het lijf te lopen. Zodra de politie de straat uit was, graaide hij de hoogstnoodzakelijke spullen bij elkaar en stouwde ze in een tas. Toen pakte hij zijn papieren en pasjes. Hij wist dat het dom was om te vluchten, maar hij hield het hier niet langer uit.

Hij pakte de metro naar het treinstation en kocht een kaartje naar Amsterdam. Hij betaalde contant. Toen hij de trein in stapte, hield niemand hem tegen. De treinreis leek eindeloos te duren. Hij verwachtte steeds weer dat er iemand om zijn paspoort kwam vragen en verborg zich urenlang achter zijn krant. Er kwam niemand. Toen ze de Nederlandse grens over reden, voelde hij zich nauwelijks opgelucht.

In Amsterdam hield hij zich eerst een tijdje schuil in een budgethotel voor jongeren en liet hij een baard staan. Hij kwam zijn kamer nauwelijks uit en niemand herkende hem. Hij verwachtte dat de Franse politie een grote zoekactie zou starten, maar dat gebeurde niet. Het nieuws was inmiddels ook doorgedrongen tot Nederland. Uit een krant begreep hij dat zijn appartement in Parijs nogmaals doorzocht was. Er was niets gevonden. De Fransen vroegen de Nederlandse regering om uitlevering van de pianist. Maar niemand wist óf hij in Nederland zat. Bovendien vond het ministerie van Buitenlandse Zaken dat er fouten waren gemaakt bij het onderzoek. Notovich was nog altijd een Nederlands staatsburger. Hij had rechten.

En zo verzandden alle pogingen van de Fransen. Na een paar weken gesteggel lieten ze het onderzoek rusten. Toen durfde Notovich zijn advocaat pas te bellen (op diens privénummer). Hij vroeg hem hoe het ervoor stond. De advocaat reageerde nogal formeel, want hij was net als Notovich bang dat het gesprek afgeluisterd werd. Hij zei dat Notovich een grote fout had gemaakt door te vluchten. Maar hij liet doorschemeren dat hij zich voorlopig geen zorgen hoefde te maken, zolang hij zich maar gedeisd hield. Reizen naar het buitenland was natuurlijk geen optie.

De zaak kwam inderdaad niet voor. Niet dat het Notovich veel uitmaakte. Hij had zijn tijd net zo goed kunnen doorbrengen in een echte cel. Zijn geheugenverlies was ook een gevangenis, maar dan een waarvan de sleutel zoek was. Het enige wat hij nog van Senna had, was het T-shirt met haar geur. Hij had geen idee waarom hij er geen afstand van kon doen. Hij had ook iets anders kunnen meenemen wat hem aan haar herinnerde, dat was ongetwijfeld slimmer geweest. Misschien had hij iets nodig wat bewees dat ze echt was verdwenen. Of dat ze echt had bestaan. Want het bloed was van Senna, dat wist hij zeker.

Hij trok in een oude opslagkelder die vroeger van hem was geweest maar nu op naam van zijn halfzus Linda stond. De kelder lag tien minuten lopen van haar appartement. Zij deed boodschappen, kookte af en toe voor hem en was lange tijd zijn enige contact met de buitenwereld. Hij lag de hele dag in bed of op de bank, waste of schoor zich niet en at nauwelijks. Hij zag niemand.

Hij wilde in het reine komen met zijn verleden, maar hoe kom je in het reine met een zwart gat? Zijn geheugen was veranderd in een inktzwarte draaikolk die alles opslokte wat in zijn periferie kwam: meteoren, manen, planeten en Senna, de zon.

Er sloop een overweldigende vermoeidheid in zijn armen en benen. Senna glipte langzaam weg uit zijn wanhopige omhelzing. Zelfs aan haar denken werd een te grote inspanning. 's Nachts kon hij niet slapen en overdag kon hij niet wakker blijven, zodat dag en nacht als stroop in elkaar overvloeiden. Haast onmerkbaar en langzaam als een olietanker was zijn wereld tot stilstand gekomen. Zelfs zijn woede doofde. In zijn zwartste momenten wilde hij uit het raam springen, maar hij had er geen energie voor (en hij zat ook nog in een kelder). Soms schreeuwde hij hardop tegen de muren. Het zou misschien troost bieden als er iemand luisterde, maar er luisterde niemand.

Ten slotte greep Linda in. Ze zette hem onder de douche en bracht hem naar een huisarts. Hij ging mokkend mee, maar eenmaal binnen vertelde hij openhartig hoe hij zich voelde. De arts herkende hem niet als de grote musicus. Hij bleef de hele tijd naar zijn computerscherm kijken en concludeerde toen: 'Zo, dus het gaat eventjes wat minder? Dat is niet zo leuk voor u.' Vervolgens schreef hij wat 'pilletjes' voor waar hij zich beter van zou voelen.

De pilletjes hielpen niet.

Uiteindelijk stelde Linda hem voor aan een vriendin die weleens met Notovich wilde praten, als hij daar behoefte aan had. Maar hij rook het aroma van een professionele hulpverlener al op een kilometer afstand. Bovendien vond hij het roekeloos van Linda om iemand te vertellen wie hij was. Maar die vond dat Nicole te vertrouwen was. Ze liet het onderwerp even rusten en begon er een week later weer over. Nicole was een psychiater die deadlines stelde aan haar hulp. Ze liet haar patiënten niet zomaar wat aanmodderen. Bovendien kon hij ermee ophouden zodra hij wilde. Wat hield hem nog tegen?

Op een nacht zag hij Senna opeens haarscherp voor zich in een droom. Hij zat achter de toetsen en zij lag naakt op haar buik boven op de vleugel, speels en uitdagend, alsof ze zeggen wilde: 'Waarom hoor ik niks? Ik wacht hier al tijden op een mooie prelude.' Een deel van hem wist dat hij sliep en dat zij niet echt was, maar hij kon zich niet meer herinneren waarom niet. Hij boog zich naar haar toe en haar lichaamsgeur kroop zijn neus in. Duizend kleine herinneringen kwamen naar boven, duizend kleine déjà vu's. Toen hij haar wilde kussen, trok ze haar hoofd een stukje terug.

'Lieveling... zul je wel voor me blijven spelen?'

'Altijd.'

Hij voelde opeens dat ze niet alleen waren. In het halfduister dacht hij de schaduw van een man te zien. Na een tijdje staren zag hij duidelijk de schittering in diens ogen. De blik had iets kwaadaardigs. Notovich wilde vragen wie hij was, maar diep vanbinnen vond hij de schemerige figuur iets vertrouwds hebben, alsof hij hem al eeuwen kende. Hij had misschien angst moeten voelen, maar dat was niet zo. De man in het donker zei niets maar ging achter de vleugel zitten en begon te spelen. Het was de meest ongewone muziek die hij ooit had gehoord. De pianist had een beheersing van het instrument die Notovich niet voor mogelijk had gehouden. De wonderlijke melodie voerde hem regelrecht naar de plaats in zijn hart waar hij al zijn pijn had weggestopt, een pijn die hij voor het eerst kon aanraken zonder erdoor verpletterd te worden. Hij wist dat hij straks wakker zou worden, maar dat wilde hij niet. Hij wilde met de muziek mee. Toen stierf de melodie weg als bij een speeldoosje dat opnieuw moest worden opgewonden. En ook *zij* leek nu op te lossen. Hij wilde haar niet laten gaan. Hij wilde dit moment zo graag vasthouden, háár vasthouden.

'Laat me gaan, je doet me pijn, Misha! Ik krijg geen adem, Misha! Misha...!'

Hij werd nat van het zweet wakker, schopte het laken van zich af en keek de kelder rond. Hij was haar weer kwijt. Opstaan. Hij moest opstaan. Hij negeerde de dorst, de afschuwelijke smaak in zijn mond en het bonken in zijn hoofd. Hij moest eerst zijn armen en benen in beweging zien te krijgen. Die waren loodzwaar. Na een paar stappen stootte hij in het donker zijn teen tegen een stoel. Hij wilde op de vloer gaan zitten, maar kwam terecht op een verkreukeld bierblikje. Onder in een la vond hij ten slotte de sleutel die hij zocht.

De vleugel stond in een hoek onder de rommel. Hij was van zijn moeder geweest; als kind had hij hiermee voor het eerst opgetreden voor familie en vrienden. Nu was hij afgesloten met een stevig hangslot en twee stalen beugels. Die had hij er na zijn vlucht uit Parijs zelf met een baksteen in geramd, alsof het instrument een kluis was met dodelijke inhoud. Notovich had al die tijd geen noot muziek gehoord of gespeeld. Hij was ervan overtuigd dat zijn obsessie voor muziek de oorzaak was van zijn lot. Maar één ding had hem beschermd tegen een totale instorting: in de kleinere bergruimte naast het woonvertrek stond een andere piano, een oud ding met afgedekte snaren. Daarop dwong hij zichzelf elke dag te studeren om zijn vingers soepel en sterk te houden. Zo oefende hij dag in dag uit de moeilijkste composities zonder ooit een klank voort te brengen. Het was een dunne draad met zijn oude leven.

De toetsen van de vleugel had hij al die tijd niet aangeraakt. Hij veegde twee dozen met foto's van de klep en stak de sleutel in het hangslot. Toen hij het instrument voor het eerst in al die tijd opende, voelde hij een golf van paniek opkomen. Aarzelend ging hij zitten. Hij probeerde met zijn wijsvinger de melodie na te spelen die hij in zijn droom had gehoord. Maar zijn angst veranderde al snel in onmacht: de melodie was verdampt. Teleurgesteld sloot Notovich de klep en grendelde hem weer af met het hangslot. Toen gooide hij de sleutel in de wc. Die bleef daar op de bodem van de pot liggen.

2

'Hoe was je week?'

'Net als de vorige, vol spanning en sensatie.'

Nicole deed geen moeite om te glimlachen en Notovich zweeg weer. Als hij steeds moest bedenken hoe het ging, dan ging het blijkbaar niet goed. En als hij steeds moest vertellen hoe hij zich voelde, dan voelde hij zich alleen maar rotter. Hij vond het niet zo'n heel groot probleem meer om in het zwarte gat te kijken, maar hij wilde wel op veilige afstand aan de rand blijven staan. Hij wilde er niet door worden verzwolgen. Hij keek opzij en probeerde te horen of het regende.

'Ben je wel de deur uit geweest, Mikhael?'

Vroeger noemde iedereen hem Notovich, maar Notovich bestond gelukkig niet meer. De anonimiteit paste hem als een makkelijk zittende spijkerbroek en oude gympies.

'Ik ben gisteren nog naar de groenteboer geweest voor appels.'

'En de dag daarvoor?'

'Toen had ik geen zin in appels. Maar mocht ik nog iets van de groenteboer nodig hebben, dan zal ik niet aarzelen, dat beloof ik.'

'Fijn om te horen,' gromde ze.

'Het gaat beter met me. Dat roept iedereen tenminste de hele dag.'

'Wie is "iedereen"?'

'Oké, Linda dan.'

'Maar jij vindt niet dat ze gelijk heeft?'

'Hoe moet ik dat beoordelen? Ik hoor graag jouw mening eens.'

'Nou vooruit, eens even kijken. Je praat makkelijker, je bent actiever en alerter. Dat zijn allemaal tekenen van vooruitgang.'

Het klonk toch niet echt optimistisch. Alsof ze had gewacht op een grote doorbraak die maar niet kwam. Notovich bestudeerde haar gezicht. Nicole was een kleine, vierkante vrouw met bruine stekelhaartjes, enorme oorlellen en een zachte, bleke huid. Ze leek op het eerste gezicht nogal nukkig. Het leed van haar patiënten was de afgelopen jaren in haar huid gaan zitten als sigarettenrook in een overhemd. Maar die stuurse blik verborg een zwak voor al haar patiënten, dat wist hij inmiddels. Als het moest zou ze hem zelfs in huis nemen en elke avond in slaap zingen. Niet dat hij daar ooit zou willen logeren. Volgens zijn zus had Nicole thuis twee gigantische newfoundlanders waar ze de hele dag liefkozend tegen liep te praten, terwijl die beesten haar tuintje onderscheten en het versgebakken brood op haar aanrecht opvraten. Dat verbaasde Notovich niet echt.

'Ik heb gisteren bier gedronken,' zei hij in een vlaag van openhartigheid.

'Toe maar.'

'Ik wilde gewoon checken of die hysterische waarschuwingen op de bijsluiters kloppen.'

'En?'

'Ze kloppen.'

'Hoe weet je dat?'

Hij haalde zijn schouders op.

'Heb je soms last van nachtmerries gehad?'

Hij wilde op zijn horloge kijken. Verdomd, thuis laten liggen. Hij was niet van plan zijn droom met haar te bespreken alsof het om een bijwerking ging. Hij kreeg gewoon dorst van die rotpillen. En een nare smaak in zijn mond. Daarom had hij zin gehad in een biertje, ook al smaakte het nergens naar. Nicole vroeg of ze andere medicatie voor hem moest zoeken, maar dat vond hij niet nodig. Daar kreeg hij hoogstens een ándere nare smaak van.

Weer stilte.

'Het verbaast me dat je niet over morgen begint. Dat is toch een grote dag voor je.'

'Is dat morgen al?' vroeg hij quasinonchalant.

Linda had een baan voor hem geregeld bij het conservatorium. Dat was niet zonder deining gegaan. De directie wilde natuurlijk graag zo'n grote naam aan haar instelling verbinden, maar ze konden de hele kwestie van twee jaar geleden toch niet zomaar vergeten? Linda had zich erop voorbereid dat het onderwerp ter sprake zou komen. Ze had zich gewapend. Omdat ze geen fouten wilde maken, had ze zelfs affirmaties uit een zelfhulpboek gehaald. Maar toen het gesprek op een soort verhoor uitdraaide, bleek ze toch een stuk minder *ont-*

spannen, open en vol vrede dan ze zichzelf had ingeprent. Ze kreeg in het bijzijn van de voltallige directie een woede-uitbarsting die zijn weerga niet kende: wie waren zíj om haar broer zo te veroordelen? Zo'n begaafd musicus nog wel! Zo gestoord als Beethoven of Schumann kon hij toch niet zijn? Of zouden ze die ook weigeren als docent? Nou? Nou? Nou dan!

Daar had ze natuurlijk een punt. Na rijp beraad kwam het *team* met een oplossing: Notovich mocht om te beginnen twee leerlingen onder zijn hoede nemen. Niet dat er gebrek aan belangstelling was. Het gerucht dat de virtuoos les ging geven, zorgde namelijk meteen voor opwinding onder de studenten. Een van de ouderejaars stelde zelf een lijst van gegadigden op. Dat Notovich de reputatie had een gevaarlijke gek te zijn, schrikte blijkbaar niemand af. Sterker nog: op de lijst stonden maar liefst drieënveertig namen – niet alleen pianisten maar ook violisten, fluitisten, zangers en een accordeonist ('Mijn instrument heeft tenminste tóétsen,' had die verontwaardigd geroepen).

De directie besloot de twee proefkonijnen zelf te selecteren. Dat ging zo ondemocratisch mogelijk: er werden twee ouderejaars uitgekozen met genoeg talent en een niet al te lastig karakter, zodat Notovich zich niet zou vervelen, maar ook niet al te zeer zou worden 'uitgedaagd'. Wat de artistiek directeur in zijn memo bedoelde met 'uitgedaagd', bleef in het midden.

Notovich was niet blij met de soloactie van zijn zus. Hij had weinig vertrouwen in opleidingscentra waar zoveel middelmatige pianisten werden gekweekt. Maar hij voelde zich wel gevleid door het enthousiasme dat iedereen leek uit te stralen. Bovendien leek september nog zo ver weg.

Toen tenminste.

Hij realiseerde zich dat hij zich morgen voor het eerst in tijden weer onder de mensen zou begeven. Het nieuws dat hij in Nederland zat, kon dus elk moment de media bereiken. Hij had geen idee wat hem te wachten stond. Volgens zijn Nederlandse advocate liep hij geen risico. De Fransen hadden hun verzoek om uitlevering voorlopig ingetrokken. Er was nooit een lijk gevonden. Dus zolang hij in Nederland bleef, kon niemand hem iets maken.

Hij was er zelf maar half gerust op. Uit voorzorg liet hij alle correspondentie via Linda's adres lopen. Linda had alle betrokkenen aan het conservatorium gemaand om het nieuws uit de pers te houden. Hij dacht erover om nog eens met zijn advocaat in Parijs te bellen, maar hij wilde geen slapende honden wakker maken.

'Hoe sta je ertegenover?' vroeg Nicole.

'Ik weet het niet.'

'Het conservatorium heeft een mooie aanbieding gedaan. Het is misschien wel goed om je geleidelijk op de toekomst te gaan richten.'

Daar had hij niks tegen in te brengen.

'Je bent door een hel gegaan. Het was een onvoorstelbaar verlies,' probeerde ze. 'Je schuldgevoel geeft alleen maar aan hoeveel je van haar hield. En nog steeds.'

Het was weer stil.

'Ik zat onder het bloed,' zei hij ten slotte.

'Inderdaad. Misschien heb je haar proberen te redden.'

'Of misschien niet.'

'Misschien niet, nee. Je kunt jezelf natuurlijk aangeven bij de politie.'

'Hoezo? Vind je dat ik dat moet doen?'

Notovich bestudeerde haar gelaatsuitdrukking. Ze probeerde hem duidelijk in beweging te krijgen, maar hij zag geen spoor van gespeelde emotie. Van Nicole moest hij zich op één ding tegelijk richten als hij angst voelde opkomen. Dus had hij zichzelf aangeleerd om zich tijdens hun sessies op haar enorme oorlellen te concentreren. Maar dat hielp nu niet.

'Ik vraag me alleen af of je gedrag consequent is,' zei ze. 'Je denkt dat je een moord hebt gepleegd en je voelt je schuldig. Maar je geeft jezelf niet aan.'

'Daarmee los ik mijn schuld niet in.'

'Volgens de wet wel.'

'Maar niet volgens míj. Het gaat er toch om wat ík voel? Om wat ik háár heb aangedaan? Dat moet ik onder ogen zien.'

'Je bedoelt: met gevangenisstraf zou je nog geen echte verantwoordelijkheid nemen voor haar dood?'

'In een cel gaan zitten mokken dat je het niet gedaan hebt, dat is een vorm van lafheid.'

'En dit dan?'

'Dit wat?'

'Zoals je leven nu is.'

'Ik begrijp het niet.'

'Je gedraagt je nu ook als een gevangene. Je leeft in een kelder die net zo goed een cel had kunnen zijn. Je komt de deur niet uit. Je zus brengt je je eten als een cipier. Het is jouw eigen vorm van eenzame opsluiting. Hoeveel jaar geef je jezelf nog, Mikhael? Levenslang? Voor een moord die misschien niet eens gepleegd is?'

Hij richtte zich nogmaals op haar oorlellen. Die deden hem altijd denken aan boeddhabeelden. Maar het had vandaag geen zin.

'Misschien ben ik gevaarlijk,' zei hij na een lange stilte.

'Denk je dat?'

'Nu misschien niet. Ik slik mijn pillen en ik doe braaf wat de juffrouw me vertelt.'

'Mikhael, je gaat gebukt onder een overweldigend schuldgevoel. Dat is nou niet bepaald het kenmerk van een psychopaat of seriemoordenaar. Misschien moet je jezelf een kans geven. Dit is het moment. Beloof dat je morgen gaat? Notovich?'

Het was de eerste keer dat ze hem zo noemde. Het klonk als een naam uit een geschiedenisboek. Een naam met een verleden. Een beladen, maar glorieus verleden. Hij mompelde: 'Dat zien we nog wel', en stond op.

Het was opgehouden met regenen. Hij stond de glinstering van het wegdek te bestuderen, toen Linda kwam aanrijden in haar Twingo.

'Niet met je voeten op m'n pasta,' zei ze terwijl ze het boodschappentasje onder zijn benen vandaan trok en op de achterbank gooide. 'Anders zeurt Wim straks dat mijn cannelloni naar zweetsokken ruikt. Je weet dat Wim alles ruikt. De man is hypergevoelig.'

Notovich probeerde een gesprek over Linda's mannen te vermijden. Ze had een reeks rampzalige relaties achter de rug. Linda was zelf geen makkelijke vrouw, maar ze leek altijd foute vriendjes aan te trekken: vriendjes die vreemdgingen of nog getrouwd bleken te zijn, vriendjes die graag vrouwen sloegen of juist geslagen wilden worden, vriendjes die op kleine jongetjes vielen of in hun portemonnee een foto van Adolf Hitler bewaarden.

'Het ligt aan mij, ik trek het gewoon aan,' zei ze dan. 'Misschien vind ik diep vanbinnen dat ik niet beter verdien.' Dat had ze ergens in een blad gelezen. Ze werd in de loop der tijd wel steeds kritischer en achterdochtiger. Ze zette mannen bij het minste of geringste op straat. Als het slecht ging, viel ze tien kilo af en als ze weer vrijgezel was, kwam ze vijftien kilo aan. Op een dag besloot ze dat het voor haar figuur beter was als ze het bij één man zou uithouden en die onvoorwaardelijk zou vertrouwen. En Wim was de gelukkige. Maar ook Wim zou er ooit achter komen dat er eigenlijk maar één man in haar leven was die ze onvoorwaardelijk trouw bleef. Dat was Misha.

'Ik heb niet lang. Wim heeft graag dat ik er ben als hij thuiskomt. Ook al durft hij dat nooit te zeggen.'

Notovich knikte.

'Hoe ging het?' vroeg ze op een toon alsof hij een proefwerk had gehad.

'Goed.'

'Ik ga morgen gewoon mee.'

'Geen sprake van.'

Ze schakelde per ongeluk naar een te lage versnelling en de motor begon te gieren. Ruw schakelde ze terug en ze zuchtte geïrriteerd.

Linda was twee jaar jonger dan hij. Hun moeder, Anya Notova, was een Russische ballerina die in de jaren zeventig naar het Westen was gevlucht. Ze was toen al in verwachting van Mikhael, dankzij een ontmoeting met een hoge functionaris van de Communistische Partij die een ongezonde belangstelling voor danseressen had. Hij eiste onmiddellijk een abortus, maar Anya was een diep religieus meisje. Ze vroeg asiel aan in Parijs en vond werk bij een groot balletgezelschap dat veel rondreisde.

Tijdens een receptie in Den Haag liep ze een Nederlandse diplomaat tegen het lijf, die haar een gevoel van geborgenheid gaf. Ze trouwden snel en kregen nog een kind, Linda.

Anya was zwaar op de hand, maar had ook korte periodes waarin ze de kinderen opeens meenam naar dure operavoorstellingen of korte tripjes naar Parijs en Warschau. Soms verdween ze opeens een paar dagen zonder iets van zich te laten horen. Ze leek gelukkig met haar twee kindjes. Ze sprak altijd Russisch met Mikhael en Linda, waardoor hun vader de grapjes aan tafel niet kon volgen.

De officiële doodsoorzaak was een verwaarloosde longontsteking, maar volgens Notovich was het een ongeneeslijk heimwee naar Rusland geweest.

Zijn stiefvader zag dat Mikhael het meeste leed onder het verlies. Hij probeerde wanhopig een nieuwe start te maken en nam een baan aan in Madrid waarmee hij zijn kans op een promotie verspeelde.

Maar in die vreemde omgeving werden de kinderen nog meer in elkaars armen gedreven. Niets kon de angstaanjagende leegte in het leven van de kleine jongen vullen, ook niet de nog jongere Linda. Aan tafel spraken ze Nederlands en af en toe een woordje Engels of Spaans. Mikhael noteerde alle Russische woorden die hij van zijn moeder geleerd had, zodat hij ze nooit zou vergeten. Dan kon hij ze later ook aan Linda leren, als dat nodig was. Hij nam zich voor later naar Moskou te verhuizen. De twee kinderen sliepen altijd bij elkaar in bed, gingen met z'n tweeën in bad en trokken zich samen terug in een wereld die steeds kleiner leek te worden.

Hun vader zag dat de verhouding iets onnatuurlijks begon te krijgen, ook al was Mikhael pas elf en Linda acht. Mikhael werd onhandelbaar op school. Hij was een eenzelvige leerling die geen behoefte leek te hebben aan de waardering van vriendjes. Alleen daarom al oefende hij op zijn klasgenootjes een vreemde aantrekkingskracht uit. Soms haalde hij ze over om gevaarlijke stunts met hem uit te halen en er sijpelden steeds meer klachten binnen van andere ouders. Mikhael verscheen soms dagen niet op school. Niemand had vat op hem.

Na twee jaar verhuisden ze weer naar Den Haag, waar ze allebei op een andere school werden gezet. Tijdens de verhuizing raakte Mikhael zijn schrift met Russische woordjes kwijt. Zijn vader had het waarschijnlijk ingenomen en het had geen zin ernaar te vragen, dat wist hij zeker. In Den Haag werd alles anders. Linda vond snel aansluiting op school en kreeg een eigen leventje. Mikhael sloot zich op in zijn muziek. Toen hij ging optreden, nam hij zijn moeders naam aan, zodat hij haar nooit zou vergeten.

'Misha... zeg nou wat.'

Notovich keek haar aan. Waar zou hij zijn zonder Linda? Hij zou opener tegen haar willen zijn. Eerlijker. Het was hem gelukt om te blijven ademhalen. Het was hem gelukt om het bed uit te komen, de straat op te gaan en zelfs in therapie te gaan. Maar als hij zijn grip even kwijtraakte, zag hij het kolkende zwarte gat alweer voor zich. Hij zou zijn leven nooit terugkrijgen. Niet zolang hij niet wist wat hij Senna had aangedaan.

3

Toen Linda hem thuisbracht, stond zijn impresario Bröll op het antwoordapparaat.

'Met mij, Noto. Ik heb geweldig nieuws! Maar ik bespreek het liever
niet over de telefoon. Ik zit om acht uur in Het Luipaard. Kom nou.
Echt, ik meen het. We hebben iets te vieren. Neem desnoods die saaie
zus van je mee als het echt moet.' Hij zweeg even, alsof hij zich iets
realiseerde en voegde er toen aan toe: 'Dag, Linda. Jij ook van harte
welkom, hoor.'

Linda schudde meewarig haar hoofd. Ze had een hekel aan Bröll.
Hij dacht volgens haar te veel aan seks en deelde die gedachten te veel
met andere mensen. Bovendien vertrouwde ze Bröll niet. Want waar
verdiende die man zijn geld mee, voordat hij Notovich tegen het lijf
was gelopen? Bröll deed er altijd vaag over. De ene keer was hij make-
laar geweest, dan weer goochelaar of tweedehandsautohandelaar.

'Als tweedehandsautoverkoper je dekmantel is, hoe erg moet de
waarheid dan wel niet zijn?' vroeg ze zich hardop af. Notovich haalde
zijn schouders op. Hij had een zwak voor de ongrijpbare Bröll. De
afgelopen twee jaar had hij niet steeds gevraagd hoe het met hem ging
of wanneer hij weer dacht te gaan optreden. En dat terwijl Notovich
de enige cliënt was waar hij ooit iets aan had verdiend.

'Misschien moet je er maar heen,' zei Linda, toen ze zag dat hij wel
voor het idee te porren was. Ze vond het belangrijk dat Mikhael er zo
veel mogelijk uit kwam. Ze was alleen bang dat Bröll haar broer weer
enthousiast zou maken voor optredens.

Onder de douche besloot hij zijn baard af te scheren.

'Weet jij waar het scheerschuim staat?' vroeg hij toen hij zich had
afgedroogd. Linda zat door zijn post te bladeren. Dat was routine,
want ze betaalde al zijn rekeningen voor hem.

Ze keek hem aan.

'Scheerschuim? Weet je het zeker?'

'Nee.'

'In het kastje onder de wastafel, denk ik. Moet ik anders even kijken?'

'Weet je wat... ik doe het morgen wel.'

'Nee, het is een goed idee. Ik wil je weleens zien zonder die wintervacht op je wangen.'

Hij rommelde in het kastje. Achterin vond hij een nieuwe bus scheerschuim, een ingepakt scheermes en een schaartje waarmee hij de ergste beharing kon wegknippen.

'Hebbes!'

Hij knipte de eerste pluk haar er voorzichtig af. Het voelde vreemd.

'O ja. Ik kreeg een brief van je advocaat in Parijs,' zei ze opeens.

Hij legde het schaartje op de wasbak.

'De Franse politie vraagt naar je adres. Ze gaan er blijkbaar van uit dat ik weet waar je woont.'

'Maar dat weet je niet. Toch?'

'Daar gaat het niet om. Wie weet komen ze straks langs om het te vragen, en wat moet ik dan zeggen?'

'Je had toch een advocate?'

'Die krijg ik niet te pakken. Maar het kan me ook niet schelen wat zij zegt. Ik weet gewoon niet... hoe ik moet liegen.'

Ze ontweek zijn blik. Eindelijk stelde hij de vraag die al die tijd tussen hen in had gehangen, ongemakkelijk zwijgend als een gast die weet dat hij niet welkom is.

'Linda, denk je dat ik het gedaan heb?'

'Kom je dáár nu weer mee aan?'

'Weer? We hebben het er nooit over gehad.'

'Lul!' zei ze terwijl ze opstond.

'Is dat een ja of een nee?'

'Je bent mijn broer en daarmee uit.'

Ze haalde hem over zich toch te scheren. Daarna trok ze een pak uit de kast dat ze bij een onlinewarenhuis voor hem had gekocht. Het zat veel te ruim omdat hij zoveel was afgevallen, maar het stond hem goed. Linda wreef over zijn gladde wangen en zuchtte dat hij zo'n knapperd was. Ze vocht opeens tegen haar tranen. Hij kuste haar en zei zachtjes: 'Dank je wel.' Ze bloosde en begon opgewonden te praten, totdat haar mobieltje ging.

'Ja, Wim,' zuchtte ze. 'Ik weet dat het eten nog niet klaar is. Maar ik eet vanavond buiten de deur met een hele aantrekkelijke man. Schuif jij maar een pizza in de magnetron.'

Voor de ingang van het restaurant bleef Notovich stilstaan. Het was binnen druk en hij was al zo lang niet in een restaurant geweest. Hij had geen idee of mensen hem zouden herkennen nu zijn baard was afgeschoren. Bovendien zag hij Bröll niet.

'Is ook lastig bij iemand wiens hoofd niet boven de tafel uitkomt,' vond Linda. Bröll was inderdaad niet langer dan een meter zestig. 'Misschien zit hij in de ballenbak aan te pappen met iemand van zijn eigen lengte.'

Ze duwde haar broer naar binnen. Bröll stond in een strak glanzend pak met zwart overhemd te wachten.

'Maestro!'

Notovich boog zich naar voren zodat Bröll hem kon omhelzen en over zijn gladde wangen kon wrijven. Linda kreeg netjes een hand. Het licht en het gekletter van bestek deden Notovich pijn, alsof alles te hard aanstond. Bröll bestelde voor zichzelf een whisky en vroeg wat zijn gasten wilden. Notovich hoefde alleen water. Bröll grinnikte gespannen en bestelde baldadig jus d'orange voor hem, met een samenzweerderige knipoog naar de serveerster. Daarna bestudeerde hij tien minuten lang zwijgend de menukaart en bestelde zonder hun mening te vragen een uitgebreid menu voor hen alle drie.

Toen kwam hij pas ter zake. Hij had een platenmaatschappij zover gekregen om een cd uit te brengen met oud materiaal van Notovich. Het ging om een drie jaar oude opname met preludes van Rachmaninov. Hij had er een percentage uit weten te slepen en dat was nog hoog ook; bij ondertekening van het contract zouden ze een royaal voorschot ontvangen.

Toen ze niet meteen enthousiast reageerden, vroeg hij wat er mis was met zo'n deal.

'Ik denk dat Mikhael de opnames eerst wil horen, voordat hij er iets over kan zeggen,' zei Linda.

'Nou, dan vragen we dat aan de maestro. Noto?'

Notovich wist precies om welke opnames het ging. Ze waren gemaakt in Parijs. Hij zag Senna weer zitten door het glas van de studio, dromerig meetikkend met de muziek. Later die avond hadden ze geen woord tegen elkaar gezegd. Na afloop banjerden ze langs de Seine en leerde hij Senna sigaren roken. De platenmaatschappij wilde destijds per se dat Notovich een cd met die preludes opnam, ook al had hij er niets mee. Hij deed wat ze wilden, maar vroeg steeds weer of hij ook wat van Liszt mocht opnemen. Gelukkig ging de maatschappij op het laatste moment overstag. De cd met etudes van Liszt was een daverend succes geworden. En nu had iemand die oude opnames van Rachmaninov van de plank gehaald, waarschijnlijk op aandringen van Bröll. Die zat namelijk altijd op zwart zaad dankzij een reeks zorgvuldig verzwegen verslavingen die hij ooit in een zeldzaam openhartige bui (hij was dronken) zijn 'gelukspakketje' had genoemd: dure kleren, duur eten, dure vrouwen, en daarbij drinken, gokken en af en toe een snufje coke. In willekeurige volgorde.

'Ik weet het niet,' zei Notovich.

Hij had in geen tijden een piano aangeraakt, maar toch kwamen er elke maand cheques binnen van zijn cd-verkopen. Hoe langer hij van het podium weg was, des te boeiender leek hij in de ogen van het publiek te worden. De verdwijning van Senna en het raadselachtige gedrag van Notovich waren een onuitputtelijke bron van roddels, geruchten en theorieën. Op internet groeide er een cultstatus rondom zijn persoon. De verkoop bleef maar stijgen, maar Notovich wilde er niets van weten. Hij gaf Linda de opdracht om al het geld te doneren aan goede doelen. Ze had daar eerst heel moeilijk over gedaan, maar hij was onvermurwbaar. Zijn muziek had Senna de dood in gejaagd. Dat wist hij zeker. Het was bloedgeld.

Dus om de zoveel tijd legde Linda hem een lijst met hulporganisaties voor. Ze pakte het systematisch aan, praktisch als ze was. Ze maakten eerst grote sommen over naar de Nierstichting, de Oogstichting en de Maag-lever-darmstichting. Toen ze alle organen hadden gehad, stapten ze over op ziektes. Notovich kon niet beoordelen welke het ergste was, dus dat ging alfabetisch: De A van Astmafonds en Aidsfonds, de D van Diabetesfonds, de K van Kankerfonds, de M van ME en niet te vergeten MS. Daarna pakten ze internationale problemen aan. Eerst met kinderen: War Child, Kansen voor Kinderen, Child Care Afrika. Toen verdiepten ze zich in meer volwassen problemen, zoals het hongervraagstuk en de opwarming (of afkoeling, volgens hardnekkige dwarsliggers) van de aarde.

Linda sputterde af en toe tegen.

'Je kunt toch niet zomaar ál je geld weggeven en dan zelf in een vochtige kelder blijven rotten?'

Bröll wist hiervan, maar bemoeide zich er niet mee.

'Dit is een briljante deal,' probeerde hij.

'Voor jou misschien,' zei Linda.

Notovich gebaarde dat Linda haar mond moest houden. Ze maakte een verontschuldigend gebaar en legde haar hand op die van Notovich. Ze streelde hem terwijl ze de conversatie verder volgde.

'Ik wil gewoon geen geld verdienen aan die muziek. Dat weet je,' zei Notovich.

'Maar ik dacht, omdat dit om Rachmaninov gaat en niet Liszt...' begon Bröll. 'Het was toch alleen Liszt waar je... een probleem mee hebt?'

'We denken er nog over,' zei Linda met een vernietigende blik naar Bröll. 'Toch, Misha? We hebben nog nooit iets geschonken aan de Stichting Eekhoornopvang.'

Bröll nam een flinke slok van zijn whisky en raakte zijn voorgerecht niet aan. Zo gespannen had Notovich hem niet vaak gezien. Hij had spijt dat hij zich naar het restaurant had laten lokken. Hij voelde de nieuwsgierige blikken van andere gasten op zich gericht. Toen de eerste gang werd weggehaald, tikte er een oudere man op zijn schouder.

'Bent u soms Notovich, de pianist?'

'En wat dan nog?' vroeg Bröll op een dreigend toontje om zijn cliënt te beschermen.

'Laat ze nou, Jan,' zei de vrouw naast de man die het gesprek had geopend. 'Je ziet toch dat die mensen rustig willen eten?'

'Nee,' zei de man gedecideerd. 'Ik vind dat ze dit moeten horen.'

Nog voordat Bröll het echtpaar bij Notovich weg kon jagen, begon de man aan zijn verhaal.

'Onze zoon is vorig jaar bij een ongeluk omgekomen. Mijn vrouw kon het verdriet niet aan. Ik ben zelf nogal nuchter, maar mijn vrouw is veel zwaarder op de hand. Ik kon haar niet troosten. We dreven uit elkaar, ik zag mijn vrouw steeds dieper wegzakken en ik kon haar niet helpen. Maar uw muziek heeft haar erdoorheen gesleept. Dag in dag uit heeft ze naar uw opnames geluisterd, en elke dag zag ik haar een stukje beter worden. Het is een wonder. Ik heb geen verstand van muziek, maar ik weet wel dat uw spel iets heeft... iets wat met de pijn van Harriet te maken heeft.'

De vrouw trok wit weg bij de herinnering aan haar eigen leed en knikte af en toe. Toen haar man was uitgesproken, legde ze haar hand op de arm van Notovich.

'Dank u wel,' zei ze zachtjes. 'U weet niet wat dit voor mij betekent.'

Ze huilde. Haar man wreef zachtjes in kleine cirkeltjes over haar rug om haar te troosten. Het was een intiem gebaar, dat Notovich zou moeten ontroeren. Maar hij veegde de hand van de vrouw weg en zei: 'Mens, ga toch in therapie.' Toen liep hij zonder jas naar buiten, de nacht in.

Het oudere stel vertrok snel. Toen ze weg waren, gaf Bröll Linda een zakdoekje waarmee ze haar ogen kon deppen. Daarna bleven ze een tijdlang zwijgend zitten, als een echtpaar dat al jaren is uitgepraat.

4

Linda had de Parijse advocaat gebeld maar was niets wijzer geworden. Hij had inderdaad een formeel verzoek gekregen om het adres van Mikhael, maar er waren nog geen concrete aanwijzingen dat de zaak heropend was. Notovich nam het voor kennisgeving aan. Hij maakte zich klaar voor zijn eerste werkdag.

Bröll stond een halfuur te vroeg voor de deur, hij wilde Notovich per se brengen. Misschien miste hij het contact met de muziekwereld en zijn leven met een van de belangrijkste pianisten ter wereld.

'Hou je dat aan?' vroeg hij met een verbaasde blik op het pak dat Linda op internet had gekocht.

Die negeerde de belediging. Ze gaf hem een hele lijst instructies, trok Mikhaels boord nog even recht en veegde wat kruimels van zijn mond. Toen pas liet ze de mannen gaan. Op de stoep wierp Linda Bröll alleen nog even een boze blik toe in de trant van: als je dit verprutst, dan zwaait er wat. Bröll knikte deemoedig en gaf toen een dot gas, waardoor de auto net iets te snel de hoek om gierde en bijna een bejaarde fietser raakte.

Notovich was er nog nooit geweest. Hij bestudeerde het gebouw met overdreven aandacht om niet aan de les te hoeven denken. Het lag aan het IJ tussen allerlei vooruitstrevend bedoelde nieuwbouw. Toen ze in de buurt van de voordeur geen parkeerplaats konden vinden, werd hij onrustig. Hij wilde in zijn eentje verder lopen, maar Bröll was de dreigende blik van Linda nog niet vergeten. Hij schoof de aftandse bmw behendig tussen twee plaatsen voor gehandicapten in de buurt van het conservatorium.

'Wat doe je nou?'

'Als ze me bekeuren, zeggen we gewoon dat dit jouw auto is. Jij bent niet toerekeningsvatbaar.'

Notovich grinnikte. Hij was blij dat hij niet in zijn eentje naar binnen hoefde. Hij had geen idee hoe de studenten op hem zouden reageren, wat ze van hem zouden denken. Dat het bestuur zijn aanstelling had goedgekeurd, hoefde niets te betekenen. Misschien waren de studenten wel bang voor hem. Zelfs Bröll keek schichtig om zich heen toen ze de grote hal in liepen. 'Hmm... de geur van eindeloze hertentamens,' probeerde hij monter. Notovich reageerde niet; hij had nog nooit een conservatorium vanbinnen gezien.

Toen hij vijftien was, viel hem in wezen niet veel meer te leren. Hij werd uitgenodigd om zijn talent verder te verdiepen op een privé-instituut in de buurt van Wenen, dat was opgericht door een wereldberoemde violist. Die was ooit zelf een wonderkind geweest en wist dus dat een te schoolse opleiding soms meer kapotmaakt dan je lief is. Daar kreeg hij niet alleen begeleiding en masterclasses van wereldbekende virtuozen, maar ook les in literatuur, poëzie, beeldende kunst, architectuur en filosofie. De jonge Notovich zoog al dat moois naar binnen met de gretigheid van iemand die jarenlang zonder water in een woestijn had doorgebracht. Aan deze gelukkige tijd kwam abrupt een einde toen de pers er lucht van kreeg dat er in korte tijd twee studenten zelfmoord hadden gepleegd. Leerlingen werden van school gehaald en de geldstroom droogde op. Notovich stond op straat.

Hij was eenentwintig. Zoals de meeste afgestudeerde solisten kwam hij terecht in de meedogenloze wereld van internationale concoursen – de enige manier voor een jonge solist om zichzelf op de kaart te zetten. Hij hoopte dat competitie het beste in hem naar boven zou brengen, zoals iedereen beweerde. Hij probeerde uit alle macht aan de verwachtingen te voldoen. Maar zijn talent gedijde niet in competities. Zijn hoogstpersoonlijke en soms excentrieke interpretaties vielen niet bij alle juryleden even goed. Niet zelden kreeg hij voor hetzelfde optreden zowel de laagste als de hoogste score. Hij trok zich niets van de andere deelnemers aan en zijn teruggetrokken houding werd al snel opgevat als oncollegiaal en arrogant. De jury's leken die signalen op te pikken. Na een paar fikse teleurstellingen en drie tweede plaatsen was hij het reizen en het ijsberen in de kille kleedkamers beu. Hij was te lang van huis om nog bij zijn vader in te kunnen trekken. En bij het pleeggezin waar hij tijdens zijn studie drie jaar had gewoond, was hij niet meer welkom na een incident met de oudste dochter. Hij vestigde zich in Parijs op de etage van een Amerikaanse violist die hij in een café tegen het lijf was gelopen. Ze kenden geen van beiden iemand in de stad. Zijn vader stuurde hem af en toe geld.

Een tijdlang werd er niets meer van Notovich vernomen, en daar zou hij vrede mee hebben gehad, als niet die ene ontmoeting zijn leven had veranderd. Onder een eikenboom in Parijs werd hij wakker gekust door Senna, de liefde van zijn leven.

Ze werden begroet door een nerveuze artistiek directeur, die zich meteen uitgebreid begon te verontschuldigen. Bröll vroeg of de les was afgezegd, maar dat was niet het geval. Integendeel.

'Ik hoop dat u het niet erg vindt dat we de bijeenkomst in zaal 005 hebben gepland. Dat doen we natuurlijk alleen deze ene keer. We hopen dat de nieuwsgierigheid onder de studenten dan wat is weggeebd.'

'Zaal 005?' vroeg Bröll achterdochtig.

'De Sweelinckzaal. Het is deze kant op.'

'We hadden afgesproken: een paar man, geen openbare les,' zei Notovich. 'Heeft mijn zus dat niet gezegd? Dat was een duidelijke eis.'

De artistiek directeur zette instinctief een stapje naar achteren en zocht steun bij Bröll. Die legde zijn arm vaderlijk om Notovich heen.

'Kom nou maar. Niemand die je iets kan maken.'

De deuren werden geopend. Ze stonden in een auditorium met meer dan honderd zitplaatsen.

Die waren tot de laatste stoel bezet.

Notovich bleef op de drempel staan, klaar om weer naar buiten te lopen. Hier had hij zich niet op voorbereid. Bovendien zou zijn aanwezigheid hier nu direct bekend worden.

In de zaal heerste een diepe, verwachtingsvolle stilte. Bröll vroeg of hij zich goed voelde. Notovich reageerde niet. Iemand duwde hem zachtjes de zaal in en toen Notovich doorhad dat hij niet ongezien kon verdwijnen, liep hij aarzelend het gangpad op. Iedereen staarde ongegeneerd naar hem, alsof ze wilden zien of de verhalen klopten.

In de doodse stilte stapte Notovich het podium op. Hij probeerde te bedenken wat er van hem verwacht werd. Toen hij de vleugel zag staan, voelde hij opeens dezelfde paniek die hij na zijn droom over Senna had gehad. Hij had al zo lang geen muziek gehoord. Hij had geen idee wat het met hem zou doen.

Een oudere man, die naar zweet en shag rook, deed hem een microfoontje om. De artistiek directeur stelde twee studenten aan Notovich voor: een jongen met vlassig haar die wat zweverig de wereld in keek en een meisje met diepbruine ogen, donkere krullen en een stoer leren jack. Notovich gaf ze een hand en vroeg wie er eerst wilde. Nerveus gegiechel.

Notovich nodigde het meisje uit achter de vleugel plaats te nemen. Hij schatte dat zij beter tegen de spanning bestand zou zijn dan de dromerige jongen. Hij vroeg of ze iets had voorbereid. Ze stamelde dat het een grote eer was om voor hem te mogen spelen en overhandigde hem bladmuziek van Schumann en van Liszt. Ze had haar huiswerk goed gedaan; ze had twee van zijn lievelingscomposities uitgekozen. Maar hij voelde meteen een golf van verzet opkomen. Niet nu, niet deze muziek. Hij legde de muziek resoluut naast zich neer en vroeg of ze niet iets van Mozart wilde spelen. Ze keek hem verbaasd aan.

De sonates van Mozart lijken op het eerste gehoor vrij eenvoudig, maar volgens Notovich werden ze vaak onderschat. Want juist achter de kale noten van Mozart kon geen enkele pianist zich verbergen, wist hij: ze vormen een formidabele muzikale uitdaging, daarmee zie je meteen wat iemand echt in huis heeft. En bovendien hoefde Notovich zo niet geconfronteerd te worden met muziek die hem écht raakte.

Het meisje knikte bedachtzaam en zei dat ze dan graag de *Sonate nr. 3 KV 300* wilde spelen.

'Dan heb je in elk geval smaak,' zei Notovich bemoedigend. Naast de vleugel stond een leren fauteuil. Hij nam plaats en luisterde hoe de studente zich door de sonate worstelde. Ze had een mooie, lichte aanslag, waarmee ze inhoud aan de noten wist te geven. Maar haar vlotte spel was nogal voorspelbaar. Toen ze klaar was, wist Notovich met enige moeite wat complimenten te bedenken. Vervolgens vroeg hij of ze het stuk twee keer zo langzaam wilde spelen.

Zoals hij verwachtte, had ze nu aanzienlijk meer moeite met de sonate, want hoe langzamer ze speelde, des te meer controle ze moest hebben. Hij legde haar iets uit over spierbeheersing en in de zaal werd de opluchting langzaamaan voelbaar. Wat hadden ze eigenlijk verwacht? Dat hij iemand met een mes te lijf zou gaan of zo?

Nu was het de beurt aan de jongen. Notovich droeg hem op een nocturne van Chopin te spelen. De student koos *Opus 62 nr. 2*. Hij had een sprankelende stijl, die prettig in het gehoor lag. Halverwege het stuk liet Notovich hem een bepaalde overgang een paar keer overdoen. Hij vroeg de student om telkens met een andere interpretatie te komen. De jonge pianist raakte bij zijn derde poging al gefrustreerd. De muzikale clichés waren er jarenlang vakkundig ingestampt door een leger aan goedbedoelende muziekdocenten. Notovich daagde de jongen uit om zo nodig met de meest idiote invallen te komen, maar het lukte niet. Toen hij bleef klungelen, werd Notovich onrustig.

'Nee, nee! Niet zo!'

Hij duwde de jonge pianist zonder na te denken van de bank en begon de passage zelf te spelen. Het publiek hield zijn adem in, terwijl Notovich meteen volledig opging in zijn interpretatie. Het gemak waarmee de noten uit zijn handen rolden, verbaasde hem pas achteraf. Op het moment zelf voelde hij alleen hoe de muziek een cocon van rust en intimiteit rond hem optrok, ver van de buitenwereld. Het was alsof hij nooit iets anders had gedaan, nooit ergens anders was geweest, alleen hiervoor op aarde was.

Hij kon niet meer ophouden met spelen. In zijn handen klonk de melodie vloeiend alsof ze gezongen werd. Nu en dan liet hij het thema in de begeleiding oplichten als een dirigent die volledige controle heeft over zijn orkest. Het resultaat was muziek die klonk alsof niemand haar ooit gespeeld had, rijk als een complete symfonie, maar even intiem als een gefluisterde liefdesverklaring.

Na het laatste akkoord staarde hij naar de toetsen, verrast over wat hij zojuist had gedaan. Op dat moment barstte er een oorverdovende ovatie los. De studenten joelden, floten en stampten, dankbaar dat ze getuigen waren van dit unieke moment. Notovich keek beduusd de zaal in. Het applaus drong maar langzaam tot hem door. Ten slotte stond hij aarzelend op en maakte een buiging, alsof hij nooit anders gedaan had. Op de eerste rij zag hij Bröll heftig meeklappen met twee dikke tranen in zijn ooghoeken. Voor het eerst in lange tijd voelde Notovich een golf van warmte door zich heen trekken. Hij boog nog een keer en bood de student zijn excuses aan vanwege zijn impulsieve gedrag.

Toen het applaus wegebde, vroeg het meisje, blijkbaar overmoedig van de adrenaline, of hij nog iets anders wilde spelen. De zaal joelde weer. Notovich maakte een afwijzend gebaar en zocht steun bij Bröll. Maar die haalde met een glimlach zijn schouders op, alsof hij wilde zeggen dat Notovich er alleen voor stond. De rat. Er werd om een improvisatie geroepen en de zaal was het er direct mee eens. De grillige en soms schokkend originele improvisaties van Notovich waren legendarisch. Veel mensen zouden alleen al voor die toegiften een kaartje hebben gekocht. In zijn hoogtijdagen schreven kranten zelfs compositiewedstrijden uit onder hun lezers. Het winnende thema werd aan de pianist voorgelegd.

Notovich kreeg het benauwd. Hij was er helemaal niet aan toe om iets te improviseren. Een stukje Chopin was tot daar aan toe, dat was veilig, het was niet eens een echte test geweest. Maar improviseren stond hem heel erg tegen. Het zou niet de eerste keer zijn dat hij zo in een improvisatie opging dat hij zichzelf erin verloor. Zijn black-outs waren meestal begonnen tijdens een improvisatie.

Notovich gebaarde naar Bröll dat hij weg wilde, maar de zaal was niet meer te stoppen. De artistiek directeur pakte de microfoon en vroeg de zaal om stilte. Notovich dacht even dat hij nu verlost was van een nieuw optreden, maar de directeur vroeg doodleuk of iemand een thema wilde aandragen voor een improvisatie. De studenten begonnen door elkaar te roepen. Iemand floot het thema van *In Holland staat een huis*. Een oudere docent stond op en zong met krakende stem een thema uit een sonate van Beethoven: '*Le-be-wohl...*'

Dat kon zo niet langer. Notovich besloot het publiek te vertellen dat hij de les wilde voortzetten, en anders ging hij nu weg. Maar iemand achter in de zaal was hem voor.

'Waarom speelt u niet het motief van de *Duivelssonate* van Liszt?'

Gemompel in de zaal.

'U bent misschien in de war met een andere componist,' zei de artistiek directeur. 'Bij mijn weten heeft Liszt geen duivelssonate gecomponeerd.'

'Dan vergis ik me zeker,' zei de man, die niet klonk als een student. Notovich kon de zaal niet goed in kijken, want het toneellicht scheen in zijn ogen.

Toen begon de man achter in de zaal het thema te neuriën. Notovich voelde zich meteen alsof alle huid van zijn lichaam werd gescheurd, zodat hij geen bescherming meer had tegen de honderd blikken die op hem gericht waren. De muziek kwam hem maar al te bekend voor: het was de melodie die hij in zijn droom had gehoord.

5

Tijdens de rit naar huis zei Notovich lange tijd niets.

'Het ging goed, hoor. Ging het niet goed? Absoluut, zeker weten. En er zaten wel een paar leuke studentes tussen, vond je niet?' probeerde Bröll. 'En ze worden steeds mooier, hè? Een hoop talent bij elkaar.'

Notovich negeerde hem.

'Zijn er in Nederland eigenlijk puur vrouwelijke strijkersensembles? Dat zou volgens mij wel goed in de markt liggen. Misschien ligt daar een missie voor me. Ik heb wel iets vaderlijks,' ratelde Bröll verder. 'Even bespreken bij een hapje?'

Hij had het bijzondere talent om onderdelen van zijn gelukspakket met elkaar te verbinden op een manier die hem extra genot opleverde.

'De melodie die de man in het publiek neuriede,' zei Notovich opeens op een toon alsof hij aan het gesprek had deelgenomen, 'had jij die weleens eerder gehoord?'

Bröll haalde zijn schouders op.

'Jij dan wel?'

'Ik weet haast zeker dat ik die ken. Maar ik kan bij god niet bedenken waarvan.'

'Franz Liszt, toch, zei die vent?'

Het idee dat Liszt zo'n werk zou hebben geschreven, kwam Notovich vertrouwd voor. Toch kon die man in het publiek het haast niet gezegd hebben. Liszt had erg veel composities op zijn naam staan en veel van zijn stukken verwezen naar de dood, de duivel of de hel: de *Faust symfonie*, de *Mephisto-walsen*, een *Mephisto-polka*, de *Totentanz* en een aantal composities die geïnspireerd waren op het werk van Dante. Maar een duivelssonate zat daar niet bij.

De legende van de *Duivelssonate* was verbonden aan Guiseppe Tartini, een achttiende-eeuwse componist die zijn tijd ver vooruit was.

Tartini beweerde dat hij in een droom zijn ziel had verkocht aan de duivel, en in ruil daarvoor had die hem geïnspireerd tot zijn allerbeste werk: de *Duivelssonate*, een compositie voor viool met een haast ongekende diepgang en hoge moeilijkheidsgraad. Van Liszt was zo'n verhaal niet bekend. Tenminste, niet in de officiële geschiedschrijving.

Het was een bizar toeval dat iemand de melodie had geneuried die Notovich kort daarvoor in een droom had gehoord. Het was alsof het noodlot hem iets probeerde in te fluisteren. Iets wat nog gebeuren moest, of wat hij zich moest herinneren, of allebei. Hij moest deze week in de bibliotheek van het conservatorium napluizen wat de literatuur zei over een duivelssonate van Liszt.

Hij zakte wat verder weg in zijn stoel, sloot zijn ogen en voelde de vermoeidheid langzaam terugkomen. Hij was leeg, maar het kon hem niks schelen. Het contact met de studenten, de warmte van het publiek en de muziek hadden hem goedgedaan. Hij was vanochtend nog bang geweest dat hij niet genoeg energie zou hebben om in een auto te stappen, maar zodra hij de zaal was binnengelopen, waren alle angsten verdwenen. Stom dat hij zo was dichtgeklapt na dat gezeur om een improvisatie. Ze zouden wel weer denken dat de excentrieke Notovich geen steek veranderd was.

'Bröll?'

'Zeg het eens, jongen.'

'Het spijt me.'

'Wat?'

'Nou gewoon... alles.'

Bröll knikte alsof hij het begreep, alsof zij over die dingen niet hoefden te praten omdat ze elkaar feilloos aanvoelden. Als mannen die samen in een oorlog hadden gevochten waarvan zij de enige overlevenden waren. En dat was ergens ook zo. Hij leefde nog en voor het eerst in tijden schrikte die gedachte hem niet af. Misschien had Nicole toch gelijk, misschien was dit het moment.

Maar toen ze bij zijn huis aankwamen, was zijn stemming alweer omgeslagen. Hij had bijna niet genoeg kracht in zijn handen om de sleutel in het slot van de voordeur te steken. Hij wilde niet naar binnen. Het was alsof al zijn wanhoop thuis op hem had zitten wachten en nu weer klaarstond om hem te bespringen. Hij vroeg of Bröll nog iets wilde drinken, ook al had hij waarschijnlijk niets in huis. Bröll had nog wel even tijd (dat had hij meestal).

Op de deurmat lag een duur uitziende envelop.

Notovich schatte het gewicht in zijn handen. Zwaar materiaal. Zijn naam was met de hand geschreven in ouderwetse krullen en halen, alsof de brief uit de negentiende eeuw kwam en nu pas was aangekomen. Er ging altijd een soort dreiging van ongeopende brieven uit, vond Notovich.

'Heb jij iemand mijn adres gegeven?'

'Natuurlijk niet.'

Hij scheurde de envelop open. Het was een uitnodiging, maar wel de vreemdste die hij ooit gezien had:

Wij nodigen u uit voor een eenmalig, besloten recital.

Programma

Sonate in b-mineur – Franz Liszt
Années de Pèlerinage – Franz Liszt
Après une lecture du Dante – Franz Liszt

Aanvang 20.00 uur
Grote Zaal van het Concertgebouw
Hedenavond

Deze uitnodiging is strikt persoonlijk.

'Dat is lef,' zei Bröll verbaasd. 'Het optreden is vanavond al en er staat niet eens bij wie de pianist is. Heb je dat ooit meegemaakt? Zou dit een stunt zijn om een onbekende pianist te promoten?'

Notovich zweeg.

'Dat moet haast wel,' vervolgde Bröll. 'Aan de andere kant, het is wel een loeizwaar programma voor een debutant. Er zit geen stukje Scarlatti of Chopin tussen, heel gedurfd. Of heel dom natuurlijk. Zijn er andere pianisten die hierachter zouden kunnen zitten? Een gevestigde naam die gewoon zin heeft in een recital voor een paar kenners, zonder pottenkijkers?' Hij zweeg opgewonden terwijl hij in gedachten alle namen van pianisten leek af te gaan die hij kende. 'Nee, het is vast een goedkope stunt,' besloot hij ten slotte, 'maar toch niet oncreatief. Wat vind jij?'

Notovich staarde nog steeds naar het papier.

'Denk je dat het een grap is?' vroeg Bröll.

'Een grap?' vroeg Notovich vol ongeloof. 'Valt je dan niks op aan deze uitnodiging?'

'Niet echt.'

'Dit programma is een exacte kopie van mijn debuut in Parijs.'

Waarom die verwijzing naar zijn begintijd in Parijs? Moest hij dit opvatten als een eerbetoon? Nee, hoe langer hij erover nadacht, des te duidelijker werd de boodschap die de afzender hem had willen geven. *We hebben je gevonden, Notovich.*

Toen Bröll naar huis was, bleef hij alleen op de bank liggen en gaf zich over aan een stroom beelden van zijn eerste optreden in Parijs. Het publiek had hem toegift op toegift laten spelen. De pers was laaiend enthousiast geweest. Hij had eindeloos feestgevierd in het gezelschap van Senna en een stuk of acht flessen champagne. Ze hadden zich opgesloten in een hotelkamer en sliepen op een bed van krantenknipsels.

Hij ging rechtop zitten en bekeek de uitnodiging nog eens. Het programma kende hij nog uit zijn hoofd: hij had de composities een voor een uitgezocht met Senna. Nachten hadden ze erover geruzied. Hij had eigenlijk meer variatie gewild. Waarom geen Bach of Schubert? Of Prokofiev? Maar Senna was onverbiddelijk geweest. Liszt was de componist die hem onsterfelijk zou maken. Dit was de muziek die van nu af aan voorgoed aan zijn naam verbonden zou zijn. Echte argumenten had ze er niet voor, dit was nou eenmaal iets wat hij aan haar moest overlaten. Dit was háár talent. Deze composities waren door een of ander magisch gevoel aan zijn lot verbonden, dat wist ze zeker. Hij moest haar vertrouwen. En uiteindelijk had hij dat gedaan. Hij had zijn hele leven in haar handen gelegd.

Notovich besloot niet meer aan haar te denken. Hij stond weer op en zette de rustgevende thee die Linda hem had opgedrongen maar die hij nooit had geprobeerd (ze had alle gewone thee zonder opgaaf van reden vervangen door biologische). Na een paar kopjes werd zijn onrust alleen maar groter. Hij liep heen en weer door de kamer, maar merkte dat de aanwezigheid van zijn vleugel hem stoorde.

Vanmiddag had hij pianogespeeld. Niet in zijn hoofd, of in een of andere droom, maar voor een echt publiek met echte, levende mensen. Hij kon de aanraking met de toetsen nog voelen in zijn vingers, de harmonieën nog horen in zijn hoofd. Maar hij had alleen een nocturne gespeeld, aan het grote werk had hij zich niet gewaagd. Daar was hij nog helemaal niet aan toe, daarvoor was hij nog te labiel, te kwetsbaar. De vleugel, de uitnodiging op de eettafel en de stapel pianoboeken in zijn boekenkast leken allemaal hetzelfde te fluisteren: je bent er nog niet aan toe. En vanavond treedt er een andere pianist op die dat wél is.

Woedend liep hij naar de badkamer en trok zijn medicijnkastje open. Hij zou gewoon twee slaappillen nemen en morgen was hij de hele zaak vergeten. Toen hij de capsules uit de strip drukte, vielen ze in de wasbak. Hij peuterde ze uit de afvoer, met haren en al. Verdomme, waarom moest hij eigenlijk zo nodig slapen? Had hij niet genoeg geslapen het afgelopen jaar?

Het was buiten frisser geworden, maar hij had geen zin om weer terug te gaan en zijn jas te halen. Hij wilde lopen, alleen maar lopen. Het verbaasde hem dat hij niet moe werd. Normaal was hij al uitgeput als hij van het bed naar de ijskast liep. Maar nu voelde hij een vreemd soort spanning, die zijn lichaam voortdreef.

Na een kwartier merkte hij dat hij in de richting van het Concertgebouw was gelopen. Nog twee straten en hij zou er zijn. Toen hij op de hoek van de straat kwam, zag hij een klok aan een gevel hangen; het was bijna acht uur. Het recital zou zo beginnen. Maar hij was niet van plan te gaan. Hij was niet eens nieuwsgierig, of hoogstens een beetje. Hij sloeg de hoek om en zag hoe het warme licht uit de ramen van het majestueuze gebouw hem leek uit te nodigen om naar binnen te komen. Een man en een vrouw in avondkleding stapten uit een taxi en haastten zich naar binnen. Notovich besloot nog een eindje verder in de richting van de ingang te lopen. Gewoon om te kijken of het druk was.

Toen zijn voeten de rode loper bij de ingang aanraakten, bleef hij staan. Hij voelde een sterke aandrang om naar binnen te gaan en uit te zoeken wie hier zíjn programma speelde vanavond. Maar toen een portier zich naar hem toe keerde en hem vragend aankeek, mompelde hij een excuus en liep de duisternis weer in. Het zweet brak hem uit en zijn benen begonnen zo hevig te trillen dat hij even tegen de muur van het Concertgebouw moest leunen om op adem te komen.

'Notovich, ben jij het?'

'Je had me gezegd dat ik kon bellen als ik... in het geval dat...'

'Waar ben je precies?' vroeg Nicole op een dwingende toon. Ze was blijkbaar gewend om in noodsituaties eerst de feiten boven water te krijgen: waar bevond de patiënt zich, hoeveel pillen had hij geslikt en was dat mét of zonder alcohol?

Notovich stelde haar op alle fronten gerust. Nicole hoorde hem geduldig aan en zei toen dat zijn angst een goed teken was.

'Je wilt meer dan je op dit moment aankunt. Maar dat je iets wilt, is goed. Verlangen is leven. Je bent je aandacht weer op de wereld aan het richten. Bovendien is je nieuwsgierigheid begrijpelijk. Net als je angst om naar binnen te gaan, trouwens. Ieder mens zou daar bang voor zijn. Ik ook.'

'Goh, Nicole. We moeten dit vaker via de telefoon doen.'

Hij was blij dat hij zijn schaamte had overwonnen en haar gebeld had. Ze spraken af dat hij de volgende ochtend naar haar toe zou komen. Hij stak zijn mobieltje weer in zijn zak en ging op een stenen richel zitten. Het telefoontje was een cadeautje van Linda geweest. Ze had met een vooruitziende blik het nummer van Nicole ingeprogrammeerd. Toen had hij zich niet voor kunnen stellen dat hij dat ding ooit nodig zou hebben. Maar er was vandaag veel gebeurd.

Hij voelde zich langzaam tot rust komen. De wolken werden uit elkaar gedreven door de wind en er kwamen sterren tevoorschijn. Hij stelde zich voor hoe het binnen zou zijn, in de zaal waar het recital plaatsvond. Hij zag zichzelf achter zijn vleugel zitten, badend in de warmte van de lampen, met alle blikken op zich gericht, Senna op de voorste rij, met die haast verbaasde glimlach die ze altijd had als ze naar hem luisterde.

Hij hoorde applaus en bravo's uit de verte. Kwam het geluid uit het gebouw of zijn herinnering? Hij stond op om nog eens goed te luisteren, maar het was stil geworden. Misschien was het de wind geweest. Hij besloot naar huis te gaan.

Het recital moest nog in volle gang zijn, maar opeens kwam er een vrouw in een lichtgrijze avondjurk naar buiten lopen. Ze leek gehaast of overstuur. Terwijl het geluid van haar hoge hakken op het wegdek klonk, bleef Notovich staan alsof hij in een onzichtbaar web was gevangen. Dat gezicht kende hij zo goed dat er geen enkele twijfel was.

Senna was al bij de taxistandplaats voordat hij zich ertoe kon zetten om haar achterna te lopen. Met een bonkend hart begon hij te rennen. Hij wilde haar naam roepen, maar er kwam geen geluid uit zijn keel. Hij hief zijn arm nog op, maar de taxi was al verdwenen.

6

Hij zag haar voor het eerst vanuit het raam in zijn Parijse studeerkamer. Een echte kamer kon je het trouwens niet noemen; het was een
bedompt hok waar zijn piano stond. Brian, de Amerikaanse violist,
had de ruimte voor hem geregeld. Fransen waren voor een buitenstaander moeilijk te doorgronden, maar als je eenmaal in een net-
werk zat, dan kreeg je volgens Brian de meest vreemde dingen voor
elkaar.

En inderdaad, op een dag kon Notovich zijn piano in een leegstaand
kamertje van een klein reclamebureau neerzetten. Daar mocht hij
's nachts en in het weekend zoveel studeren als hij wilde. De buren in
het pand hadden er geen last van, want het voormalige pakhuis zat
vol hippe bedrijven die iets deden in de reclame of nieuwe media. Het
keek aan de achterkant uit op een appartement waar veel schilders en
schrijvers woonden. Maar de bewoners hadden ook geen last van het
geluid zolang hij met de ramen dicht speelde. Notovich vond het allemaal best; hij trok zich zo min mogelijk aan van de Fransen en zij
van hem. Er gingen dagen voorbij zonder dat hij iemand sprak. Soms
voelde hij zich een schim tussen de echte mensen, alsof zijn lichaam
alleen een lichtbeeld was waar ze op straat doorheen konden lopen.
Om zich beter te voelen, stelde hij zich dan voor dat het andersom
was: híj was de enige echte mens op aarde. Deze krioelende massa van
miljoenen mensachtigen die zich pratend, werkend, etend, ruziënd,
toeterend en lachend door de stad bewogen, was alleen een virtueel
decor om hém te vermaken.

Achter zijn studeerkamer lag tussen de twee gebouwen een grasveldje met bankjes en een paar mooie oude bomen. Daaronder zag hij
haar weleens zitten met een boek. Ze sprak nooit met iemand, ze las
alleen maar of luisterde naar muziek. In het begin lette Notovich niet
op haar. Niet dat hij in die tijd echt fanatiek studeerde, want optredens stonden er niet gepland en hij wist niet wat hij met zijn toekomst

wilde. De vonk ontbrak. Niet door de muziek, maar vanwege de bela-chelijke topsport van het recitals geven, soms wel driehonderd per jaar. Hij moest er niet aan denken om weer terug te gaan naar die wereld van hooggespannen verwachtingen, angstaanvallen en van-zelfsprekende neuroses. Hij was ook geen handige carrièremaker met een talent voor pr, geen pianist die een publiek precies kon geven wat het wilde. Hij dacht er serieus over na zijn carrière op te geven, maar wat moest hij dan doen? Lesgeven soms? Dat nooit.

Hij had geen andere ambitie dan het spelen zelf. Meestal begon het rond een uur of zes pas te kriebelen. Dan liep hij naar het kantoor, kocht onderweg een koud biertje en een zak paprikachips, die hij in de loop van de nacht met een pincet opat om zijn vingers niet vet te maken. Als hij ergens niet tegen kon, waren het vlekken op zijn toet-sen. Terwijl hij zat te studeren, kwam zij weleens naar buiten met haar boek.

Op een dag hing hij loom uit zijn raam en hoorde haar iemand groeten. Ze sprak Frans met een licht accent dat Notovich meteen herkende: ze moest uit Nederland komen. Hij was er lang niet ge-weest en dacht er ook niet vaak aan, maar het schiep toch een soort band. Vanaf dat moment associeerde hij haar met het vage gevoel van heimwee dat iedereen heeft die in het buitenland woont en dat in de loop der jaren alleen maar sterker wordt.

Na een tijdje betrapte hij zichzelf op steeds meer kleine pauzes bij het raam. Het was een warme lente en ze zat er meestal vanaf een uur of zeven 's avonds, nog voordat de Fransen hun avondmaaltijd ge-bruikten. Ze had lang, zwart haar, dat vaak loshing. Ze droeg een af-gezakte spijkerbroek met gaten erin of een kort zwart rokje en liep vaak op slippers of blote voeten. Soms kwam ze een week of twee niet en dan vergat hij haar weer.

Op een avond lukte het studeren weer eens niet. Hij voelde zich de laatste tijd lusteloos en miste een doel. Hij smeet de klep van zijn piano dicht, pakte zijn biertje en ging naar buiten. Het was een warme zondag geweest en hij had geen zin om naar huis te gaan. Dus liep hij om het gebouw heen en ging op een van de bankjes onder een boom liggen. Hij genoot van de koelte van de avond en de geur van de bloe-sem. Hij las een partituur van Beethoven.

Toen hij wakker werd, lag ze op het bankje naast hem, met haar benen over de rugleuning, terwijl haar voet heen en weer wipte. Hij durfde niet naar haar te staren, dus hij deed net of hij nog sliep. Door zijn wimpers zag hij twee mooi gevormde blote benen die zich achter het licht leken te willen verbergen.

'Dus jij bent degene die pianospeelt,' zei ze in het Frans, zonder van haar boek op te kijken. Er was niemand anders in de buurt, dus ze moest het tegen hem hebben. Ze had de partituur blijkbaar naast hem zien liggen.

'Eh... kun je dat dan horen?'

Hij had zijn stem lang niet gebruikt; die klonk vreemd, alsof hij uit de verte kwam. Ze keek hem even geamuseerd aan en verdiepte zich weer in haar boek. Slierten haar lagen slordig om haar schouders en ze had geen make-up op. Een stukje van haar buik stak onder haar T-shirt uit. Hij had opeens geen enkele zin meer om naar huis te gaan en van pianospelen zou nu ook niets meer komen.

'Waarom zet je het raam nooit open?' vroeg ze opeens. 'Dan kan iedereen meegenieten.'

'Ik geloof niet dat ik daar heel populair van word,' zei hij terwijl hij rechtop ging zitten. Ze legde haar boek weg en keek hem nu recht aan.

'Als je populair wilt worden, moet je geen klassiek spelen.'

'Jammer dan. Met popmuziek heb ik niet zoveel.'

'Echt? Ik ook niet, maar dat hoor je nou nooit iemand zeggen.'

Hij was bang dat hij zou gaan blozen. Niet omdat er een reden voor was, maar dat maakte het alleen maar extra gênant.

'Je speelt echt mooi.'

'Dank je.'

'Niet alles, hoor. Die snelle stukken speel je volgens mij alleen om te laten zien hoe goed je bent (dat moesten de etudes zijn), maar dat laatste ding dat je gisteravond speelde, zat vol... ik weet niet, verdriet.'

Hij voelde zich tegelijkertijd gevleid en beledigd.

'Dat was Liszt, denk ik. Het kwam uit de *Années de Pèlerinage*.'

'Ik moest ophouden met lezen en heb heel stiekem een klein beetje zitten janken. Echt gênant.'

Ze waren even stil.

'Je kunt trouwens Nederlands spreken.'

Hij zei het nu pas, alsof hij de betovering niet had durven verbreken.

'O, echt? Twee friet mét graag.'

Ze grinnikte even. Notovich wilde het gesprek niet kunstmatig gaande houden, alsof hij iets van haar wilde. Maar dat was ook niet nodig. Ze deed zo vertrouwd aan dat het leek alsof hij haar altijd al gekend had. Was het mogelijk dat zielen van leven naar leven zwierven en elkaar bij de eerste blik herkenden? Hij had het vroeger een belachelijk sentimentele gedachte gevonden, maar nu vroeg hij zich af of zij hetzelfde voelde.

'Waarom ben je weggegaan uit Nederland?'

'Weet ik veel,' zei ze. 'Ik ben op een dag gewoon op de trein gestapt. Bij ons thuis was iedereen zo van "doe maar gewoon, dan doe je al gek genoeg". Daar kon ik niet meer tegen.'

'Dat is ook een belabberde levensfilosofie,' glimlachte hij.

Met haar blote voet draaide ze steeds maar rondjes, op een heel relaxte manier. Om haar enkel zat een gouden kettinkje met kleine blauwe kraaltjes. Notovich moest moeite doen om er niet steeds naar te kijken.

'Wat lees je?'

'Byron.'

'Niet de meest stabiele persoonlijkheid ter wereld.'

'Hij is mijn lievelingsdichter, dus dat is echt een doodlopende straat.'

'Had ik al gezegd dat ik hem een genie vind? Ik heb al zijn stripalbums.'

Ze lachte.

Oh Man! Thou pendulum between a smile and tear, wilde hij citeren, maar ze was er niet meer bij met haar aandacht. Een man stond vanaf een balkon naar hen te kijken. Hij leek iets jonger dan Notovich, maar droeg een klassiek blauw colbert met daaronder een donkergroen poloshirt. Een kleurencombinatie waar Italianen en Fransen patent op lijken te hebben.

Ze klapte haar boek dicht.

'Wie is dat?'

'Niemand. Ik moet gaan.'

'Kan hij niet even wachten?'

Ze ontweek zijn ogen. Het leek wel of ze ergens bang voor was.

'Speel je dat laatste stuk nog een keer voor me?' vroeg ze snel.

'Morgenavond, met het raam open,' beloofde hij.

Toen ze weg was, schoot hem een andere zin van Byron te binnen die hij op school eens in zijn agenda had overgeschreven.

She walks in beauty like the night.

De volgende avond speelde hij met het raam open, maar ze kwam niet naar buiten. Elke avond keek hij door het raam en overdag betrapte hij zichzelf erop dat hij aan haar liep te denken. Het duurde drie weken voordat hij haar weer met haar boek onder de boom zag liggen. Hij opende snel het raam, maar ze keek niet naar boven. Hij nam plaats achter de piano en speelde een prelude van Rachmaninov. Hij wist dat ze het moest horen en daardoor kreeg de muziek een bijzondere lading voor hem. Het werd háár prelude.

Toen hij klaar was, lag ze nog steeds te lezen alsof er niets gebeurd was. Nou ja, misschien was er ook niks gebeurd. Hij sloeg zijn muziek weer open en ging verder met zijn studie. Hij kon zijn gedachten er niet bij houden. Toen hij een halfuur gestudeerd had, hoorde hij buiten stemmen. Hij plukte met zijn pincet nog wat chips uit de zak en liep naar het raam.

Ze stond te praten met de man die Notovich eerder gezien had. Ze maakten blijkbaar ruzie. Hij had haar arm vast en sprak haar heftig toe. Notovich had het gevoel dat hij hun privacy schond, maar bleef toch kijken.

Opeens gebaarde de man twee keer in de richting van Notovich' raam. Die zette snel een stap achteruit en stelde zich verdekt op, om het schouwspel te kunnen blijven volgen. Het meisje trok haar arm los en maakte een afwijzend gebaar. Toen liep ze weg. De man riep haar iets na, maar ze luisterde niet. Hij vloekte in zichzelf en liep toen ook weg. Notovich was gewend geraakt aan het soms hysterische toontje van Franse ruzies, maar de manier waarop deze man tegen haar sprak, had iets ongewoons. Zijn machteloze toon was opeens omgeslagen in een fluisterende dreiging.

Het boek bleef achter op de bank. Notovich nam zich voor het mee te nemen als het er de volgende dag nog zou liggen.

Hadden ze over hem gesproken, om hem ruziegemaakt? Hij kon het zich nauwelijks voorstellen. Hij had alleen wat met haar gepraat, meer niet.

Weer gingen er een paar dagen voorbij voordat hij haar zag. Dat was midden in de nacht en het regende hard. Het was eerst broeierig warm geweest. Hij speelde loom voor zich uit, zonder echt aandacht voor de muziek te hebben. Toen het begon te onweren zette hij zijn raam wijd open voor verkoeling. Even later hoorde hij buiten een mannenstem.

In de stromende regen stond ze midden op het grasveldje. Ze droeg alleen een lang T-shirt. Haar blik was naar binnen gekeerd. Op het balkon stond de man haar naam te roepen. Notovich bedacht zich niet en rende naar buiten. Toen hij op het grasveld was aangekomen, waren daar al twee buurvrouwen die haar naar binnen probeerden te halen. Maar wat ze ook zeiden, ze bleef daar maar staan in haar doorweekte shirt en zei niets. Ze keek als een kind dat de ruzie tussen zijn ouders niet wil horen. Notovich deed zijn jasje uit en sloeg het om haar heen. Op dat moment leek ze even te ontwaken en keek hem aan.

'Heb jij ook weleens heimwee?' vroeg ze.

'Soms.'

Ze klampte zich aan hem vast. Ze voelde ijskoud aan. Notovich probeerde haar warm te wrijven. Toen pas zag hij haar onderarmen: er zaten diepe krassen in waar het bloed doorheen liep alsof het gootjes waren. Toen hij ze beter wilde bekijken, kwam de man gehaast naar buiten. Hij droeg alleen een badjas. Hij keek Notovich aan met een kille, doordringende blik, maar deed niets. De vrouwen pulkten het meisje ten slotte los van Notovich en wisten haar druk pratend mee naar binnen te krijgen. De man wierp nog een laatste blik op de jonge pianist, met een mengeling van woede en schaamte. Toen Notovich zijn studieruimte even later afsloot, zag hij de zwaailichten van een ambulance.

Eerst dacht hij elke dag aan haar, maar na een tijdje sleet het beeld. Zijn leven nam zijn oude, voorspelbare vorm weer aan van spelen zonder applaus en chips eten met een pincet. Zijn verlangen werd naar het verleden verdrongen.

Drie maanden later wilde hij in de buurt van de Place Vendôme een taxi in stappen, toen hij haar zag lopen. Hij twijfelde even, maar hield haar toen staande. Ze leek hem niet te herkennen.

'Ik ben de pianist, weet je niet meer? De pianist uit Nederland. Jij bent toch het meisje dat zo van Byron houdt?'

'O? Is dat zo?'

'Natuurlijk. Ik heb je boek nog.'

'Welk boek?'

'Van Byron. Dat had je op het bankje buiten laten liggen. Ik ken inmiddels een paar van die gedichten uit mijn hoofd. Sommige zijn helemaal niet slecht. Of wou je zeggen dat je niet van Byron houdt?'

'Heb ik misschien weleens iets van gelezen.'

Ze loog, dat zag hij aan de manier waarop ze haar ogen wegdraaide. Maar hij besloot niet aan te dringen. Misschien schaamde ze zich voor wat er die laatste nacht was gebeurd.

'Het boek ligt bij me thuis. Als je even meekomt, krijg je het van me,' zei hij.

'Je taxi is al weg, hoor.'

Hij haalde glimlachend z'n schouders op.

'Dan niet,' zei hij en hij wilde weer doorlopen, in de vaste overtuiging dat hij zich niet gekwetst voelde. Maar zijn benen kwamen niet in beweging.

'Heb je nog weleens heimwee?' vroeg hij.

'Niet zo vaak.'

Hij wist niet meer wat hij moest zeggen.

'Citeer dan eens,' zei ze opeens.

> *When we two parted*
> *In silence and tears,*
> *Half broken-hearted,*
> *To sever for years,*
> *Pale grew thy cheek and cold,*
> *Colder thy kiss;*
> *Truly that hour foretold*
> *Sorrow to this.*

'Dat is zo mooi,' zei ze vaag glimlachend om een herinnering waarvan hij voor altijd buitengesloten zou zijn. Hij kreeg de behoefte om een jas of een deken om haar heen te slaan, alsof de wind haar elk moment omver kon waaien. Maar hij deed niks. Ze had lange mouwen aan, zodat hij haar onderarmen niet kon zien.

'Wil je een stukje met me meelopen?' vroeg ze. 'Het is zo lang geleden dat ik iemand uit Nederland heb gesproken. Ik mis die ouwe kruidenierstaal. Jij niet?'

'Af en toe.'

En ze liepen samen uren door de stad. Pas toen ze afscheid namen, kwam hij op het idee om te vragen hoe ze heette. Ze dacht even na voordat ze het zei, alsof ze Notovich eerst nog moest keuren.

Senna.

Hij was het gevoel van opwinding en belofte van die dag helemaal vergeten. Het kwam pas terug toen hij haar uit het Concertgebouw zag komen.

7

Familieleden van vermiste personen grijpen elke strohalm vast om te kunnen geloven dat hun kind of geliefde nog in leven is. Maar Notovich was vanaf de eerste dag uitgegaan van het ergste. Ze was gewoon dood, klaar. Wat anderen tegen hem zeiden – dat er geen wapen was gevonden, geen afscheidsbriefje, geen lijk – daar had hij nooit waarde aan gehecht. Dat kwam vooral door het bloed, dat verdomde bloed op zijn handen en T-shirt. Dat bloed kleurde al zijn gedachten over het lot van Senna, de kleur van schuld en doem.

Het was ook een vorm van zelfbescherming. De gedachte dat Senna misschien ergens in Amsterdam rondliep, maakte hem onrustig. In de vroege ochtend liep hij naar buiten voor een wandeling langs de grachten. Hij zag het daglicht langzaam doorbreken, de krantenbezorgers die hun ronde deden, het warme licht dat in de huiskamers en keukens aanging, het verkeer dat op gang kwam en ten slotte de winkels die hun deuren openden. Hij kocht een kop koffie en een broodje kaas, ook al had hij geen honger. Hij wilde weer deelnemen aan het leven van alledag, ook al verwachtte hij op een of andere manier ontmaskerd te worden.

Waar had de taxi haar heengebracht? Een huisadres? De trein? Het vliegveld? Misschien kon hij de chauffeur te pakken krijgen via het bedrijf waar hij werkte. Maar hij had geen idee welk bedrijf dat was. Het beste was het om terug te gaan naar de taxistandplaats voor het Concertgebouw om te kijken of hij het logo zou herkennen. Er was nauwelijks een kans dat hij de chauffeur te pakken zou krijgen, maar hij moest het proberen.

In de buurt van het Concertgebouw lag het kantoor van Bröll. Daar zou hij eerst langsgaan. Hij wilde net naar binnen lopen, toen hij Bröll door het raam met iemand zag praten. De bezoeker droeg een leren jas en was zo groot dat hij zittend in een stoel nog boven Bröll uittorende. Bröll leek midden in een pleidooi te zijn, maar de man met de leren jas leek niet onder de indruk. Hij had een verveelde houding waar iets onaangenaams van uitging. Toen hij opstond, cirkelde Bröll nerveus om hem heen.

Notovich besloot niet naar binnen te gaan, maar hij had zich nog niet omgedraaid of Bröll en zijn bezoeker kwamen naar buiten. Het gezicht van de kale man zat vol diepe groeven en spelonken. Hij keek Notovich aan alsof hij hem vaag herkende.

'Twee weken en geen dag langer,' mompelde de man tegen Bröll en hij liep door.

'Wie was dat?' vroeg Notovich.

'Tomas. Een oud-collega van me. Kwam even bijkletsen.'

'Zag er anders niet zo gezellig uit. Waar ging het over? Tweedehands auto's?'

Bröll probeerde te lachen, maar zijn gezicht stond strak.

'Wat heb ik te maken met tweedehands auto's? Ik heb vroeger iets in verzekeringen gedaan, dat heb ik je al zo vaak verteld.'

Daar kon Notovich zich niets van herinneren. Bröll had geldproblemen, daar leek het meer op. Maar toen Notovich door wilde vragen, begon hij geïrriteerd over iets anders.

'Heb je het al gelezen?' vroeg hij, terwijl hij een opengevouwen krant op tafel gooide. 'We weten inmiddels wie de geheimzinnige pianist is die gisteravond een besloten recital heeft gegeven. Heel de stad praat erover.'

'Is dat een recensie?'

'Nee, want er waren geen journalisten uitgenodigd. Heel slim bedacht, want dan willen die jongens van de pers natuurlijk bewijzen dat ze er alles van afweten. Maximale publiciteit. Lees maar.'

Het was een kort stukje:

Geheimzinnig recital van virtuoos in Concertgebouw

Achter hermetisch gesloten deuren was de elite van kunstminnend Amsterdam gisteravond getuige van het debuut van een anonieme pianovirtuoos. Het recital vond plaats in een halfverduisterde zaal waar alleen een paar kaarsen brandden. Zelfs na het indrukwekkende concert wist geen van de gasten wie ze hadden horen spelen. Een slimme marketingtruc of het bizarre idee van een excentrieke kunstenaar die een hekel heeft aan de media?

Het publiek zat er blijkbaar niet mee, want ze lieten de pianist terugkomen voor maar liefst zes toegiften. Een bezoeker zei na afloop: 'Hij had ons helemaal in zijn greep met zijn diabolische kunsten. Dit is waar ik al jaren op wacht: er is een nieuwe Noto-vich opgestaan!' Volgens hardnekkige geruchten gaat het om een Fransman die zich Valdin noemt.

Bröll keek hem vol verwachting aan, maar Notovich begreep de op-winding niet.

'Dus die Valdin heeft mijn programma gejat en dankzij die geheim-zinnigheid staat zijn naam nu in alle kranten. Maar geen enkele echte kenner heeft hem natuurlijk horen spelen. Wie weet is het gewoon een amateur.'

'De mensen die ik heb gesproken waren anders echt onder de in-druk.'

'De mensen die jij kent, zijn vooral gevoelig voor hypes.'

'Er klopt iets niet,' zei Bröll. 'Ik heb navraag gedaan naar die Valdin, maar ik kon niets over hem vinden. Een collega van me in Parijs kon ook niet vertellen wie het is. Iedereen tast volledig in het duister.'

'Dus?'

'Geen enkele pianist kan zich jaren schuilhouden en dan met zo'n knaldebuut komen. Ik zie maar één mogelijkheid: Valdin loopt al lan-ger rond, maar heeft nu opeens een andere naam aangenomen.'

'Waarom zou iemand dat doen?' vroeg Notovich. 'En waarom maakt hij zijn debuut dan juist in Nederland?'

'Ik had gehoopt dat jij dat zou weten.'

'Ik?'

'Hij imiteert je, hij heeft je zelfs een uitnodiging gestuurd, en als hij uit Frankrijk komt, dan is hij misschien méér dan een bewonderaar.'

'Waar heb je het over?'

'Ik kreeg vanochtend een telefoontje van de impresario van Valdin. Zijn cliënt beweert dat hij jou persoonlijk kent.'

Notovich begreep het niet.

'Valdin wil je ontmoeten.'

Notovich pakte zijn jas. Hij had hier geen tijd voor, hij moest naar die taxistandplaats.

'Wacht nou even, Mikhael. Niet meteen wegrennen. Kan het waar zijn wat die man beweert?'

'Kom nou. Wat denk je zelf? Van wanneer moet ik hem dan kennen?'

'En volgens die impresario kende Valdin háár ook.'

'Wíé?'

'Hij noemde er geen naam bij.'

Notovich schudde zijn hoofd en liep naar buiten. Bröll kwam achter hem aan.

'Je zegt altijd dat je er zoveel voor overhebt om erachter te komen wat er destijds gebeurd is, Noto. Misschien heeft die Fransman een stukje van de puzzel.'

'Iedereen kan wel beweren dat hij me heeft gekend, of haar. En dat ik het ben vergeten. Dat bevalt me nou juist niet, Bröll! Dat zou jij moeten weten.'

'Je beweert toch niet dat ík hier iets mee te maken heb?'

'Zorg nou maar gewoon dat ze me met rust laten.'

Er stond één taxi te wachten bij de standplaats. Notovich belde het nummer dat op het dak van de auto werd vermeld en kreeg de telefoniste van de taxicentrale. Die kon niet meer achterhalen wie de dame in de lichtgrijze avondjurk de vorige avond vervoerd had. Notovich wist namelijk niet precies hoe laat hij haar in de taxi had zien stappen. En avondjurken waren bij recitals nou niet bepaald schaars. Hij stopte zijn mobieltje weg en voelde zich ineens doodmoe. Hij had de hele nacht niet geslapen en zijn twee kleine tenen stonden in brand van het lopen. Hij liet zich door de taxi naar huis brengen en vroeg de chauffeur of hij gisteravond dienst had gehad, maar de man sprak nauwelijks een woord Nederlands. Toen hij thuiskwam stond de Twingo van Linda op de stoep geparkeerd. Ze stapten tegelijkertijd uit.

'Waar wás je nou?'

'Wat kan jou dat schelen?'

'Je had een afspraak met Nicole,' zei ze zachtjes, alsof ze hem niet wilde kwetsen. 'Ze zegt dat je haar gisteravond in paniek gebeld hebt. Ze heeft er twee patiënten voor afgezegd.'

Hij was het vergeten, voor de zoveelste keer iets vergeten. De taxichauffeur toeterde en Notovich vroeg of Linda soms geld bij zich had. Ze haalde een roodgebreide portemonnee tevoorschijn en plukte het bedrag er muntje voor muntje uit. De chauffeur had geen geduld voor de laatste paar centen en zei dat ze de rest kon laten zitten. Toen reed hij geïrriteerd weg, Linda wuifde hem grijnzend na.

'Bedankt voor de fooi, hoor!'

Notovich moest lachen en ze omhelsden elkaar even.

'Ik bel Nicole en dan kijken we of ze vanmiddag nog een gaatje heeft,' zei ze.

'Nee.'

'Nee? Wat bedoel je met "nee"?'

'Ik ben moe. Ik heb even tijd voor mezelf nodig.'

'Misha, ik maak me zorgen. Wat is er gisteravond gebeurd?'

'Ik bel je nog.'

Wat moest hij tegen Linda of Nicole zeggen? Dat hij Senna gezien had? Maar dat het ook iemand anders geweest kon zijn? Hij kon nu al voorspellen wat voor bezorgde blikken dat zou opleveren. Of voorzichtige vragen over de dosering van zijn medicijnen. En waarschijnlijk terecht.

Misschien was hij toch doorgedraaid, misschien zag hij gewoon dingen die er niet waren. Hij had rust nodig. Slaap, een diepe, droomloze slaap. En dan zou hij wel verder zien. Volgende week stond de eerste echte les gepland op het conservatorium. Het contact met de studenten zou hem goeddoen. Die bestonden tenminste. Senna niet, Senna was dood.

8

Na een rusteloze droom op de bank over Senna had Notovich opeens zin om zijn keuken onder handen te nemen. De laatste twee jaar was zijn aangeboren zucht naar orde en reinheid bijna helemaal verdwenen. Hij bikte het aangekoekte fornuis schoon met een kromme lepel en wreef het daarna tot het glansde, maar hij voelde zich nog niet veel beter.

Hij belde Bröll en vroeg in welk hotel Valdin verbleef.

'Meen je dat? Je wilt hem ontmoeten?'

'Als ik hem ken uit Parijs, dan... wie weet...'

'De stukjes van de puzzel, ik begrijp het.'

Notovich wilde niet dat Bröll meeging. Hij zou ook geen afspraak maken met Valdin, daar voelde hij zich nog niet sterk genoeg voor. Het hotel lag aan de Prinsengracht, dat was niet ver. Hij zou erheen lopen en dan zag hij wel wat hij deed. Hij beloofde zichzelf niets.

Het was al laat toen hij het hotel bereikte, een smal pand op de hoek van twee grachten. Hij drentelde eerst een paar minuten voor de deur heen en weer. Toen de portier argwanend begon te kijken, liep hij de lobby in.

'Er logeert hier niemand onder de naam Valdin,' zei een mollige jongen met vette huid, die achter een computer hing. Notovich liet hem de lijst nóg een keer checken, maar zonder resultaat. Hij liet de manager erbij halen en vertelde dat het om een bekende pianist ging.

'Meneer is zeker van de pers?' vroeg de manager met een neerbuigend glimlachje. 'U bent niet de eerste die de naam probeert te achterhalen.'

'Ik ben geen journalist. Hij heeft me zelf uitgenodigd. Belt u hem maar om het te vragen.'

'U begrijpt dat wij onze klanten moeten beschermen tegen nieuwsgierige bewonderaars.'

'Weet u niet wie ik ben?'

De manager en de jongeman keken hem met nieuwe belangstelling aan, maar er kwam geen teken van herkenning.

'Ik ben Notovich,' zei Notovich.

'Notovich?' zei de manager in de verte turend. 'U bedoelt... de pianist? Ik dacht dat die dood was.'

'Blijkbaar niet.'

'Ik kan hem even googelen,' zei de jongen met de vette huid. Hij tikte de naam in en keerde het scherm met zoekresultaten in de richting van zijn baas. O ja, zag je ze denken, ik wist dat er iets mee was. De manager keek een paar keer heen en weer om de gelijkenis te bepalen tussen de echte Notovich en de afbeelding. Dat kostte blijkbaar enige moeite. Hij besefte dat hij allang geen partij meer was voor zijn jongere digitale versie. Hij vroeg zich af of op internet al was uitgelekt dat hij zich in Nederland schuilhield.

De manager draaide een nummer.

'Het spijt me, meneer Valdin neemt niet op.'

Notovich was min of meer opgelucht, want hij had eigenlijk geen idee wat hij Valdin zou moeten vragen.

Het motregende. Hij liep het hotel uit en besloot toen niet links-, maar rechtsaf om het hotel heen te lopen. Een paar meter verder bleef hij besluiteloos staan. De gracht was zo goed als verlaten en hij had het koud. Er liepen twee voorbijgangers langs en hij vroeg zich af wat ze van hem dachten. Wat dachten normale mensen van de man die hier besluiteloos in de regen stond te wachten tot zijn leven weer richting zou krijgen? Zouden ze medelijden met hem hebben, hem slap vinden, of alleen maar verachten? Iedereen kon waarschijnlijk zien dat hij hulp nodig had. Dat had hij zeker.

Op dat moment hoorde hij zachte, maar indringende muziek uit een openstaand raam boven zich de avond in drijven. De klanken vermengden zich met het geluid van de motregen, maar hij wist onmiddellijk welk stuk het was. *Après une lecture du Dante* van Liszt, de compositie die hij tijdens zijn Parijse debuut had gespeeld. Dezelfde muziek die gisteravond in het Concertgebouw op het programma had gestaan. Notovich draaide zich om en keek tegen de regen in omhoog. Het was geen opname, daar zat echt iemand te spelen. Ondanks de afstand en de straatgeluiden wist de pianist hem direct mee te zuigen in het verhaal van de vreemde klanken die uit een andere wereld leken te komen. En dat op zo'n ongedwongen manier dat het leek alsof die alleen op deze wijze gespeeld konden worden. Het was zo lang geleden dat hij deze compositie had gehoord; het leek alsof elke noot een hernieuwde kennismaking met een oude vriend was. De muziek riep hem en hij gehoorzaamde. Hij liep het hotel weer in. Midden in de lobby bleef hij staan om de klanken op te vangen.

'Kan ik u helpen?' vroeg de manager, die meteen toesnelde.

'Waar staat de vleugel?'

'Ik weet niet...'

'De muziek... die muziek!'

Hij wachtte het antwoord niet af en liep een kleine smalle trap op in de richting van de betoverende melodie. Aan het einde van de gang lag een kleine zaal. Een man in een zwart pak zat over een Steinway gebogen. De pianist was nu bij een ingetogen passage en leek zich niet bewust van zijn omgeving. Hij was mager, maar straalde kracht uit. Zijn lange zwarte haren hingen over zijn gezicht. Het was alsof Notovich naar een vroegere versie van zichzelf keek.

Er zaten wat mensen op de eerste rij. Maar ook langslopende personeelsleden en gasten waren de zaal in gedruppeld en stonden te luisteren, zich stilhoudend alsof ze hier eigenlijk niet mochten zijn. Notovich had geen oog voor ze. Hij bleef roerloos staan en zoog alles in zich op, elke klank en elk gebaar van de pianist van wie het gezicht nog steeds niet zichtbaar was. Die bereidde zich nu voor op de grandioze climax. Zijn handen kwamen met steeds meer kracht op de toetsen terecht, waarna hij ze onmiddellijk weer hoog optilde om ze dan weer zonder aarzeling neer te laten. Aan het einde van het stuk zwollen de klanken aan alsof er een storm opstak en de vleugel vibreerde onder de wonderlijke harmonieën. Het allerlaatste akkoord klonk weer verassend ingetogen alsof de pianist met weemoed afscheid nam van de wereld die hij zojuist zelf geschapen had.

Notovich had geen kracht meer in zijn benen, maar durfde niet te gaan zitten, want hij wilde Valdin zo niet onder ogen komen. Terwijl de toevallige toehoorders dankbaar applaudisseerden, liep hij zo onopvallend mogelijk naar de uitgang. Vanachter de deurpost probeerde hij het gezicht van de pianist te zien. Die was nu opgestaan en schudde handen met de mensen op de eerste rij, zelfverzekerd lachend, grapjes makend en ogenschijnlijk op zijn gemak bij al die aandacht. Zijn gezicht kwam Notovich niet bekend voor en hij dacht dat een gesprek met Valdin geen enkele zin zou hebben. Maar toen hij wilde gaan, waren er opeens twee ogen op hem gericht.

'*Arrêtez!*'

Notovich mompelde wat excuses en probeerde zich een weg te banen door het groepje mensen achter hem, maar het was al te laat.

'Notovich?'

Valdin kwam met grote passen op hem af lopen. Notovich stond stil en keek de pianist aan.

'Herken je me niet?'

De pianist sprak de zin in het Nederlands uit met een zwaar Frans accent. Hij had hem inderdaad niet direct herkend; de Fransman had niet alleen zijn naam, maar ook zijn uiterlijk veranderd. Het was de stem, donker en hees, die alle twijfel wegnam. Die bracht Notovich onmiddellijk terug naar een studentenkroeg waar hij avond na avond had doorgebracht.

Hij loog dat hij Valdin niet kon thuisbrengen. Dat was gedeeltelijk ook waar: er hing een nevel om de laatste maanden in Parijs waar hij maar met moeite doorheen kon kijken.

'Ongelofelijk,' antwoordde Valdin in het Frans. 'Lullig voor je.'

Zijn hand voelde soepel en krachtig en liet Notovich niet meer los. Valdin glimlachte, maar zijn ogen vertelden een ander verhaal. Notovich kon niet benoemen wat het precies was: een verborgen verachting of woede. Hij voelde zich er ongemakkelijk bij. Alsof hij weer ondervraagd werd.

De aandacht van de mensen richtte zich nu op Notovich. *Kan dit waar zijn*, hoorde hij hen denken, *is dit Notovich het genie, Notovich de krankzinnige?* Ze mochten kijken wat ze wilden; dan konden ze eens zien hoe diep een mens kan zinken. Hij gaf mensen niet graag een hand en als het niet anders kon, beperkte hij het contactmoment tot een minimum. Maar Valdin had hem stevig vast en vroeg of Notovich mee wilde komen naar zijn suite. Nee, geen sprake van. Hij was alleen maar in de buurt en hij had zo nog een andere afspraak dus...

Hij kreeg zijn hand pas terug toen hij 'ja' zei.

Ze liepen met een klein gevolg van bewonderaars naar boven. De suite bestond uit twee riante kamers die allebei een mooi uitzicht over de stad boden. Ook daar zaten mensen. Notovich werd voorgesteld aan de impresario van Valdin (verplicht hand schudden), diens assistent (weer een hand) en mensen met vage functies bij de platenmaatschappij (hand-hand-hand). Iedereen moest blijkbaar zijn best doen om niet naar hem te staren, want de mensen op de sofa's hervatten hun gesprek op een geforceerde manier, alsof ze in een infomercial speelden. Er werd voornamelijk Engels gesproken.

'Jammer dat je gisteren niet bij het optreden was,' zei Valdin. 'Ik heb het programma nog wel aan je opgedragen. Toch? Hè?'

Hij keek uitdagend om zich heen en kreeg bijval van de aanwezigen. Daarop wapperde hij luchtig met zijn handen als een dirigent die een crescendo wil horen, en de andere gasten begonnen te lachen en half gemeend 'Bravo!' te roepen.

'Slijmerds. Zíj hebben er natuurlijk totaal geen verstand van,' zei Valdin luid tegen Notovich.

Nog meer brave lachers, blij dat ze het weer ergens mee eens mochten zijn.

'Wat wil je van me?' vroeg Notovich in het Frans.

'Pardon?'

'Hou nou maar op met die onzin. Zeg gewoon wat het is.'

De glimlach verdween en de ogen van Valdin kregen een vurige glans. De suite viel stil. Hij leidde Notovich naar een stoel in de tweede ruimte. De impresario wilde met hen meelopen, maar Valdin wees hem met een klein autoritair gebaar terug. Hij sloot de schuifdeur en ging tegenover Notovich zitten met zijn benen nonchalant over elkaar.

'Dus je beweert dat je me niet herkent, Mikhael?'

'Moet dat dan?'

'We hebben een geschiedenis, jij en ik.'

'Dat lijkt me sterk. Je hebt waarschijnlijk ergens gelezen dat ik aan geheugenverlies lijd. En wie weet zijn we elkaar weleens tegen het lijf gelopen in Parijs. Maar als er meer is geweest dan dat, dan zou ik het nog weten.'

Het was niet waar. Hij wist dat er meer was gebeurd, maar het deed te veel pijn om daar nu aan te denken.

'Kom op, man. Ik weet wat er is gebeurd die nacht.'

Notovich voelde dat zijn mond droog werd.

'Welke nacht?'

'Je weet wel waar ik het over heb.'

Notovich probeerde op te staan, maar hij voelde zich licht in zijn hoofd.

'Je liegt. Ik heb geen zin in spelletjes.'

'Ga zitten, Notovich. Ik doe je niks. *J'étais ton ami.*'

'Laat me niet lachen.'

'Misschien heb je een selectief geheugen. Je had wel vaker black-outs, toch?'

Notovich verschoof ongemakkelijk. Ze hadden zijn black-outs altijd uit de krant weten te houden; dit kon Valdin niet weten. Hij wist waarschijnlijk helemaal niets over die ene nacht. Wat wilde hij van Notovich?

'Niemand heeft ooit gehoord van een pianist die Valdin heet. Wat is je echte naam?'

Als Notovich moeite zou doen, zou die misschien wel weer bovenkomen, maar hij wilde zich niet in de kaart laten kijken. Valdin vormde een gevaar voor hem, dat voelde hij.

De Fransman liep naar het raam.

'Het is nogal vernederend om mijn naam te moeten noemen. Ik wacht liever tot die je weer te binnen schiet. Het is echt bizar, weet je? Ik heb je destijds vaak horen spelen. Ik heb met eigen ogen gezien hoe groot je was. Een komeet aan de hemel van de ingekakte klassieke muziek. Dát was je.'

Het gebruik van de verleden tijd ontging Notovich niet.

'Wat wíl je verdomme van me?'

'Dat je weer gaat optreden, Mikhael. Ik wil de grote Notovich weer zien optreden.'

'Waarom? Wat heb jíj daar in godsnaam voor baat bij? Je doet blijkbaar enorm je best om me te imiteren, mijn reputatie te kapen. Het laatste wat je wilt is dat ík weer ga optreden.'

Valdin draaide van het raam weg en zijn ogen stonden fel.

'Onzin! Ik ben volledig mezelf. Weet je, Mikhael, mensen zullen mij inderdaad met jou vergelijken, zoals je was in je hoogtijdagen. Maar het probleem is dat niemand meer weet hoe jij toen klonk. Dus ik moet het opnemen tegen een reputatie, *un fantôme.* En hoe briljant ik ook speel, van een geest kan ik nooit winnen.'

'Is dat waar dit om draait? Winnen?'

'Het is maar een woord.'

Notovich stond op en schudde zijn hoofd heen en weer alsof hij probeerde te ontwaken uit een nachtmerrie.

'Valdin, het kan me niet schelen wat je wilt. Ik ben niet van plan ooit nog voor een groot publiek op te treden. En jij kunt me niet dwingen.'

'Je krijgt de smaak vanzelf weer te pakken. Geloof me. Jij gaat weer spelen.'

'Echt? Goh. Want?'

'Omdat een oude vriend het vraagt. Met klem, als dat nodig is.'

Notovich deed moeite om hem niet verbluft aan te kijken.

'Is dit een chantagepoging of zo? Want dan kan ik je wel verzekeren dat dit niet gaat lukken.'

'Welnee,' lachte Valdin, 'ik bewijs je juist een dienst.'

De schuifdeuren gingen open en er kwam iemand binnen. Notovich merkte het eerst niet, hij verdronk in een golf van woedende gedachten.

'*Je viens, ma petite,*' zei Valdin. Hij stond op en de vrouw omhelsde hem even. Toen ging hij haar uitgebreid staan kussen alsof ze alleen in de kamer waren.

'Maestro, mag ik u iemand voorstellen?' vroeg hij zonder een antwoord af te wachten. 'Liefste, dit is de grote Notovich.'

De vrouw keek Notovich nieuwsgierig aan. Hij kon haar nu veel beter zien dan die nacht voor het Concertgebouw. Toen had ze een sjaal om haar hoofd gehad, maar nu zag hij dat haar lange haar blond was in plaats van donker. Daardoor leek ze niet ouder geworden, eerder jonger. Maar verder was er geen twijfel meer mogelijk.

'Jij?' fluisterde hij. 'Ben je het echt?'

Ze vroeg hem vriendelijk of ze elkaar al eens eerder hadden ontmoet. Ze gaf hem een hand en stelde zich voor. Ze zei dat ze Vivien heette.

9

Wat wist hij eigenlijk over Senna? Wat was hij over haar te weten gekomen in de twee korte jaren dat ze samen waren? Over zichzelf een heleboel, misschien wel meer dan hem lief was, maar over haar?

Die ene keer dat ze elkaar bij de Place Vendôme weer tegen het lijf liepen, trok hij aan het eind van de avond een ansichtkaart uit een rek in een café. Daar schreef hij zijn adres en telefoonnummer op. Ze nam hem aan en glimlachte om de afbeelding op de ansicht. In plaats van de Eiffeltoren stond er een knalgele banaan. Ze zou wel zien, zei ze. Hij wilde haar terugbrengen naar het appartement waar ze elkaar voor het eerst hadden ontmoet, maar ze vertelde dat ze daar niet woonde. Ze nam afscheid en liep in haar eentje de nacht in.

Weken gingen voorbij en de hoop dat hij haar zou weerzien vervloog weer. Maar toen hij op een nacht terugkwam van een lange zwerftocht over de verlaten boulevards, zat ze ontspannen achterovergeleund op het trapje in zijn portiek. Ze wapperde triomfantelijk met de verkreukelde ansicht en zei dat ze haar boek met gedichten van Byron miste. Hij liet haar snel binnen, vastbesloten deze keer op z'n minst haar telefoonnummer te krijgen.

Ze liep zijn hele appartement langzaam door, blijkbaar genietend van de inspectie. Het viel hem zelf nu voor het eerst op hoe muf het er rook en dat de grond bezaaid lag met lege borden, flessen en ondergoed. Maar zij leek het niet te merken. Ze streelde over de tientallen stapels met cd's en maakte goedkeurende geluidjes, terwijl ze er af en toe eentje uit trok. Daarna ging ze naar de twee torens van bladmuziek naast zijn leesstoel en de boekenkast, waar ze bijna elk exemplaar uit haalde. Ook de boeken over musici interesseerden haar. Ze stelde af en toe een vraag over een bepaalde pianist: leefde die nog en had hij hem weleens live horen spelen? Terwijl Notovich nog bezig was met zijn antwoord, liep ze opeens naar zijn slaapkamer. Hij wilde achter haar aan lopen om snel het bed te fatsoeneren, maar ze was al binnen.

'Ik wil alleen kijken wat er naast je bed ligt. Dan weet ik pas waar je het laatst aan denkt voor je gaat slapen.'

Het was deel 2 van de verzamelde correspondentie van Franz Liszt.

'Jij leeft alleen voor de kunst. De rest kan je echt geen donder schelen, hè? Jij bent heel intens.'

'De meeste mensen vinden dat krankzinnig.'

'Ik niet.'

Ze pakte een partituur van het tweede pianoconcert van Chopin van de stapel en vroeg hem of hij al die noten kon lezen en dan muziek in zijn hoofd hoorde. Hij had geen idee hoe hij dat uit moest leggen. Ten slotte zong hij een passage voor. Ze was zo verrukt dat ze de ene na de andere partituur uit de stapel trok om hem stukken te laten voorzingen. Af en toe leunde ze tegen hem aan en moest hij moeite doen zijn aandacht erbij te houden. Ze was op een onaardse manier mooi. Haar schoonheid straalde door haar heen, alsof ze erdoor werd bezeten.

Bij de *Kreisleriana* van Schumann vroeg ze waar hij aan moest denken.

'Nergens aan.'

'Leugenaar. Dit stuk betekent heel veel voor je, dat zie ik toch?'

Na enige aarzeling vertelde hij dat zijn moeder het vaak voor hem had gespeeld. Ze nam hem dan op schoot om hem de vingerzettingen te leren. Zijn liefde voor muziek had hij aan haar te danken. Hij vertelde ook hoe ze hem had gekust en vastgehouden, die laatste keer, voordat de verpleegster kwam om te zeggen dat het bezoekuur voorbij was. Hij had het nog nooit aan iemand verteld.

Zo liet hij Senna in zijn wereld toe, maar hij kwam weinig te weten over de hare. Toen ze wegging vroeg hij of hij haar eens mocht bellen. Ze lachte ontwijkend en kuste hem op zijn wang. Haar huid voelde fris aan. Haar lange haren streelden zijn gezicht.

'Ik ben heel slecht in afspraken,' zei ze. 'Ik heb totaal geen tijdsbesef. En ik kan jou moeilijk lastigvallen als je net slaapt of moet werken.'

Hij kon het niet verdragen dat ze zomaar zijn leven weer uit liep en hield haar midden op de trap staande.

'Waar woon je dan?'

'Wat kan jou dat schelen?'

'Misschien kan ik je een keer bezoeken.'

Ze glimlachte raadselachtig verlegen, beschaamd haast. Toen liep ze naar buiten.

'Ik bewaar altijd een reservehuissleutel onder die grote bloempot in het portiek,' probeerde hij nog. 'Je mag komen wanneer je wilt, Senna.'

Hij herhaalde haar naam die nacht keer op keer en proefde de klank, alsof hij haar daarmee tevoorschijn kon toveren.

Die week kwam ze niet meer terug. Hij ging niet meer naar de cafés en begon zelfs zijn muziek te verwaarlozen. Sommige dagen hing hij lusteloos op bed. Maar toen hij na een slapeloze nacht naar de keuken liep om wat water te drinken, schrok hij opeens: er zat iemand in de huiskamer. In zijn leesstoel zag hij haar onscherpe contouren. Het was Senna. Ze was in slaap gevallen met een roman van Victor Hugo. Hij schuifelde de kamer in en ging zachtjes naast haar op de grond zitten om het vredige gezicht te bestuderen. Er liepen strepen over haar wangen. Hij had geen idee of ze had gehuild vanwege de roman of dat er iets gebeurd was. De tijd zonk weg in een onnoemelijke diepte. Onder haar mouw zag hij een stukje van het litteken op haar onderarm dat bijna helemaal genezen was.

Toen ze wakker werd, had hij geen idee hoe lang hij daar had gezeten. Ze had weer die heerlijke, raadselachtige uitdrukking op haar gezicht en ze leek haast verrast hem te zien.

'Dus je wist nog waar ik woonde?' vroeg hij volstrekt overbodig.

'Ik moest even alleen zijn. En ik wist niet waar ik heen moest. Dus toen dacht ik: hé...'

'... ik ken nog ergens een gekke pianist.'

Hij durfde niet verder te vragen, maar haalde snel ontbijt en perste sinaasappelen. Ze genoten ervan zonder iets te zeggen. Toen wilde ze een cd van Martha Argerich horen. Hij ging naast haar op de bank zitten en ze legde haar voeten over zijn benen. Hij frutselde aan het gouden kettinkje met de blauwe kraaltjes rond haar enkel. Ondertussen dwaalden zijn ogen steeds af naar haar mooie vormen onder haar lichtgrijze jurkje.

Hij vroeg of ze zin had om door Parijs te wandelen. Het was mooi weer en er was niemand op straat. Ze zei dat ze niet veel tijd had, maar hij drong aan. Ze slenterden langs kraampjes die werden opgezet en dronken koffie op een terrasje dat nog half leeg was. Notovich vond het heerlijk om Nederlands met haar te praten zodat niemand hen kon verstaan, net zoals hij vroeger met Linda Russisch had gesproken. Hij besprak openhartig de meest intieme angsten en verlangens. Toen ze het koud kregen, liepen ze verder. De straten werden drukker en ze spraken niet veel meer. Het was net of ze al jaren een relatie hadden. Notovich had voor het eerst het gevoel dat hij geen toeschouwer was, maar een deelnemer.

Op weg naar huis hield Senna hem plotseling staande.

'Aggut, kijk eens...'

Ze raapte een half geplet kevertje op. Iemand was er waarschijnlijk overheen gelopen.

'Die kun je het best doodmaken,' probeerde Notovich.

'Echt niet.'

Ze legde het beestje op een opengevouwen servetje en gaf het aan hem.

'Wat moet ík daarmee?'

'Goed voor zorgen, hoor. Dan kom ik snel kijken hoe het met hem gaat.'

Daarna verdween ze in een taxi.

Het beestje was al dood toen hij thuiskwam, maar hij durfde het niet door de wc te spoelen en begroef het. Ze vroeg er nooit meer naar.

Ze kwam eerst sporadisch, vaak 's avonds of midden in de nacht. Dan moest ze even bijtanken, zei ze. Tijd voor een goed gesprek of zomaar niksdoen en muziek luisteren. Een paar dagen later kwam ze weer langs en zo fladderde ze zijn leven in en uit zonder te vertellen waar ze woonde of waar ze van leefde. Ze stelde hem nooit voor aan vrienden of vriendinnen, ze kwam nooit aanzetten met verhalen over collega's. Ze vertelde ook nooit iets over die nacht in de regen en of ze die man van toen nog weleens zag. Hij vroeg zich af of ze nog iets met hem had, maar ze ontweek het onderwerp. Misschien kwam ze bij Notovich om voor hem te schuilen na een ruzie of gevecht. Hij herinnerde zich de krassen op haar armen, die ene nacht in de regen. Er kwamen geen nieuwe krassen meer bij, of ze wist ze heel goed te verbergen. Ze droeg meestal lange mouwen. Na een tijdje zette hij de andere man uit zijn hoofd. Hij ging ervan uit dat Senna hem niet meer zag.

Vanaf de eerste dag gedroeg ze zich in zijn appartement alsof ze er zelf woonde. Ze had de neiging om alles wat ze zag op te pakken en ergens anders achteloos neer te leggen: boeken op het aanrecht, borstels op de vensterbank, sokken op de wc en een trui van Notovich hing op een dag als een gordijn voor het raam. Toen hij de gordijnen dichttrok om te laten zien dat dat veel handiger was, keek ze hem aan alsof hij zojuist een nieuwe wetenschappelijke ontdekking had gedaan. Ze kon ook niet naar een plantje kijken zonder het op te pakken en ergens anders weer neer te zetten.

En telkens als ze op weg naar zijn huis een ziek vogeltje of beestje vond, nam ze het mee. In de keuken van Notovich stonden doosjes in allerlei soorten en maten, gevuld met keukenpapier of stro. Dan was er altijd plaats voor een nieuw slachtoffer. Soms zorgde ze ervoor, maar dan kwam ze weer dagen niet langs. Zo gingen ze allemaal dood. Notovich begroef de beestjes altijd netjes. Als Senna terugkwam taalde ze er niet meer naar.

Voor een buitenstaander leek het misschien alsof ze elkaars geliefden waren, maar ze bleef nooit slapen en ze gingen niet met elkaar naar bed. Dat verbaasde Notovich eerst. Senna was niet preuts. Als het warm was, liep ze in haar ondergoed door het huis en ze sloot nooit de deur als ze naar de wc ging. Maar steeds als ze nader tot elkaar leken te komen, ontweek ze hem.

Eerst dacht hij dat ze het moment uitstelde om de spanning te verhogen. Of misschien wilde ze eerst overtuigd zijn van zijn goede intenties. Later ging hij twijfelen. Voelde ze zich wel tot hem aangetrokken? Misschien zag ze hem alleen als een vriend? Maar nee, daarvoor was hun relatie veel te intiem. Misschien wel té, misschien kwam het te dichtbij. Hij wist zeker dat ze méér voor hem voelde.

Misschien had ze net een slechte ervaring achter de rug, wie weet een of ander jeugdtrauma. Hij besloot dus niet aan te dringen. Hij was veel te gelukkig dat ze er was en hield zichzelf voor dat het helemaal niet nodig was om met elkaar te vrijen. Het moest spontaan gebeuren en anders niet.

Maar hij kon het niet laten haar af en toe te strelen. En toen ze op een avond met haar gedichten tegen hem aan lag, kon hij zich niet meer beheersen. Hij boog zich naar haar toe en kuste haar op haar voorhoofd, toen op haar wang, toen op haar mond. Ze liet hem rustig begaan, maar reageerde nauwelijks. Daar liet hij het maar bij.

Sinds hun ontmoeting in de tuin achter zijn studeerkamertje had ze hem niet meer horen spelen. Hij had haar wel een keer meegevraagd, maar ze had geen zin, zei ze. Hij vermoedde dat ze niet terug wilde naar de plek waar die andere man woonde, maar daar praatte ze nooit over. Notovich studeerde niet echt meer. Het ging mechanisch, hij was er met zijn hart niet meer bij. Zijn ambities waren verdwenen.

Hij had er steeds meer moeite mee als ze een paar dagen niet kwam opdagen zonder te laten weten waar ze was. Hij had steeds meer behoefte om bij haar te zijn, naast haar te liggen, één met haar te zijn. Maar hij was bang om erover te beginnen, bang dat hij iets kapot zou maken.

Soms had ze een onverklaarbare, sombere bui.

'Misschien ben jij helemaal niet goed voor me', zei ze op een avond, terwijl ze naar buiten staarde. 'Misschien kan ik beter bij je uit de buurt blijven.'

'Wat bedoel je daarmee? Wat heb ik fout gedaan?'

'We lijken te veel op elkaar. Diep vanbinnen heb jij een zwart gat dat alles naar binnen zuigt wat in zijn buurt komt, net als ik. Als we niet uitkijken, richten we elkaar te gronde.'

'Ik vind niks duisters aan jou. En ik heb volgens mij ook geen zwart gat in mezelf.'

Toen lachte ze opeens weer en zei dat hij lief was. Ze omarmde hem even. Hij hield haar stevig vast en kuste haar op de mond. Maar toen hij verder wilde gaan, hield ze hem tegen.

'Waarom niet? Senna, ik snap er niets van.'

'Wat jij nodig hebt, is een grote ongelukkige liefde', zei ze. 'Dat is de drijfveer van alle grote kunstenaars.'

'Ik heb liever een grote gelukkige liefde.'

'Daar heb jij geen talent voor. Je bent net als ik.'

'Dat klinkt deprimerend.'

'Nee hoor. Als we nu met elkaar naar bed gaan, dan verlies je die intensiteit en inspiratie.'

'En als dat me nou niks kan schelen?'

'Onzin, Misha. Muziek is jouw grote liefde. Daar wil ik niet tussen komen.'

Ze wilde eerst bijna nooit met hem naar een café of een wandeling maken. Maar op een avond wist hij haar over te halen mee te gaan naar een wijk buiten het centrum. Daar liep ze eerst onwennig naast hem, alsof ze elk moment betrapt konden worden. Notovich had dat wel vaker gemerkt als ze samen buiten waren. Misschien was ze nog steeds bang voor die andere man, maar hij vroeg er niet naar.

Ze kwamen langs een grote zaak waar zowel nieuwe als gerestaureerde vleugels verkocht werden. Senna trok hem opeens mee naar binnen. De zaak was ouderwets ingericht vol rode pluchen stoelen, maar er waren geen klanten.

'Wil je iets voor me spelen?' vroeg ze. Een oudere verkoper met een verfomfaaid hoofd kwam uit het kamertje achter in de winkel kijken. Notovich vroeg of het goed was als hij wat piano's uitprobeerde. De man bestudeerde hem even en concludeerde blijkbaar dat er niets te verdienen viel. Hij maakte een loom wegwerpgebaar en verdween weer in zijn kamertje. Notovich liep de rijen langs, hier een toets indrukkend, daar een akkoord.

'Dit is 'm!' riep Senna opeens.

Hij draaide zich om en zag Senna boven op een grote, bruine vleugel liggen.

'Kom van dat ding af, hij schopt ons eruit!'

'Die man kán niet eens meer schoppen,' lachte ze. 'Dit is jouw piano, ik wéét het gewoon. Jullie horen bij elkaar.'

De vleugel had een ongewoon rijke, warme klank. Het mechaniek liep als een trein, loopjes en arpeggio's kwamen er bijna moeiteloos uit. Met dit instrument kon hij alles: zingen, brullen en fluisteren. Hij had nog nooit op zoiets gespeeld. Deze vleugel voelde als een verlengstuk van hemzelf.

'Speel wat voor me, mijn liefste.'

'Zei je daar "mijn liefste"?'

'Natuurlijk, dat hoort er toch bij?'

Notovich begon aan een prelude, maar Senna onderbrak hem al na twee akkoorden.

'Niks voor jou.'

'Dat is Rachmaninov, hoor.'

'Kan me niet schelen, die past niet bij jou.'

Hij begon aan sonates van Chopin, Beethoven en Brahms, maar ook die wilde ze niet horen. Opeens herinnerde hij zich wat hij voor haar gespeeld had in de tuin.

'Misschien hou je meer van Liszt.'

'Het gaat er niet om waar ik van hou,' zei ze, 'het gaat erom wat er bij jou past, welke componist kan uitdrukken wat er in jou zit.'

Zo had hij het nog nooit bekeken. Hij vond altijd dat een pianist elk repertoire aan moest kunnen, elke stijl moest beheersen, van Bach tot Messiaen. Maar in de onnavolgbare logica van Senna was een pianist blijkbaar zélf een scheppend kunstenaar. De keuze van zijn repertoire was een vorm van zelfexpressie.

Hij speelde *Sonetto 104 del Petrarca* voor haar. Of het nou door de vleugel kwam, of door Senna, of door Liszt, dat wist hij niet, maar het voelde alsof hij naar een andere wereld werd getransponeerd. Na afloop had hij moeite zich los te maken uit de muziek. Senna leek ontroerd.

'Eens kijken of deze vleugel wat meer vuurwerk aankan,' zei hij, na een korte stilte. 'Nog iets van Liszt?'

Ze knikte.

'De *Vallee d'Obermann* dan. Dat stuk schreef Liszt in de jaren dat hij met Marie d'Agoult door Zwitserland en Italië reisde. Liszt liet zich overal door inspireren. Zijn werk bevat reisimpressies en indrukken die hij opdeed als hij een schilderij zag of een gedicht las.'

'Wie was die Marie dan?'

'Zijn grote liefde. Het moet een hele bijzondere vrouw zijn geweest. Ze was van adel en ook nog eens getrouwd met een of andere graaf. En toch gaf ze alles op om samen met Liszt de wereld in te trekken. Heel moedig in die tijd, en het leverde dan ook een ongehoord schandaal op. Liszt was in die tijd wereldberoemd, hij werd gezien als de grootste pianist aller tijden.'

'En toen?'

'Hun relatie hield maar een paar jaar stand.'

'Een ongelukkige liefde dus,' zei ze tevreden. 'Speel het maar voor me.'

De vleugel klonk vol en rijk in de lagere regionen en sprankelde in de hogere. Hij voelde zich één met de muziek, het was alsof hij zijn plek in het leven gevonden had. Toen hij klaar was, zag hij Senna haar tranen wegwrijven.

'Je mag echt alleen nog maar muziek spelen van Liszt. Dat moet je me beloven.'

'Dat lijkt me een beetje eenzijdig.'

'Je moet doen waar je goed in bent. Waarom zou je genoegen nemen met minder? Kijk maar naar Liszt en zijn liefde Marie.'

'Wil jij dan mijn ongelukkige liefde zijn?'

Ze grinnikte en schoof op haar buik een stukje naar hem toe om hem te kussen.

Die nacht bleef ze voor het eerst bij hem slapen. Met alleen een hemd en een slipje aan kroop ze zachtjes tegen hem aan. Hij draaide zich naar haar toe en streelde haar hoofd, haar wangen, schouders en borsten. Ze liet hem begaan.

'Misha, je moet beloven dat je wat van je leven maakt. Je moet meer composities van Liszt instuderen. Jullie zijn voor elkaar geboren, dat voel ik gewoon. Je moet de hele wereld laten horen wat je in je hebt.'

'Alleen als jij bij me blijft.'

'Net als Franz en Marie?'

'Net als Franz en Marie.'

Hij kuste haar. Maar toen hij verder wilde gaan, hield ze hem tegen. Hij kon zijn ergernis niet inhouden en stapte vloekend uit bed. Hij had meteen weer spijt van zijn uitval, want nu was er iets beschadigd wat er tussen hen was opgebouwd. Toen hij de volgende ochtend wakker werd, zag hij nog net dat Senna geluidloos uit bed stapte en de slaapkamer uit wilde sluipen. Als hij haar niet gevolgd was, had hij haar misschien nooit meer gezien.

10

'Jij houdt een mens wel bezig,' zei Linda geïrriteerd. 'Waarom neem je je telefoon niet op?'

'Ik heb niks gehoord,' zei Notovich versuft in de deuropening. Hij was na de ontmoeting met 'Vivien' te opgewonden geweest om te slapen. Pas tegen de ochtend was hij ingedommeld.

'Hij leeft nog. Kunnen we nu gaan?' concludeerde Wim, die een beetje verfrommeld naast het autootje van Linda stond. 'Ik heb nog een hoop te doen vandaag.'

Wim was een zachtmoedige man die weinig ruimte voor zich opeiste in het leven. Hij had dun, kort haar en een brilletje zonder montuur. Als je hem een hand gaf, was het net of je in een pakje smeltende boter kneep. Maar Notovich had geen hekel aan hem. Iedere man die oog had voor de kwaliteiten van Linda, verdiende het voordeel van de twijfel.

'Neem jij de tram terug naar huis, dan zet ik hem af bij Nicole,' zei Linda.

'Wat? En waarom moest ik dan meekomen?'

'Voor als hij verdwenen zou zijn,' zei Linda. 'Ik kan niet zoeken en op het verkeer letten tegelijkertijd.'

Wim zuchtte voor zijn doen erg diep en Linda keek hem overdreven schuldig aan.

'Knuppel maar een paar gnomen dood als je weer achter je computer zit,' zei ze met een knipoogje naar haar broer. Wim was verslaafd aan games met dwergen en draken die elkaar met zwaarden en puntige knotsen te lijf gingen. 'Dan kan hij zijn agressie een beetje uiten,' zei Linda altijd met een medelijdend, maar toch verliefd toontje.

'Wim hoeft niet met de tram,' zei Notovich. 'Ik ga niet naar Nicole.'

'Hoor je dat, Lin? Hij gaat niet naar Nicole. Ik neem de auto.'

'Jawel, ik heb een afspraak voor je gemaakt, Misha. Het lijkt me beter als je even met iemand praat.'

'Dat bepaal ik zelf wel! Ik heb vannacht geen oog dichtgedaan en ik heb geen behoefte aan therapie!'

De felheid waarmee hij het zei, verbaasde hemzelf.

'Wat is er toch met je?' vroeg Linda zachtjes. 'Neem je je pillen wel?'

'Natuurlijk neem ik mijn pillen. Verdomme, wie denk je dat ik ben? Een klein kind?'

Het was even stil. Notovich snapte niet wat er aan de hand was.

'Je staat met je snufferd in de krant, maar dat durft Linda niet te zeggen,' zei Wim.

Notovich keek Linda aan. Die probeerde niet bezorgd te kijken.

'Dat krijg je als ze je laten optreden voor honderd studenten. Nou weet iedereen dat je in Amsterdam zit. Wat moet ik tegen de politie zeggen?' vroeg ze.

'Vertel ze dan maar waar ik woon. Ze kunnen me niks maken.'

Linda zuchtte diep.

'Ze heeft geen oog dichtgedaan,' legde Wim uit.

Notovich voelde zich gedwongen het tweetal een kop koffie aan te bieden. Wim kwam beleefd glimlachend mee naar binnen en keek telkens op zijn horloge. Notovich wilde duidelijk maken dat hij zich goed voelde. Zo goed dat hij zelfs een collega-pianist had bezocht. Hij zei er niet bij dat die een vriendin had die waarschijnlijk Senna was. De bezorgdheid verdween niet uit Linda's ogen. Ze moesten iedereen laten zien dat alles 'onder controle' was, vond ze.

Ze haalde hem over om met Nicole te gaan praten.

'Dus nou kan ik alsnog met de tram,' constateerde Wim goedmoedig. Linda gaf hem een kus, duwde een versleten strippenkaart in zijn hand en startte de motor.

'Vanavond maak ik een lekkere goulash voor je.'

Nicole ving ze op in de hal. Het kon nog even duren, want ze was net in gesprek met iemand die vrij recent een zelfmoordpoging had gedaan. Ze leidde hen naar de wachtkamer. Daar zat nog een patiënt. Notovich stuurde Linda naar huis om vast te koken voor Wim. Hij duwde haar zachtjes de wachtkamer uit en beloofde haar die avond te bellen. Linda fluisterde samenzweerderig in zijn oor dat ze dan precies wilde weten wat die andere mevrouw mankeerde. Hij moest haar uithoren.

Het was de eerste keer dat hij moest wachten voor een consult. Hij kwam altijd 's avonds. Waarschijnlijk had Linda dat geregeld omwille van zijn privacy. Hij had er nooit bij stilgestaan dat er andere patiënten waren. Zijn gesprekken met Nicole waren natuurlijk bijzonder persoonlijk. De gedachte dat Nicole een dergelijke relatie met nog zo'n veertig andere mensen had, gaf het opeens iets banaals.

De vrouw tegenover hem was van middelbare leeftijd. Ze zag er goed verzorgd uit, maar haar ogen stonden flets.

'U hoeft zich niet ongemakkelijk te voelen, hoor. Ik weet wie u bent. Een vriendin van me woont hiertegenover en die had u laatst naar binnen zien lopen. Dus toen wist ik genoeg. Ook wel logisch dat u weer in Nederland bent. Ja, wij wisten het al eerder dan de krant, hè?'

Notovich pakte een tijdschrift en probeerde zo min mogelijk oogcontact te maken. Ze begon ongevraagd over haar man te vertellen, die tijdens een slippertje een hardnekkige geslachtsziekte had opgelopen.

Hij stond op en mompelde een excuus. Hij liep naar de hal en opende de voordeur. Onder aan het trapje stonden twee mannen in kreukelige confectiepakken.

'Bent u Mikhael Notovich?'

'Nee.'

Hij wilde doorlopen. Maar de jongste van de twee haalde een oude foto van Notovich tevoorschijn en keek er met gespeelde verbazing naar.

'Mijn naam is Jurjen van der Wal van de recherche,' zei de oudste. 'En dit is mijn collega Steenakker.'

'Jezus, moet dat echt hier?' zuchtte Notovich.

'We zoeken u al een paar dagen, maar we lopen u steeds mis.'

'Hoe komt u aan dit adres?'

'Een beetje speurwerk. Zouden we u een paar vragen mogen stellen?'

Van der Wal sprak langzaam, alsof hij alle tijd had en iedereen zich maar aan zijn tempo moest aanpassen. Hij was een jaar of vijftig. Kalend, met vriendelijke ogen die alles gezien hadden. Een roker, naar zijn vale huid te oordelen. Steenakker was niet ouder dan een jaar of vijfentwintig. Een gezicht zonder rimpels, maar mét de onvermijdelijke snor om het geheel wat meer gezag te geven.

'Ik moet naar een afspraak. Waar gaat het over?'

Hij zag vanuit zijn ooghoek dat de vrouw in de wachtkamer achter het raam reikhalsde om te kunnen zien wat er gebeurde.

'De Franse politie is naar u op zoek.'

'Waarom?'

'Ze willen voorlopig alleen weten of het klopt dat u in Amsterdam woont.'

'Blijkbaar. Ik neem aan dat u mijn adres inmiddels hebt?'

Steenakker las het adres van zijn kelder op om het te verifiëren. Notovich knikte.

'U moet zich zo snel mogelijk inschrijven bij de gemeente.'

'Prima. En verder? Wordt de zaak heropend?'

'Officieel is het onderzoek nog steeds gaande, want u bent voortvluchtig. Maar de Fransen drijven de zaak niet op de spits.'

'Omdat ze niks hebben. Toch?'

'U bent voorlopig niet verplicht om met ons te praten. Maar we hebben gisteren contact gehad met Buitenlandse Zaken en die hebben ook nog wat vragen, dus we zouden het zeer op prijs stellen als u...'

'U hebt geen arrestatiebevel?'

'Nee.'

'Dus ze hebben geen nieuw bewijs?'

'Ze hebben een nieuwe invalshoek. En die zijn we nu aan het onderzoeken.'

Een nieuwe *invalshoek*. Hij voelde zijn maag samentrekken. Niet weer. Niet nu.

'Luister, ik probeer die ellende juist achter me te laten. Dus ik ben niet verplicht om met jullie te praten?'

'Kom nou, meneer Notovich. Het zijn maar een paar vragen. En u bent wél een verdachte in een Franse verdwijningszaak. Dus het zou verstandig zijn als u zich schappelijk opstelt. Dat maakt het voor Buitenlandse Zaken veel makkelijker om u straks te helpen.'

'Maar?'

'U bent niet verplicht om...'

'Mooi. Dan laten we het hierbij.'

Hij liet de rechercheurs achter voor het huis van Nicole en liep de hoek om. Daar belde hij Bröll. Zijn benen trilden en hij vroeg zich af waarom hij in een portiek was gaan staan. Hij was niet op de vlucht, hij was niet schuldig. Hij had recht op een plaats in het daglicht.

Gelukkig was Bröll er in een paar minuten. Die was bezorgd. Hij kende wel een paar mensen bij de Franse politie. Moest hij navraag doen? Dat vond Notovich niet nodig. Als ze echt iets hadden, dan merkte hij dat snel genoeg. Het beste was om voorlopig niets tegen Linda te zeggen; die zou geen oog meer dichtdoen.

'Misschien is het beter als je wel met ze praat,' probeerde Bröll. 'Dan weet je waar je aan toe bent.'

Maar Notovich wilde er niks van weten. Hij wilde zich op andere dingen richten. Hij vertelde Bröll over zijn ontmoeting met Valdin. Bröll snapte niet waarom hij terug wilde naar het hotel.

'Valdin had een vrouw bij zich. Ik dacht dat ik haar herkende. Ik zou graag nog eens met haar praten.'

Dat was taal die Bröll begreep. Als het om een vrouw draaide, dan viel alles in zijn universum weer op zijn plaats.

Het meisje achter de balie van het hotel zei dat er geen Valdin stond ingeschreven in het hotel. Notovich beschreef de suite waar hij gisteren geweest was en vroeg wie daar dan sliep. Het meisje zei dat ze die informatie niet mocht geven. Maar Notovich kon zo gedetailleerd vertellen hoe de suite eruitzag dat hij er wel geweest moest zijn. Ten slotte keek ze toch even in de computer.

'Het spijt me, die gasten zijn gisterochtend al vertrokken.'

'Gisterochtend? Dat kan niet, ik was hier gisteravond nog. De hele kamer zat vol mensen.'

Het meisje draaide het scherm naar hem toe, zodat hij het met eigen ogen kon zien. Hij vroeg naar de manager die er gisteren was geweest, maar het meisje kende hem niet. Ze werkte nog niet zo lang in het hotel. Toen Notovich door bleef vragen, kwam Bröll sussend tussenbeide en leidde hem terug naar de auto.

Maar Notovich stapte niet in. Hij zei dat hij even de benen wilde strekken. Hij zou naar huis lopen. Bröll keek hem argwanend aan, maar ging toch akkoord. Toen hij instapte, hield Notovich hem staande.

'Valdin wil dat ik weer ga optreden.'

'Hij is de enige niet.'

'Je begrijpt het niet. Er ging een bepaalde dwang van uit.'

'Wat bedoel je?'

'Hij beweerde dat hij wist hoe Senna is gestorven. Het klonk als chantage.'

Bröll beloofde dat hij zou uitzoeken waar Valdins volgende concert zou plaatsvinden. Ze namen afscheid en Notovich maakte aanstalten om in de richting van zijn huis te lopen. Maar toen Bröll de hoek om was, liep hij terug en nam plaats op een terrasje tegenover het hotel.

Hij had Valdin gisteravond in de suite van het hotel gezien. De computer moest een fout hebben gemaakt. Misschien zat de vrouw die zich Vivien noemde nog in het hotel en misschien zou ze nooit meer terugkomen. Hij was er nog niet van overtuigd dat ze de waarheid had gesproken over haar naam. Hij zou het zichzelf nooit vergeven als hij Senna voor een tweede keer liet ontkomen. Hij had nooit mogen weggaan zonder met haar te spreken, maar hij was te verbijsterd geweest om iets zinnigs te zeggen. Hij was zijn oriëntatie volkomen kwijt geweest en had zich zo snel mogelijk uit de voeten gemaakt. Maar dat was gisteren. Nu zat hij hier vastberaden en als hij haar zag, zou hij die fout niet nog een keer maken.

Taxi's reden af en aan, gasten liepen in en uit met koffers of tassen van kledingzaken en juweliers. Uren gingen voorbij. Telkens als de ober kwam vragen of hij nog iets wilde, bestelde hij een kop thee, die hij maar half opdronk. Bij zijn vijfde kop ging het regenen. De ober haalde de kussens van de stoelen en vroeg of Notovich binnen wilde komen zitten. Maar vanuit het café zou hij geen goed zicht hebben op de ingang van het hotel. De ober trok de luifel omhoog, zodat Notovich vol in de regen kwam te zitten. Hij ging zo dicht mogelijk tegen de muur van het café staan, onder een smalle richel, maar hij had alleen zijn colbertje aan en was in korte tijd doornat. Voorbijgangers keken van hem weg alsof ze wilden voorkomen dat hij om een aalmoes zou vragen.

Opeens ontstond er rumoer voor het hotel. Er kwam een groepje mensen naar buiten met camera's en felle lampen, die de straat een onnatuurlijk fleurige aanblik gaven. In het midden liep Valdin, die blijkbaar niet gefilmd wilde worden, want hij hield een krant voor zijn gezicht en stapte snel in een taxi die kwam voorrijden. Toen de auto uit het zicht was, gingen de lampen uit en de ploeg waaierde uiteen; de cameraman en een interviewer stapten opgewonden pratend in een zwart busje dat vlakbij geparkeerd was.

Toen zag hij haar naar buiten komen.

Hij wilde haar naam roepen, maar hield zich in. Ze leek haast te hebben en hij moest zijn pas versnellen om haar in te halen. Toen ze een steegje in liep, was hij buiten adem.

'Senna!'

Ze keek niet om. Hij was haar nu op een paar passen genaderd.

'Vivien,' probeerde hij. Ze draaide zich om en keek hem met een lege blik aan.

'Herken je me niet?'

'Natuurlijk wel. U bent Notovich, we hebben elkaar gisteravond ontmoet.'

'Kom nou toch... hou me niet voor de gek,' zei hij terwijl hij haar bij haar schouders vastgreep.'

'Ik... laat me alstublieft los!'

'Jij bent Senna, ik ben toch niet blind? Zeg dat je Senna bent.'

'Gaat het, mevrouw?'

Twee bouwvakkers legden hun gereedschap neer en stapten uit de kuil waarin ze werkten. Ze kwamen langzaam aanlopen.

'Ik, eh... weet niet wie Senna is. Laat u mij alsjeblieft los.'

'Klinkt niet als een uitnodiging voor een partijtje strippoker,' zei de jongste bouwvakker, terwijl hij zijn sjekkie wegsmeet. 'Loslaten, vriend.' Notovich keek de vrouw smekend aan.

'Ik dacht dat je dood was. De politie heeft me zelfs verhoord. Ik... Het was verschrikkelijk. Mijn leven is een hel zonder jou. Speel alsjeblieft geen spelletjes met me.'

'Ik ben Senna niet,' zei de vrouw, zorgvuldig articulerend alsof ze tegen een slechthorende sprak. 'Laat me nu gaan.'

Notovich wilde achter haar aan lopen maar de bouwvakkers hielden hem tegen.

'Het heeft geen zin, jongen,' zei de oudste van de twee nu opvallend zachtaardig, 'Nee is nee. Ga naar huis en neem een borrel. Je ziet eruit alsof je d'r wel een kunt gebruiken.'

Maar toen Notovich hen in een onbewaakt ogenblik toch wilde passeren, sloeg de jongste hem tegen de vlakte. Liggend op de grond, door een waas van pijn en bloed, zag hij haar de hoek om lopen.

11

Hij was opeens weer terug in Parijs, die ochtend na zijn eerste nacht met Senna. De stad was nog niet helemaal wakker. Hij zag Senna verdwijnen in het nevelige licht dat over de straten hing. Hij bleef aan de overkant staan en vroeg zich af of hij haar zou volgen of niet. Ze had nooit verteld waar ze woonde. Wat voor posters hingen er bij haar aan de muur? Welke boeken stonden er in de kast? Wat voor plantjes in de vensterbank? Hij besefte dat iemand zich juist in zulke kleine dingen blootgeeft.

Er moest een reden zijn waarom ze zo zwijgzaam was. Misschien was ze helemaal niet klaar voor een relatie. Misschien had hij haar afgeschrikt met zijn openhartige bekentenis en was ze nu voor hem op de vlucht. Hij besloot haar alleen maar te volgen tot hij wist waar ze woonde of werkte, maar dan zou hij weer naar huis gaan. Hij zou haar niet lastigvallen, want iemand dwingen tot liefde had natuurlijk geen zin.

Hij volgde haar terwijl ze over boulevards slenterde, op bankjes zat en winkels in en uit banjerde. Ze liep wel door de menigte, maar ging er nooit in op. Omgekeerd leek niemand haar op te merken. Niemand vroeg haar de weg, geen enkele man keek even achterom als ze langsliep, of floot naar haar. Het was alsof de mensen aanvoelden dat ze niet echt deel uitmaakte van hun wereld.

Maar opeens werd ze midden op straat aangesproken door een man die meer dan vriendschappelijk zijn arm om haar heen legde, terwijl zijn andere hand naar haar achterste gleed. De vanzelfsprekende intimiteit schokte Notovich. Het was de man die hij die ene nacht met haar in de regen had gezien, toen ze met de ambulance was afgevoerd.

Er volgde een korte, felle discussie en daarna droop hij af. Notovich volgde hem net iets te lang met zijn blik, waardoor hij Senna bijna uit het oog verloor. Hij moest in looppas achter haar aan.

Na een tijdje versnelde Senna haar pas. Woonde ze hier in de buurt? Ze waren terechtgekomen in een gedeelte van Parijs waar Notovich nog nooit was geweest. Hij kon niet zeggen of ze in het oosten of westen van de stad waren aanbeland. Na een aantal wijken met flats waar de gewone Parijzenaars leefden, kwamen ze nu in legere straten waar oudere kantoorgebouwen in een verlaten stilte hun lot afwachtten. Voor het eerst was ook de wind hier te voelen. Notovich zou de weg nooit in zijn eentje terugvinden. Zijn mond was uitgedroogd en zijn voeten waren opgezwollen. Hij zag nergens een metrostation. Hij zocht in zijn zak naar geld voor een taxi. Zou hij haar inhalen en aanbieden met hem mee te rijden? Maar hoe kon hij uitleggen dat hij haar helemaal hiernaartoe gevolgd was, tot in deze vergeten wijken van Parijs? Hij had nog maar een paar euro. Net genoeg om zich bij de metro te laten afzetten, en dan maar hopen dat hij zonder kaartje naar huis kwam.

Toen hij opkeek, was Senna uit het zicht verdwenen. Hij rende met brandende voeten een zijstraat in, maar die liep dood. Als hij niet snel was, zou hij haar niet meer terugvinden. Maar terug op de plek waar hij haar uit het oog verloren was, kon hij niet beslissen welke straat hij in zou gaan. Hij begon op goed geluk te lopen, maar zijn voeten waren niet meer in staat tot meer dan een sukkelig drafje. Hij was haar kwijt.

Het leek eindeloos te duren voordat Senna weer bij hem terugkwam, doodgewoon, alsof ze eventjes een fles melk was wezen halen. Hij stelde geen eisen. Hij verontschuldigde zich alleen. Het speet hem dat hij zo hard van stapel was gelopen en hij liet haar op alle mogelijke manieren merken dat hij haar vrij zou laten. Ze bleef af en toe bij hem slapen, soms een uurtje, soms langer, maar nooit een hele nacht. Hij zocht geen fysieke toenadering meer. Hij hoopte dat ze daar vanzelf behoefte aan zou krijgen als hij haar vrijliet. Hij vroeg haar nooit om te blijven slapen en als ze wegging vroeg hij nooit wanneer ze terugkwam.

Als hij ging studeren, las ze alles wat er in zijn boekenkast te vinden was over Franz Liszt en Marie d'Agoult. Als hij terugkwam, lazen ze elkaar voor uit de liefdesbrieven, die Liszt en d'Agoult soms schreven in het Duits, de geheimtaal voor hun liefde.

'Marie! Marie!

O, laat me die naam duizend keer herhalen. Drie dagen lang heeft hij in me geleefd, me onderdrukt, in vlam gezet. Ik schrijf niet aan je – nee, ik ben dicht naast je. Ik kan je zien, horen. Eeuwig in jouw armen... Hemel, hel, alles is in jou aanwezig, met dubbele kracht. O, laat me vrij om te ijlen in mijn delirium. De doffe, tamme, beperkende werkelijkheid is niet meer genoeg voor me. We moeten ons leven ten volle leven, liefhebben en lijden tot in het extreme!

Franz'

Notovich las 'Misha' waar 'Franz' stond. En Senna las op haar beurt een van de brieven van Marie voor:

'Het was alsof we elkaar nog helemaal niet verlaten hadden. Jouw blik hing magisch stralend in de lucht. Je adem hing nog op mijn lippen en oogleden; je hartslagen waren nog vermengd met de mijne...

Marie'

's Zondags struinden ze de marktjes af in de buitenwijken, op zoek naar boeken waar iets in stond over de componist. Ze maakte voor Notovich een hele lijst van boeken die Liszt zelf ooit gelezen moest hebben: van Goethes *Faust* en Dantes *Goddelijke komedie* tot obscure werkjes over filosofie en religie. Toen ze haar angst om met hem gezien te worden leek te hebben overwonnen, sleurde ze hem mee naar plaatsen waar Liszt gewoond had, naar theaters waar hij had opgetreden en naar musea waar schilderijen hingen die Liszt hadden geïnspireerd. Ze haalde folders over plaatsen die Liszt en Marie hadden bezocht tijdens hun jaren in het buitenland en plande zelfs een uitgebreide reis langs al deze plekken.

Hoe meer Notovich zich in Liszt verdiepte, des te meer deze hem fascineerde. Er ging een heel nieuwe denkwereld voor hem open, een wereld waarin hij zich onverwacht thuis voelde. Het leek wel of de muziek van Liszt voortkwam uit de diepten van Notovich' eigen ziel;

Liszt opende panorama's op zijn innerlijk die tot nu toe voor hemzelf onzichtbaar waren geweest.

Het fascineerde hem ook hoe Liszt was uitgegroeid tot de grootste pianovirtuoos aller tijden. Hij was een dromerige jongen uit een achterlijk dorp op de grens tussen Hongarije en Oostenrijk. Een ziekelijk kind dat voortdurend op de rand van de dood balanceerde. Zijn eerste herinnering was een doodskistje dat zijn ouders voor hem hadden gemaakt. Zijn hele leven zou hij worden achtervolgd door dood en rampspoed, en al die keren vluchtte hij in de muziek. Omdat er in hun dorp geen goede leraar was, leerde hij zichzelf pianospelen. Hij had geen flauw benul hoe hij zijn vingers op de toetsen moest zetten, maar toen zijn vader hem meenam naar de grote pedagoog Czerny, was die diep geroerd door het spel van de jongen. De ouders investeerden alles wat ze hadden om ervoor te zorgen dat hun zoon in het verre Wenen kon wonen en lessen kon volgen. Czerny zag het als zijn plicht om het wonderkind te helpen en vroeg geen geld voor zijn lessen. Hij ging geduldig en systematisch met hem aan het werk. Onder zijn leiding groeide Liszt uit tot een jonge virtuoos en kwam hij terecht in Parijs, waar hij zijn eerste triomfen vierde. In zijn hart zou hij zijn hele leven een autodidact blijven. Volgens Notovich was dat de reden dat Liszt in staat was muziek te scheppen die zo verbluffend origineel was en voor geen enkele muzikale wet leek te buigen.

Geleidelijk drong Notovich door tot de diepere lagen van Liszts composities. Af en toe nam hij Senna mee naar de bruine vleugel en speelde hij voor haar. Ze kozen de uren dat er geen klanten in de zaak zouden zijn. Als de oude verkoper zich terugtrok in zijn kamertje, ging Senna weer op de vleugel liggen. En dan speelde Notovich voor haar. Voor hem wás ze de muziek. Zij gaf zijn kunstenaarschap richting en blies zijn verlangen om te spelen nieuw leven in. Toen ze op een avond naar zijn huis liepen, zei Senna dat het tijd was dat Notovich weer ging optreden.

12

Valdin weigerde in de media te verschijnen en daarom was hij in één klap een mediaster. Een dag na het besloten recital gonsde het land van de geruchten en geruchten óver geruchten. Bij gebrek aan betrouwbare informatie fantaseerde iedereen erop los. Al snel werd Valdin gebombardeerd tot de grootste sensatie van de afgelopen vijftig jaar, een onbegrepen genie, een schaamteloze charlatan, een rokkenjager die talloze vrouwen aan hun lot had overgelaten, een tragische figuur met een fatale hartstoornis, kinderlokker en autist.

Zijn muzikale kwaliteiten stonden buiten kijf, ook al had geen enkele criticus hem nog horen spelen. Die hielden zich dan ook op de vlakte en beperkten hun commentaar tot het 'tijdverschijnsel' dat Valdin heette. Het leek onwaarschijnlijk dat Valdin zo kort na zijn succesvolle debuut nóg een recital zou geven, maar juist dat maakte het weer waarschijnlijk, want, zoals een weblogger schreef: 'Bij mannen als Valdin weet je het nooit.'

De gelukkigen die het eerste recital hadden bijgewoond, werden tegen hun zin voor de camera's gesleurd. Ze vertelden dat Valdin Liszt niet alleen spéélde, maar ook op hem leek. Dat leidde weer tot speculaties over de mystieke band tussen pianist en componist, die tijd en ruimte oversteeg. Liszts composities waren de openbaringen en Valdin was hun profeet. Een ooggetuige beweerde dat de pianist tijdens het spelen 'ontzield' leek, alsof hij een pact had gesloten met de duivel.

Notovich was zich nauwelijks bewust van de storm die door de stad raasde. Toen Bröll hem belde, stond hij het bloed van zijn gezwollen lip te deppen. De impresario wilde weten of hij goed was thuisgekomen, maar Notovich vertelde hem niets over zijn ontmoeting met de bouwvakkers. Hij zou vanavond Thais bestellen en met een boek in bed kruipen. Hij had honger en een hoop slaap in te halen. Toen Bröll ophing, belde Notovich Nicole, maar die nam niet op. Hij sprak in op haar voicemail om uit te leggen waarom hij die middag niet op zijn afspraak was verschenen.

Tegen een uur of zeven 's avonds ging de bel. Maar toen hij opendeed, was de bezorger van de Thai nergens te bekennen. In plaats daarvan lag er een envelop op zijn deurmat. Het was eenzelfde exemplaar als de vorige uitnodiging, maar de mededeling was nu veel korter:

Valdin
Huize Beukenhorst
Hedenavond, 20.00 uur

Hij staarde naar het papier. Het idee om een recital van Valdin bij te wonen vervulde hem met een afkeer die grensde aan angst. Maar het was misschien de enige manier om haar nog eens te zien. Het kon hem niet schelen of ze zich Vivien of Senna noemde. Hij moest haar nog een keer spreken. Bröll zou woedend zijn als hij zonder hem zou gaan, maar hij belde liever een taxi.

Huize Beukenhorst lag tien minuten buiten de stad. De chauffeur had er nog nooit van gehoord en het was snel donker geworden, dus ze moesten onderweg driemaal omkeren, ondanks het navigatiesysteem. Notovich vroeg zich af hoeveel gasten er zouden komen en of zij de uitnodiging ook zo laat hadden ontvangen. Vast wel. Niemand zou zich een recital van Valdin door de neus laten boren. En ditmaal zouden er critici aanwezig zijn; die hadden waarschijnlijk al hun connecties ingezet en hoge geldbedragen geboden om het volgende recital niet te missen.

Ze reden door een groot stalen hek het landgoed op, waar totale duisternis heerste. De chauffeur stopte even en zette het groot licht aan om zich te oriënteren. Aan het eind van een lange oprijlaan zagen ze een wit landhuis liggen. Er brandde geen licht.

'Weet u zeker dat het hier is?'

'Dat stond op de uitnodiging.'

Ze waren laat, het recital was misschien al begonnen. Notovich stapte uit en twijfelde of hij de grote trappen op zou lopen. Er stond een bordje dat wees naar een parkeerterrein achter het landhuis. Misschien was de ingang daar. Toen zwaaiden er twee deuren open om hem binnen te laten. Hij vroeg de chauffeur op hem te wachten, want hij had geen idee hoe lang hij het binnen zou uithouden.

Er was niemand te zien in de grote hal, zelfs niet de mensen die de deuren hadden geopend. Er brandde ook geen licht. Notovich schudde zijn hoofd, Valdin was blijkbaar een pianist die dit soort show nodig had. Dat gaf al te denken over zijn zelfvertrouwen. Er kwam zacht licht uit een van de gangen. Notovich schuifelde in de richting van twee hoge deuren, hij hoorde gedempt geroezemoes. Een man in livrei wilde de zaal net sluiten en zei dat het recital elk moment kon beginnen. Hij was dus op de goede plaats.

Hij kwam via een zijdeur de enorme salon binnen. Meteen stond hij in de kolkende branding van emoties en spanning die hij nog zo goed kende. Op het rode pluche van de stoelen zaten zo'n honderdvijftig gasten die hun opwinding nauwelijks konden beteugelen, want zíj waren uitverkoren om zo'n bijzonder evenement mee te maken. De ruimte was helemaal verlicht met kaarsen. De flakkerende schaduwen op de muren en het plafond gaven een intieme, haast spookachtige sfeer. De man in livrei wilde Notovich naar zijn plaats brengen, maar hij bleef liever bij de deur staan. De bediende (anders kon je hem niet noemen in deze omgeving) was zo aardig om hem een stoel te brengen. Hier zat hij dicht bij het podium en had hij zicht op de hele eerste rij. Hij ging al de gezichten af, voor zover dat ging in het schijnsel van de kaarsen. Maar *zij* was er niet bij.

Opeens kwamen er van alle kanten bedienden de zaal in gelopen, die met lange kaarsendovers de talloze vlammetjes smoorden op de grote, ronde kandelaars aan het plafond. Er klonken uitgelaten kreetjes uit het publiek. Het licht doofde langzaam. Er brandde alleen nog een kandelaar op de zwarte vleugel, die eenzaam op het verhoogde podium stond.

De salon viel stil.

Er kwam een oudere, gebogen man met een baardje het podium op lopen, die bij de kandelaar bleef staan. In het golvende licht van de kaarsen hadden de schaduwen vrij spel op zijn gezicht. Hij keek de zaal in en zei toen opzettelijk zacht: '*Mesdames et messieurs*... Valdin.'

Notovich meende dat hij aan de andere kant een vrouw in een avondjurk zag binnenkomen, die haastig plaatsnam op de voorste rij. Hij kon onmogelijk zien of *zij* het was of niet. Zijn aandacht werd weer naar het podium getrokken. Een magere, rijzige figuur in het zwart was geruisloos het podium op gelopen en nam zonder naar het publiek te kijken plaats achter het instrument. Hij staarde naar de toetsen en schudde zijn haren naar achteren.

Valdins haar was niet alleen langer, maar ook zwarter dan destijds in Parijs. Hij was een wat saaie, onopvallende verschijning geweest. Notovich hing met Senna weleens rond in een kroegje waar veel studenten van het Conservatoire National kwamen. Als Senna vroeg naar huis ging, zakte Notovich soms met andere jonge pianisten door. Mindere goden, die lachten om zijn grapjes en dankbaar waren voor elke terloopse opmerking over muziek. Valdin was er ook weleens bij geweest, maar hij noemde zich toen nog anders. Hij had eerder een recital van Valdin bijgewoond, dat wist hij opeens heel zeker. Hij kon zich alleen de omstandigheden niet meer herinneren. Hij was toen niet erg onder de indruk geweest. Was dit dezelfde pianist die hij destijds had gehoord?

Dat kon haast niet.

Valdin opende met de zes *Grandes Etudes de Paganini*. Die waren gebaseerd op diens huiveringwekkend moeilijke composities voor viool. Op piano waren ze nóg lastiger, wist Notovich maar al te goed. Sommige akkoorden lagen zo ver uit elkaar dat een normale mensenhand ze niet kon bevatten. Bij die onnatuurlijke grepen moest hij steeds al zijn techniek aanwenden om zijn vingers op de juiste plaats te krijgen. Alsof dat nog niet genoeg was, barstten de stukken van trillers in de linkerhand, gekruiste armen, arpeggio's en toonladders die razendsnel in octaaf gespeeld moesten worden.

Maar deze technische beperkingen leken voor Valdin niet te bestaan. Hij speelde sommige stukken met een snelheid die Notovich kramp in zijn maag bezorgde. En toch klonk de muziek steeds elegant en fris. In de handen van Valdin kreeg de razend ingewikkelde opeenstapeling van noten de vanzelfsprekende helderheid van een kinderwijsje. Andere stukken speelde hij juist tergend langzaam, maar met zoveel kracht en overtuiging dat het leek alsof je voor het eerst hoorde hoe de componist het allemaal bedoeld had. Valdin stond boven de stof, het was alsof je Liszt zelf hoorde spelen.

Notovich wilde weggaan, maar hij zat aan zijn stoel vastgezogen alsof een duistere kracht hem wilde pijnigen, hem wilde dwingen om te luisteren naar deze muziek... zíjn muziek. Hij luisterde nauwgezet naar het gemak waarmee Valdin hordes nam waar hij zelf jaren mee geworsteld had. Waar bij Notovich alleen gestuntel geklonken had, hoorde hij nu muziek. Het was hem nu wel duidelijk waarom Valdin zo graag wilde dat hij hierbij aanwezig zou zijn; hij wilde hem vernederen, tot in het diepst van zijn ziel. Het viel hem nu ook op dat Valdin niet uitsluitend bekende hoogtepunten speelde uit het oeuvre van Liszt, zoals andere pianisten. Hij werkte de composities systematisch af, als een hond die een territorium afbakent met urine. Het kon hem blijkbaar niet schelen wat het publiek daarvan dacht; het enige wat hem voortdreef was zijn zucht naar perfectie en schoonheid.

Toen Valdin klaar was met de etudes barstte er een overweldigend applaus en gejuich los. Het leek Valdin nauwelijks te deren. Hij keek de zaal in met de getergde blik van een gekwelde ziel. Allemaal pose, natuurlijk. Twee vrouwen liepen naar de rand van het podium en wierpen bloemen naar de pianist. Een andere vrouw slingerde de sleutel van haar hotelkamer het podium op. Valdin schoof de bloemen met een verveeld gebaar opzij, maar stopte de sleutel met een grijns in zijn binnenzak. Op de voorste rijen was gegil te horen.

In een reflex van opkomende misselijkheid wilde Notovich opstaan. Hij kreeg hier geen adem, het was alsof de duisternis hem verstikte. Hij wankelde naar de uitgang. Maar toen hij de deurkruk omlaagdrukte, hoorde hij opeens de stem van Valdin. Hij sprak het publiek in het Engels toe, met een Frans accent.

'*Ladies and gentlemen*, er is vanavond een legendarische maestro in deze zaal. Mijn grote voorbeeld... maestro Mikhael Notovich!'

Hij voelde dat alle ogen nu op hem waren gericht, ook al kon waarschijnlijk niemand hem goed zien in het donker. Er klonk aarzelend applaus. Iemand wilde Notovich weer naar zijn stoel leiden, maar hij bleef staan en knikte beleefd naar Valdin. Die was nog niet klaar.

'Ik ben een van de vele bewonderaars die dolgraag zouden willen dat maestro Notovich weer gaat optreden. Misschien zitten er nog meer fans in de zaal?'

Weer applaus.

'Precies! Daarom! We moeten hem overhalen! Ik heb er lang over lopen nadenken: hoe krijgen we Notovich weer op het podium? Hoe zorgen we ervoor dat zijn monumentale talent niet verloren gaat? En ik heb er iets op gevonden. Mag ik daarom uw aandacht voor een speciaal voorstel?'

Notovich voelde dat hij niet langer zou kunnen blijven staan. Had hij vandaag wel gegeten? Hij wist het niet meer.

'Ik, Valdin, daag maestro Notovich hierbij uit tot een pianoduel. Ja, u hoort het goed: een pianoduel. Plaats en tijdstip mag hij zelf bepalen. Wat zegt u daarvan, maestro?'

De zaal barstte los. Valdin keek hem aan en hief zijn armen alsof hij wilde zeggen: je kunt deze mensen niet teleurstellen. Opeens was duidelijk waarom Notovich die uitnodigingen gekregen had. Hij was erin getrapt en nu was hij publiekelijk voor joker gezet. Een pianoduel. Een briljante stunt, dat wel. Het maakte niet eens uit of hij de uitdaging aannam of niet. Het was hoe dan ook perfecte pr voor Valdin. Notovich beantwoordde de vragende blikken uit het publiek niet en maakte een gebaar dat zo vaag mogelijk was – geen afwijzing, geen aanvaarding. Hij ging zitten en wachtte rustig tot Valdin zijn recital hervatte. Die maande het publiek tot stilte.

'De maestro denkt erover na. En we brengen u op de hoogte van zijn antwoord.'

Natuurlijk. Het zou allemaal flink worden opgeklopt door Valdins mediamachine. Dat koudbloedige reptiel droeg het volgende werk ook nog eens aan hem op.

Notovich luisterde nog maar half en glipte halverwege het optreden naar buiten. Toen hij bijna buiten was, kwam er een bediende achter hem aan rennen.

'Mevrouw vroeg of ik dit aan u wilde geven.'

Hij was de vrouw in de avondjurk in de consternatie helemaal vergeten. Snel vouwde hij het briefje open en zijn hart miste een slag toen hij het bericht las.

13

De volgende ochtend hing er een Post-it van Linda op de ijskast. Ze had de boodschappen gehaald en een nieuwe afspraak voor hem gemaakt met Nicole. GAAN!!! stond er semi vrolijk onder. Maar dat kon hij vandaag niet opbrengen. Hij wilde eerst met Senna/Vivien praten, dan zou pas blijken of alle ellende van de afgelopen tijd ergens op was gebaseerd.

Als Senna nog leefde, zou hij verbijsterd zijn, woedend zelfs. Hij zou misschien een publiekelijke verklaring van haar eisen. Maar er zou vooral een enorme last van hem af worden genomen. Hij zou later misschien kunnen lachen om de tragikomische manier waarop hij zich in zijn eigen ellende had gewenteld. Alsof hij een kleine man was met kleine angsten, de virtuoos Notovich niet waardig.

Dat was nog het meest pijnlijke van het optreden van Valdin: die had hem een spiegel voorgehouden. Had hem laten zien wat voor een kunstenaar hij zelf was geweest. Misschien nog steeds was. Zou moeten zijn. Niet dat hij ooit weer zou optreden; daarvoor was het te laat. Hij zou het publiek waarschijnlijk toch niet meer voor zich kunnen winnen. Zelfs als Senna nog leefde, zou zijn reputatie bezoedeld blijven. Eens veroordeeld, altijd veroordeeld. In hun ogen was hij een excentrieke malloot, leuke gespreksstof op verjaardagen, maar meer ook niet. Zijn plaats was ingenomen door nieuw talent. Een man die zelfverzekerd genoeg was om hem op een smakeloze manier uit te dagen.

Valdins marketingmachine deed zijn werk; het stond de volgende ochtend in alle kranten. Bröll was de eerste die belde.

'Een pianoduel, Noto? Wat ís dit?'

De stilzwijgende verwijzing naar Liszt en Thalberg was slim gevonden, vond Notovich. Liszt werd tegenwoordig beschouwd als de grootste pianist aller tijden, maar in de tijd dat hij leefde, was er een rivaal die aanspraak maakte op dezelfde titel: Sigismund Thalberg.

Terwijl Liszt door Zwitserland en Italië dwaalde met zijn geliefde Marie d'Agoult, veroverde Thalberg Parijs. De critici waren Liszt snel vergeten en riepen de nieuweling uit tot koning van het concertpodium. Liszt voelde zich gedwongen om terug te keren uit zijn isolement. Hij liet zich teruglokken naar het podium en ging de confrontatie aan met Thalberg. De twee virtuozen speelden een serie historische pianoduels in de salons van Parijs. Die waren dé 'mediagebeurtenis' van de negentiende eeuw.

Het was even stil aan de andere kant van de lijn.

'Dus Valdin zet zichzelf niet alleen neer als jouw erfgenaam,' fluisterde Bröll, 'maar ook als die van de grote Liszt.'

'Precies.'

'En wat ga jij daartegen doen?'

'Bröll, je denkt toch niet dat ik dit serieus overweeg?'

'Natuurlijk niet, maar...'

'Het kan me geen bal schelen wat mensen van me denken.'

'Vroeger zou je uit je vel gesprongen zijn.'

'Vroeger misschien.'

Hij hing geïrriteerd op en stapte onder de douche om het van zich af te zetten. Hij wilde net de kraan opendraaien toen hij nog iets besefte. De etudes van Paganini die Valdin gisteravond gespeeld had, waren ook geen toeval. Het was allemaal een overduidelijke boodschap geweest. Maar hoe kon Valdin dat weten? Dat kón hij niet weten.

Hij liep naar de kleerkast en haalde onder de berg kleren het T-shirt tevoorschijn dat hij uit Parijs had meegenomen. De bloedvlekken zaten er nog op, maar haar parfum was vervlogen. Hij drukte de stof weer tegen zijn neus en herinnerde zich de keren dat ze dagenlang tegen elkaar aan hadden gelegen. Op de bank. In bed. De herinnering deed nog steeds meer pijn dan hij ooit voor mogelijk had gehouden. Hij voelde Senna's hoofd weer in zijn schoot liggen, terwijl ze voorlas uit een boek.

Ze kon geen genoeg krijgen van de passages over de wederopstanding van Franz Liszt. De artistieke wedergeboorte die hij te danken had aan de *Paganini Etudes*. Paganini was de grootste virtuoos van zijn tijd. Zijn vioolspel was zo beangstigend goed dat mensen dachten dat hij een pact met de duivel gesloten had. Het gerucht ging dat hij de vierde snaar van zijn viool had gemaakt van de darmen van zijn vermoorde minnares.

Notovich grinnikte toen hij dat hoorde.

'Dat zou jij toch nooit met mij doen, hè?' vroeg Senna.

'Met je darmen niet, maar van het bot van je linkerenkel kan ik misschien een mooi hamertje maken voor een concertvleugel.'

'"Paganini zag eruit als een duivel,"' las Senna verder. '"Hij had een lang, uitgehold gezicht met een scherpe neus en gloeiende haviksogen. Zijn huid was lijkbleek, maar zijn tanden waren pikzwart. Dat kwam door kwik, in die tijd het enige medicijn tegen syfilis. Die ziekte verteerde zijn hele lichaam en hij kon nauwelijks meer lopen van de pijn. Hij droeg een zwarte jas tot op zijn enkels en zijn zwarte haar hing tot op zijn rug. Als hij het toneel op kwam, jaagde hij zijn publiek de stuipen op het lijf. Hij bleef dan minutenlang de zaal in kijken zonder een woord te zeggen. Als hij dan eindelijk begon te spelen trok er een kille huivering door de zaal."'

Een goede truc, vond Notovich.

'"Op een avond zat ook de jonge Liszt in het publiek,"' las Senna. 'Dat was in 1835. Het ging niet goed met de arme Franz. Zijn dagen als wonderkind waren voorbij en hij wist niet wat hij moest met zijn leven. Hij lag dagen op bed zonder iets te doen en kwam de deur niet uit. Hij speelde bijna geen piano meer en wachtte tot iets of iemand hem uit zijn sluimering zou halen. Klinkt bekend?'

'Hm.'

'"Het spel van Paganini was een openbaring voor de jonge pianist. Paganini schreef zijn eigen muziek, omdat hij die van anderen niet uitdagend genoeg vond. Zijn muziek zat vol technisch vernuft en duizelingwekkende nieuwigheden. Als er tijdens het spel een snaar brak, speelde hij rustig verder op drie snaren. Zonder een noot te missen. Brak er nóg een snaar, dan speelde hij het hele stuk verder op twee of zelfs één snaar. Het effect van Paganini's spel was zo overdonderend dat Liszt uitriep: 'Wat een kunstenaar! Wat een lijden en martelingen in die vier snaren!' Opeens waren zijn eigen missie en toekomst helder: hij zou de Paganini van de piano worden. Het jonge genie onderging een metamorfose, hij ging aan het werk. Paganini beweerde dat hij nooit studeerde; daardoor gingen er allerlei geruchten rond over de duistere krachten die er in zijn spel te horen waren. Hij had zijn hele imago opgebouwd rond het verhaal van de duivel om het publiek naar zijn optredens te lokken. Maar Liszt begreep dat zulk meesterschap alleen was weggelegd voor mensen die vele malen harder studeerden dan andere musici. Hij begon koortsachtig te studeren en te componeren."'

'En wat is de moraal van het verhaal?'

'Wat Paganini deed voor Liszt, kan Liszt doen voor jou, Misha.'

'Hoe is het trouwens afgelopen met Paganini?' vroeg Notovich, die dat allang wist.

'Minder goed. Het leek wel of hij te gronde ging aan zijn eigen mythe. Hij zei dat de enorme energie die hij opwekte tijdens zijn optredens hem sloopte. Toen hij stierf, keerde dat verhaal over de duivel zich tegen hem. Geen enkele geestelijke wilde hem de laatste sacramenten toedienen, omdat ze ervan overtuigd waren dat hij bezeten was. Zijn lijk lag maanden in een kelder te rotten voordat iemand het durfde te begraven.'

'Lekker. En dat is het pad dat je voor mij hebt uitgestippeld?'

'Met grote kunstenaars is het net als met grote liefdes: het kan nooit goed aflopen.'

Destijds klonk ze zo naïef, maar achteraf had ze het misschien toch goed gezien. Met grote kunst is het net als met een grote liefde: die verteert mensen.

Notovich sloot zich drie, vier maanden op om te studeren. Hij ontdekte dat Liszt zijn geheimen nooit helemaal blootgaf en dat elke uitvoering weer nieuwe inzichten bracht. Hij zou eindeloos zijn blijven studeren als Senna hem niet had teruggebracht op aarde. Ze maakte afspraken bij de grote impresario's. De meesten kenden zijn naam nog van de concoursen, maar de gesprekken bleven altijd steken bij goede bedoelingen. Er waren gewoon te veel goede pianisten en Notovich had niets waardoor hij eruit sprong. Dan vertelde hij ze dat hij alleen maar Liszt wilde spelen, maar dat was volgens hen artistieke zelfmoord. Zelfs Glenn Gould, die excelleerde in Bach, maakte ook opnames van Beethoven en Scriabin. En als Notovich zich nou wilde specialiseren in Mozart of Chopin...

'U kunt mensen toch geen hele avond Liszt voorschotelen, *monsieur*? Met die harmonieën en dat gebeuk? Dan gaan de oren pijn doen!'

Notovich was er niet helemaal van overtuigd dat ze ongelijk hadden.

Maar Senna zette door.

'Natuurlijk zien ze het niet. Want dit is nog nooit gedaan. Wacht maar, Misha. Wacht maar tot ze het zien. Dan willen ze je allemaal hebben. Ze zullen denken dat de geest van Liszt weer is opgestaan.'

In plaats daarvan gleed hij langzaam weg in een depressie. Hij voelde zich niet alleen afgewezen door impresario's, maar ook door Senna. Ze hadden nog niet één keer de liefde bedreven.

'Richt je nou maar op je muziek,' zei Senna. 'Ik kan niet leven met het idee dat je er niet alles hebt uitgehaald wat erin zit, Misha.'

Hij gooide een stuk serviesgoed tegen de muur en ging naar de kroeg om zich te bezatten. Maar oog voor andere vrouwen had hij niet. Hij wilde Senna, alleen maar Senna. Hoe meer ze hem afwees, des te intenser zijn verlangen werd. Hij was soms bang dat het hem daadwerkelijk gek maakte, dat de druk op zijn hersenen te groot werd door de drang die er in hem zat.

Die avond pakte ze haar jas en wilde naar buiten lopen.

'Waar ga je heen?'

'Slapen.'

'Dat kan toch ook hier?'

Maar hij durfde niet aan te dringen, uit angst dat ze niet meer terug zou komen.

Toen leerde hij Bröll kennen. Wat die precies in Parijs deed, werd nooit duidelijk. Hij beweerde eerst dat hij op vakantie was, totdat bleek dat hij er al drie maanden zat en zogenaamd iets deed met autoschadebedrijven. Maar je zag hem nooit op kantooruren werken. Wel had hij overal vrienden van allerlei nationaliteiten, voornamelijk uit het voormalig Oostblok. Hij zat hele nachten met ze te praten aan tafeltjes op een donkere plek achter in de kroeg. Soms lachten en proostten ze de hele tijd, maar andere keren stond zijn gezicht dreigend en sloeg hij met zijn vuist op tafel. Welke taal ze spraken was ook niet te achterhalen. Bröll kwam uit Nederland, maar was geboren in Duitsland. Hij kende meer talen dan hij wilde toegeven. Soms bulkte hij van het geld, maar vaak sloop hij zonder te betalen de kroeg uit nadat hij een rondje had gegeven, en vertoonde zich dan een paar dagen niet.

Hij kon het meteen goed vinden met Notovich. Wat precies de aantrekkingskracht was tussen de mannen bleef een raadsel. Bröll beweerde dat zijn moeder een zigeunerin was en ook Slavisch bloed had, maar Notovich geloofde er niets van. Senna hield zich op de vlakte en ontweek hem een beetje. Notovich vroeg nooit waarom.

Bröll was onder de indruk van het pianospel van Notovich. Hij had geen verstand van klassieke muziek, maar hij leek precies aan te voelen wat er nodig was om van Notovich een succes te maken. Hij leek enthousiast over het Liszt-idee.

'Dus Liszt woonde ook in Parijs? Dat is perfect. En in welke zalen trad hij dan op?'

'Sommige bestaan nog, maar die zijn te groot en te prestigieus voor een debuut van een Nederlandse...'

'Bla-die-bla. Ik wil weten in welke zalen Liszt zijn grootste successen vierde.'

Hij besloot uiteindelijk dat de Salle Pleyel de beste uitstraling had voor een debuut van 'de nieuwe Liszt'.

'De nieuwe Liszt? Zo wil je me toch niet gaan noemen?'

'Ik niet, maar je publiek straks wel.'

Notovich moest zijn haar lang laten groeien zoals Liszt en Bröll bestelde met Senna's stilzwijgende goedkeuring een hele nieuwe garderobe met colberts en jasjes die modern waren, maar toch een klassieke, romantische stijl ademden. En alles in het zwart natuurlijk, dat was volgens Senna de kleur die bij Liszt hoorde.

Bröll ging met een van zijn Oost-Europese vriendjes naar de manager van de Salle Pleyel. Wat zich daar afspeelde werd nooit duidelijk, maar Notovich mocht komen voorspelen. En tot zijn verbazing werd er meteen een datum gepland voor het debuut. Stormachtige weken volgden. De Fransen waren in eerste instantie niet gecharmeerd van Brölls ideeën over de verkoop van zijn artiest, maar hij wist hoe hij hen moest masseren met dure etentjes en het juiste complimentje op het juiste moment. Notovich sloot zich op in zijn studeerkamer. Terwijl de grote avond naderde, zagen Senna en hij elkaar steeds minder. Als hij thuiskwam, ergerde hij zich steeds meer aan de puinhoop die ze overal achterliet. Hij kon niet tegen rommel en zeker niet als hij sterke behoefte had aan orde, zoals nu. Senna voelde dat aan en gaf hem de ruimte om zijn korzelige buien uit te leven. Ze masseerde zijn schouders en las hem voor uit de brieven van Liszt aan Marie d'Agoult. Ze probeerde zelfs een paar keer het huis op te ruimen, maar toen lag opeens niets meer op zijn plaats en Notovich moest haar smeken om het voortaan aan hem over te laten. Ook dat onderging ze met een glimlach.

Toch had hij het gevoel dat er iets niet klopte. Op de avond van zijn debuut besefte hij voor het eerst dat ze allebei zouden worden meegesleurd in de stroom van hun eigen lot. Het was de avond waarop het kolkende zwarte gat zich voor het eerst opende.

14

De dag kroop voorbij. Zijn afspraak met de vrouw die zich Vivien noemde was pas 's avonds. Om iets te doen te hebben ging Notovich bij Linda langs. Echt gezellig werd het niet. Wim bleef maar praten over zijn werk en Notovich had moeite het verhaal te volgen. Linda onderbrak Wim met een gebiedende blik. Blijkbaar had ze iets op haar lever.

'Nicole belde me. De politie is bij haar langs geweest.'

'Ja, dat kan wel kloppen, ja.'

'Kan wel kloppen? Waarom heb je me niets verteld, Misha?'

'Vergeten.'

'Wat heb je tegen ze gezegd?'

'Niks. Dat ze me met rust moeten laten. Ze hebben niks nieuws. En volgens mij hebben ze ook niet het recht om mijn psychiater te ondervragen.'

Hij wilde niet dat Linda haar advocate inschakelde, maar ze deed het toch. Wim zag het nut er ook niet van in: het had geen zin al die ellende weer op te rakelen. De politie zou toch niet loslaten waar ze naar zocht.

Notovich wilde van onderwerp veranderen en flapte eruit dat hij een afspraakje had.

Linda zette haar kopje neer.

'Een afspraakje? Met een vrouw? Is het daar niet wat vroeg voor?'

'Wat moet hij anders?' vroeg Wim. 'Hoe lang is het geleden dat die jongen samen is geweest met een leuke meid? En zo moeilijk moet het toch niet zijn voor iemand die er zo goed uitziet. Tenminste, als hij wat vaker onder de douche zou stappen.'

Linda kneep haar ogen tot spleetjes.

'Dus daarom doe je zo geheimzinnig de laatste dagen.'

'Misschien,' zei Notovich zo neutraal mogelijk. Hij had geen idee hoe hij Linda weer van het onderwerp af kon brengen. Ze zou blijven zeuren en zuigen tot ze er alles van wist.

'Luister, het is helemaal niet wat jullie denken. Er is niks romantisch aan. Het is iemand die ik ken van vroeger en... Ik dacht gewoon dat je het leuk zou vinden om te horen dat ik weer onder de mensen kom.'

'En wie is de gelukkige dan wel?' vroeg Linda, op een toon die ongeveer net zo luchtig aanvoelde als een donsdeken van gewapend beton.

'Laat die jongen toch,' zei Wim. 'Wees blij voor hem.'

Notovich werkte snel zijn thee naar binnen en wilde naar huis, maar Linda hield hem bij de deur tegen.

'Is dit wel het goede moment om weer iets met een vrouw te beginnen, Misha? Want de politie loopt niet voor niks rond te neuzen. En als ze die oude dossiers weer opduikelen, dan... dan... Laten we geen slapende honden wakker maken.'

Hij trok de deur geïrriteerd achter zich dicht.

Café Duke was twintig minuten lopen. Er waren weinig mensen. Hij vroeg zich af of ze expres een slecht verlicht café had uitgezocht, zodat ze geen bekenden zou tegenkomen. Hij ging achter in het café zitten, bestelde thee en probeerde de kranten te lezen. Er stond een verslag van Valdins optreden in met beschrijvingen als 'parelende arpeggio's' en 'achteloos geëtaleerde virtuositeit'. Tot zijn verbazing vond de schrijver van het stukje dat Valdin vooral de uiterlijke kant van Notovich imiteerde, maar minder inhoud had. Hij eindigde zelfs met de verzuchting dat hij heel wat zou geven om nog eenmaal een recital te mogen bijwonen van 'het origineel'. Er ging een licht gevoel van triomf door Notovich heen, maar ook twijfel. Ging dit wel over het recital dat hij had bijgewoond?

Toen hij de krant dichtsloeg, zag hij haar binnenkomen.

'Hier ben ik dan.'

Zijn lichaam schreeuwde meteen dat dit Senna was en hunkerde naar haar, maar zijn geest liet zich deze keer niet zo snel overtuigen. Geen van beiden zeiden ze iets. Ze liet zich geduldig maar ongemakkelijk aftasten door zijn hongerige ogen. Het was alsof Senna een puzzel was waarvan een paar stukjes niet pasten. De ogen waren er, de neus, de mond en de wangen. Maar de kleur van haar haar was lichter en haar gebaren waren bedachtzamer. De avondjurk die ze tijdens het recital had gedragen zou Senna destijds niet hebben gedragen – te chic voor haar smaak. Haar ogen straalden meer berusting uit dan vroeger. Als het Senna was, dan deed ze haar best om niet op zichzelf te lijken.

Er werd thee gebracht. Hij zoog elk beeld in zich op: de vingers die het oortje vasthielden, de getuite lippen bij het drinken, de ogen die knipperden door de damp.

'Je twijfelt of ik het ben,' zei ze met een glimlach. Ze probeerde waarschijnlijk relaxter over te komen dan ze zich voelde. 'Waarom vertel je me niet wie Senna was?'

'Dus je blijft volhouden dat je het niet bent?'

Ze legde haar rijbewijs op tafel. Het was zo'n ouderwets document dat je nog kon openslaan. De randen waren gerafeld en de foto was niet al te duidelijk. *Vivien den Hartog, geboorteplaats Waddinxveen*, stond er.

Hij was nog niet overtuigd. Hij had Senna nooit gevraagd waar ze vandaan kwam en hij had haar achternaam voor het eerst gehoord toen de gendarme hem kwam arresteren. Over dat soort details hadden ze nooit gesproken.

Notovich keek haar vragend aan. Als ze Senna niet was, waarom wilde ze hem dan spreken?

'Je jaagde me de stuipen op het lijf, daar bij de Prinsengracht.'

'Dat spijt me.'

'Maar het was niet nodig dat die man je neersloeg. Ik probeerde te bedenken hoe ik me zelf zou voelen als ik dacht dat... mijn geliefde na jaren opeens voor mijn neus stond.'

Ze klonk oprecht, verlegen bijna. Niet op haar gemak, maar wel oprecht. Haar stem leek iets zwaarder dan die van Senna, maar dat kon ook komen door de akoestiek van het café.

'Wilde je me daarom spreken? Om het misverstand uit de wereld te helpen?'

Ze ontweek zijn blik en deed lang over haar volgende slokje thee.

'Valdin heeft het vaak over je,' zei ze.

'Heeft hij je gestuurd?'

'Nee, nee, zeker niet. God nee!' zei ze snel. 'Hij zou ontploffen als hij het wist. Je moest eens weten hoezeer hij tegen je opkijkt.'

Notovich had geen idee of ze loog. Misschien zat ze hem bewust te vleien.

'Valdin lijkt me behoorlijk zeker van zichzelf.'

'Dat dacht ik eerst ook. Maar hij is de laatste tijd zichzelf niet. Hij praat nergens anders over dan over die stomme Liszt. Er is geen normaal gesprek meer met hem te voeren en hij schaamt zich er niet eens voor. Hij zegt dat hij bezeten is.'

'Dat zijn alle kunstenaars een beetje.'

'Hij bedoelt het niet als beeldspraak.'

Hij keek haar verbluft aan.

'Heb je ooit gehoord van de *Duivelssonate* van Liszt?' vroeg ze aarzelend, alsof ze er eigenlijk niet over mocht beginnen.

'Die bestaat niet.'

'Volgens Valdin wel. Hij heeft het er steeds over. Elke keer als hij grof of lelijk doet, dan zegt hij: "Sorry, je moet niet boos zijn op mij, maar op die verrekte Notovich. Die heeft de *Duivelssonate* het eerst gevonden. En nou ben ik net zo bezeten als hij."'

'Zei hij dat? "Net zo bezeten als hij"?'

Ze knikte.

Hij was nauwelijks in staat zijn gedachten te ordenen terwijl zij voor hem zat. Hij wilde haar aanraken, omhelzen, kussen. Maar tegelijkertijd was hij woedend op haar, omdat ze beweerde iemand anders te zijn. Daarmee verklaarde ze Senna dood.

'Dat is niet de enige reden dat je hier komt,' begreep hij. 'Je komt niet alleen hier om me te waarschuwen.'

'Dat klopt.'

'Valdin imiteert mijn stijl, hij jat mijn programma en hij is vastbesloten mijn reputatie te kapen. En nu hoor je dat jij als twee druppels water op mijn geliefde lijkt. Dus nu vraag je je af: houdt hij wel echt van je of gebruikt hij je alleen maar?'

De glimlach verdween en haar blik werd ongrijpbaar en naar binnen gekeerd, precies zoals bij Senna. Ze legde haar hand op de zijne. Hij schrok van het intieme gebaar.

'Blijf nog even,' vroeg ze. 'Alsjeblieft. Ik wil je niet in verwarring brengen. Ik weet niet hoe het is om een geliefde op zo'n manier kwijt te raken. Wil je me niet iets over haar vertellen?'

Hij trok zijn hand terug. Probeerde ze hem bewust uit zijn evenwicht te krijgen? Hij wilde helemaal niet over Senna praten. Híj had haar de dood in gejaagd. En elk woord dat hij wisselde met deze vrouw was een extra nagel aan de kist.

'Ik moet gaan.'

'Ga niet weg. Ik wilde je niet aan het schrikken maken. Alsjeblieft.'

Hij ging weer zitten. Ze bestelde nog wat te drinken.

'Echte liefde – die komt maar eens in je leven voorbij, denk je ook niet?' zei ze opeens.

Ze zei het met een soort nostalgie. Senna had ooit gezegd dat echte liefde hetzelfde is als heimwee. Hij vroeg zich af waar deze vrouw heimwee naar had.

Hij kon geen seconde langer bij haar zijn. Zij begreep het en probeerde de ober te gebaren dat hij de thee niet hoefde te brengen. Misschien bij een andere gelegenheid, zei ze. Misschien kon hij haar dan iets vertellen over Senna.

'Dan kan ik kijken of de verhalen van Valdin kloppen.'

'Welke verhalen?'

'Hij heeft haar ook gekend. Heel goed zelfs, beweert hij.'

'Misschien liegt hij dat wel.'

'Dat geloof ik niet.'

'Waarom niet? Hoe weet je zo zeker dat hij Senna gekend heeft?'

'Anders zou hij het niet tegen de politie hebben gezegd.'

15

Het regende weer. Notovich probeerde Nicole te bellen, maar kreeg twee keer haar voicemail. Na vijf minuten lopen was hij buiten adem. De verlammende vermoeidheid was terug in zijn ledematen. Hij keek hulpeloos om zich heen, op zoek naar een zitplaats. Maar de terrassen waren dicht en er waren te veel mensen om hem heen om zomaar midden op de grond te gaan zitten. Dus sleepte hij zich met kleine rustpauzes naar zijn huis en plofte op bed neer.

Hij probeerde het uiterlijk van Senna en Vivien objectief met elkaar te vergelijken, maar de contouren van hun gezichten vloeiden telkens in elkaar over. Hun trekken leken zich steeds weer aan te passen aan zijn verbeelding. Als hij dacht dat ze Senna was, dan leek ze precies op Senna. Dacht hij dat ze Vivien was, dan was ze opeens een vreemde. Hij sloeg zijn handen voor zijn ogen en liet een radeloze schreeuw uit zijn mond ontsnappen.

Hij walgde van zichzelf omdat hij nu al hunkerde naar een nieuwe ontmoeting met haar. Hij had het beeld van Senna blijkbaar op een volkomen onbekende vrouw geprojecteerd. Alles wat hij ooit voor Vivien zou voelen was een leugen. Hij draaide het gesprek een paar keer terug, maar na twee keer wist hij al niet meer zeker welke woorden ze had gebruikt en hoe hij had gereageerd. Wie was ze en hoe had Valdin haar gevonden? Was 'Den Hartog' haar echte naam? Wat had de Fransman moeten doen om haar op Senna te laten lijken? Hij had geen idee.

De aanwezigheid van Valdin had als een onheilspellende schaduw over het gesprek gehangen. Ze sprak over hem alsof ze bang voor hem was. Ze beschreef hem als een man die gevaar ademde, die geobsedeerd was door Liszt, zoals Notovich ooit geobsedeerd was geweest.

Dus Valdin had de politie gesproken over Notovich. Dan had hij ze misschien ook zijn adres gegeven. Want wie kon hem anders de uitnodiging voor het recital gestuurd hebben? Maar hoe was Valdin hem op het spoor gekomen? En waarom dat geheimzinnige gedoe met dat pianoduel? Misschien wilde hij Notovich niet in de gevangenis krijgen, maar uit zijn tent lokken.

Onzin!

Hij liet zich niet gek maken. Ze hadden niks, absoluut niets.

Hij besloot in de lijst met werken van Liszt te zoeken naar een 'Duivelssonate'. Maar dan moest hij op z'n minst weten in welk jaar die was gecomponeerd.

Misschien dat er in oudere Liszt-biografieën iets stond over de legende van de *Duivelssonate*. Notovich moest eerst wat dozen en oude tuinstoelen voor zijn boekenkast weghalen voordat hij bij zijn boeken kon. Hij blies het stof van de kaften en nam een dik exemplaar in zijn handen. Toen hij de vergeelde pagina's opensloeg, viel er iets op de grond. Het was een veer die Senna altijd gebruikte als boekenlegger. De veer kwam van een duif die ze dagen had verzorgd, totdat ze hem was vergeten. Hij bladerde op goed geluk wat door de pagina's tot hij op een velletje met de hand beschreven papier stuitte. Tot zijn verbazing was het springerige handschrift van hemzelf. In de kantlijn stonden een naam en adres die hij niet herkende. De tekst zelf was een passage die hij waarschijnlijk uit een ander boek had overgenomen:

Eind negentiende eeuw deed in Weimar en Bayreuth een hardnekkig, maar nooit bewezen gerucht de ronde over een geheimzinnige pianosonate van Liszt, de zogenoemde 'Duivelssonate'. Liszt zou tijdens het componeren van dit werk opeens bezeten zijn geraakt van wat hij later tegen een leerling had omschreven als 'een onbestemde, maar duidelijk waarneembare, haast overweldigende hogere macht'. Toen hij echter de volgende dag op zijn papier keek, herkende hij de melodie niet meer en kostte het hem aanzienlijke moeite er een compositie van te maken. Liszt heeft de sonate maar eenmaal in het openbaar gespeeld, maar is kort daarna voorgoed opgehouden met optreden en ingetreden in een priesterorde. Volgens de geruchten is de Duivelssonate een werk van hypnotische schoonheid, dat qua moeilijkheidsgraad tot het moeilijkste moet worden gerekend wat de meester ooit heeft gecomponeerd. Mocht het werk inderdaad bestaan hebben, dan is het verdwenen of zoekgeraakt. Volgens de legende zou degene die in staat was de sonate te spelen buitengewone krachten krijgen, die een mens krankzinnig of onsterfelijk maken. De klanken van de Duivelssonate zouden zelfs de doden tot leven kunnen wekken.

In de kantlijn had hij er een naam bij geschreven: *Karl Süssmeier*, maar hij kon niet bedenken waarom. Hij bladerde door het boek om te zien waar hij de passage vandaan had, maar kon die niet vinden. Hij kon zich er vaag iets van herinneren, maar hij had geen idee waarom Valdin hierin geïnteresseerd was. In een ver verleden had Notovich zich verdiept in de mythe van de *Duivelssonate*, dat herinnerde hij zich nu wel weer. Maar het was niet meer dan dat: een mythe. En hij kon zich voorstellen waar die vandaan kwam. De muziek van Liszt had iets bijzonders. Of het kwam door de duistere hartstochten die in het werk besloten lagen of door de enorme concentratie die het vereiste om zijn composities te spelen, wist hij niet. Maar als een pianist zich helemaal inleefde in het werk van Liszt, kwamen er soms bijzondere krachten vrij. Noem het een piekervaring of een moment van mystieke eenwording. Hij had dat soort momenten gekend en ook de roes die daardoor werd opgewekt.

De eerste keer dat hij zoiets had meegemaakt, was tijdens zijn debuut in Parijs. Hij zou toen de *Sonate in b-mineur* spelen. Het was een van de belangrijkste werken van de romantiek, maar in de tijd van Liszt wist niemand er raad mee. De componist Brahms viel zelfs in slaap toen hij de sonate voor het eerst hoorde. Het werk heeft een monumentale architectuur die is opgebouwd rond één enkel basismotief. Senna vond dat Notovich ermee moest openen. Die gedachte jaagde hem angst aan. Zelfs kort voor hij op moest, twijfelde hij. Kon hij niet beter met iets simpels beginnen om erin te komen? Hij moest eerst zijn zenuwen de baas worden. Maar Senna wilde er niets van weten en probeerde hem gerust te stellen.

De zaal was tot de nok toe gevuld. Notovich' handen waren koud geworden van de spanning. Hij liep naar zijn kleedkamer en hield zijn blote onderarmen onder de hete kraan, zodat zijn vingers wat soepeler zouden worden. Senna stond achter hem klaar met een handdoek.

'Je zult het zien. Zodra je de eerste noot aanslaat, ben je zo vrij als een vogel.'

Hij was er niet van overtuigd. Bröll kwam binnen in een glimmend nieuw pak. Hij probeerde iets grappigs te zeggen, om te verbergen dat hij nog nerveuzer was dan Notovich. Maar Notovich luisterde niet en droogde zijn onderarmen af. Bröll zei dat hij nog twee minuten had en ging weer. Bij de deur kuste Senna Notovich op zijn mond.

Ze wenste hem succes.

'Je komt toch wel in de zaal zitten?'

Ze ontweek de vraag.

'Senna, je bent toch niet nog steeds bang om met mij gezien te worden?'

'Natuurlijk niet.'

Voor het eerst had hij het gevoel dat ze loog.

'Gaat dit over die andere vent? Ben je nog steeds bang voor hem?'

'Ik wil dit gesprek nu niet voeren. Je moet zo op.'

'Dat kan me niks schelen!'

'Misha, als je hier goed doorheen komt, dan heb je mij niet meer nodig,' zei ze zachtjes.

'Wat bedoel je?'

'Jij bent straks beroemd en dan kun je zoveel vrouwen krijgen als je wilt. Maar je moet beloven dat je altijd voor mij zult spelen. Beloof je dat?'

Ze wilde de deur openen, maar hij hield haar tegen.

'Je kunt verdomme niet zomaar weglopen! Wie denk je wel dat je bent?'

'Au! Laat me gaan. Je doet me pijn, Misha! Laat me los!'

Toen Bröll binnenkwam, glipte ze naar buiten en verdween.

'Blijf hier. Blijf híér!!!'

Bröll hield hem tegen, het was tijd.

Vertwijfelde gedachten raasden door zijn hoofd terwijl hij het podium op liep en plaatsnam achter de vleugel. Meende ze wat ze zei? Of wilde ze gewoon aandacht op het moment dat hij op het punt stond om door te breken? De toetsen kwamen hem vreemd voor, alsof hij niet kon bedenken waar die witte en zwarte blokken voor bedoeld waren. Hij probeerde zich wanhopig te concentreren op de *Sonate in b-mineur*. Kon hij zich de eerste noten nog herinneren? Senna zat niet op haar plaats. Dit zou hij haar nooit vergeven.

De eerste noten. Als hij daar maar doorheen kwam, zou de rest vanzelf gaan. Maar wélke noten? Hij had geen idee meer hoe het stuk opende. Moest hij een partituur vragen? Hij haalde diep adem en legde zijn handen op de toetsen. Zijn vingers zouden hem de weg moeten wijzen. En als dat niet lukte, zou hij beheerst glimlachend weglopen en voor de metro springen.

Langzaam maakten zijn gedachten plaats voor noten. De eerste maten gingen tastend en onzeker, maar tot zijn grote opluchting werd hij al snel het stuk in getrokken. Dat wist hij na afloop nog wel, maar verder niets. Volgens de kranten was het optreden een groot succes. Hij werd vergeleken met klavierleeuwen als Richter en Rubinstein. Het publiek scheen uitzinnig te zijn geweest en geschreeuwd te hebben om encores. Bröll scheen hem op het podium omhelsd te hebben. En als hij op de verhalen moest afgaan, had hij zich precies aan het programma gehouden.

Hij kon het zich alleen niet herinneren.

Het hele optreden was één grote, blanco pagina. Alleen dat ene beeld was blijven hangen. Het beeld van Liszt die achter hem stond, zich over de toetsen boog en meespeelde, alsof hij zijn plaats wilde innemen. Toen hij weer bijkwam (een ander woord kon hij er niet voor bedenken), lag hij in Senna's armen op een groot tweepersoonsbed van een hotelkamer dat bezaaid was met krantenknipsels. Ze lag met haar voorhoofd tegen zijn voorhoofd en haar neus tegen zijn neus. Ze streelde hem en liet hem de recensies lezen.

'Ik zei toch dat Liszt en jij voor elkaar geschapen zijn?' zei ze.

'Ik dacht dat je niet meer terug zou komen, Senna.'

'Ik kon je zo toch niet achterlaten?' zei ze. 'Je was supergeconcentreerd tijdens het optreden, maar het lukte je niet meer om terug te komen op aarde. Je hebt de hele nacht in mijn armen geslapen.'

Ze was blijkbaar niet boos meer. Notovich ook niet.

'Senna, ik was even bang dat er iemand anders was. Zie je wel dat jij mij ook nodig hebt? Beloof dat je nooit meer zo bij me wegloopt.'

Ze huilde zachtjes en hij klemde haar tegen zich aan. Het was alsof de muziek hem had gezuiverd van zijn vertwijfeling. Het zou allemaal goed komen, het moest goed komen, hield hij zichzelf voor. Maar hij dacht later zo min mogelijk terug aan die avond. Hij wist dat het optreden krachten in hem had losgemaakt die hij uiteindelijk niet zou kunnen beheersen.

16

De uitdaging van Valdin werd groot gebracht door de media. Bröll stond op het antwoordapparaat. Nicole ook. Ze vond het verstandiger als hij met de politie zou praten. Zij zou wel meegaan. Hij belde niemand terug. Natuurlijk wilde hij het liefst meteen afrekenen met de Fransman. Maar de energie ontbrak hem. Hoe lang was het allemaal geleden?

Notovich wilde de vleugel openen, maar het slot en de stalen beugels zaten muurvast. Na een paar minuten zoeken, herinnerde hij zich dat hij de sleutel in het toilet had gegooid. Tot zijn verbazing zag hij dat die daar nog steeds onder in de pot lag: de oude waterleiding had niet genoeg kracht om hem weg te spoelen. Hij probeerde de sleutel met afwashandschoenen te pakken, maar die liepen vol water. Hij pakte hem ten slotte met zijn blote handen en legde hem in de wasbak onder de hete straal. Daarna waste hij driemaal zorgvuldig zijn handen en onderarmen.

Hij opende de klep en legde zijn vingertoppen op de toetsen. Er was niemand die hem hier kon horen, dus wat kon het voor kwaad om een stukje te spelen van Bach of Chopin? Hij vond veel werk van Chopin mooier dan dat van Liszt. Waarom had hij zichzelf ooit die onzinnige beperking opgelegd? Hij wist het antwoord natuurlijk wel. Zijn lot was verbonden met de ondoorgrondelijke componist. Liszt haalde het slechtste én het beste in hem naar boven.

Hij wilde geen angst hebben voor een componist die al meer dan honderd jaar dood was. Het waren verdomme maar noten en van noten ging niemand dood. Dus begon hij aan de *Liebestraum nr. 3*, het meest bekende en geliefde stuk van Liszt. Geen duistere hartstochten, een en al liefelijkheid.

Hij werkte zich eerst mechanisch door het eerste deel. Toen hij die horde genomen had, probeerde hij wat meer gevoel in zijn spel te leggen. Dat leek aardig te lukken en hij begon er bijna plezier in te krijgen.

Maar het leek wel of de deur naar zijn hart op een kier bleef staan en niet verder open kon. Hij begon zijn spel te forceren en daardoor klonk het meer als een persiflage op Liszt dan als echte Liszt. Al snel wilden zijn handen niet meer. En dat was alleen nog maar die verrekte *Liebestraum*. Hij was er misschien toch erger aan toe dan hij dacht.

Niet dat het iets uitmaakte. Hij was niet van plan om weer te gaan optreden. Hij moest er zelfs niet aan denken. Maar als hij nee zei tegen Valdin, dan wilde hij dat doen uit vrije wil, niet omdat hij de confrontatie niet aankon. Hij wilde Valdin negeren met de minachting van iemand die zich niet hoeft in te laten met middelmatigheid. Hij kon maar één reden bedenken waarom zijn spel niet de diepte had van vroeger. De pillen stompten hem nog steeds af. Zelfs nu nog, nadat hij ermee gestopt was.

De volgende ochtend belde Linda hem om te checken of hij wel wakker was, want hij moest om tien uur lesgeven. Notovich had er geen moeite mee om wakker te klinken, want hij lag al uren naar het plafond te staren. Hij had weer over Senna gedroomd en durfde niet meer te slapen.

Het conservatorium had een kamer met een vleugel voor hem gereserveerd. Natasja, de studente die een week eerder Mozart voor hem had gespeeld, was er al. Ze zat met haar benen op de vensterbank drinkyoghurt te slurpen. Toen hij binnenkwam schrok ze; ze had blijkbaar niet verwacht dat hij echt zou komen opdagen. Ze gooide haar leren jasje in een hoek en rekte zich uit, zodat haar borsten even naar voren puilden. Onder haar oksels zaten kleine zweetplekken en er staken wat donkere plukjes haar onder de mouwtjes uit. Hij had okselhaartjes altijd opwindend gevonden. Volgens hem was dat ook hun functie: het vasthouden van geuren waarmee de andere sekse bedwelmd moest worden. Haar huid was bleek, maar ze had massa. Haar ledematen hadden iets looms.

Ze glimlachte toen ze zag dat hij enigszins afwezig was. Haar glimlach had iets triests. Ze vroeg of hij ook wat drinkyoghurt wilde. Nu er geen publiek bij was, leek ze zich iets vrijer te bewegen, minder onzeker. Daardoor was er een subtiele verschuiving in de balans tussen hen voelbaar, want Notovich voelde zich in deze een-op-een-situatie juist minder op zijn gemak (zeker nu hij plukjes okselhaar had gezien).

De *Kreisleriana* van Schumann was een van de werken die hij vroeger zelf graag liet horen tijdens competities. Hij liet haar het tweede deel doorspelen zodat ze haar zenuwen wat kwijtraakte. Daarna zouden ze aan het werk gaan. Ze begon. Hij probeerde zich mee te laten voeren door de muziek, maar zijn gedachten dwaalden telkens af naar Valdin.

Toen hij uit zijn mijmering ontwaakte, zat ze hem weer met die meewarige glimlach aan te kijken.

'Was het zo slecht?'

'Nee, helemaal niet. Ik heb alleen niet zo best geslapen vannacht.'

'Waarom neem je die uitdaging niet aan?'

'Wat?'

'Ik heb het in de krant gelezen. Je speelt die Valdin zo onder de tafel. Ik heb je horen spelen. Ik heb al je cd's.'

'Echt?'

'Illegaal gedownload, hoor. Snel even gedaan toen we hoorden dat je les kwam geven. Dus je hebt er niets aan verdiend,' grinnikte ze.

Hij glimlachte met haar mee. Hij voelde zich meteen thuis bij haar humor en openheid.

'Ik heb geen heimwee naar optreden,' zei hij. 'Die Notovich wil ik niet meer zijn. Kom, doorspelen, jij.'

Ze speelde het stuk nog een keer en nu lukte het hem om zijn aandacht er min of meer bij te houden. Hij gaf een paar aanwijzingen en ze werkten zich samen in drie kwartier door de eerste pagina heen. Ze pikte zijn instructies goed op, maar hij was niet snel tevreden. Daarna had hij behoefte aan iets anders. Hij liet haar nog een compositie voorspelen waar ze mee bezig was. Het was een etude van Chopin. Die speelde ze losser, met meer plezier. Met haar techniek was niks mis, zodat hij zich kon richten op de muziek zelf. Voor ze het wisten, was er weer een uur voorbij. Hij had zin in een cappuccino, maar zij wilde eerst iets van hem weten.

'Wat vond je van mijn spel?'

'Prima. Als we nog een paar weken aan dit stuk werken, dan...'

'Ik bedoel: vind je dat ik talent heb?'

'Natuurlijk, anders zou je hier niet zitten.'

Daar nam ze geen genoegen mee.

'Ik studeer al zo lang als ik kan lopen,' zei ze. 'Dag in dag uit. Ik heb er altijd alles voor gedaan. Ik heb me suf gestudeerd, feestjes afgezegd als ik moest voorspelen, nooit te lang op vakantie omdat ik dan mijn soepelheid verlies... En dan hoor ik jou de *Sonate in b-mineur* spelen en dan denk ik... weet ik veel. Ik wil gewoon dat iemand me één keer recht in mijn gezicht zegt of ik het kan, écht kan.'

Diezelfde open blik, maar nu kwetsbaar.

'Ik geloof niet in talent,' probeerde hij nog. 'Ik geloof meer in karakter, en dat zeg ik niet om onder je vraag uit te komen, hoor...'

Ze trapte er niet in en bleef aandringen op een oordeel. Ze wilde weten of ze het in zich had om bij de echte top te komen.

'Natasja, als je me die vraag moet stellen, dan weet je zelf het antwoord al. Je komt er alleen als het je geen donder kan schelen wat ik van jouw talent vind. Dát is echt talent.'

'Je ontwijkt de vraag.'

Vasthoudende tante. Ze had alle vluchtwegen afgezet. Ze verdiende een eerlijk antwoord.

'Je speelt behoorlijk goed, bovengemiddeld goed zelfs voor iemand op het conservatorium. Maar wat is een echte topmusicus? Het is een begrip dat...'

Hij hoefde zijn zin niet eens af te maken. Tot zijn stomme verbazing begon ze te huilen. Hij richtte zijn blik op het halflege flesje drinkyoghurt in haar handen. Ze zei steeds 'sorry' tussen twee snikken door. Het leek hem een goed idee om haar even alleen te laten. Maar toen hij opstond, dacht ze dat hij haar wilde troosten. Ze ging tegen hem aan staan. Ze legde haar hoofd op zijn schouder en leek tot rust te komen. Zo stonden ze een paar minuten (musici onder elkaar, probeerde hij zichzelf nog wijs te maken). Ze zuchtte een paar keer diep en hij streelde haar wangen. Het was bedoeld als een vaderlijk gebaar, maar zo vatte ze het niet op. Ze keek hem even aan met haar roodomrande ogen en kuste hem opeens.

'Natasja, wat doe je?'

'Ik dacht dat...'

'Ik ben bijna twee keer zo oud als jij.'

'Dat valt wel mee, hoor,' zei ze.

'Ik ben een stuk ouder.'

'Oké, ik wilde niet... Ik bedoel, ik vind dat juist wel grappig. Ik dacht dat jij hetzelfde voelde...'

Hij wilde haar van zich af duwen, maar had er de wilskracht niet voor. Haar ogen stroomden weer vol. Hij wist niet wat hij moest doen. Moest hij haar troosten of wegrennen?

Ze had wel een beetje gelijk. Vanaf het eerste moment had er een prettige spanning tussen hen gehangen. Hij dacht eerst dat hij het zich verbeeldde, maar blijkbaar had zij hetzelfde gevoeld. Hij schaamde zich dat hij die sfeer niet meteen de kop in had gedrukt, zeker gezien het feit dat de politie weer achter hem aan zat en dat hij zijn best deed om een normaal leven op te bouwen. Ze was een student. Weliswaar volwassen, maar te jong voor hém. Hij verdiende zo'n mooi meisje helemaal niet. Hij had zijn kans op geluk gehad en die had hij verspeeld.

Maar opeens ging er een heel vreemde gedachte door Notovich heen: *waarom eigenlijk niet*? Zijn hele leven had hij gedaan wat het beste was voor zijn kunst. Maar waar hadden al die discipline en zelfopoffering hem gebracht? Kon het ellendiger dan dit? Het verhaal van Natasja kwam hem bekend voor. Hij had zichzelf nooit toegestaan te genieten van dingen die voor andere mensen heel normaal waren. Niet te veel drinken, vroeg naar bed en elke dag studeren, studeren, studeren. Terwijl andere mensen naar feestjes gingen of naar een talentenjacht op tv keken. Waarom was een sonate van Schumann eigenlijk beter dan een quiz? Een pianist vermaakte aanzienlijk minder mensen dan een tv-presentator.

En kijk eens wat zijn beloning was: hij leefde in een hol onder de grond, hij gaf al zijn geld weg en op straat keken mensen hem met scheve ogen aan. Maar hier was een meisje bij wie hij zich prettig voelde. Ze riep geen duistere emoties bij hem op. Voor het eerst in tijden voelde hij zich aangetrokken tot een vrouw die iets fris en positiefs in hem losmaakte. Waarom zou hij zichzelf blijven kwellen met zijn verleden? Het was misschien een misplaatste gedachte, maar hij kon er geen weerstand aan bieden. Hij wilde leven.

De rit naar haar studentenkamer was al een openbaring op zich. Ze wachtte in een zijstraatje op hem, omdat het beter was dat ze niet samen gezien zouden worden. Het was natuurlijk niet verboden wat ze deden. Ze was tweeëntwintig en er was nog niets gebeurd. Maar toch. Natasja stond met haar fiets te wachten. Hij vroeg of hij mocht rijden. Ze lachte en gaf hem het stuur. Op zijn zesde verjaardag had Notovich een fiets gekregen, maar die stond meestal in de schuur. Een buurvrouw reed hem elke dag naar zijn lessen aan de andere kant van de stad en als ze terugkwamen was het meestal te laat om nog buiten te spelen. Later had hij nooit meer een fiets gehad.

Het eerste stukje ging onzeker. Toen Natasja op de bagagedrager sprong, raakte hij de macht over het stuur meteen kwijt, zodat hij bijna een klein vrouwtje met twee enorme boodschappentassen van haar sokken reed. Maar bij de tweede poging wist hij de vaart erin te krijgen.

Natasja zwaaide naar twee vriendinnen. De meisjes stootten elkaar aan en floten Notovich bewonderend na. Hij voelde zich opeens ongemakkelijk. Wat als rechercheurs Van der Wal en Steenakker hem zo zagen? Hij was nog steeds een verdachte in een verdwijningszaak. *Je moet je op de toekomst richten*, had Nicole gezegd. *Dit is het moment.* Maar verdiende hij dat wel?

Toen ze de bocht omgingen, greep Natasja zijn middel stevig vast en drukte ze zich tegen zijn rug. Er ging een golf van warmte door Notovich heen. Van der Wal en Steenakker konden naar de maan lopen. Dit voelde goed. Het was zijn leven. De zon scheen op zijn huid en hij genoot van de wind in zijn gezicht. De stad trok aan hem voorbij als een film vol bruisende activiteit. Ze passeerden een Italiaans tentje en hij snoof de geur van verse pizzabroodjes op. Natasja pakte hem nog steviger beet. Hij voelde een spanning door zijn onderlijf trekken en maande zichzelf daarvan te genieten. Wat als Linda hem nu zou zien? Hij glimlachte om die gedachte.

Haar kamertje stond vol boeken en grote planten. Het had een piepklein aanrecht, een tafel met twee stoelen op een rieten mat en een matras op de grond. Ze vroeg of hij iets wilde drinken en trok haar jasje uit. Ze stonden even besluiteloos tegenover elkaar. Notovich voelde zijn mond droog worden en vroeg zich af of de krakkemikkige deur wel op slot kon. Natasja besloot de formaliteiten over te slaan en voor hij het wist lagen ze op het eenpersoonsmatrasje de kleren van elkaars lijf te stropen. Terwijl hij met zijn neus door de holte van haar oksels ging, dacht hij aan de jaren die hij had weggegooid. Misschien was het niet te laat om die tijd in te halen.

Natasja nam het initiatief met een vaardigheid waar hij eerst giechelend voor terugdeinsde. Daarna duwde hij haar neer op de matras en verkende op zijn beurt haar lichaam. Ze liet hem begaan en trok hem toen naar zich toe, zodat ze weer boven op elkaar lagen. Ze greep hem zachtjes beet om hem naar binnen te leiden. Maar opeens voelde hij de aanwezigheid van Senna, zo dichtbij en intens, dat alle kracht uit hem wegtrok.

Senna.

Senna had het meteen aangevoeld, die ene nacht, in een kleurloze stad ergens in Noord-Frankrijk: dat hij blijkbaar een beslissing had genomen voor hen beiden. Hij was tussen de lakens naar haar toe gekropen met een doelbewustheid die haar deed terugdeinzen.

'Nee, Misha. Alsjeblieft niet. Je maakt alles stuk.'

'Niet bang zijn, Senna. Wat andere mannen je hebben aangedaan... Zo hoeft dat niet altijd te gaan.'

17

Het deed pijn om aan die nacht te denken. Hij gaf destijds eerst de schuld nog aan het succes; hij was gewoon zichzelf niet. En dan dat verdomde reizen, hotel in, hotel uit. De eerste drie recitals na zijn Franse debuut waren gepland in kleinere zalen in Parijs. Daarna moesten ze kriskras door Frankrijk, België en Nederland reizen, want iedereen wilde 'de nieuwe Liszt' zien. In de meeste steden waren de voorzieningen belabberd en dat was slecht voor zijn humeur. Tochtige gymnastiekhallen met piepende stoelen, hoestende luisteraars en vleugels die waren kromgetrokken van het vocht of toetsen waar het ivoor vanaf viel zodra je ernaar keek. Het liefst trad hij op in intiemere ruimtes voor een select gezelschap van mensen die echt van muziek hielden en niet op een optreden af kwamen alsof het een circusattractie was.

Senna leek te genieten. Ze had haar twijfels weer naar de achtergrond geschoven. Notovich huurde een grote verdieping waar plaats was voor een vleugel. Ze hadden aanbiedingen van diverse pianomerken die hem graag een instrument ter beschikking wilden stellen. Maar Notovich wist precies welke vleugel hij wilde. De oude verkoper straalde toen ze het oude bakbeest kwamen halen. Hij schudde hun handen en kuste Senna een paar keer te veel.

En terwijl Notovich aan de voorbereiding begon, struinde Senna in haar eentje de rommelmarktjes af. Ze kwam elke dag thuis met de meest uitheemse voorwerpen voor hun nieuwe woning. Een antieke klok in de vorm van de Eiffeltoren, een levensgroot beeld van twee parende poedels en een accordeon waarvan de harmonica was omgebouwd tot cd-rek.

'Kijk Misha, wat schitterend, dit moet je echt hebben,' zei ze bij al die voorwerpen.

Hij knikte alleen maar en studeerde tot het ochtendlicht door de gordijnen sijpelde. Hij had een simpele methode om zich een nieuwe compositie eigen te maken. Hij speelde het werk nooit helemaal, maar deelde de muziek op in kleine stukjes. De eerste bladzijde verdeelde hij in maten en de maten in noten. Zo werkte hij zich van maat tot maat door de bladzijde. Die sloeg hij pas om als hij hem helemaal beheerste. En stap voor stap breidde hij het aantal bladzijden uit.

Hoe meer hij zich verdiepte in de muziek, des te meer namen vreemde hartstochten bezit van hem. Hij kon zijn verlangens steeds minder beheersen. Het was alsof alle spanningen van het naderende optreden zich ophoopten in zijn kruis. Op een dag betrapte Senna hem op het toilet met een hand om zijn harde penis en een grimas om zijn mond. Ze schoot in de lach, maar die avond kwam ze lief tegen hem aan liggen in bed en bood aan het karweitje even af te maken. Hij draaide zich trots van haar af, vastbesloten om haar te laten voelen wat afwijzing was.

Naarmate de optredens dichterbij kwamen, verschool hij zich meer en meer in zijn eigen wereld. Als ze er niet was, dan had hij het vaak niet eens door. De muziek eiste hem helemaal op. Ondertussen slibde het appartement dicht met zonderling meubilair. In de hal hing een kapstok die was gemaakt van een gewei en in de keuken een antiek geweer met haakjes op de loop waar je handdoeken aan kon hangen. Niet dat Senna ooit afwaste of kookte. Ze aten samen buiten de deur of ze haalden een baguette en wat camembert. Als hij voelde dat zijn tanden los begonnen te zitten, kocht hij fruit en potten met vitamine-pillen.

Toen kwam de tournee. Vanaf dat moment waren er bijna non-stop mensen om hem heen, van 's ochtends vroeg als het ontbijt op bed werd gebracht tot 's avonds wanneer hij de laatste opdringerige bewonderaars van zich af wist te schudden. Zodra de eerste nieuwsgierigen om de deur keken, verdween Senna. Ze reisde niet met hem mee. Toch miste ze niet één optreden. Hij wist niet hoe ze dat deed. Ging ze met de trein op en neer? Of was ze de stad ontvlucht en sliep ze in een eigen hotel? Hij snapte er niks van en zij liet er niets over los. In Parijs zelf liet ze zich niet vaak zien bij een optreden. En als ze kwam, zat ze ergens verscholen tussen het publiek. Maar als hij buiten de stad optrad, zat ze altijd op de eerste rij. Aan het begin van een recital zocht hij eerst haar gezicht. Hij kon niet onder woorden brengen waarom het zo belangrijk was dat ze er was, maar ze voelde het aan.

De concentratie die hij bij zijn debuut had, kon hij niet meer oproepen. Hij was maar zelden tevreden over zijn eigen spel. Hoe harder het publiek riep hoe geniaal hij was, des te meer hij zijn eigen talent ging wantrouwen. Als hij na afloop uitgeput in zijn kleedkamer wilde gaan liggen, stonden er altijd mensen op de deur te bonzen die hem niet met rust wilden laten.

'Zie je wel?' zei hij dan tegen Bröll. 'Ze roepen elkaar allemaal na. Ik was vanavond echt niet in vorm, maar niemand heeft echt goed geluisterd. Dat is nou de waarde van succes.'

Bröll grinnikte dan en keek door een kier of er ook mooie vrouwen op de gang stonden. Als hij de verleiding niet kon weerstaan, liet hij de meute binnen. En mooie vrouwen waren er altijd.

Notovich had geen interesse. Hij miste Senna vooral na de optredens, als hij zich leeg voelde. Maar dan was ze al thuis, of misschien liep ze over de straten van de zoveelste onbekende stad. Hij kon geen taxi nemen om ertussenuit te knijpen. Er waren altijd mensen die erop stonden hem naar het hotel te brengen. De auto zat dan meestal vol met figuren die iets belangrijks deden in de organisatie of iemand hadden omgekocht om een paar minuten alleen te zijn met de pianist. Soms waren het vrouwen die zich aan hem opdrongen en zelfs aan hem zaten. Franse vrouwen waren indirect maar doelgericht, Belgische preuts maar ondeugend en Nederlandse ronduit handtastelijk. Duitse vrouwen intrigeerden hem. Maar hij hield zich in.

In een slaperig industriestadje volgden twee dames hem met opgewonden stemmetjes tot aan zijn kamer. Toen hij de deur voor hun neus sloot, lag Senna in bed op hem te wachten.

'Wat doe jij hier?'

'Ik heb de portier omgekocht.'

Ze sliep bijna nooit met hem in een hotel. Met een diepe zucht van geluk plofte hij naast haar neer.

'Je hoeft het voor mij niet te laten, hoor,' zei ze met een glimlachje.

'Wat niet?'

'Ik heb er geen moeite mee als je met iemand anders naar huis gaat. We zijn elkaar niets verplicht.'

Die woorden stroomden zijn lijf in als een elektrische lading die hij op een of andere manier meteen weer kwijt moest.

'Hoezo, heb je een ander?'

Ze negeerde de vraag. Had ze echt zo'n hekel aan hem? Wilde ze van hem af? Hij stond op en zocht een prullenbak die hij om kon schoppen, of een vaas die hij het raam uit kon gooien.

'Zie je wel, ik zei het toch?' zei Senna zachtjes. 'Wij zijn niet goed voor elkaar. Ik maak je gek.' Er was een treurigheid in haar ogen te lezen die niet eerder zo aan de oppervlakte had gelegen.

'Hoe kun je nou slecht voor mij zijn als ik zo van je hou?' vroeg hij. 'Maak ik je niet gelukkig?'

'Zielsgelukkig juist. Maar tegelijkertijd zielsongelukkig.'

'Zielsongelukkig.'

'Dat ligt niet aan jou. Dit is precies zoals het hoort bij een tragische liefde.'

'Senna, ik wil het gewoon weten: heeft iemand je ooit pijn gedaan?'

'Dat zou niks uitmaken. Je bent zo of je bent het niet.'

Uit haar mond klonk het niet eens vreemd. Achteraf kon hij uren nadenken over dingen die hij niet begreep of die niet klopten, en dan nam hij zich voor haar te onderwerpen aan een hele lijst met vragen over haar leven en achtergrond. Maar als hij bij haar was, leken de vragen op te lossen in hun eigen futiliteit. Dan waren ze een eenheid en hing de zin van hun samenzijn als een ongesproken waarheid in de lucht.

Zielsongelukkig.

Deze keer was hij te verward om het te laten rusten. Hij had geen kracht om deze loodzware pijn te dragen. Hij wilde haar verlossen van haar ellende. Het enige wat ze nodig had, en hij ook, was dat ze samen waren, één werden. Hij kroop tussen de lakens naar haar toe. Ze week naar achteren, maar hij greep haar benen.

'Nee, Misha. Niet doen. Daar kom ik niet voor.'

'Niet bang zijn, lieveling.'

'Alsjeblieft, je maakt alles stuk.'

Hij voelde hoe haar lichaam bevroor. Maar hij wilde haar alleen maar helpen. Ze zouden het stapje voor stapje doen. Niet voor hem, maar om háár te genezen. *Dit is zoals het moet zijn tussen twee geliefden. Probeer ervan te genieten.*

Daarna was alles één grote mist, ondoordringbaar en verstikkend. Hij kwam pas bij toen 's ochtends het dienstmeisje op de deur klopte. Senna lag nog naast hem, maar ze had waarschijnlijk de hele nacht niet geslapen. Hij durfde haar niet te vragen wat er precies was gebeurd. Maar ze zweeg de hele ochtend en de kamer stroomde snel vol met mensen. Toen hij 's middags terugkwam van een afspraak lag er een briefje op zijn kussen: *Ik wil je niet meer kwellen. Het spijt me.*

Hij zegde zijn recital af en pakte de trein terug naar Parijs. Maar hij wist dat ze niet zomaar weer terug zou komen.

18

Natasja... Na-tas-ja. Hij kon niet geloven dat hij had geslapen in de armen van een vrijwel onbekend meisje. Gisteravond wilde hij zo snel mogelijk naar huis na de mislukte vrijpartij, maar ze leek het niet belangrijk te vinden en was tegen hem aan blijven liggen. Ze hadden vanuit bed wat tv-gekeken en gegeten. Daarna was hij in een diepe slaap gezakt.

Toen hij wakker werd, lag ze hem zachtjes te strelen. Ze droeg haar jeugd zo achteloos. Hij zou haar willen waarschuwen dat het leven ook minder leuke dingen in petto had. Maar waarom eigenlijk? Ze spraken niet en zonder aarzelen maakten ze af wat ze de vorige avond zo abrupt hadden afgebroken. Deze keer werd hij niet gestoord door zijn herinneringen. Ze voelde aan als een heerlijk donsbed waar hij nooit meer onder vandaan wilde. Na de ontlading lagen ze nog een halfuurtje na te soezen.

Daarna stond hij op.

'Ik vond het leuk,' zei ze.

'Ja. Seks met je leraar – lachen, hè?'

Ze konden er allebei om grinniken. Ze hadden samen een norm overschreden en dat schiep een band.

'Wat doen we trouwens met de lessen?' vroeg hij. 'Wil je daarmee doorgaan?'

'Tuurlijk. Ik vond het niet prettig om te horen, maar ik ben blij dat je eerlijk tegen me bent geweest. Ik blijf wel spelen, hoor. Maar ik ga proberen er meer van te genieten.'

'Goed zo, dan is de druk er een beetje af.'

'Maar je bent wel streng. Je weet toch wel dat ik bij het Chopin-concours in Warschau de vijfde plaats heb gehaald?'

'Daar staat me inderdaad iets van bij,' loog hij. Hij kon zich daar niets van herinneren. Een studente die de vijfde plaats haalde? Dat was ongelofelijk goed. De internationale competitie was nu nog genadelozer dan in zijn tijd. Was ze gisteren nou zo nerveus geweest, of had hij niet goed geluisterd?

'Luister, het was maar een mening,' zei hij met beginnende spijt.

'Maar wel een belangrijke. Want jij weet hoe dit leven is. Het zal voor jou ook niet altijd makkelijk zijn, die hoge verwachtingen,' zei ze terwijl ze in een automatisme de tv aanzette. In de ochtendshow waren Notovich en Valdin het onderwerp van gesprek. Weer dat verrekte pianoduel. Hij pakte de afstandsbediening en zette het apparaat uit.

Hij moest Bröll bellen. Hoe laat was het?

'Je weet waar ik woon,' zei ze toen hij zijn jas aandeed. 'Je kunt gewoon aanbellen. Er doet altijd wel iemand open.'

Het kille daglicht was ontnuchterend. Hij had het gevoel dat iedereen op zijn voorhoofd kon lezen wat hij gedaan had. Natasja verdiende iets beters dan een griezel als Notovich. Hij was niet van plan ooit nog terug te komen.

Voor het huis stond een huisgenoot zijn fiets te repareren.

'Mooie fiets,' zei Notovich.

'Is net klaar,' zei de jongen. 'Kopen? Vijftig piek.'

Notovich bleef staan. Hij was vergeten een taxi te bellen.

'Is dat ding niet gejat of zo?'

'Kijk. De afzonderlijke onderdelen zijn strafrechtelijk gezien misschien op dubieuze manier verkregen, maar ze komen niet allemaal van dezelfde fiets. En het frame heb ik van een schroothoop. Dus juridisch-technisch gezien kunnen ze je daar niet op pakken. Ik doe er nog gratis een slot bij. Want het stikt hier in de stad van de fietsendieven,' grinnikte hij. 'Schandalig gewoon.'

De fiets, de wind, de geuren en het vrolijke rumoer in de straten: hij was terug op aarde. Hij wilde Bröll bellen, maar fietste net langs een bouwput waar gedrild werd.

Een paar minuten later zette hij zijn fiets tegen de muur van Brölls kantoor. Die kwam speciaal naar buiten om de nieuwe fiets te bewonderen en op de stoep een rondje te rijden. Hij kon maar net bij de pedalen, zodat zijn achterste bij elke trap heen en weer deinde. Toen ze naar binnen gingen, zei Notovich wat hij had besloten: Bröll moest de impresario van Valdin bellen.

'Over dat duel?'

'We weigeren het aanbod.'

'Dat gaat de pers uitleggen als lafheid.'

'Wat een onzin. Ik ben toch geen bokser? Zeg dan gewoon dat ik niet van plan ben om mijn carrière te hervatten.'

Bröll had er blijkbaar moeite mee.

'Kunnen we daar niet eerst over praten?' vroeg hij ten slotte.

'Er valt niks te bepraten.'

'Weet je wel hoeveel fanmail hier nog elke dag binnenkomt voor jou?'

'Je weet dat ik daar niks over wil horen. Verbrand al die brieven voor mijn part.'

'Noto...'

'Ik wil niet meer optreden. Ik wil een normaal leven kunnen leiden zonder dit soort gezeik.'

Bröll haalde zijn schouders op. Hij zette de telefoon op de intercom en belde de impresario van Valdin. Ze wisselden eerst beleefdheden uit. Toen kwamen er gezamenlijke kennissen ter sprake, zoals dat gaat onder vakgenoten. Daarna kwam Bröll ter zake. Hij deelde mee dat zijn cliënt het niet op prijs stelde dat Valdin hem in zijn publiciteit betrok. Tot hun verbazing begon de man aan de andere kant te lachen.

'Meneer Bröll, dit heeft niks te maken met goedkope publiciteit. Dit is persoonlijk. Ik kan u verzekeren dat Valdin niet zal rusten voordat hij genoegdoening heeft.'

'Genoegdoening? Waar hebt u het over?'

'Uw cliënt gaat dat duel spelen. En anders heeft Valdin nog wat belastende informatie over de heer Notovich waar de politie bijzonder in geïnteresseerd zal zijn.'

'Is dat een dreigement?'

'Goedendag.'

'Nee, ho-ho, zo doen wij hier geen zaken,' zei Bröll. Hij pakte de draadloze telefoon en schakelde de intercom uit. 'Een secondje.' Hij dekte de hoorn af en keek Notovich aan.

'Waar heeft die man het in godsnaam over?'

Notovich hield zich op de vlakte.

'Ik heb geen idee. Ik herinner me Valdin wel uit Parijs, maar meer niet. Jij bent destijds ook weleens tegen hem aan gelopen in de kroeg of zo.'

'Weet ik niet,' zei Bröll. 'Ik heb zijn foto in de krant gezien, maar zijn gezicht zei me niets.'

'En jouw geheugen is beter dan het mijne,' zei Notovich. Bröll knikte. Toen kuste hij Notovich op de wang, kneep iets te hard in zijn nek en liep de kamer uit. Hij sloot de deur zorgvuldig af. Typisch iets voor Bröll: dat zijn cliënt het laatste deel van het gesprek niet mocht volgen. Door de geribbelde glazen wand zag hij het kleine silhouet van Bröll, die zijn woorden met zelfverzekerde gebaartjes kracht bijzette. Dit was Bröll in zijn element. Als Notovich echt nooit meer wilde optreden, zou Bröll dat recht verdedigen tot de dood, maar het liefst wilde hij weer stralen als de man die Notovich groot had gemaakt.

Toen hij weer binnenkwam, schudde Bröll glimlachend zijn hoofd, als een man die zijn diepste gevoelens nooit zou prijsgeven. Maar de woede lag te dicht onder de oppervlakte.

'Gek zijn ze, knettergek. Ze houden niet op.'

'Bröll, je moet me één ding beloven. Je stuurt er geen Oost-Europese vriendjes op af. Ik moet dit zelf afhandelen.'

Bröll lachte hardop en maakte een bezwerend gebaar.

'Oost-Europese vriendjes? Ik?'

Hij zakte op zijn zwartleren fauteuil en zei een paar minuten niets. Notovich had zin in koffie en liep naar het espressoapparaat. Hij kreeg het ding niet aan de praat. Bröll nam het over.

'Wat is er met je, Noto?'

'Hoezo?'

'Er is iets met je. Je bent al twee keer langs geweest, je hebt meer kleur in je gezicht dan ooit en je probeert zelfs koffie te zetten. Kunnen we de pers laten weten dat er iets groots staat te gebeuren?'

Notovich vertelde hem dat hij iets heel doms had gedaan. Bröll trok even wit weg, maar toen hij hoorde dat Notovich met een studente naar bed was geweest, leek hij euforisch.

'Die donkere krullenbol?'

Hij vroeg ongegeneerd naar details, alsof ze twee pubers waren in de kleedkamer na de gymles. Bij het weggaan greep hij hem weer met twee handen beet.

'Nog even en je staat weer te popelen om op te treden.'

Notovich stapte op zijn fiets en vroeg zich af wat hij zou doen. Hij barstte van de energie. De zon scheen en hij had geen zin om thuis weer af te dalen in zijn eigen gedachten. Hij besloot de grachten helemaal af te rijden. Na een tijdje fietsen was hij doodop en hij moest nog helemaal terug.

Toen hij thuiskwam, stonden de rechercheurs Van der Wal en Steen-akker voor de deur.

'Heren. Was ik de vorige keer niet duidelijk genoeg?'

'We hebben een verzoek van de Franse politie voor een ondervra-ging.'

Ze gedroegen zich zo vriendelijk en voorzichtig als mensen die ver-wachtten dat hij hen elk moment naar de keel kon vliegen. Notovich legde zijn boodschappen op het kastje in de gang en stapte rustig met hen in de auto. Hij besefte voor het eerst dat het probleem-Valdin niet zomaar zou verdwijnen.

19

Notovich vroeg om zijn advocate, maar volgens de politie waren advocaten nooit aanwezig bij een verhoor. Hij wist niet of dat klopte, maar hij protesteerde niet. Iedereen was opvallend vriendelijk. Rechercheur Van der Wal vroeg of hij koffie wilde. Hij bestelde groene thee, maar die hadden ze niet. Water dan maar. Van der Wal had het geduld van iemand die weet dat hij hoe dan ook zijn zin gaat krijgen. Hij wachtte rustig tot de agent die het water bracht de kamer weer uit was. Toen glimlachte hij eerst nog eens uitgebreid om zijn goede humeur tentoon te spreiden.

'Voordat uw carrière begon, stond u ingeschreven bij een instituut voor muzikaal begaafde kinderen, in de buurt van Wenen.'

'Kunt u niet meteen ter zake komen? Dat is bijna twintig jaar geleden.'

'En daarvóór bezocht u een internationale school in Madrid, samen met uw halfzus Linda,' las Van der Wal zorgvuldig articulerend verder.

'Dus?'

'U woonde toen net bij uw vader. Die school in Madrid, daar bent u min of meer gedwongen vertrokken toen u dertien was. Nog net niet van school getrapt, als onze informatie correct is.'

'Is dat belangrijk?'

'Sommige ouders van kinderen klaagden over u. Klopt dat? Er was zelfs sprake van een handtekeningenactie, maar die werd afgeblazen. De directie van de school drukte het relletje meteen de kop in.'

'Dat krijg je, hè. Ik was een buitenbeentje, een beetje moeilijk te hanteren. Mijn moeder was net gestorven. Is dat een misdrijf?'

'Ik weet hoe jongens kunnen zijn. Mijn zoontje van tien is er ook zo eentje. Zo'n kereltje moet de ruimte krijgen – natuurlijk, natuurlijk. Daar kun je als vader eigenlijk alleen maar van genieten.'

Hij leunde even achterover, alsof hij zijn eigen menselijkheid wilde proeven. Alsof de onschuld van zijn zoontje hemzelf een beter mens maakte. Notovich wilde alleen maar dat hij zou opschieten.

'De Franse politie heeft wat onderzoek laten doen op basis van aanwijzingen die een tipgever heeft aangedragen,' vervolgde Van der Wal terwijl hij zich weer vooroverboog. 'En het is toch wel interessant wat ze gevonden hebben. Het ging wel wat verder dan kattenkwaad. Hier staat dat u vaak op het dak van de schoolgebouwen rondliep en vriendjes uitdaagde om levensgevaarlijke toeren uit te halen. Met een touw van het ene gebouw naar het andere zwaaien. Over de dakgoot lopen. Dat soort dingen.'

'Zou best kunnen.'

'Dat herinnert u zich niet?'

'Ik zeg: zou best kunnen.'

'Twee keer raakte er een kind gewond. De laatste keer nogal ernstig. De ouders van die jongen zijn met die actie begonnen.'

Hij sloeg heel langzaam een bladzijde van het rapport om, alsof de kwaliteit van het papier zo zeldzaam was dat er met de grootste zorgvuldigheid mee moest worden omgesprongen.

'Maar wat niet in het officiële verslag van de school stond, was de klacht van een ander echtpaar. Die beweerden dat u hun dochter lastigviel. Kunt u zich dat herinneren?'

'Dan moet u mijn geheugen even opfrissen.'

'Tania Greenfield, afkomstig uit Brighton. De correspondentie met de ouders lag nog in het schoolarchief, maar er was verder niets mee gedaan. U belde haar voortdurend, stond te roepen onder haar raam, drong het huis een paar keer binnen.'

'Ach, Tania. Ja, natuurlijk weet ik dat nog. Ik was verliefd. Wat dan nog?'

'Ging het niet wat verder dan verliefdheid?'

'Ik ben nogal een emotioneel mens. Dat is nou eenmaal zo. Is dat alles wat u hebt? Dat is toch niet genoeg voor een verdachtmaking?'

Hij had geen idee waar Van der Wal heen wilde. De zogenaamde incidenten die hij noemde hadden wel plaatsgevonden, maar de rechercheur gaf er nu een lading aan die ze destijds helemaal niet hadden.

'Een paar jaar later, op dat muziekinstituut in de buurt van Wenen, krijgt u precies dezelfde klachten.'

'Dat klopt niet.'

'Weer lange periodes van afwezigheid. Recalcitrant gedrag. En weer gedoe met een jongedame, Irene Sonnebeek. Na een kortstondige romance maakt ze het uit. U accepteert dat niet en blijft haar lastigvallen. Haar nieuwe vriend grijpt in en neemt u met een paar andere jongens onder handen. Klopt dat?'

'Nee.'

'Niet?'

'Ik bedoel: het klopt wel, maar u verdraait alles. Dat joch kwam uit het dorp in de buurt van onze school. Die hadden een hekel aan ons, omdat wij musici waren. Dan moest je in hun ogen wel getikt zijn.'

'Hoe dan ook, Irene Sonnebeek is een van de meisjes die dat jaar zelfmoord pleegden. Toch? Zij was de reden dat de school werd gesloten. Maar dat was voor u minder belangrijk, want u was inmiddels al van school getrapt. Daar zit toch wel een patroon in, vindt u niet? Een obsessieve aandacht voor bepaalde meisjes. En als het uit de hand loopt, duikt u gewoon onder. Dat zou niet de laatste keer zijn.'

Het was net alsof hij opeens de hoofdpersoon in een roman van Franz Kafka was geworden. De voorvallen die de politie had opgeduikeld, hadden niets met elkaar te maken, maar als je ze naast elkaar zette, leek het inderdaad alsof er een patroon in zat. De werkelijkheid was heel anders geweest.

De naam Senna was na een ondervraging van tweeënhalfuur nog niet gevallen, maar Notovich raakte geleidelijk aan in paniek.

'Ik heb nu wel genoeg vragen beantwoord. Gaat dit nog ergens heen?'

Er lag een bruine envelop op tafel. Van der Wal opende hem en haalde er een foto uit. Daarop stond een kettinkje. Hij legde de foto zorgvuldig langzaam neer en streek hem glad, terwijl er helemaal geen vouwen in zaten.

'Herkent u dit?'

Er ging een steek door Notovich heen.

'Hoe komt u daaraan?'

Hij wist zijn stem nog net in bedwang te houden. Van der Wal observeerde hem als een spin in zijn web.

'Dat is in Parijs gevonden. Een van de Franse getuigen beweert dat Senna van Ruysdael dit sieraad droeg.'

'Waar hebben ze dit gevonden?'

'We weten niet veel meer dan u. De Franse politie vraagt alleen of u kunt bevestigen dat mevrouw Van Ruysdael zo'n kettinkje had.'

'Er zullen wel meer van die dingen in omloop zijn.'

'Maar u herkent het wel?'

'Ik wil nu echt mijn advocate spreken.'

Hij mocht eindelijk iemand bellen, maar hij wist het telefoonnummer van de advocate niet. Twintig minuten later arriveerde Linda. Bleek van woede, korte zinnetjes blaffend tegen de dienstdoende ambtenaren. Ze had de advocate meegebracht. Door de halfopen deur ving Notovich flarden op van de woordenwisseling tussen Linda, de advocate en een rechercheur. Hij probeerde het gesprek te volgen als een kind dat volwassenen over zich hoort praten. Het kind weet niet of het iets goed of fout heeft gedaan. De toon is te beheerst, de woorden zijn te moeilijk en de volwassenen lijken de sleutel te bezitten tot een wereld die veel te groot voor hem is.

Toen Linda de kamer weer in kwam, pakte ze hem bij de hand.

'Ze hebben niks, Mikhael. Het is allemaal indirect bewijs. Verdachtmakerij, meer niet.'

'Wie was die tipgever? Valdin?'

'Al sla je me dood. Je naam staat weer in de krant en door dat soort publiciteit trek je dit soort dingen aan.'

'De politie heeft wel een verzoek,' zei de advocate.

'En dat is?'

'Ze zoeken dingen die jij die avond droeg. Kleding, een kam, een zakdoek, wat dan ook.'

'Je bedoelt: waar bloed van Senna op kan zitten?'

Ze knikte.

'Ik heb alles weggedaan,' loog hij. Hij wist precies waar het T-shirt lag. Onder zijn bed. Waarschijnlijk de eerste plaats waar de politie zou zoeken.

'Natuurlijk heb je alles weggedaan. Dat snapt toch iedereen?' zei Linda.

'Kunnen ze zomaar mijn huis doorzoeken?'

'Op dit moment niet,' zei de advocate. 'Dan moet de officier van justitie daarmee akkoord gaan. Maar ik denk wel dat ze het zullen proberen.'

Het verbaasde Notovich dat hij niet ongerust was. Hij voelde zich op een vreemde manier opgewekt. Linda wilde hem een lift geven, maar hij wilde per se met de tram. Het was lang geleden dat hij in een tram had gezeten en hij genoot met volle teugen van de rit door het centrum van Amsterdam. Hij zou het T-shirt vanavond op een andere plek wegbergen. Nu moest hij eerst iets anders doen. Hij haalde het briefje uit zijn zak dat Vivien hem tijdens het recital had laten geven en toetste haar nummer in.

Het cafeetje was drukker en luidruchtiger dan de eerste keer. Ze had hetzelfde tafeltje gekozen. Zijn lichaam reageerde deze keer veel minder heftig op Vivien – alsof het accepteerde dat Senna en Vivien twee verschillende vrouwen waren.

'Waarom wilde je me spreken?' vroeg ze.

'Ik kom net van de politie. Het onderzoek is weer geopend. Er schijnt een anonieme tipgever te zijn.'

Ze schrok zichtbaar.

'Ik denk dat Valdin erachter zit.'

Ze ontweek zijn blik.

'Ik zei toch dat hij het niet op zou geven,' zei ze afstandelijk. 'Wat wil je verder van me?'

Ze keek onrustig het vertrek rond en tikte met haar nagel tegen haar theeglas. Hij besefte dat hij deze vrouw helemaal niet kende. Daar was hij onbewust van uitgegaan, omdat haar uiterlijk zo vertrouwd was.

'Ik vind het hier niet prettig,' zei ze opeens. Ze stond op en nam hem mee naar buiten. Daar keek ze twee keer om voordat ze hem met snelle pas een straatje in leidde. Pas nadat ze ook nog een hoek waren omgeslagen, ging ze weer rustiger lopen.

'Sorry, ik moest daar gewoon weg.'

Waarom deed ze zo verdacht, alsof ze een geheim met zich meedroeg? Ze had achter de rug van haar vriend een afspraak met een ander. Was ze bang voor hem? Toen ze haar pas versnelde, pakte hij haar arm.

'Ho, ho. Rustig aan.'

'Ik heb je toch gewaarschuwd voor Valdin!' zei ze fel. 'Hij is zichzelf niet. Het lijkt wel of hij doordraait. God weet waartoe die man in staat is!'

'Je bent bang voor hem.'

Ze zweeg.

'Is hij agressief? Doet hij je pijn?'

'Natuurlijk niet. Wat een onzin.'

Ze leek tot rust te komen.

'Ik wil graag weten wat hem bezielt. Ik wil weten wie Senna was,' zei ze, terwijl haar hand de zijne even aanraakte. 'Wil je me niet over haar vertellen? Alsjeblieft, Mikhael?'

Ze had hem nog niet eerder bij zijn voornaam genoemd. Er ging een vleugje teleurstelling door hem heen. Alsof deze vrouw hem Misha moest noemen.

'Maar ik wil het juist allemaal achter me laten.'

'Ik begrijp het. Maar doe het één keer. Doe het voor mij.'

Thuis liet hij haar even wachten in de gang, zodat hij tijd had om de vuile was, de kranten, boeken en borden met etensrestjes in een kast te proppen en onder de bank te schuiven. Ze schoof twee kleffe pizzapunten op de grond en ging op de bank zitten. Hij dook een kast in op zoek naar schone kopjes. Hij vond zelfs nog een pak biologische biscuitjes dat Linda blijkbaar voor hem had achtergelaten.

Toen de thee klaar was, vroeg ze of hij naast haar wilde komen zitten. Hij aarzelde. Het was alsof hij niet te dichtbij wilde komen, alsof hij dan toch op een bepaalde manier naast Senna zou zitten.

'Ik eet je niet op,' lachte ze. 'Kom, dat praat wat makkelijker.'

Tegen Linda en Nicole was hij nooit echt open geweest over Senna. Maar hij vond dat Vivien er recht op had te weten hoe ze in deze geschiedenis verwikkeld was geraakt. Hij zocht naar woorden. Hij beschreef aarzelend hun eerste ontmoeting onder de boom achter het gebouw waar zijn studeerkamer was. En daarna de eerste keer dat ze naar de pianozaal waren gegaan en dat ze weleens op de vleugel ging liggen als hij daar speelde. Toen legde hij uit dat zijn liefde voor Senna zijn leven had gered, maar ook hoe moeilijk het was dat ze elke echte intimiteit weigerde. Daarna vertelde hij zelfs over de nacht waarin hij Senna had gedwongen met hem te vrijen. En dat ze de volgende ochtend verdwenen was.

Na die verschrikkelijke nacht had er een sluier over de dagen gehangen. Het optreden en het succes gingen hem steeds meer tegenstaan. Zonder Senna leek het zinloos om van stad naar stad te trekken, van hotel naar hotel, van leeg bed naar leeg bed. Als hij vrij was, zwierf hij door de straten van Parijs. Daar meende hij soms haar oogopslag op te vangen in de blik van een voorbijganger, haar donkere haar over een schouder te zien in een volle winkel, of haar silhouet in de metro. Hij bezocht de plaats waar ze elkaar voor het eerst hadden ontmoet. Onder de boom op het plaatsje achter zijn vroegere studeerkamer probeerde hij zich het gedicht van Byron te herinneren dat ze gelezen had. Vanaf het bankje zag hij het balkon van de flat waar ze destijds verbleef. Hij telde de verdiepingen en het aantal appartementen en wist de juiste deur te vinden. Toen hij aanbelde, meende hij iemand achter de deur te zien bewegen. Maar er deed niemand open.

Weken gingen voorbij. Notovich liet steeds meer recitals afzeggen. Hij kon zichzelf niet meer oppeppen voor optredens. Dagen slenterde hij door Parijs, langs de markten, de bruggen, de parken en de terrassen. Op een ochtend zag hij haar in het Bois de Boulogne. Ze lag in het gras naast een paard dat daar stond te grazen, een dier met een vervaarlijk doorgezakte rug.

Ze herkende hem eerst niet. Pas nadat hij haar naam twee keer had gezegd, verscheen er een voorzichtige glimlach om haar lippen. Hij probeerde contact met haar te maken door eenvoudige vragen te stellen. Ze antwoordde eerst in het Frans, alsof hij een vreemde was. Ze had het paard gevonden op een strook modder naast een manege, waar het klaarstond om vervoerd te worden naar een slachthuis. Na een leven van hard werken had het arme paard wel wat anders verdiend, vond Senna. Het dier had soms wel acht, negen uur per dag met kinderen op haar rug gereden. Senna had de eigenaar overgehaald haar het paard te schenken, zodat het kon genieten van een welverdiende oude dag. Ze kreeg bij een groothandel in dierenvoer af en toe een zak haver cadeau en verder liet ze het veel grazen in de parken. Ze werd weleens weggestuurd door mensen van de plantsoenendienst en een enkele keer door een gendarme, maar ze kreeg nooit een boete. 's Nachts stond het dier in een tuin van een verlaten huis, ergens vlakbij. Wat ze er in de winter mee ging doen, dat zag ze dan wel weer. Hij vroeg waar ze zelf sliep, maar dat zei ze niet.

Hij wilde zijn excuses aanbieden, uitleggen dat hij het zichzelf nooit zou vergeven, hij wilde zijn hart bij haar uitstorten, maar hij kwam niet verder dan een paar onbeholpen zinnen. Dus ging hij maar naast haar in het gras liggen. Minutenlang zeiden ze niets, totdat het paard het gras rond zijn hoofd begon weg te grazen. Ze giechelde en zei opeens in het Nederlands dat het paard hem leuk vond.

'Senna... ik trek dit niet. Kom alsjeblieft weer naar huis. Het is allemaal mijn fout.'

'Dat moet je niet zeggen. Het is gewoon de chemie tussen ons.'

'Nee, ik moet me leren beheersen. Als je eens wist hoe ontzettend rot ik me heb gev...'

Hij maakte de zin niet af, want hij wilde niet zielig doen. Ze draaide zich naar hem toe.

'Weet je wat het stomme is, Misha... Ik mis je, zelfs na wat je me hebt aangedaan. Dat heb ik nog nooit met iemand gehad en dat vind ik eng.'

'Ik ook.'

'Maar echt. Ik denk dat ik daarom niet met je kon... dat ik niet intiem kon zijn. Ik voelde me bij jou heel anders dan bij andere mannen.'

'Nou ga je jezelf de schuld geven.'

'Nee, nee. Zo bedoel ik het niet.'

'Zijn er nog andere mannen?'

'Niet meer.'

Die opmerking raasde weken later nog door zijn hoofd, maar hij vroeg nooit wat ze ermee bedoelde.

'We hoeven niets te forceren,' zei hij. 'Maar kom naar huis. Alsjeblieft.'

'Wat moet ik dan met Magda?'

Ze aaide het paard en vroeg hoe het met zijn optredens ging. Hij loog dat het allemaal fantastisch liep, maar ze voelde dat hij iets voor haar verborg. Ten slotte moest hij toegeven dat hij niet meer optrad.

'Maar je studeert toch wel, Misha?' vroeg ze. 'En je leest onze brieven toch nog wel?'

Ze noemde de correspondentie tussen Liszt en d'Agoult altijd 'onze brieven'.

'Die doen me te veel aan jou denken,' zei hij eerlijk. 'Bovendien... het is toch niet hetzelfde als jij ze niet voorleest.'

'Misha... je moet me beloven dat je weer gaat optreden,' zei ze opeens dwingend.

Haar onrust werd opgepikt door het paard. Dat begon met haar hoofd te schudden en maakte strepen in het gras met haar hoeven. Senna probeerde haar te kalmeren, maar het had geen zin. Het gesprek was voorbij.

Hij had geen idee wat hij nu moest doen. Ze gaf nog om hem, dat was het belangrijkste. In een normale situatie zou hij haar overhalen om ergens een hapje te gaan eten. Dan zou het laat worden en dan zou hij tussen neus en lippen opmerken dat ze bij hem kon slapen; hij zou wel op de bank gaan liggen. Maar dat plannetje ging niet werken met Magda erbij. Een paard kon je moeilijk meenemen naar een bistro.

Hij was niet van plan haar te laten gaan. Er zat niets anders op dan met haar mee te lopen, waarheen ze ook ging. Zolang ze hem niet wegstuurde, vond hij alles prima. Het huisje aan de rand van het park was een houten geval met afgebladderde verf en kapotgegooide ramen. Het was niet moeilijk te raden waarom er niemand in wilde wonen, want het lag bij een snelweg, die een onophoudelijke stroom van motorgeruis en uitlaatgassen produceerde.

'Wat een mazzel dat ik deze plek heb gevonden, hè?' vroeg Senna. Ze had Magda in de achtertuin met een lang touw vastgezet aan een stalen ring in de grond. Notovich knikte zo neutraal mogelijk. De herrie leek zelfs door de houten vloer binnen te dringen. In de wc lagen twee heroïnespuiten. Het huis werd blijkbaar gebruikt door verslaafden die in het park rondhingen. 's Nachts was het Bois de Boulogne het domein van prostituees en transseksuelen.

'Slaap je hier?'

'Bijna nooit. Ik heb mijn eigen plek.'

'Waar dan?'

'Als ik dat zeg is het niet meer alleen míjn plek.'

'Voor mijn part gaan we naar een hotel. We kunnen een taxi bellen.'

Ze schoot in de lach. Opeens legde ze haar armen om hem heen en kuste hem.

'Misha, ga nou maar naar huis.'

'Wat? Ik kan je hier niet achterlaten. Het sterft hier van de junkies.'

'Je moet studeren, je moet aan je muziek denken.'

'Die kan me geen moer schelen. Ik laat je niet alleen voordat je belooft dat je bij me terugkomt, Senna. Magda is niet de enige die je nodig heeft. Het kan me niet schelen of we omkomen van de honger of van de kou, maar ik ga nooit meer bij je weg.'

'Dat kan ik niet. Ik ben bang, Misha.'

'Ik zal je nooit meer pijn doen.'

'Niet voor jou – voor mezelf.'

Hij voelde hoe de duisternis hem insloot. Hij zakte op zijn knieën en begon te huilen als een kind. Ze legde haar hand met zachte troos-tende woordjes op zijn hoofd. Hij klemde zich aan haar benen vast, terwijl zijn lichaam schokte van het snikken. Alle teleurstelling, alle woede over zichzelf, alle onmacht kwam eruit. Hij kon niet meer ver-der zonder haar. Als ze niet meekwam zou hij er vrede mee hebben om hier op die tochtige houten vloer te sterven. Ze knielde naast hem en kuste hem nogmaals. En terwijl hij haar in een klemmende omhel-zing hield, vielen ze uiteindelijk samen in slaap.

20

Vivien had haar thee niet aangeraakt tijdens het verhaal. Ze stond snel op en veegde quasinonchalant langs haar ogen alsof er slaap in zat. Het had haar aangegrepen.

'Sorry, ik stel me geloof ik een beetje aan,' zei ze. 'Hoe ging het verder met jullie?' Ze liep langs de boekenkast en liet haar vingers over de ruggen van de boeken glijden.

'Zullen we dat voor de volgende keer bewaren?'

'Toe nou, Misha! Ik bedoel, ik mag je toch wel Misha noemen?' voegde ze er verlegen aan toe. 'Of mocht alleen *zij* dat?'

'Natuurlijk niet,' zei hij luchtig, terwijl zijn ingewanden zich samentrokken. Ze was met haar wijsvinger bij de vleugel aangekomen en liet hem nu in de richting van de klep glijden.

'Is dit hem?'

'Nee, deze vleugel was van mijn moeder.'

'Maar ze lijken op elkaar. Ik durf te wedden dat ze bijna hetzelfde klinken.'

Hij had geen idee hoe ze dat kon weten. Ze bestudeerde de stalen beugels voor het hangslot. Hij schrok even op toen ze de klep opende, alsof ze hemzelf aanraakte. Ze aaide de toetsen en blies er wat stof af. Ze leek in een dromerige stemming te verkeren. Onder de schil van zelfbeheersing leek ze warmer, losser, een kwetsbaar meisje haast. Hij probeerde de gedachte aan Senna te onderdrukken.

'Waarom speel je niet wat voor me?' vroeg ze.

'Nu? Ik heb al zo lang niet...'

'Het hoeft geen Liszt te zijn. Doe anders een stukje Chopin.'

Ze trok hem naar de vleugel. Hij verzette zich als een kind dat niet naar zwemles wil. Maar ze drong aan en hij ging zitten.

'Speel iets wat je voor haar zou spelen. Zou je dat voor me willen doen?'

'Ik weet niet meer... ik...'

'Natuurlijk wel. Speel haar lievelingsstuk.'

Ze knielde naast zijn stoel en legde haar handen losjes op zijn dij-been. Hij kon haar niet weigeren. Hij had geen idee waarom, maar hij speelde *Mazeppa*, Senna's favoriete stuk. Zijn handen wezen hem weer de weg in de muziek, alsof de noten, akkoorden en dynamiek waren opgeslagen in de huidcellen van zijn vingers. Hij was alleen met de muziek, alleen met Liszt, alleen met haar.

Midden in een maat hield hij op. Er hing een stilte tussen hen die nog alle kanten op kon. Met wie was hij hier nu eigenlijk: met Vivien of met *haar*?

Opeens stond ze op.

'Ik moet gaan. Valdin mag niet weten dat ik hier ben.'

'Hij is toch niet de baas over je leven?'

Hij hield haar tegen.

'Laat me los.'

'Vivien, wat wil Valdin nou van me?'

'Weet ik veel. Hij zegt nooit iets tegen me. Hij kijkt me niet aan en doet net of ik er niet ben. Hij zit de hele dag achter zijn stomme piano en als hij niet studeert, dan leest hij alles wat hij te pakken kan krijgen over duivels en demonen. Hij is bezeten, echt bezeten. Blijf bij hem uit de buurt, ga een tijdje naar het buitenland of zo, maar laat je niet meezuigen in zijn wereld. Dat moet je me beloven.'

'Waar héb je het over?'

'Hij is niet half de pianist die jij bent, Misha. En dat is juist het ge-vaar. Want als je weer gaat optreden, maakt hij je kapot en dat zou ik mezelf nooit vergeven.'

'We kunnen hem samen aan. Je kunt hier komen wonen.'

'Wat? Ik ken je nauwelijks.'

Hij snapte zelf niet waarom hij het had aangeboden. Hij flapte het eruit voordat hij erover na kon denken. Natuurlijk was het absurd. Deze hele situatie was absurd, maar hij kon geen weerstand bieden aan het gevoel dat ze hem gaf. Het maakte niet uit op wat voor trieste illusies dat was gebaseerd.

'Ik ben háár niet.'

Maar ze zei het met een nauwelijks verborgen spijt die hem iets van hoop gaf.

Toen ze weg was, ging hij weer achter de vleugel zitten. Hoe had hij zich zo kunnen laten meeslepen? Vanochtend had hij nog in bed gelegen bij Natasja en had hij zich beter gevoeld dan ooit. Hij moest Senna uit zijn hoofd zetten. Het was een ziekte waarvan hij moest genezen.

Hij keek om zich heen. Hoe had hij al die tijd in zo'n somber hol kunnen leven? Hij trok de gordijnen uit elkaar en zette twee raampjes open, die daglicht en frisse lucht binnenlieten.

Linda kwam een uur later binnen met een volle tas boodschappen. Ze keek verbaasd toe toen hij in een trainingsbroek de laatste doos naar de berging sleepte en een sopje klaarmaakte om te dweilen.

'Nee, nee, je moet een houten vloer niet dweilen met die rotzooi, Misha. Daar heb ik speciaal spul voor gekocht. Kijk maar onder het aanrecht.'

Notovich wilde het zelf doen. Ze mocht instructies geven, maar híj en niemand anders ging hier schoonmaken. Ze vulde de emmer met het juiste sop. Toen ging ze vanaf de bank naar hem liggen kijken met een beker ecologische vruchtensap en een zak glutenvrije chips. Toen alles op was, bood ze aan om de slaapkamer uit te mesten.

Dat mocht ze.

Ze werkten zich twee uur in het zweet. Zijn hele leven had hij zich onttrokken aan lichamelijk werk om zijn handen en schouders te sparen, maar nu was hij niet te stoppen. Het was alsof er in zijn hoofd ook werd opgeruimd.

Linda kwam binnen met een stapel vuile was, die ze in een grote boodschappentas begon te proppen.

'Wat ben je toch een varken. Moet je kijken wat er allemaal onder je bed ligt.'

'Ik heb genoeg kleren.'

'Ik neem het mee naar huis. Hier... Dit T-shirt zit onder de vlekken. Volgens mij is het bloed. Heb je je gesneden? Waarom heb je het niet meteen uitgespoeld?'

Het was alsof iemand hem een stomp in zijn maag gaf. Hij was het T-shirt helemaal vergeten. Het T-shirt dat hij die nacht aanhad. Het T-shirt met *haar* bloed.

'Geef die stapel maar hier.'

Hij lachte zo beheerst mogelijk.

'Wat wou jíj daarmee?'

'Linda, het is míjn was. Ik ga deze week een wasmachine kopen.'

'Jij, een wasmachine? Dat gaat weer maanden duren. Laat mij dit nou maar even uitwassen, dan...'

'Nee. Ik moet leren om voor mezelf te zorgen.'

'Misha, ik...'

'Bemoei je er toch niet mee. Geef hier!'

Ze leek even te schrikken.

'Wat heb jij?'

'Niks. Laat me alsjeblieft.'

Hij pakte de was uit haar handen en bracht hem terug naar de slaapkamer.

Ze keek hem argwanend na.

'Die zooi ligt daar over een jaar nog.'

Hij ging er niet op in. Ze gingen samen languit op de bank liggen om uit te rusten. Ze bewonderden de schone, lichte kamer en Linda nestelde zich tegen Notovich aan. Ze vertelde hem hoe blij ze was dat hij weer 'terug' was. Ze had zichzelf weleens in slaap gehuild. Af en toe had ze op het punt gestaan om 'in te grijpen'. Hij probeerde zich een voorstelling te maken van de betekenis van dat woord. Wat bedoelde ze daarmee?

'Nou gewoon... als je nog verder achteruit was gegaan, dan had iemand toch voor je moeten zorgen?'

Ze streelde over zijn kin en zei dat hij zich moest scheren.

'Wat bedoel je eigenlijk?'

'Je kunt altijd nog bij mij komen wonen.'

'Bij jou?'

'Je wilt toch niet worden opgenomen, net zoals ze met mama gedaan hebben? Dat zou ik nooit laten gebeuren.'

Hij zag het grote gebouw in de bossen weer voor zich. Zijn moeder had een pyjama aan die hij niet kende en haar lange haar hing los. Ze had hem gekust en eindeloos vastgehouden. Ze hadden alle twee gehuild. Verder wist hij niets meer.

Hij vertelde Linda dat hij weer wilde gaan studeren – echt studeren. Dat was goed nieuws volgens haar. Ze zei iets bemoedigends, maar hij ging er niet op door. Ze merkte dat hij afwezig was en begon Russische woordjes in zijn oor te fluisteren, die ze uit een of ander boek had gehaald. Hij liet haar begaan; zijn moedertaal en haar strelende vingers brachten hem langzaam tot rust. Maar de woordjes werden steeds schunniger en zijn oor begon te gloeien van haar vochtige adem. Hij probeerde te gaan verzitten, maar daardoor kwam ze alleen maar meer tegen hem aan te hangen.

'Waarom trek je niet gezellig bij mij in, Misha, mijn kleine *zai-chik*?'

'En Wim dan?'

'Die heeft altijd nog zijn eigen appartementje.'

'Dat zal best, maar...'

'Wim heeft mij niet zo nodig als jij.'

Hij voelde haar borsten tegen zich aan drukken terwijl ze hem omhelsde.

De volgende dag moest hij weer op het conservatorium zijn om les te geven aan de andere student. Hij zag Natasja in de hal staan praten met vriendinnen.

'Hé, hoi!' zei ze vrolijk. De meisjes die bij haar stonden begonnen te giechelen. Hij knikte haar stijfjes toe en liep snel door.

's Middags deed hij zelf boodschappen. Hij bracht een pan met water aan de kook, deed er soepgroente en kruiden in en zette het vuur zacht. Toen pakte hij de etudes van Chopin. Chopin was de componist die hem als kind naar de piano had gelokt. Het eerste stukje muziek waarmee hij indruk maakte op een vriendinnetje was een nocturne van Chopin.

Na een paar uur geconcentreerd werken knalde de eerste pagina van *Etude nr. 1 in C* al zonder fouten de kamer in. Dat smaakte naar meer. Hij werkte nog een uur door aan de volgende pagina en plofte toen voldaan op de bank.

De laatste keer dat hij zo intensief gewerkt had, was toen Senna weer bij hem introk. De inspiratie stroomde toen ook door hem heen en bij elke compositie zag hij nieuwe mogelijkheden, nieuwe invalshoeken. Hij liet haar beloven dat ze nooit meer naar het huisje in het Bois de Boulogne zou gaan. Als ze bij hem weg wilde, zou hij een andere kamer voor haar betalen, maar die plek in het bos was echt te gevaarlijk. Die ene nacht die ze er samen doorbrachten, waren ze gewekt door een zwaargebouwde kerel met een asgrauwe huid en enorme borsten die de portemonnee van Notovich uit zijn colbertje probeerde te pakken. Ze hadden hem (of haar) weggejaagd. De junk bleef buiten twintig minuten lang met een onvervalst Parijse tongval staan schelden.

Dat was het moment waarop Senna zei dat ze naar huis wilde. Zíjn huis. Ze vonden een kleine manege en betaalden de eigenaar een paar honderd euro om Senna's paard Magda en haar rug te verzorgen. Toen gingen ze naar zijn appartement.

De eerste nacht bood hij aan op de bank te gaan liggen, maar Senna schoof achter hem het bed in en kwam tegen hem aan liggen. Haar warme handen gleden over zijn buik. Hij bleef roerloos liggen.

'Wat doe je?'

'Niks.'

Ze kuste hem en schoof haar been tussen de zijne.

'Senna...'

'Laat me nou. Ik wil dit. Echt. Ik wil het al heel lang. Maar ik dacht dat het beter voor je zou zijn, beter voor je muziek.'

'Ik werd er juist gek van.'

'Ik had je niet zo mogen kwellen. Het spijt me, het spijt me,' zei ze tussen hun kussen door.

'Ik dacht dat er een ander was,' zei hij.

'Ik ben er nu voor jou. Voor jou alleen.'

Notovich raakte weer opgewonden bij de herinnering aan die nacht. Hij zag de druppeltjes zweet weer op haar naakte huid, rook de geur van haar hals en hoorde haar kreunen terwijl hij zachtjes bij haar naar binnen drong. Haar lichaam gaf zuchtend mee. Hij probeerde zo voorzichtig mogelijk te zijn, maar er was niets te merken van remmingen of onverwerkte jeugdtrauma's. Ze kroop boven op hem en begon zachtjes, ritmisch heen en weer te bewegen. Hij nam haar borsten in zijn handen en kuste ze. En terwijl ze over hem heen kronkelde, zuchtte en kreunde, vroeg hij zich toch af of ze nu werkelijk de zijne was.

Hij hoorde een luid gepiep.

Notovich schrok op uit zijn dagdroom. Het was maar een herinnering geweest. Senna was er niet meer. Hij moest moeite doen om zich uit zijn mijmering los te maken. Hij had behoefte aan een vrouw, een echte van vlees en bloed. Hij richtte zijn hoofd op en luisterde ingespannen naar de stilte.

De telefoon piepte weer.

Het was Natasja. Ze klonk geforceerd opgewekt. Ze 'verveelde' zich gewoon en was 'eigenlijk wel benieuwd' naar het hok waar hij woonde. Hij zei quasiluchtig dat zijn souterrain niet veilig was voor kleine meisjes (wat ook waar was). Ze hengelde naar een uitnodiging. Hij zei in een opwelling dat hij naar haar toe zou komen.

Hij besefte dat hij nu pas echt een grens overschreed. De vorige keer had hij zich misschien laten meeslepen om los te komen uit de wurggreep van zijn eenzaamheid. Maar nu zou het seks met voorbedachten rade zijn. Als hij nu naar haar toe ging, schiep dat verwachtingen, en verwachtingen schiepen verplichtingen en die draaiden meestal uit op gênante scènes.

Hij ging dus naar haar toe.

Het voelde goed. Beter dan hij ooit had ervaren. Gezonder ook. Ze vrijden langzaam en langdurig. Toen vertelde hij Natasja zijn voornemen. Hij deed alsof hij het al tijden geleden besloten had, maar het was een spontane ingeving. Hij ging weer optreden.

21

Het moest geen grootse comeback worden met toeters en bellen. Hij wilde optreden voor kleine zalen met fijnproevers, die een oor hadden voor subtiliteit en diepgang. Hij kon niet ontkennen dat hij geprikkeld was door de schaamteloze uitdaging van Valdin. Ongetwijfeld had die een soort gevoel van competitie in hem losgemaakt. Daar stond hij niet boven, dat gaf hij toe. Maar hij wilde koste wat het kost vermijden dat mensen dit gingen zien als een strijd, een duel. Nee, hij zou zich niet gedragen zoals anderen dat van hem verwachtten. Verre van.

Hij zou Valdin negeren.

Hij zou zich niet beperken tot Liszt. Natasja smeekte of ze hem mocht helpen met het uitkiezen van stukken; desnoods wilde ze pagina's omslaan als hij speelde. Die nacht praatten ze over het ideale programma. Ze kwam met verrassend goede suggesties. Misschien had hij haar muzikaliteit toch onderschat. Dit was heel anders dan praten met Senna; die kon haar smaak vaak niet beredeneren. Natasja stond met beide benen op de grond en had een realistische kijk op muziek.

Hij fietste de volgende ochtend meteen langs Bröll om het goede nieuws te vertellen. Die reageerde met de grootst mogelijke zelfbeheersing, op het schijnheilige af: hij deed net of een comeback voor hem op de tweede plaats kwam. Hij was vooral 'bezorgd' of Notovich het allemaal wel aankon. Maar zijn hoofd liep rood aan toen hij hardop begon na te denken over mogelijke zalen. Notovich liet de details graag aan Bröll over. Hij had maar een paar eisen: hij speelde waar hij zin in had en de optredens moesten iets informeels hebben. Hij wilde ook niet dat er te veel spots op hem zouden worden gericht. Een leeslampje, zodat hij de toetsen kon zien, was genoeg. Mensen moesten niet naar een recital komen om te kijken, maar om te luisteren. En ten slotte: niemand mocht denken dat zijn comeback iets te maken had met Valdin, dat was het belangrijkste. Als Bröll zich aan die eisen hield, zou alles goed komen.

'Zeker weten?'

'Zeker weten.'

'Ik bedoel... Ik krijg straks toch niet te horen dat ik je heb gedwongen?' vroeg Bröll.

'Ik krabbel niet terug. Ik had dit veel eerder moeten doen.'

'Maar... heb je dit wel doorgesproken met je therapeut?'

'Jezus, begin jij nu ook al? Wil je nou wel of niet mijn impresario zijn?'

Bröll leek opgelucht. Hij omhelsde Notovich onhandig en mompelde iets in de trant van 'Wist het wel' en 'Moest er toch eens van komen'. Toen kneep hij hem veel te enthousiast in zijn nek. Notovich vroeg zich af hoeveel schulden Bröll eigenlijk had.

Het gerucht dat Notovich weer ging optreden, verspreidde zich razendsnel. Bröll was zelf waarschijnlijk het grootste lek. De 'nieuwtjes' in de pers namen steeds groteskere vormen aan: de excentrieke Notovich speelde zogenaamd niet meer op een vleugel, maar op een valse Russische piano die van zijn moeder was geweest en na de val van de Muur Leningrad uit was gesmokkeld met behulp van de plaatselijke maffia. Hij droeg de hele dag handschoenen om zijn vingers warm te houden. Zijn smetvrees was zo erg dat hij altijd iemand bij zich had die deuren voor hem moest opendoen. En handlangers struinden het land af op zoek naar jonge vrouwen die zich voor een recital door de geniale musicus wilden laten ontmaagden. Dat was de enige manier waarop hij zichzelf nog kon oppeppen, vandaar dat hij tijdens zijn laatste optreden ook onder het bloed had gezeten.

Notovich kreeg al deze roddels te horen via Natasja (die het detail van het bloed wijselijk wegliet). Als hij de hele dag gestudeerd had, fietste hij naar haar toe. Ze speelde giechelend de rol van onschuldige studente die ontmaagd wilde worden. Notovich stortte zich grommend op haar en bedreef met skiwanten aan de liefde met haar. Het verbaasde hemzelf dat hij kon meegaan in deze speelsheid. Hij had zich nog nooit zo vrij en energiek gevoeld. Hij had behoefte om eruit te gaan, had interesse in nieuwe restaurantjes of films die uitkwamen. Het hinderde zijn voorbereiding vreemd genoeg niet. Hij vond het ook niet nodig om vaker dan twee keer per maand een sessie te doen bij Nicole. Hij wilde niet te veel meer omkijken, maar vóóruit; de wereld wachtte op hem.

Ze hoorden wekenlang niets meer over Valdin. Bröll zette journalisten onder druk: wie zijn cliënt in één adem noemde met Valdin, hoefde niet meer te rekenen op een interview of uitnodiging voor een recital. Die lag eruit. En dat werkte.

Ondertussen moesten er ook uitgaven gedaan worden. Notovich moest nieuwe pakken hebben, er moest een vleugel besteld worden en Bröll moest veel mensen mee uit lunchen nemen. Hij aarzelde eerst om geld uit te geven, maar Notovich moedigde hem aan om van alles het allerbeste te nemen. De inkomsten zouden straks weer binnenstromen. Bröll geloofde hem maar al te graag. Al snel had hij zijn oude levensstijl weer opgepakt en richtte hij zich met grote toewijding op zijn gelukspakketje. Hij was verbaasd hoe goedkoop coke was geworden, en hoe duur de vrouwen.

Het gemak waarmee Notovich zijn repertoire van vóór Parijs onder de knie kreeg, was verbazingwekkend. Hij barstte van de nieuwe ideeen. Er dreigde maar één wolkje aan de horizon. Bröll had hem voorzichtig duidelijk gemaakt wat het publiek van Notovich verwachtte. Niet dat het hém kon schelen – hij hoefde zich er niets van aan te trekken – maar zou het niet geweldig zijn als hij zijn recital zou eindigen met één enkel stukje Liszt? De *Sonate in b-mineur* bijvoorbeeld? Notovich stelde de beslissing uit, repeteerde het stuk niet en richtte zich eerst op belangrijkere zaken. Zette toen de partituur op de standaard. Legde haar weer weg. Morgen misschien.

Die nacht maakte hij een wandeling over de grachten. Opeens zag hij dat twee in het duister blinkende ogen hem vanuit een portiek aanstaarden. Hij ging sneller lopen en wist haast zeker dat hij achter zich voetstappen hoorde. Hij hoopte bijna dat het de politie was die hem schaduwde, dat zou betekenen dat hij zich niets inbeeldde. Pas een halfuur later kwam hij thuis, via een grote omweg. Hij was bezweet en buiten adem.

22

De paniek kwam met de genadeloze precisie en snelheid van een blitzoffensief. Hij dwong Natasja het centrale werk in zijn programma, de *Kreisleriana* van Schumann, drie keer te beluisteren terwijl hij telkens variaties aanbracht die voor het gewone oor niet waarneembaar waren. Natasja probeerde hem vergeefs gerust te stellen. Toen wilde hij opeens de contracten met de theaters zien. Bröll werd op het matje geroepen met al het papierwerk. Waarom stonden zijn eisen niet zwart op wit? Hoezo was dat een kwestie van vertrouwen? Moest hij klakkeloos aannemen dat hij een kleedkamer met een piano zou krijgen? Dat de pianostemmers zijn instructies ook daadwerkelijk zouden uitvoeren? Dat het licht gedimd was? Dan was Bröll wel erg goedgelovig. Besefte hij wel dat de critici en het publiek hem met alle liefde zouden lynchen als hij één foute noot speelde?

Toen de tirade voortduurde, greep Bröll in. Hij zette Notovich in zijn auto en bracht hem naar Nicole. Daar bleef hij net zo lang op alle bellen drukken tot iemand hem binnenliet. Boven kwam Nicole de gang op lopen. Ze had geen make-up op en droeg een afzichtelijk trainingspak. Het was haar vrije dag. Bröll sprak de historische woorden: 'Fiks het of ik geef hem een mep.'

Nicole wilde het eerst hebben over zijn medicatie. Toen ze zag dat hij daar niet over wilde praten, maakte ze warme chocolademelk voor hem. Daarmee gingen ze in de werkkamer zitten. Ze had een langzaam schrompelende slagroomsnor op haar lip waar hij zijn ogen niet van af kon houden. De vragen van Nicole klonken van ver; het leek een taal die hij jaren niet gesproken had. Misschien had hij er verkeerd aan gedaan zo abrupt met de pillen te stoppen, maar dat ging hij nu niet met haar bespreken. Hij zou haar later vertellen dat hij gestopt was. Voor het eerst had hij weer inspiratie voelen opborrelen. Dat kon niemand begrijpen, ook zij niet.

Ze ging er verder niet op in en liet hem praten. Langzaam kwam hij tot rust. Hij beloofde dat hij zich niet meer zou bemoeien met de details van het optreden. Hij beloofde dat hij die avond een slaappil zou nemen.

Eindelijk liet ze hem gaan. Meteen belde hij Natasja.

Toen ze de volgende ochtend binnenkwamen, stond Linda iets klaar te maken in zijn keuken.

'O, leuk, jij bent zeker een van zijn studenten?' zei ze zonder een spoortje ironie tegen Natasja.

Het was even stil.

'Linda, dit is Natasja. Natasja, dit is mijn zus.'

Linda bekeek Natasja nog eens alsof ze het niet goed gehoord had. Toen keek ze Notovich verbaasd aan. Hij trok verlegen de bestekla open en graaide in de messen. Linda vroeg niet door en haalde gedwee een derde bord uit de kast. Tijdens het eten voerde ze bijna constant het woord. Ze vertelde verhalen uit hun gezamenlijke jeugd die hem kleiner maakten, Linda groter en van Natasja een buitenstaander.

'Zoals die keer dat Misha tijdens de heilige mis niet wist waar hij zijn neus aan moest afvegen,' begon Linda de zoveelste anekdote. Het was een inwijding in de familiemythes waar Natasja nog lang niet aan toe was, maar ze glimlachte met de bewondering die in dit soort situaties van indringers wordt vereist en pakte onder de tafel zijn hand. Er ging een warme gloed van vertedering door Notovich heen. Hij voelde zich weerloos tegenover deze stille liefdesbetuiging.

Natasja bood aan de keuken op te ruimen, zodat hij even kon bijpraten met Linda. Ze maakte zich natuurlijk zorgen, maar dat zei ze niet.

'Leuk kind.' Met de nadruk op 'kind'.

'Het is niet wat je denkt. Je maakt er veel te veel van.'

'Maar weet zíj dat ook?'

Hij zuchtte geïrriteerd.

'Kan ze dit wel aan? Iemand moet jou af en toe tegenwicht bieden, dat weet je.'

'Natasja is anders.'

'Dat heb ik je al zo vaak horen zeggen.'

'Kunnen we dit laten rusten, Linda? Ik ben gewoon in paniek geraakt, dat is toch niet haar schuld? Ze is een schat en ik ben een ouwe lul die alleen maar met zichzelf bezig is. Maar dit is nou eenmaal gebeurd. We zaten er geen van beiden op te wachten. En ik heb ook geen idee waar het heen gaat.'

'Daar maak ik me juist zorgen om. En hoe denk je dat dit op de politie overkomt?'

'Pardon? Jij wílt gewoon niet dat ik gelukkig word. Je kunt gewoon niet toegeven dat ik recht heb op geluk. We hebben plezier. Ze houdt me met beide benen op de grond. Dat is helemaal nieuw voor me.'

Ze trok haar hand van zijn knie.

'Als je je niet goed voelt, dan zeggen we dat optreden af. Oké?'

'Nee, niet oké. Ik moet hierdoorheen. Zie je niet dat dit allemaal hoort bij mijn genezingsproces?'

'Dat begrijp ik, Misha. Ik wil alleen niet dat... niet nóg een keer...'

Ze gaf hem een vluchtige kus en ging naar huis. Ze vond het niet nodig om Natasja gedag te zeggen. Notovich liep naar de keuken en pakte Natasja van achteren zachtjes vast. Ze wiegde met hem mee op het ritme van onhoorbare muziek. Toen sleurde hij haar naar de vleugel en duwde haar in een stoel. Hij had behoefte om het lot te tarten, om zijn demonen recht in de ogen te kijken. En hij had er een getuige bij nodig om er zeker van te zijn dat het ook echt gebeurde. Zonder enige aarzeling speelde hij de eerste, dreigende noten van de *Sonate in b-mineur*.

23

Het podium was te bereiken via een kille ruimte met hard licht. Notovich probeerde door een rond raampje de donkere zaal in te kijken. Hij had niet gedacht dat dit moment ooit nog zou aanbreken. Hij hoefde in feite deze deur maar door te gaan en hij stapte zo een nieuw leven in. Nu hij zover was, zou die stap relatief makkelijk moeten zijn, maar de duisternis in de zaal boezemde hem angst in. Vanuit een lichaam waarin alle aderen waren dichtgeknepen van de spanning leek de wereld opeens één grote vijandige zone. Zou het hem ooit lukken om de harten van het publiek voor zich te winnen?

Hij moest zo niet denken, moest zijn gedachten terugleiden naar de taak die voor hem lag. Hij zou gewoon beginnen bij het begin: een sonate van Beethoven. En hij hoefde zich nu alleen te concentreren op het eerste deel daarvan. De eerste maat. De eerste noot. Eén noot, dat zou hij wel klaarspelen.

Hij schudde zijn handen los en voelde iemand in zijn zij knijpen. Het was Bröll. Notovich vermeed hem voor optredens het liefst, omdat hij niet nog meer besmet wilde worden door onzekerheid. Bröll had zijn zenuwen nooit in bedwang.

Ze omhelsden elkaar even en wisselden wat zinloze peptalk. Bröll checkte zijn horloge en keek Notovich vragend aan. Die haalde diep adem en knikte vastbesloten. Bröll ging de deur door, liep het podium op en sprak het publiek met een hese stem toe. Notovich deed zijn handschoenen uit en liep het podium op. Vanuit zijn ooghoeken zag hij Natasja zitten met een gespannen glimlach. Hij had Linda niet uitgenodigd en die had er ook niet om gevraagd. Misschien later. Er heerste een volstrekte stilte in de zaal, als voor een religieuze dienst. Hij kon zich haast voorstellen dat er niemand aanwezig was, dat hij naar binnen was geslopen om de piano even te testen, meer niet.

De pianobank leek iets te hoog te zijn afgesteld, of beeldde hij zich dat in? Hij draaide hem wat lager, maar zette hem daarna toch weer op zijn oorspronkelijke hoogte. Hij was bijgelovig, zoals veel musici en topsporters bij wie succes kan afhangen van één enkel moment waarop alles moet kloppen. Zo moest de pianobank altijd naar boven versteld worden, niet naar beneden. Als de zitting te hoog stond, moest hij dus eerst een stukje te ver omlaag worden gedraaid, zodat de laatste beweging toch omhoog was. Omhoog was goed.

Er klonken zenuwachtige kuchjes in de zaal, alsof het publiek zich opmaakte om zelf een prestatie te leveren. Hij probeerde zijn geest vrij te maken. De *Sonate nr. 30* was een van de latere werken van Beethoven.

De tempoaanduiding boven het eerste deel luidde *vivace ma non troppo* – levendig, maar niet té. 'Levendig' had volgens hem niets te maken met snelheid, zoals veel andere pianisten dachten. Integendeel. Hij speelde het eerste deel het liefst zo langzaam mogelijk. Een interpretatie die door critici werd gezien als excentriek. Volgens hem gaf het juist een diepere betekenis aan de aanwijzing van de componist.

Bij de eerste noten had hij meteen een mooie ronde toon te pakken. Zijn vingers waren soepel en trefzeker. De zaal was muisstil, hij had vanaf de eerste seconde hun absolute aandacht. Al snel was hij alleen met zijn muziek. Onderweg versnelde hij zijn tempo toch iets. Dat ging vanzelf door de lichte euforie die hij voelde opkomen. Het eerste deel was voorbij voor hij er erg in had.

Net toen hij wilde inzetten voor het *prestissimo* hoorde hij iets kraken in de coulissen. Hadden ze iemand op het podium toegelaten? Hij nam even rust en probeerde zich opnieuw te concentreren. Weer klonk er iets. Het was geen stoel; het leek alsof er iemand op een leren bank ging zitten. Hij keek op. Achter het gordijn aan de zijkant van het podium stond Valdin in een glimmende zwartleren jas.

Onmiddellijk waren de rust en het tere zelfvertrouwen vervlogen. Zijn hartslag schoot oncontroleerbaar in galop. Wat kwam Valdin hier doen? Was hij van plan straks het podium op te lopen om hem van de vleugel weg te duwen? Zodat hij kon laten zien wie de beste was? Was dat het 'duel' waar hij het over had? Valdin grijnsde hooghartig. Hij maakte met zijn hand een draaiende beweging, alsof hij Notovich wilde aanmoedigen om door te spelen.

Die zou zich niet laten wegjagen van zijn eigen podium. Hoe ziek moest iemand zijn om een collega tijdens een optreden lastig te komen vallen? Het was pure psychologische oorlogvoering en Notovich was niet van plan zich over te geven. Hij viel aan met een *prestissimo* en *fortissimo*. Dat ging goed. Tenminste, de eerste maten gingen goed. Maar hij was al niet meer volledig gericht op de muziek. Met één oor luisterde hij naar nieuwe geluiden uit de coulissen. Was dat Valdin die even kuchte? Of bewoog hij? Verdomme, hij mocht zich niet laten kennen. Hij moest de wereld laten zien wie hij was en wat hij kon. Dat hij het nog steeds in zich had om te verbazen, te ontroeren en te ontregelen met zijn briljante spel. Dit was zijn moment om Valdin op zijn nummer te zetten en de strijd te beëindigen nog voordat hij was begonnen.

Maar het was alsof hij Valdin kon zien glimlachen. Na een fout nootje volgde er nog een, en nog een. En een paar maten later ging hij nadenken over welke noten hij moest spelen. Dat was de doodsklap. Hij hield midden in een passage op, zijn handen bleven verkrampt boven de toetsen hangen, klaar om aan te vallen maar zonder munitie.

De wereld begon om hem heen te draaien. Lag het aan hem of leek alle zuurstof uit de lucht weggezogen? Hij mocht niet flauwvallen nu, niet neergaan voor een volle zaal. Wankelend deed hij een paar stappen.

'Wie heeft die vent binnengelaten?' vroeg Notovich zo beheerst mogelijk aan niemand in het bijzonder. En toen luider, de zaal in: 'Wie heeft die vent verdomme binnengelaten? Het is een schande!'

Was er een nooduitgang? Nee. De deur – hij moest naar de deur. Hij draaide zich om. Door het ronde raampje zag hij het verlossende tl-licht al schijnen. In het voorbijgaan pakte iemand zijn arm beet.

'Maestro? Gaat het? Moet ik een dokter bellen?'

Notovich' handen vlogen naar Valdins keel en beten zich vast in het bleke vlees. De Fransman spartelde eerst lacherig tegen, maar Notovich voelde zich plotseling bezield door een onstuitbare kracht. Hij versterkte zijn greep, tot in de ogen van Valdin daadwerkelijke doodsangst te zien was. Bröll schoot toe en probeerde Notovich van Valdin af te krijgen, maar Notovich trapte de kleine impresario met een woeste beweging van zich af.

'Wat wil je van me, klootzak?' siste Notovich tegen Valdin. Twee medewerkers schoten toe. Ze probeerden de Fransman vrij te krijgen, maar Notovich hield zijn handen op slot. Pas toen drong de smeekbede van Bröll tot hem door. Hij liet Valdin langzaam los en liep toen zwijgend weg. De Fransman bleef hoestend op zijn knieën achter.

Hij had geen idee hoe hij was thuisgekomen – waarschijnlijk lopend. Hij wilde op bed gaan liggen maar gek genoeg was hij daar te fit voor. Sterker nog: hij bruiste van de energie. Hij ijsbeerde door zijn kamer terwijl de vragen door zijn hoofd schoten. Had er pers in de zaal gezeten? Of erger nog: politie? Had iemand kunnen zien dat hij zijn zelfbeheersing verloor?

Hij vloekte in zichzelf. Het was waarschijnlijk precies wat Valdin wilde. Waarom had hij zichzelf zo laten kennen? Waarom was hij zo onzeker geweest? Hij had zich laten verleiden tot muziek die helemaal niet bij hem paste. Dat was het! Vroeger was dit hem nooit overkomen. Toen had niemand hem uit balans kunnen brengen. In zijn beste dagen straalde hij op het podium, bijna letterlijk zelfs. Voor een optreden gloeide er een innerlijk vuur in hem. Die hitte hield mensen op afstand, maakte hem onaantastbaar.

Met Liszt was hem dit nooit overkomen. Liszt gaf hem een bovenmenselijke kracht. Natuurlijk was hij bang voor de intense hartstocht en bezetenheid van toen. Maar die tijd was voorbij. Hij was rijper nu, volwassener. Hij kon veel beter afstand nemen.

Vreemd genoeg was hij nu al niet meer kwaad op Valdin. Nee, nee... eerder het tegendeel. Het incident gaf hem een zet in de goede richting. Hij moest er alles aan doen om dat gevoel nu vast te houden. In een onstuitbare impuls greep hij naar de telefoon.

'Geen paniek, Bröll. Ik voel me uitstekend. We zetten gewoon door. Ik pas alleen het programma aan. Ja, ja... over een maand pas. Meer dan genoeg tijd. Echt. Geloof me.'

Hij zou Valdin eens laten zien waartoe hij in staat was. Van een duel zou natuurlijk geen sprake zijn. Hij ging zich niet verlagen tot een banale tweestrijd. Maar hij ging weer Liszt spelen. Hij zou nauwelijks voorbereidingstijd nodig hebben. Liszt zat in zijn vingers. Hij zou iedereen laten zien dat de componist niet alleen een virtuoze, bombastische kant had, maar juist ook een poëtische. Niet voor niets waren zoveel van zijn composities geïnspireerd op dichtwerken. Senna had ze allemaal voorgelezen.

Bröll hoorde de monoloog geduldig aan.

'O ja,' zei hij opeens. 'Dat zou ik bijna vergeten, Noto. Ik weet waar Valdin de laatste twee jaar heeft uitgehangen.'

'Namelijk?'

'Ergens in Duitsland. Voor persoonlijke lessen van Karl Süssmeier.'

'Süssmeier, weet je dat zeker?'

Notovich herinnerde zich dat hij die naam ergens in een boek had genoteerd.

'Karl Süssmeier, dat was toch die Oost-Duitse pianist?' probeerde Bröll.

'Dat klopt. Maar die kennen we eigenlijk alleen van illegale tapes,' wist Notovich nog. 'Ze werden in de jaren zestig en zeventig door het IJzeren Gordijn gesmokkeld.'

'Wat is er dan zo bijzonder aan die vent?'

'Süssmeier was een leerling van een leerling van een leerling van.'

'Je bedoelt... van Liszt?'

'De enige echte.'

Notovich vond het gerucht ongeloofwaardig. Hij had nog nooit gehoord dat Süssmeier leerlingen aannam. Bovendien, hoe oud moest die man inmiddels zijn? Het was vast weer een leugen uit Valdins pr-machine.

Hij verbrak de verbinding en zocht het nummer van Natasja, maar tot zijn eigen verbazing belde hij Vivien. Hij begreep eerst zelf niet waarom. Ze klonk afstandelijker dan de vorige keer en wilde niet zeggen waar ze was. Maar op een of andere manier moest hij haar gewoon zien.

'Ik was er gisteren bij, Misha,' zei ze opeens.

'Waarbij?'

'Je optreden. Valdin had me niet verteld waar we heen gingen. Maar toen ik binnenkwam... Wat verschrikkelijk voor je.'

'Heb je gezien wat er achter de coulissen gebeurde?'

'We hoorden alleen gestommel. Wat was er aan de hand?'

'Het maakt niet uit. Het is nu voorbij. Kan ik je spreken?'

Hij hield zichzelf voor dat hij haar alleen wilde spreken om achter de waarheid te komen. Hij moest zekerheid hebben. Hij moest in de spiegel kunnen kijken zonder zich af te vragen wie hem daar vanuit het halfduister aanstaarde. Ze aarzelde eerst, maar ging toen overstag. Hij sprak niet uit wat hij echt voelde: als hij weer Liszt ging spelen, had hij haar nodig.

'Je hebt opgeruimd,' zag Vivien toen ze binnenkwam. Ze gingen zitten. Hun vorige ontmoeting was openhartig en intiem geweest, maar het leek wel of ze zich daar nu voor schaamde. Pas na een paar minuten werd ze wat opener.

Ze sprak Valdin bijna niet meer. Hij ging volledig op in zijn muziek en zijn nieuwe status als muzikaal fenomeen. Ze bracht dagen alleen op haar hotelkamer door. Ze had weliswaar een appartement in Antwerpen, maar Valdin wist waar dat was. Hij zou haar komen halen, dat wist ze zeker. Zelf kwam hij vaak nachten niet thuis. Dan rook hij 's ochtends naar andere vrouwen.

'Waarom sta je dat soort gedrag toe?'

'Je kent hem niet.'

'Blijkbaar. Hij is duidelijk paranoïde.'

'Hij weet dat ik met je gepraat heb.'

'Heb je hem dat verteld?'

'Natuurlijk niet. Toen ik laatst thuiskwam, wilde hij weten waar ik was geweest. En wie had ik dan gesproken? Ik zei dat hij zich niet moest aanstellen. Toen schreeuwde hij opeens: "Jullie spelen toch niet onder één hoedje?!"'

'Hij weet het.'

'Dus ik vraag met wie ik onder één hoedje zou moeten spelen? En hij begint geheimzinnig te lachen.'

Ze leek ontdaan. Notovich bleef onhandig op een afstandje staan, ging toen naast haar zitten en schoof daarna weer een stukje opzij om niet al te vertrouwelijk te worden. Valdin was achterdochtig. Wie weet liet hij Vivien zelfs volgen door een privédetective. Of erger nog: door de politie.

Ze zaten naast elkaar zonder iets te zeggen. Ze was Senna niet, maar in haar aanwezigheid miste hij Senna meer dan ooit. En door haar te missen kwam ze weer tot leven. Waarom deed hij zichzelf dit aan? Hij kon deze gevoelens niet in zichzelf toelaten. Hij wilde weer opstaan, maar ze greep hem vast.

'Blijf nog even hier zitten, alsjeblieft.'

'Vivien, we kennen elkaar nauwelijks.'

'Maar het voelt heel vertrouwd. Zo is het toch ook voor jou?'

Hij aarzelde.

'Misschien is het niet goed wat we doen,' zei ze. 'maar ik zie hoe je naar me kijkt. Ik voel hoe ontzettend veel je nog steeds van haar houdt. Die liefde van jou... dat heb ik nog nooit gevoeld. Het kan me niks schelen wat er in jouw hoofd omgaat. Het gaat om je hart. Jullie liefde was zo sterk. Niemand heeft ooit zo van mij gehouden. Ik vind het niet erg om te doen alsof ik haar ben.'

'Natuurlijk wel. Dat is klinkklare onzin.'

Ze stond op en trok hem van de bank.

'Vivien, wat doe je?'

'Je hoeft me geen Vivien te noemen als je dat niet wilt.'

'Je bent gek. Dit is krankzinnig.'

Maar de weerstand vloeide uit hem weg. Ze voerde hem naar de slaapkamer en deed de gordijnen dicht. Toen trok ze hem op het bed, deed haar hesje uit en leidde zijn handen in het donker naar haar borsten. *Haar* borsten. *Haar* haren, *haar* mond, *haar* adem. *Haar* op en neer golvende buik.

'O, Misha... zeg het dan. Zeg dan haar naam.'

Maar hij kon het niet. Hij mocht zich hier niet in laten meesleuren. Het was niet eerlijk tegenover Natasja. Hij zou haar nooit kwetsen. Nooit. Ze had hem niet alleen in haar bed gelaten, maar ook in haar hart. Ze gaf hem hoop en een toekomst. Daar wilde hij zich nu op richten. Bovendien had hij werk te doen. Hij rukte zich los en stond op. Toen trok hij de gordijnen open en vroeg Vivien waar hij Valdin kon vinden.

24

Het steegje was nauw en liep ook nog eens spits toe, zodat Notovich aan het einde bijna zijwaarts moest lopen. Daar lag inderdaad een soort winkeltje. Volgens Vivien kwam je via een kralengordijn naast de toonbank in een kamertje waar Valdin zich 's middags liet masseren. Hij stapte naar binnen. In het voorste gedeelte stonden rekken met stapels schalen, potten en dozen met lange rijen Chinese karakters. Waarschijnlijk producten voor lichaamsverzorging en oosterse medicijnen, maar er hing een penetrante wierookgeur die alvast nooit gezond kon zijn. Een Aziatisch meisje van begin twintig stond met een ongeïnteresseerde blik te telefoneren. Hij mompelde een groet alsof hij hier wel vaker kwam en schoof het kralengordijn opzij. Er was maar één deur in het halletje.

In het kamertje klonk zacht getokkel van Chinese snaarinstrumenten door piepkleine luidsprekertjes; een lampion gaf een rustgevende rode gloed aan de ruimte en het rook hier aangenamer en zoeter dan in het winkeltje. Het was ook warm. Valdin had alleen een handdoek om en lag op een massagetafel. Zijn schouders werden zachtjes gekneed door een beeldschone Chinese vrouw van in de dertig, met lang haar en een korte zwarte jurk aan. Op een stoel zat een andere vrouw, die kon doorgaan voor zowel haar zus als haar dochter. Ze zei iets in het Chinees over de binnenkomende Notovich en de ander schoot in de lach. Valdin draaide zich om en leek nauwelijks verbaasd.

'Kijk eens wie we daar hebben,' zei hij in het Frans. In Valdins nek zag Notovich blauwe plekken die veroorzaakt waren bij hun laatste ontmoeting.

'Kunnen we hier praten?'

'Mag ik je een massage aanbieden?' vroeg Valdin monter. 'Dat is wel het minste wat ik kan doen na mijn schandalige blunder tijdens je recital. Lin Mei en Lin Tianhou hier geven je een massage waar je spieren twintig jaar jonger van worden. Deze dames zijn mijn best bewaarde geheim.'

'Ik heb geen tijd voor...'

'Tuurlijk wel. Je zult er geen spijt van hebben. In het kleedhokje hangt een handdoek.'

Het meisje op de stoel glimlachte aanmoedigend en zei in gebrekkig Nederlands iets over 'qi in balans brengen'. Notovich wilde Valdin het liefst door elkaar schudden, maar hij besefte dat hij hem op die manier niet aan de praat kreeg. Hij stapte het kleedhokje in en een paar minuten later lag hij naast Valdin op een tafel. De warme handen van Lin Mei liepen over zijn rug en deelden af en toe een zacht kneepje uit. Vanuit zijn ooghoeken zag hij dat Valdin zich op zijn rug draaide. Onder diens handdoek was een stevige erectie te zien. Valdin leek zich er niet voor te schamen. Hij zei op een bewonderende toon 'Whoa!' toen hij het resultaat van zijn eigen opwinding zag.

'Ik wíl juist dat je weer gaat optreden,' vervolgde Valdin, 'dus het was absoluut geen opzet. Dat begrijp je toch wel?' vroeg hij met goed gespeelde bezorgdheid. Notovich wist niet hoe hij moest reageren, maar dat kon ook komen door de zoete geur en de aangename handen van Lin Mei.

'Het gaat prima.'

'Je hebt je recitals toch niet afgezegd, hoop ik?'

'Absoluut niet. Waarom zou ik?'

'Het spijt me echt. Ik wilde je alleen nog even komen begroeten voordat je het podium op ging. Maar toen ik achter kwam, was je al begonnen. Ik durfde de zaal niet meer in te gaan en iemand van de organisatie zei dat ik wel tussen de coulissen mocht gaan staan. Als ik had geweten dat ik je uit je concentratie zou halen, dan...'

'Het was misschien wel ergens goed voor. Ik heb besloten mijn programma aan te passen.'

Er verscheen een glimlach rond Valdins mond die zowel bewonderend als kleinerend kon worden uitgelegd.

'Liszt, hoop ik.'

'Misschien,' zei Notovich, al had hij zelf geen idee waarom hij zo vaag bleef.

'Tuurlijk wel, je gaat Liszt spelen. Het is een verslaving. Het doet iets met je. Als de geest van Liszt bezit van je neemt, maakt dat je groter dan je ooit had durven hopen te zijn. Dan ben je tot alles in staat.'

Om zijn woorden kracht bij te zetten, legde hij zijn hand op de linkerborst van Lin Tianhou. Ze schrok even terug, maar ging toen licht blozend verder met haar werk. Valdin keek Notovich triomfantelijk aan.

'Ik heb er recht op, want ik ben een groot kunstenaar,' zei hij glimmend. Hij schoof zijn hand tussen twee knoopjes door onder de bloes en kneedde de tepel even. Notovich zag de humor er niet van in. Hij snapte niet waar de man de arrogantie vandaan haalde. Was hij vroeger zelf ook zo geweest?

Hij wilde zijn bovenlijf oprichten om Valdin toe te spreken, maar hij wist niet of de handdoek hem zou blijven bedekken. Ten slotte veegde hij de handen van Lin Mei van zijn lijf en ging rechtop zitten, terwijl hij de handdoek angstvallig vastklemde.

'Ik hoor dat je bij de politie langs bent geweest?' zei Valdin opeens.

'Van wie?'

'Ze kwamen mij ook ondervragen. Iemand had blijkbaar verteld dat we elkaar kennen.'

'Kom op man, was jíj die anonieme tipgever?'

'Ik?' bracht Valdin uit, alsof hij volmaakt onschuldig was. 'Waarom zou ik zoiets doen? Ik had je misschien kunnen waarschuwen,' vervolgde de Fransman, 'maar ik wilde je niet ongerust maken. Een kunstenaar moet zich op zijn kunst kunnen focussen.'

Notovich geloofde hem niet.

'Heeft dit soms allemaal iets te maken met de *Duivelssonate*?'

'Welke *Duivelssonate*? Ik ken geen *Duivelssonate*.'

Zijn intonatie was weer overdreven onnozel, alsof hij Notovich vanbinnen uitlachte.

'Volgens Vivien heb je het nergens anders over.'

'Vivien? Heeft ze dat tegen jou gezegd? Wat heb jij daarmee te maken?'

'Lul niet, man,' zei Notovich. 'Ik weet niet wat je met haar wilt, maar Vivien is ook een mens. Je maakt haar ongelukkig.'

Valdin schoot overeind. De plotselinge verandering in zijn manier van doen leek de hele kamer onder stroom te zetten. De twee masseuses weken tegelijkertijd naar achteren.

'Je kletst maar wat,' zei Valdin.

'Prima, daar ben ik inderdaad heel goed in. Ik wil haar alleen maar beschermen.'

'Beschermen?'

Valdins blik kreeg langzaam iets onderzoekends en daarna kwam de grijns om zijn mond weer terug.

'Dus jij wilt Vivien beschermen? Net zoals je Senna hebt beschermd? Nou begrijp ik het,' zei Valdin. Hij ging naast Notovich op de tafel zitten. Die bedacht met spijt dat hij alleen een handdoek droeg, lastig om snel weg te lopen als zijn kleren nog in het pashokje lagen. De Fransman sloeg een arm om hem heen, zodat Notovich werd ingesloten door een grote geurende oksel met dichte beharing.

'Notovich, de vrouwenredder.'

Hij probeerde zich los te wringen, maar Valdin was sterker dan hij dacht.

'En wat ga je doen om haar te redden, Notovich? Haar in stukjes snijden en aan de wolven voeren? Wat heb je eigenlijk precies gedaan om Senna te redden? Weet je dat nog?'

'Laat me los.'

'Natuurlijk. Je hebt een black-out gehad en, vooruit, laten we er even van uitgaan dat je je niet alles kunt herinneren wat er die nacht is gebeurd. Maar diep vanbinnen weet je wat er is gebeurd, toch? Je hebt haar vermoord.'

'Dat weet ik niet.'

'Twijfel je daar zelf nog aan? En dat moet ik geloven?'

'Misschien was het een ongeluk. Of wie weet heeft ze zelfmoord gepleegd.'

'Zelfmoord? Dat zou Senna nooit doen! Dat weet jij net zo goed als ik!' zei Valdin opeens opvallend fel. 'Natuurlijk, Senna had zo haar periodes. Dan was ze ongrijpbaar en had ze buien. Maar het was geen vrouw die ooit zelfmoord zou plegen. Niet mijn Senna. Daarvoor waren we te gelukkig.'

'Jouw Senna?'

'Je hoort me heus wel.'

Opeens werd Notovich overspoeld door beelden uit een onbetreden plek in het diepst van zijn eigen geheugen. Een luidruchtig café in Parijs. Blauwe walmen. Flessen wijn. Plakkerige tafels. En in een groepje vage bekenden staat daar opeens Valdin: Valdin die lacht, Valdin die boven op de bar staat te zingen, Valdin die tijdens een felle discussie ongemerkt een arm om Senna's schouder wil slaan. Maar zij duwt zijn hand weg en sleurt Notovich mee naar huis. *Senna.* Senna in bed, Senna's lichaam in een nevel van transpiratie met gloeiende naakte huid. Omdat hij de beelden niet direct kon plaatsen, zaten ze nog niet vast aan een gevoel. Ze waren vreemd en nieuw, alsof ze bij iemand anders hoorden. Een brief van iemand die al jaren dood was.

'Zijn we weer terug?' vroeg Valdin. Hij staarde Notovich aan, glimlachend als iemand die zijn eerste overwinning binnen heeft. 'Je herinnert je meer dan je toegeeft, hè? Ik zei toch dat het weer boven zou komen.'

Notovich voelde een stroom hete lava door zijn lijf trekken die zijn ingewanden verteerde en naar buiten wilde. Hij moest zich inhouden om Valdin niet weer naar de keel te vliegen.

'Toe maar, doe het dan,' zei Valdin zelfverzekerd.

'Wil je beweren dat je een relatie met haar had?'

'Ze was jou beu, Notovich. Ze hield van mij.'

'Laat me niet lachen. Je bent gek! Waarom zeg je niet wat er destijds is gebeurd?'

'Je kent mijn voorwaarde: eerst een duel.'

'Waarom? Wat wil je toch van me? Volgens Vivien heb ik je ooit beledigd. Is dat het? Iets wat ik ooit in een ver verleden gezegd heb?'

'Gedáán hebt,' verbeterde Valdin hem.

'En dat is?'

Valdin schudde zijn hoofd.

Notovich was niet van plan mee te doen aan het krankzinnige plan. Hij kon hier niet langer blijven. Hij griste zijn kleren bij elkaar; zich omkleden kon hij ergens anders ook.

'Ik wil dat jij hetzelfde meemaakt als wat je mij hebt laten doorstaan,' zei Valdin zacht maar dreigend.

'En dan pas vertel je me wat er gebeurd is?'

'Misschien hoeft dat tegen die tijd niet meer. Want niemand kan zich eeuwig achter zijn geheugenverlies blijven verstoppen, Notovich. Ooit moet je zelf de waarheid onder ogen zien.'

25

Het studeren ging met een verbluffend gemak. Hij bruiste van de activiteit. Hij kookte en maakte lange wandelingen. Yoghurt smaakte weer naar yoghurt, hyacinten roken weer naar hyacinten en zijn muziek klonk voor het eerst weer als muziek. Hij was er niet meer bang voor. Hij liet Bröll uitzoeken waar het volgende optreden van Valdin zou plaatsvinden, maar zei niet waarom. Linda kwam af en toe langs, maar hij vertelde niet waar hij mee bezig was. Ze vroeg vol ongeloof waarom het toch zo goed met hem ging. Misschien was ze teleurgesteld. Aan haar zorgzaamheid was nu even minder behoefte.

'Zeg me één ding, maar dan eerlijk, hè? Slik je je pillen nog?'

'Dat gaat je niks aan.'

'O, Heilige Maagd Maria.'

'Linda, ik kan niet functioneren met die dingen,' antwoordde Notovich geduldig. 'Ze stompen me af.'

'Dat had zo zijn voordelen, weet je nog?'

'Zo kan ik niet leven, met chemicaliën die alle menselijkheid uit me wegzuigen. Hoe moet ik dan ooit weer muziek maken?'

'Je was toch gelukkig?'

'Je bedoelt dat ik mezelf niets aandeed? Linda, het gaat nu pas echt goed met me. Ik voel me fantastisch. Je kunt trots op me zijn.'

'Wat lees ik dan in de krant over een mislukt optreden?'

'Dat heeft me alleen maar sterker gemaakt. Geloof me.'

'Maar waarom wist ik daar niks van?'

'Wat had dat uitgemaakt?'

'Misha, ik moet dit met Nicole bespreken.'

'Ik bel haar zelf wel.'

'Dat zei je drie weken geleden ook.'

Ze had het nooit begrepen en ze zou het nu ook niet begrijpen.

'Heeft dit iets te maken met die Natasja?'

'Ze heet niet "die Natasja". En waar bemoei je je mee?'

'De politie houdt je in de gaten en jij vervalt weer in je oude patronen. Je slikt je medicijnen niet en je bent weer helemaal hoteldebotel van een of ander grietje.'

'Je klinkt haast jaloers.'

'Ik heb me heel netjes ingehouden de afgelopen twee weken. Je neemt mijn telefoontjes niet aan. De deur zat drie keer op het nachtslot, zodat ik niet naar binnen kon en ik zie in de koelkast dat je niks eet.'

'Ik ben aan het werk.'

'Ik krijg geen contact meer met je.'

'Omdat ik je erwtensoep niet opeet? Ben ik dan meteen een gevaar voor de samenleving? Ik probeer weer op eigen benen te staan. Maar het enige waar jij aan denkt, is dat je me dan niet meer kunt bemoederen.'

Hij had meteen spijt van zijn woorden. Hij zag dat hij haar gekwetst had.

'Linda, het... het ligt allemaal heel gecompliceerd.'

'Gecompliceerd, ja,' zei ze snuivend. 'En ik zal het allemaal wel weer niet begrijpen. Maar denk je nou echt dat je daardoor zoveel meer bent dan anderen? Omdat jij zo "gecompliceerd" bent?'

Ze sprak het woord uit alsof ze een dode kikker uitspuugde. Hij leidde haar met zachte dwang naar de deur en beloofde haar ovenschotels tot de laatste hap op te eten.

Hij had Natasja sinds het mislukte optreden niet meer gezien en haar telefoontjes niet aangenomen. Maar nu de chemische rotzooi zijn lichaam helemaal verlaten had, miste hij haar steeds meer. Hij fantaseerde zelfs tijdens het pianospelen dat Natasja weer in zijn armen lag. Toen hij zich niet meer kon inhouden, belde hij haar. Ze was beledigd dat hij zo lang niks van zich had laten horen. Hij zei dat het hem speet.

Na lang aarzelen besloot ze toch te komen. Ze was om een uur of vier klaar op het conservatorium en zou dan direct naar hem toe fietsen. Hij verheugde zich erop om haar weer te zien. Fluitend pakte hij om halfvier zijn jas om snel nog wat boodschappen te doen. Toen hij de supermarkt uit kwam, besloot hij nog snel even een biertje te gaan drinken in een kroeg niet ver van zijn huis. Ze had een sleutel van zijn kelder. Als ze er eerder zou zijn dan Notovich kon ze zichzelf binnenlaten. Toen hij zijn eerste slok nam, ging zijn mobieltje. Het was Natasja.

'Ik ben zo thuis. Nog even geduld.'

'Misha. De politie is hier.'

'Waar?'

'In je huis. Ze hebben een huiszoekingsbevel bij zich.'

'Heb je ze binnengelaten?!'

'Wat moest ik anders doen? Wat is er aan de hand?'

Hij was het T-shirt met de bloedvlekken helemaal vergeten. Dat lag nog onder zijn bed. Of nee, het lag tussen het andere vuile goed in zijn wasmand. Verdomme. Waarom had hij dat ding dan ook niet weggegooid? Wat moest hij doen?

'Natasja, rustig blijven.'

'Ik ben rustig.'

'Waar zijn ze bezig?'

'De huiskamer.'

'Zorg dat ze niet de badkamer in gaan. Nee, wacht. Hou ze uit de slaapkamer!'

Hij wist niet meer waar de wasmand stond.

'Waarom? Wat is er?'

Ze sprak opeens zacht. De rechercheurs konden waarschijnlijk elk woord horen. Notovich holde de kroeg uit en wilde op zijn fiets springen, maar hij was vergeten dat hij nog op slot zat. Toen hij de sleuteltjes uit zijn zak probeerde te halen, viel zijn mobiel op de grond.

'Natas, ben je daar nog?'

'Ja. Wat moet ik doen?'

'Ik... Niks. Ik ben er zo.'

Het slot sprong open. Toen hij wegreed, kwam de kroegbazin naar buiten. Hij was vergeten te betalen. Maar Notovich hoorde haar al niet meer. Het leek wel of de trappers blokken beton waren, zo zwaar waren ze. Zijn benen voelden slap aan, het zweet brak hem uit. Hij probeerde zich voor de geest te halen waar hij de wasmand had neergezet. Zouden ze daar ook in kijken? En wat zouden ze doen als ze zagen dat er een T-shirt in zat met bloed?

Hij kwam voor zijn gevoel bijna niet vooruit, maar had nog een hele straat te gaan. In de verte zag hij twee politieauto's op de stoep staan. Er stond een agent voor de deur. Notovich minderde vaart, hij mocht zijn paniek niet laten merken. *De slaapkamer*. De wasmand stond in de slaapkamer. Dat wist hij opeens zeker.

De voordeur stond open. Maar toen hij naar binnen wilde, hield de agent hem tegen.

'Ik woon hier.'

'Uw naam?'

'Mikhael Notovich.'

'Ik moet het even checken bij mijn collega.'

'Kom op man, ik mag toch verdomme mijn eigen huis wel in?!'

Hij probeerde zich langs de agent te wringen, maar die ging voor hem staan. Opeens klonk er een stem aan het einde van de gang.

'Laat maar door, Sjoerd.'

Het was rechercheur Van der Wal. Die straalde weer een en al rust uit.

'Ik zeg net tegen uw vriendin dat we zo klaar zijn.'

Notovich wilde de kamer in lopen, om te zien of ze al bij de slaapkamer waren, maar Van der Wal had blijkbaar behoefte aan een praatje.

'Ik had uit ons vorige gesprek nog niet begrepen dat u een nieuwe relatie had.'

Hij lachte naar Natasja. Die stond er verloren bij. God weet wat hij haar allemaal voor horrorverhalen had verteld over het verleden van Notovich.

'Het is nog pril,' antwoordde Notovich bits. 'Mag ik er even door? Ik wil niet dat ze iets kapotgooien.'

'We zijn verzekerd, hoor. De Nederlandse staat betaalt. Als u nu even hier blijft wachten, dan kunnen die mannen hun werk doen.'

'Waar zoeken jullie precies naar?'

'Alles wat ons meer kan vertellen over Senna van Ruysdael.'

'Dat was in Parijs. Wat zou er hier nog kunnen liggen?'

'De Franse politie wil blijkbaar het zekere voor het onzekere nemen. Misschien hebt u spullen bewaard waar we iets aan hebben. Mensen klampen zich vaak vast aan iets persoonlijks, hè?'

'Ja, of u wilt me gewoon onder druk zetten, natuurlijk. U hoopt dat ik iets doms ga doen.'

Notovich liep de huiskamer in. Van der Wal volgde hem en hield hem nauwlettend in de gaten. Notovich deed alsof hij zijn vleugel inspecteerde. Vanuit zijn ooghoeken zag hij dat er al twee mannen bezig waren in de slaapkamer.

'Mooi instrument,' zei Van der Wal. 'Die dingen zijn zeker nogal prijzig?'

Notovich knikte afwezig en keek nogmaals de slaapkamer in. Het bed stond tegen de muur en zijn dekens lagen ernaast. Naast de ingebouwde klerenkast lagen al zijn overhemden, onderbroeken en sokken op een hoop. Ze hadden de wasmand nog niet aangeraakt, maar het was duidelijk waar ze naar zochten.

'Schiet het een beetje op, jongens?' vroeg Van der Wal. 'Meneer wordt er een beetje nerveus van.'

'Bijna klaar.'

Maar het duurde nog een eeuwigheid. Notovich ijsbeerde door de kamer. Natasja schoof de bankkussens weer op hun plaats en ging erop zitten.

Eindelijk kwamen ze naar buiten.

'En?' vroeg Van der Wal.

De rechercheur schudde zijn hoofd. Notovich voelde zich opeens lichter worden. Bedoelde hij nou dat ze niks hadden gevonden?

'Wacht, heb jij die wasmand al gehad?' vroeg de rechercheur aan zijn partner.

Die schudde zijn hoofd.

'U hoeft mijn vuile ondergoed toch niet te onderzoeken?' probeerde Notovich nog. Maar de rechercheur ging er met zijn arm diep in en haalde een handdoek tevoorschijn.

'Lijkt me een doodnormale handdoek,' grapte Van der Wal. Notovich probeerde hem niet ongelovig aan te kijken. Hij liep de slaapkamer in en wierp zijdelings een blik in de mand.

Die was leeg.

Ze hadden niks gevonden. Notovich snapte er niks van. Toen ze eindelijk weg waren, belde hij Linda.

'Linda, heb jij mijn was meegenomen?'

'Ben je boos op me?'

'Ja of nee?'

'Jij zou een wasmachine kopen, weet je nog? Maar dat heb je natuurlijk niet gedaan. Dus ik heb alles meegenomen, ja. Hoezo, wat is er?'

'Ook dat T-shirt waar dat bloed op zat?'

'De vlekken zijn er nog niet allemaal uit. Maar je ziet er bijna niks meer van.'

'Je hebt het *uitgewassen*?'

'Op zestig graden, maar het is niet gekrompen. Heb je dat ding snel nodig of zo?'

'Nee, niks aan de hand. Je bent een schat.'

Toen hij oplegde, kon hij een vreugdekreet nauwelijks onderdrukken. Nu kon hij zich eindelijk echt op de toekomst gaan richten.

Natasja wilde weten wat er aan de hand was met dat T-shirt.

Hij vroeg wat Van der Wal haar verteld had.

'Niet veel.'

'Kom op, Natas. Heeft hij je bang gemaakt?'

'Bang? Voor jou?'

Ze lachte, maar hij wist niet of ze het meende. Hij vertelde haar eerlijk over de nacht dat hij gearresteerd werd. Over de bloedvlekken die hij op het T-shirt ontdekt had toen hij zich uitkleedde. En dat hij er destijds geen afstand van had kunnen doen. Natasja knikte en nam alles rustig in zich op.

'Ik neem aan dat je het meeste al wist,' probeerde hij.

'Ik heb het in de krant gelezen, zoals iedereen. Denk je dat je haar... iets hebt aangedaan?'

'Ik weet het niet. Ik weet het echt niet.'

Ze leek hem te geloven.

'Ik was toen niet in orde. De hele situatie was heel anders dan nu, ík was anders.'

'Je hoeft je niet te verontschuldigen.'

'Ik bedoel, ik had mezelf niet in de hand. En er is geen garantie dat...'

Ze wilde het niet horen.

'Ik zeg toch dat ik niet bang voor je ben?'

'Maar...'

'Vraag me niet waarom. Ik voel gewoon dat jij me nooit iets zult aandoen. Het is misschien nog te vroeg om te weten of ik van je hou, Misha, maar ik voel me hartstikke veilig bij jou.'

Hij kuste haar. En voor ze het wisten bedreven ze de liefde op de vloer, snel en hevig, alsof er veel ingehaald moest worden. Daarna had Notovich zin om piano te spelen. En die avond speelde hij Liszt voor haar terwijl hij zelf luid meezong. De koudwatervrees was weg, hij voelde zich strijdbaar. Als hij Natasja aankeek, wilde hij haar beschermen. Tegen iedereen die het verleden weer naar boven wilde halen en hem naar beneden wilde trekken. Hij kon het verlangen naar wraak nu helder voelen, helderder dan ooit.

26

Het was vijf voor negen toen ze aankwamen. Het recital van Valdin was al veertig minuten bezig. De parkeerplaatsen waren vol en de portiers van het theater zaten op stoeltjes over voetbal te praten. Bröll had de kaartjes geregeld. Hij was opvallend zwijgzaam voor zijn doen. Gelukkig maar. Toen ze naar binnen liepen zou Notovich meer spanning moeten voelen, maar tot zijn eigen verbazing kwam die niet. Dat kon een slecht teken zijn. Misschien was hij overmoedig of niet scherp genoeg. Maar dat was niet zo. Hij voelde zich een hardloper voor de finale van de honderd meter. Iemand die zijn plaats in de geschiedenis kwam claimen.

Door de lange, hoge gang met de rode tapijten kwamen klanken van een sonate van Rachmaninov hem tegemoet. *Sonate nr. 2 in bes-mineur*, een compositie die hij in zijn begintijd ook graag gespeeld had. Een medewerker van het theater wilde hem tegenhouden; er mocht niemand naar binnen tijdens het recital. Maar Notovich zei wie hij was en liep gewoon door. Het werkte nog ook, niemand kwam hem achterna. Hij ging haast geloven in zijn eigen onkwetsbaarheid.

De zaal was bijna volledig verduisterd, op een paar kandelaars met kaarsen na. Notovich liet Natasja en Bröll aan hun lot over en liep op goed geluk naar voren. Ergens in het midden stuitte hij op een vrije stoel aan het gangpad. Hij ging zo onopvallend mogelijk zitten. Valdin merkte hem niet op vanaf het podium.

Notovich zoog de muziek in zich op. De eerste keer dat hij Valdin had horen spelen, was hij meer onder de indruk geweest dan hij wilde toegeven. Maar toen had hij in geen maanden naar muziek geluisterd. Inmiddels was zijn oor er weer aan gewend en daardoor was hij objectiever. Hij hoorde kleine misslagen en passages die niet helemaal uit de verf kwamen. Valdin werd er kleiner door, een gewoon mens.

Valdin was net aan het einde van zijn sonate gekomen. Het applaus voelde voor Notovich als verraderlijke dolksteekjes. De Fransman boog diep. Hij had zijn lange haar met gel naar achteren gekamd en droeg een lange leren jas. Hij zag eruit als een kruising tussen een rockster en een Tsjechische hondenfokker. Drie jonge vrouwen stormden naar voren met rozen en pakketjes. Valdin opende een van de pakketjes en haalde er met een theatraal gebaar een wit slipje uit. Er klonken verbaasde uitroepen en besmuikte kreetjes in de zaal. Valdin rook er even aan en keek bestraffend naar de geefster van het gulle cadeau. Die werd met hoge, gespannen lachjes teruggebracht naar haar plaats. De zaal vond het geweldig. Notovich vroeg zich af of dit wel het juiste publiek was voor zijn stijl van spelen.

Een medewerker liep het podium op en fluisterde Valdin iets in het oor. Ze overlegden even en toen liep de medewerker weer weg. Valdin keek ongerust de zaal in. Hij was blijkbaar gewaarschuwd dat Notovich in het publiek zat. Notovich besefte dat dit zijn teken was, maar bleef nog even zitten. De zenuwen hadden hem toch te pakken gekregen en hij had niet fatsoenlijk in kunnen spelen; zijn handen waren koud.

Maar er was geen tijd meer voor twijfels. Toen het publiek tot rust kwam, stond hij op. Langzaam liep hij door het middenpad naar het podium. Valdin wilde net weer plaatsnemen achter de vleugel, toen hij Notovich in beeld kreeg. Hij bleef even besluiteloos staan en liep weer naar voren. Notovich had inmiddels het trapje bereikt. Zijn benen waren onvast en hij voelde een klamme nattigheid onder zijn overhemd. Beelden van zijn allereerste concours schoten door zijn hoofd. Welke prijs had hij toen ook alweer gehaald? Dat maakte nu niet meer uit. Iedereen kon doodvallen.

Hij werd tegengehouden door een ronde, hijgerige man. De impresario van Valdin.

'Wat doet u?'

'U wilde toch dat ik zou komen spelen?'

'Maar niet nu. Ik wist hier helemaal niets...'

'Ach, ik ben er nu tóch.'

Notovich liep naar de vleugel. De impresario keek Valdin vragend aan. Die boog stijfjes voor Notovich.

'Maestro, wat een verrassing,' zei hij.

'Ja, slim, hè?'

'Een enorme eer.'

'Dit is mijn voorwaarde,' zei Notovich zachtjes. 'Ik doe dit één keer.

En daarna vertel je me de waarheid over Senna. Want dan kan ik dit eindelijk achter me laten. Ik weet namelijk zeker dat je bluft.'

Valdin antwoordde niet. Zijn gezicht was vaal en hij had kringen onder zijn ogen. De naam van Notovich pulseerde al door het publiek.

'Eerst maar eens kijken hoe je het ervan afbrengt,' zei Valdin met een gespannen grijns. 'Zal ik de mensen even toespreken?'

Het kon Notovich niets schelen. Hij tuurde de zaal in. Was zij er ook? Vanaf het podium zag je bijna alleen maar duisternis.

'Dames en heren, mag ik uw aandacht?'

Het was meteen muisstil.

'Zoals heel veel mensen ben ik een groot bewonderaar van maestro Mikhael Notovich,' vervolgde Valdin. 'En zoals al die muziekliefhebbers, wilde ik dolgraag dat hij weer zou gaan optreden. Daarom heb ik hem een paar weken geleden publiekelijk uitgedaagd tot een pianoduel. Tot mijn grote vreugde heeft hij toegestemd.'

Applaus.

Valdin maakte een bezwerend gebaar.

'Nee, het staat niet aangekondigd in uw programma, dus we moeten enigszins improviseren. En misschien zult u denken: een pianoduel? Wat is dat? Daar komt een klein stukje muziekgeschiedenis bij kijken. Laat ik beginnen bij een meneer die Franz Liszt heette...'

Notovich had genoeg gehoord. Zijn vingers werden steeds kouder en stijver. Bovendien wilde hij niet dat Valdin de kans kreeg de teugels in handen te nemen. Hij haalde langzaam en diep adem en herinnerde zich wat Nicole tegen hem gezegd had.

Dit is het moment, Notovich.

Hij nam plaats achter de vleugel. Hij had niet kunnen controleren of het instrument goed gestemd was, maar ook dat maakte nu niet meer uit. Hij zou ze laten horen wat hij kon, desnoods op een oude rammelkast. Terwijl Valdin nog midden in een zin was, hief hij zijn handen langzaam boven de toetsen, als een adelaar die een prooi in het vizier heeft. Valdin voelde aan de zaal dat er achter hem iets gebeurde. Hij zweeg abrupt en draaide zich om. Toen viel Notovich aan...

Natasja vertelde hem later wat er was gebeurd. Hij had het publiek gehypnotiseerd met een intens geladen versie van de *Danse Macabre*, de *Dodendans*. Dat verbaasde hemzelf. Hij was van plan geweest te openen met de *Tarantella Venezia e Napoli*. Hij kon zich niet herinneren wat hij gespeeld had, maar het was geen totale black-out geweest.

Hij was zich tijdens de *Dodendans* wel bewust van zijn eigen spel. Niet op de normale manier. De bewegingen van zijn eigen lichaam, het gevoel in zijn handen en de muziek drongen vaag tot hem door, als door een dikke sluier. Alsof alles zich in een andere ruimte afspeelde. Alsof hij zijn lichaam had verlaten en vanaf een ander niveau toekeek.

Maar dat was niet het enige. Hij had het vage besef dat hij niet alleen was. Hij voelde de aanwezigheid van iets wat zich ook achter die sluier bevond en hem gadesloeg. Iets duisters, wat er altijd was geweest en hier al die jaren op hem had gewacht. Geduldig. Oeroud. Het was dezelfde kracht die hij had gevoeld in zijn droom over Senna. Twee ogen keken hem vanuit de schaduw aan en leken hem naar zich toe te trekken. Hij probeerde zich op de muziek te concentreren, maar het was alsof hij in een soort vacuüm zat. Hij had geen controle over zijn eigen lichaam en voelde dat hij in de richting van de duisternis werd gezogen...

Pas toen hij klaar was met spelen, drong de buitenwereld langzaam weer binnen. Het leek eerst alsof iemand in de verte zijn naam riep. En nog iemand. Hij keek op en zag de mensen in het publiek. Eerst als een stomme film, vaag en slecht belicht. Opgewonden gezichten, bewegende handen. Langzaam werd het geluid door een onzichtbare hand harder gedraaid, tot er een orkaan van applaus en gejuich over hem heen raasde.

Notovich stond op en boog.

Het publiek scandeerde zijn naam.

Joelde om méér. Schreeuwde bravissimo's.

Hij was verbluft over wat hij teweeg had gebracht. Bröll vertelde hem later dat er twee vrouwen waren flauwgevallen tijdens zijn optreden, alsof de muziek hun letterlijk de adem had benomen.

Valdin stond aan de zijkant van het podium en applaudisseerde ook, beheerst en ogenschijnlijk zonder een spoortje angst. Toen het applaus wegebde, maande hij het publiek tot stilte.

'Misschien wilt u nog iets voor ons spelen, maestro?'

Daar had Notovich niet op gerekend. Maar natuurlijk, Valdin had geen keus: het publiek was te enthousiast. Als de Fransman nu zelf ging spelen zou dat artistieke zelfmoord zijn. Hij moest Notovich dus nogmaals zover krijgen iets te spelen en dan maar hopen dat de ergste opwinding snel zou wegebben.

Notovich schraapte zijn keel.

'Ik dacht dat je bij een duel om de beurt speelde,' antwoordde hij. Het publiek lachte en zweeg daarna vol verwachting. Hij zocht Natasja, maar kon haar nergens vinden.

'Maar maestro, het publiek heeft zo lang moeten wachten op een optreden van u,' zei Valdin, die bloed rook. 'Ik denk dat ze u veel liever horen spelen.'

Weer applaus. En weer klonk de naam van Notovich. Er was geen ontkomen aan: hij moest nog een keer aan de bak. Terwijl Notovich terugliep naar de piano, kon Valdin eindelijk zijn verhaal over historische duels kwijt.

'Waarom zouden twee pianisten zich niet met elkaar kunnen meten? In het jaar 1837 troffen twee grote pianisten elkaar ook voor zo'n soort strijd: Franz Liszt en Sigismund Thalberg. Nu vraagt u zich misschien af: wie was Thalberg? Nou, precies! Dan weet u meteen wie dat duel gewonnen heeft.'

Iedereen lachte.

'Een pianoduel heeft geen officiële scheidsrechter. Want ú, het publiek, u bent de scheidsrechter.'

Het leek wel of Valdin het had voorbereid. Notovich wilde dat hij opschoot; zijn handen werden weer koud. Terwijl Valdin doorratelde over het duel tussen Liszt en Thalberg (*een historisch moment!*), keek hij de zaal in.

Hij sidderde even. Senna zat op de eerste rij, precies waar ze altijd zat. Maar nee, met een schok realiseerde hij zich dat het Vivien was. Ze had dezelfde jurk aan als die avond voor het Concertgebouw, maar er was iets veranderd, iets belangrijks: ze had haar haar zwart geverfd. Het resultaat was angstaanjagend. Hij zocht haar ogen, maar ze keek naar de grond, alsof ze zich schaamde.

Valdin had Vivien overgehaald om nóg meer een lookalike van Senna te worden; dat kon niet anders. Maar waarom? Was hij zo geobsedeerd door Senna dat hij haar tot leven wilde wekken? Of probeerde hij Notovich uit zijn evenwicht te brengen?

Valdin was eindelijk klaar met zijn verhaal. Hij draaide zich naar de vleugel en grijnsde. Had hij dit allemaal gepland? Had Valdin van tevoren geweten dat Notovich hem zou overvallen met een verrassingsoptreden? Was zijn verbazing van net gespeeld? Dat kon niet, dan had iemand hem moeten inlichten. Notovich had zijn plan alleen besproken met Bröll en Natasja.

'Maestro Notovich en ik zullen om de beurt spelen. En dan mag u laten horen wie volgens u de winnaar is.'

Hij keek Notovich vragend aan. Die stak zijn wijsvinger op: hij zou nog eenmaal spelen en dan was het spelletje voorbij. Hij pakte een zakdoek en wreef even over de toetsen. Toen hij zijn armen had losgeschud en zijn handen weer op zijn schoot legde, kwam er een onverwachte rust over hem. Hij keek nog even naar de donkerharige Vivien en wist al wat hij zou spelen. Hij hoopte alleen dat hij deze keer niet in een black-out zou glijden.

27

Van alle composities van Liszt had Senna maar één echte favoriet. Niet de *Liebestraum* of een andere zwijmelmelodie, maar de magistrale *Etude Mazeppa*. Dat werk was geïnspireerd op een gedicht van Victor Hugo over een jonge minnaar, Mazeppa, die wordt betrapt met de vrouw van een machtig man. Hij wordt zwaar gestraft: ze binden hem naakt op een wild paard, dan geven ze het paard de sporen. Een helse rit volgt, die Mazeppa maar net overleeft. Senna vond het een ontroerend verhaal. Niet vanwege Mazeppa, maar om het arme dier dat aan het eind van het verhaal uitgeput in elkaar zakt.

Notovich sloeg de eerste akkoorden aan.

Hij was een van de weinige pianisten die zich hield aan de eigenaardige vingerzetting die Liszt voor sommige passages had bedacht: met de wijs- en ringvinger tegelijk worden er steeds twee noten in een razend tempo aangeslagen. Dat was moeilijk en onhandig, maar daardoor klonk het als galopperende hoeven. Die uitleg van Notovich vond Senna schitterend.

Senna.

Het kon hem niet schelen wat Valdin van hem dacht. Wat de mensen vonden. Het kon hem zelfs niet meer schelen of ze het echt was, daar op de eerste rij: hij speelde dit voor haar. Terwijl hij de muziek binnenging, verloor de wereld om hem heen zijn contouren. Het gevoel dat Senna bij hem was, werd steeds sterker. Alsof de muziek haar weer tot leven bracht.

Senna.

Ze was altijd als was in zijn handen als hij dit stuk speelde. Ze leefde mee met het paard van Mazeppa. Vlak voor het in elkaar zakt, perst het arme dier er nog een dappere galop uit. Het was een ode aan de vernederden en de vertrapten, had ze ooit gezegd. Achteraf leek haar obsessie met het stuk haast profetisch, maar daar probeerde Notovich nu niet aan te denken.

Hij voelde weer hoe hij langzaam werd weggetrokken uit zijn lichaam. Hij wilde zich verzetten, maar hij mocht zijn concentratie niet verliezen. Langzaam kreeg hij het gevoel dat hij geen macht meer over zichzelf had. Hij voelde zich weer belaagd door een aanwezigheid die vanuit de schaduw naar hem keek. Hij kreeg het benauwd, voelde hoe de duisternis hem omvatte. Ergens ver onder hem speelde iemand *Mazeppa*. Het was de muziek die dit met hem deed, die de duisternis opwekte. Hij kon zich niet losmaken en het zwart slokte hem langzaam maar zeker op. Toen verdween alles in het niets.

Het duurde een eeuwigheid voordat hij in staat was op te kijken en het applaus in ontvangst te nemen. Hij stond wankelend op en voelde zich misselijk. Hij boog met moeite. Toen drongen de signalen uit de buitenwereld pas weer tot hem door. Het applaus duurde minuten. Hij wist dat hij een klap had uitgedeeld. En iedereen leek hetzelfde te denken: *Notovich is terug*. En dat was ook zo. Hij was terug.

Valdin liep naar voren en gooide zijn armen in de lucht alsof hij wilde zeggen: wat moet ik daar nou tegen beginnen? Maar hij leek geen wezenlijke onzekerheid uit te stralen. Notovich vroeg zich af of hij hem had onderschat. Hoe lang had Valdin zich op deze confrontatie voorbereid? Wat was hij van plan? Notovich liep de trap af en passeerde zijn rivaal, die het podium besteeg.

'Ik wil het nu weten,' fluisterde Notovich.

'Pardon?'

'Senna's dood. Wat heb je me te vertellen?'

'Moet dat nu? We kunnen de mensen niet laten wachten.'

'Ik wil het nu weten. Ik heb er récht op.'

Het kon hem niet schelen of het publiek hem kon horen. Hij wilde een eind maken aan de spelletjes van Valdin. De glimlach gleed van Valdins gezicht. Hij boog zich voorover, zodat een scherpe geur van transpiratie Notovich' neus binnendrong.

'Ze zal je altijd blijven achtervolgen zolang jij niet bekent wat je haar hebt aangedaan.'

'Was je erbij? Zeg dan wat!'

'Rustig maar,' zei Valdin. 'Ik hou altijd woord. Maar we beginnen bij het begin. Ik zal je eerst laten horen hoe goed ik ben geworden. Dus niet in slaap vallen, hè? Zoals de eerste keer.'

'In slaap vallen? Wat bedoel je daarmee?'

Valdin gooide zijn hoofd in zijn nek en lachte hardop, alsof hij het publiek wilde laten geloven dat Notovich zojuist een geweldige grap had verteld. Toen ging hij aan de vleugel zitten.

Zijn naam was destijds niet Valdin, maar Dubois. Notovich zag de naam opeens helder voor zich, op een aankondiging: *Hedenavond, Jean-Luc Dubois, debuutrecital*. Het kwam nu allemaal terug. Hij had met Senna op de eerste rij gezeten. Wat de jonge Dubois precies speelde wist hij niet meer, maar Notovich was tussen de recensenten in slaap gevallen. Natuurlijk waren er verzachtende omstandigheden: hij had twee nachten doorgewerkt en tijdens het diner had hij anderhalve fles *vin de table* gedronken. Senna had hem waarschijnlijk gewekt. En had Notovich zich toen door het publiek naar het podium laten lokken om zelf een stukje te spelen? Om te laten zien hoe het wél moest? Misschien had hij Dubois daarna uitgedaagd om net als hij te improviseren. Hij wist het niet meer.

Achteraf had hij zich afgevraagd of hij Dubois bewust had willen kleineren. Senna geloofde niet dat hij echt geslapen had. 'Waar sloeg dat op, Misha? Normaal snurk je nooit.' Dubois was geen echte vriend van ze geweest. Een collega, meer niet. Maar Senna was na afloop naar hem toe gelopen en had Dubois ten overstaan van Notovich en alle anderen vol op de mond gekust. Alleen maar om Notovich een lesje te leren.

Maar het leed was al geschied. Het voorval werd in de pers in geuren en kleuren beschreven en de reputatie van zijn collega was er voorgoed door bezoedeld. SLAAPVERWEKKEND DEBUUT VAN JONGE DUBOIS. Een foto van de slapende Notovich met daaronder de tekst: SLAAPPROBLEMEN? BEL DUBOIS. OOK VOOR LOGEERPARTIJTJES. Senna had twee dagen niet met hem gesproken.

Was dat de reden waarom Valdin zo nodig wraak wilde? Om zoiets kinderachtigs?

Valdin maakte zich op om te gaan spelen en Notovich besefte opeens dat hij nog stond. Er was maar één stoel vrij en dat was die naast Vivien. Hij aarzelde. Vivien keek onzeker de andere kant uit terwijl hij naast haar ging zitten.

'Het spijt me,' zei ze zachtjes, zonder hem aan te kijken.

'Wat zei je?'

'Het spijt me zo, Mikhael. Je had nooit moeten komen.'

Hij begreep niet wat ze bedoelde, maar ze konden niet verder praten. Het publiek was weer stil geworden en Valdin maakte aanstalten om aan zijn deel van het optreden te beginnen. Dit was het moment waar zijn rivaal al die tijd op uit was geweest. Notovich vroeg zich af wat de Fransman van plan was en waar hij die irritante zekerheid vandaan haalde.

Bij de eerste klanken besefte hij dat Vivien gelijk had. Valdin keek uitdagend de zaal in alsof hij wilde vragen: *'Herkent u deze melodie?'*

Het waren weer de eerste akkoorden van *Mazeppa*.

Er klonk een opgewonden applausje dat snel gesmoord werd door het spel van Valdin. Notovich' ingewanden verschrompelden. Een pianist zo ongegeneerd uitdagen met zijn eigen repertoire, dat was een overwinning op zich. Want de meeste aanwezigen konden toch niet horen wie er beter speelde. Valdin was echt van plan Notovich te vernederen.

Maar het werd nog erger.

Na de eerste maten klonk er opeens een ander akkoord dan Liszt geschreven had. En toen nog een. Er ging een merkbare huivering door de zaal, maar Valdin ging onverstoorbaar verder en pakte de draad weer op. Opeens speelde hij een onverwachte modulatie. Notovich ging ongemakkelijk verzitten. *Die zak improviseert op mijn stuk.* Valdin gebruikte *Mazeppa* als een wegenkaart. Hij maakte onderweg uitstapjes. Nu eens frivool, dan weer ernstig en soms verrassend inventief. Het publiek had het snel door en er klonken opgewonden gilletjes. Sommige mensen konden het niet laten om tussendoor te applaudisseren. Valdin trok nu alle registers open. Door de lijnen van *Mazeppa* weefde hij nu ook andere melodieën. Eerst het begin van de *Vijfde* van Beethoven. Toen *Alle Menschen werden Brüder*. En daarna ging hij over op de wals uit *The Godfather*.

De mensen vonden het geweldig. Ze deden hun best om bij elke vondst te laten horen dat ze het stuk herkenden. Ondertussen volgde de pianist netjes de structuur van *Mazeppa*. Het was virtuoos. Het was overdonderend. En een schaamteloos slijmgebaar naar het publiek. Hier had Notovich geen antwoord op. Hij had in geen tijden geïmproviseerd. Hij wist niet of hij het nog kon, maar hij wist zeker dat hij het niet durfde. Zijn black-outs kwamen bijna altijd tijdens een improvisatie. Valdin wist dat natuurlijk. Vivien had gelijk: hij had Notovich precies waar hij hem hebben wilde.

Opeens welde er iets dreigends op uit de muziek. Met zijn linkerhand speelde Valdin haast onmerkbaar een thema dat Notovich kende. Herkende. Noot voor noot, nauwelijks hoorbaar voor ongetrainde oren, weefde de pianist de melodie in het web van akkoorden, arpeggio's en protserige trillers. Als een gecodeerde boodschap. Het was de melodie die hij nu al twee keer had gehoord, eerst in zijn droom en later in het conservatorium. Konden deze zachte, onheilspellende klanken van de *Duivelssonate* zijn? Kon het zijn dat Valdin in Duitsland bij Karl Süssmeier de *Duivelssonate* op het spoor was gekomen?

Onzin.

Hij beeldde het zich allemaal in.

Opeens loste de vreemde, spookachtige melodie op in het luchtledige. Valdin liet het thema van *Mazeppa* weer oplichten en breide een einde aan de improvisatie. De populaire thema's echoden nog even na en gingen toen naadloos over in de noten van Liszt. Valdin beëindigde het stuk exact zoals Notovich het zojuist gespeeld had.

Het applaus was de genadeklap voor Notovich. Hij bleef verdoofd zitten, terwijl de zaal massaal overeind kwam. Valdin nam de ovatie met gespeelde nederigheid in ontvangst en maakte toen een uitnodigend gebaar naar de eerste rij. Notovich wilde steun zoeken bij Vivien, maar haar stoel was leeg. Hij besefte dat hij moest gaan staan, maar het kostte hem moeite zijn evenwicht te bewaren op zulke onvaste benen. Zijn mond was droog en zijn ogen brandden.

Hij kon de uitgang niet vinden. Het leek wel alsof de duisternis in de zaal een dikke, ondoordringbare brij vormde, die zijn armen en benen vertraagde, zodat hij in slow motion naar de achterkant van de zaal bewoog. Het gangpad scheen smaller dan ooit, zodat hij tegen stoelen en mensen op botste. Hij hoorde zijn naam fluisteren en meende mensen te horen lachen.

Iemand versperde hem de weg en hij struikelde over twee rolstoelen in het gangpad. Hadden die er net ook gestaan?

Iemand stak een hand naar hem uit.

'Niet vallen, meneer Notovich.'

Hij herkende de stem. Het was rechercheur Van der Wal. Wie had die man uitgenodigd? Waarom liet die klootzak hem niet met rust?

Hij duwde de uitgestoken hand ruw weg en liep door.

Hij kon zich niet oriënteren en maakte maaiende bewegingen om bij de deur te komen. Het leek eindeloos te duren voordat hij aan het einde van het pad kwam. Het gefluister werd luider. Hij kon niet verstaan wat de mensen zeiden. Behalve één vrouwenstem uit het publiek, achter hem, die zacht maar duidelijk articuleerde, alsof het al veel eerder gezegd had moeten worden.

Moordenaar.

28

De hele nacht lagen ze dicht tegen elkaar aan, turend naar de grillige blauw-gele lichtvormen die over het plafond heen en weer kropen. Af en toe keek Natasja of hij sliep en kuste hem. Toen hij 's ochtends opstond zat ze met Bröll aan de keukentafel.

'Môge, Noto. Wil je koffie bij je krantenkoppen?'

Hij wierp een blik op de dagbladen die over de croissantjes en eieren verspreid lagen. DE NIEUWE TIC VAN NOTOVICH: WEGLOPEN NA MAGISCHE UITVOERING. Een volgende: SENSATIONEEL PIANODUEL EINDIGT ONBESLIST. En een andere: NEUROTOVICH IS TERUG!

'Valt best nog mee, hè?'

'Neurotovich. Waarom hebben ze díé nou weer van stal gehaald?'

'Omdat journalisten geen fantasie hebben. Die recyclen steeds elkaars teksten. Wees blij dat je er zo genadig van afkomt. Nee, het was toch een heel geslaagde avond?'

'Je cynisme ontgaat me niet.'

'Tja, jij beweerde dat je je weer prima voelde,' zei Bröll, terwijl hij een lapje zalm over zijn broodje legde. 'En ik mocht me nergens zorgen over maken, toch?'

Notovich zuchtte verontschuldigend.

'Ik had kunnen weten dat Valdin met een improvisatie zou komen.'

'Zo briljant was die niet. Ik heb weleens beter gehoord. Duizendmaal beter zelfs. Bij een zekere pianist die ik niet bij zijn Russische naam zal noemen.'

'Mazeppa is niet echt een makkelijk stuk om op te improviseren. Ik was gewoon... onder de indruk.'

'Ja, dat merkte ik. En met mij nu heel krantenlezend Nederland. Wel grappig hoe ze dat beschrijven: "Bleek van de ingebeelde angsten zwalkte Notovich naar buiten, het publiek in totale verbijstering achterlatend."'

Natasja legde het broodmes met een luide klik op het tafelblad om aan te geven dat niemand haar mening nog had gevraagd.

'Ik snap het niet, jullie zijn toch niet doof of zo? Dat was helemaal geen improvisatie. Die was duidelijk voorbereid.'

'O? En hoe hoor je dat dan?' vroeg Bröll, terwijl hij de reactie van Notovich peilde.

'Simpel,' vervolgde Natasja. 'Het zat té slim in elkaar: hoe de thema's werden afgewisseld, en dan die modulaties steeds weer op het perfecte moment. Het was haast klassiek van opbouw. Dat zou Mozart hem nog niet verbeteren. En zelfs Beethoven improviseerde er niet zomaar op los; die bereidde loopjes en thema's voor die hij op elk moment kon inzetten. Dat doet Valdin echt niet beter. Ik bedoel, die zogenaamde improvisatie zat veel strakker in elkaar dan *Mazeppa* zelf. Niemand zou écht durven improviseren op zo'n gruwelijk moeilijk stuk.'

Bröll trok zijn wenkbrauwen op.

'Dus je bedoelt dat Valdin een oplichtertje is?'

Notovich nam een slok jus d'orange. Natuurlijk had ze gelijk. Waarom had hij het niet meteen doorgehad? Hij had zich laten intimideren als een onzekere beginneling. Al zijn oude angsten waren naar boven gekomen en daardoor had hij alle zicht op de realiteit verloren.

Bröll stond op. Hij zag er moe en gespannen uit, maar hij ontweek de blik van Notovich.

'Wat doen we ermee?' zei hij zakelijk. 'Moet ik je tour afzeggen? Want ik vind alles prima. Ik reken nergens meer op.'

'Niks doen. Ik bel je nog.'

Toen Bröll weg was, trok hij Natasja op schoot.

'Wat ben jij toch een slim meisje.'

'Ik speel zelf ook een aardig stukje piano.'

Ze kusten elkaar.

Maar er bleven vragen. Dat Valdin niet verrast was toen Notovich kwam opdagen, dat kon nog. Hij had zelf het recital van Notovich verstoord, dus de kans was groot dat Notovich hem met een bezoek zou vereren. Daar hoopte Valdin juist op. Ook op die zogenaamde improvisatie had hij zich goed voorbereid. Dat was nog te vatten. Maar hoe wist hij dat Notovich nou juist *Mazeppa* zou gaan spelen? Notovich had het stuk spontaan gekozen; hij had elke andere compositie kunnen nemen. En hij ging er niet van uit dat Valdin paranormaal begaafd was.

'Waarom speelde je dat stuk eigenlijk?' probeerde Natasja. 'Ik heb je het nog nooit horen spelen.'

Hij wist niet waar hij moest beginnen.

'Het heeft iets te maken met haar, hè? Met Senna.'

Hij duwde haar voorzichtig van zich af om zijn benen te strekken en liep naar het aanrecht, maar daar had hij niks te zoeken.

'Oké, je gaat het me niet vrijwillig vertellen,' zei ze. Ze had haar vraag waarschijnlijk al die tijd voor zich gehouden. Maar die had zich nu tussen hen in gewrongen, als een ballon die op knappen staat: 'Wie was die vrouw op de voorste rij?'

'Waar zat jij dan?' vroeg hij, om tijd te winnen.

'Kom op, Mikhael.'

'Ze is de vriendin van Valdin.'

'Heeft ze ook een naam?'

'Eh... Vivien.'

'Eh-Vivien zoals: ik-ken-haar-niet-hoe-heet-dat-mens-ook-alweer? Of Eh-Vivien van: ik-weet-verdomd-goed-hoe-ze-heet-maar-dat-gaat-je-geen-donder-aan? Want je gaat me niet vertellen dat je haar niet kent. Zoals je naar haar keek en zij naar jou. Is er soms iets wat ik moet weten?'

Hij begreep haar reactie wel, maar er waren nou eenmaal dingen die hij haar niet kon uitleggen. Die hij zichzelf niet eens kon uitleggen.

'Om te beginnen lijkt ze nogal op Senna,' zei hij. 'Maar misschien beeld ik me dat maar in.'

'O.'

De toon waarop ze het zei had iets definitiefs, alsof ze het nu allemaal begreep. Opeens herinnerde hij zich dat hij de eerste maten van *Mazeppa* voor Vivien had gespeeld en over de compositie had gepraat. Natuurlijk. Het was allemaal opzet. Vivien wílde op Senna lijken; ze wilde hem gek maken, dat was nu zo duidelijk als wat. Had hij haar ook verteld dat hij dat stuk altijd speelde als Senna in de zaal zat? Dat het hun geheimpje was geweest toen ze nog leefde?

Die compositie was zelfs de aanleiding van zijn ruzie met Senna geweest. Ze wilde hem nooit meer horen, zei ze na een van de laatste optredens die ze had bijgewoond. *Het paardenstuk* noemde ze het. Hij speelde de vermoorde onschuld.

'Je bedoelt *Mazeppa*?' vroeg hij op een onschuldig toontje. 'Kon ik er wat aan doen dat die vrouwen op de eerste rij allemaal zaten te zuchten en te giebelen? Er komt geen normaal mens meer naar mijn recitals. Ik voel me net een circusaap.'

'Je geniet ervan en je doet overdreven. Je speelt het alsof je een orgasme krijgt.'

'Nou, krijg ik tenminste ook weer eens een orgasme,' zei hij. Het was een heel nieuwe toon die ze tegen hem aansloeg, eentje die niet bij haar paste.

'Ik moet weg,' zei ze.

'Weg? Nu?'

Hij snapte er niets van. Ze stonden met een groepje mensen in de foyer van het theater en het was moeilijk praten terwijl er steeds mensen op Notovich afkwamen om hem te feliciteren. Hij was met een paar collega-musici. Die wilden weten of ze nog een kroeg in zouden duiken. Notovich was te geërgerd om iets te zeggen. Senna liep in de richting van de toiletten en Notovich volgde haar.

'Ik vind *Mazeppa* niet eens een mooi stuk,' zei hij verontschuldigend. 'Ik speel het alleen voor jou.'

'Daar heb ik vanavond weinig van gemerkt. Is dat waarom je zo graag beroemd wilde worden? Om aandacht te krijgen van dat soort vrouwen?'

Hij was te boos om te antwoorden, vooral omdat ze gelijk had. Hij genoot van de kreetjes die uit de voorste rijen opklonken als hij tijdens het spelen even de zaal in keek alsof hij wilde zeggen: *dit speel ik voor jou*. Het hoorde erbij, dit verwachtten mensen van hem, hield hij zichzelf keer op keer voor. En Bröll vond dat het goed was voor de verkoop. Maar Senna vond dat zijn spel eronder leed. Dat snapte hij niet. Hij was de laatste tijd juist voor het eerst tevreden over zijn spel. Hij was er zelf verbaasd over, maar hij kon voor het eerst genieten. Hij voelde zich verlost van zijn eeuwige zelfkritiek.

'Applaus krijgen is iets anders dan goed spelen,' vond Senna. Ze ging het damestoilet in en de deur viel voor zijn neus dicht.

Hij had genoeg van haar jaloerse houding. Hij beende het theater uit en nam in zijn eentje een taxi.

Het kwam allemaal door dat stomme reizen. Hij had niet genoeg tijd om te studeren. Het was alsof hij zichzelf ergens in een hotelkamer was kwijtgeraakt.

Senna kwam die nacht niet naar zijn kamer, maar de volgende ochtend zag hij haar in de ontbijtzaal van het hotel met een bakje fruit. Ze had blijkbaar een andere kamer genomen. Hij ging naast haar zitten en bood zijn verontschuldigingen aan. Ze reageerde koel, zoals ze wel vaker deed als er anderen bij waren. Hij beloofde dat hij *Mazeppa* die avond speciaal voor haar zou spelen, maar dat wilde ze niet. Het werk was bezoedeld door buitenstaanders. Dat zei ze niet, maar dat wist hij maar al te goed.

Misschien had ze gelijk. Misschien was hij te gemakzuchtig. Hij kon wat optredens afzeggen en een nieuw stuk instuderen. Toen Bröll dat plan hoorde, stak hij er meteen een stokje voor. Als Notovich nu weer optredens ging afzeggen, zou dat zijn reputatie ernstig schaden. Er zaten twee grote steden en belangrijke zalen bij. Over een maand of anderhalf misschien, maar niet nu.

Senna schikte zich in hun lot.

Gaandeweg werd Notovich steeds meer opgeslokt door publicitaire verplichtingen. Hij ging die ook steeds minder uit de weg. Ze zagen elkaar bijna alleen nog in openbare gelegenheden. Senna werd somberder, ze had een afwezige blik in haar ogen. Hij maakte zich zorgen om haar. Op een avond zei ze dat ze terugging naar Parijs. Hij praatte een hele avond op haar in, maar ze was onvermurwbaar.

'Het is geen ramp, Misha,' zei ze luchtig. 'Het is goed voor een kunstenaar dat hij zich ongelukkig voelt. Beloof je dat je je heel ongelukkig zult voelen?'

Hij schreeuwde woedend dat hij het beloofde.

Maar ze had weer gelijk. Zodra ze weg was, zochten zijn eenzaamheid en pijn via de muziek een weg naar buiten: zijn spel kreeg meer inhoud en bloeide weer op. De lokale recensent moest tijdens het recital van die avond zelfs zijn tranen bedwingen. Ondertussen zat zijn vrouw naast hem naar Notovich te lonken. Ze was de eerste met wie hij vreemdging, maar hij voelde zich er niet beter door.

29

Ze spraken af in een hotelkamer. Hij vond het idee bespottelijk, maar Vivien wilde niet met Notovich gezien worden. Zijn onderkomen was ook geen goede ontmoetingsplaats, want Natasja sliep daar nu bijna elke dag.

Ze lag met haar jas aan op bed naar de tv te kijken. Ze had nog steeds zwart haar. Notovich ging op het stoeltje zitten dat onhandig tussen het bed en de tafel in geperst stond. Ze zeiden een hele tijd niets. Vivien zapte nerveus van kanaal naar kanaal, maar het geluid stond uit. Buiten rinkelde een tram. Hij stond weer op, maar ijsberen was ook niet mogelijk in deze claustrofobisch kleine ruimte.

'Ik heb al gezegd dat het me spijt,' zei ze opeens. 'Dus wat wil je nog meer van me?'

Ze wilde hem vasthouden, maar hij greep haar pols en draaide hem om, zodat ze een schreeuw van pijn moest onderdrukken.

'Jij hebt hem verteld dat ik *Mazeppa* zou spelen, of niet? Ik heb dat stuk destijds voor je gespeeld.'

'Nou en?'

'En wie kwam er op het idee om dít te verven?' vroeg hij. En hij trok zo hard aan haar haar dat haar nek gevaarlijk naar achteren knikte.

'Au! Laat me met rust!'

'Wiens idee? WIENS IDEE?!'

'Gewoon, van niemand.'

Hij rukte haar hoofd nogmaals naar achteren.

'Van niemand?'

'Oké, het was zijn idee. Zíjn idee! Hij wil je gek maken!'

Ze begon zo hartverscheurend te snikken dat hij niet wist hoe hij zich een houding moest geven. Hij was nog te woedend om haar te troosten, maar hij ging op de rand van het bed zitten en wachtte tot ze weer enigszins was bedaard, vastbesloten de waarheid aan het licht te brengen.

Het verhaal kwam aarzelend op gang.

'Ik leerde Valdin kennen tijdens een feestje van een vriend van mijn ouders. Ik wist eerst helemaal niks van hem. Hij was charmant en knap, en hij scheen een aanstormend talent te zijn. Ik liet me door hem inpakken en we kregen een verhouding. Ik weet niet eens of ik wel echt verliefd was. Het feit dat zo iemand míj zag staan, in míj geïnteresseerd was, bracht me in een roes die ik aanzag voor liefde. Maar nu weet ik dat onze ontmoeting geen toeval was. Hij heeft heel veel moeite moeten doen om onze familie te vinden. Hij heeft onze "toevallige" ontmoeting in scène gezet. Toen we een weekend naar Parijs waren, werd ik achterdochtig omdat hij zich af en toe versprak en me bij de verkeerde naam noemde. Toen bekende hij dat hij mijn zus had gekend.'

'Je zus?'

'Senna was vier jaar ouder dan ik. We leken als twee druppels water op elkaar. Maar ik was "normaal" en "vrolijk" – tenminste, dat zei mijn moeder altijd: "Vivien, gelukkig heb ik er één die normaal doet," zei ze dan.'

'Senna was jouw zus?'

'Mijn "niet-normale" en "niet-vrolijke" zus. Heel onrechtvaardig natuurlijk, want daarom mocht ík nooit eens moeilijk doen of onaangepast zijn. Dat mocht alleen zij, het moeilijke kind.'

'Waarom hebben jullie dan niet dezelfde achternaam?'

'Ze leefde in Parijs blijkbaar onder de meisjesnaam van mijn moeder. Wij wisten in het begin niet eens dat ze in Frankrijk zat. Haar relatie met mijn ouders was niet... optimaal. Die van mij trouwens ook niet; die mensen kunnen zo onmogelijk dwars en bekrompen zijn. En dan moet je Senna hebben. Die stapte toen ze twaalf was al met een vriendje op de trein naar Amsterdam om in het Van Gogh Museum één bepaald schilderij te bekijken. Dat moest ze dan per se zien. Ze was vooral gek van moderne schilderkunst. Maar als ze thuiskwam, ging het hard tegen hard. Dat verloor ze natuurlijk altijd van mijn vader en dan trok ze zich dagenlang terug op haar kamer. Ze schilderde zelf ook, maar mijn vader lachte haar uit. "Wie denk je dat je bent? Je hebt natuurlijk núl talent," zei hij dan keihard in haar gezicht.'

Notovich luisterde met verbijstering. Senna had hem nooit iets verteld over haar achtergrond en nu bleek ze een heel leven te hebben gehad voordat hij haar leerde kennen, een leven met een vader en een moeder in een of andere alledaagse Nederlandse woonwijk. Hij kon zich haar nauwelijks in zo'n situatie voorstellen.

'Op een dag verdween ze met een jongen die mijn vader niet vertrouwde,' vervolgde Vivien. Ze stuurde één ansichtkaart en liet daarna nooit meer iets van zich horen. Een jaar later beweerde een ex-vriendje van haar dat hij Senna in Parijs had ontmoet en dat ze omging met allerlei kunstenaars. Ik durfde het niet aan mijn ouders te vertellen. "Kunstenaar", dat stond voor mijn vader gelijk aan "tuig". Maandenlang lag ik 's nachts in bed plannen te bedenken om op de trein te stappen en haar terug te halen. Maar ik was zo jong. Ik had geen geld en ik was nog nooit in Parijs geweest.'

'Waarom had je dan het gevoel dat je haar moest redden?'

'Vanwege de manier waarop ze was weggegaan.'

Vivien zuchtte vol tegenzin.

'Je moet het me vertellen, Vivien,' zei Notovich, nu zachter. 'Ik heb er recht op.'

'Senna had van die donkere periodes, vooral als ze het gevoel had dat niemand haar begreep. Wat dus zo ongeveer de hele tijd was. Op een avond zag ik haar in haar kamer in haar onderarm krassen met een schaar. Ik was eerst bang dat ze zelfmoord wilde plegen, maar ze stond op en gooide de deur gewoon voor mijn neus dicht. Toen besefte ik pas waarom ze altijd lange mouwen droeg. Ik dacht eerst dat het een nieuwe mode was of zo.'

Notovich knikte. Hij dacht terug aan die nacht in Parijs, in de regen. Het bloed op haar armen. De krassen. En later had hij een paar keer de littekens gezien.

'Deed ze dat wel vaker?'

'Dat weet ik niet. Ze had het heel moeilijk. Senna had een vriendje en die jongen deugde niet. Dat vonden mijn ouders natuurlijk, maar ik denk dat ze gelijk hadden. De laatste ruzie met mijn vader verliep niet al te aangenaam. Er werd met meubelstukken gegooid en hij heeft haar zelfs twee klappen gegeven. Daar had hij later veel spijt van, maar daar hadden we natuurlijk niks aan. Een week later komt Senna naar mijn kamer en zegt dat we een ritje gaan maken, ze wil alleen niet zeggen waarheen. Ik heb daar totaal geen zin in, maar ik zie aan haar dat ik geen vragen moet stellen. Ze pakt de autosleutels van mijn vader van het kastje in de gang en loopt naar de garage. Ik zeg dat ze gek is; wat nou als papa straks thuiskomt? Maar die is naar een of ander congres en ze smeekt me om in te stappen. Moet je je voorstellen: ze kan absoluut niet autorijden, maar ze beweert dat ze het van een vriend heeft geleerd. Ze start de motor en we rijden weg. Het gaat nog redelijk goed ook, behalve dan dat ze overal door rood rijdt, omdat ze stoppen te ingewikkeld vindt met de koppeling en zo.

Ze rijdt naar een of ander dorp en daar staat een laag gebouw en daar stopt ze. Ik mag niet mee naar binnen, ik mag niemand vragen wat daar gebeurt, ik moet in de auto wachten. Zij gaat naar binnen en blijft twee uur weg. Ik denk echt dat ik gek word.'

'Wat voor gebouw was het?'

'Een soort gezondheidscentrum.'

'Was ze ziek?'

'Niet echt.'

'Wat bedoel je dan?'

'Het was een kliniek, oké? Een abortuskliniek.'

Ze stokte even.

'Ga door.'

'Als ze weer in de auto stapt, ziet ze er bleek en beroerd uit. Ik begin te huilen, maar ze zegt dat ik het tegen niemand mag zeggen. Tegen niemand. Anders gaat ze weg en komt ze nooit meer terug. Ik moet het beloven.'

'En toen?'

'Diezelfde avond doet mijn vader iets wat hij nooit eerder heeft gedaan: hij komt naar mijn kamer en gaat op mijn bed zitten. Dan zegt hij heel zacht dat ik hem alles moet vertellen, dat hij het weet van de auto. Een of andere buurman heeft ons verlinkt. En ik... Je hebt geen idee hoe mijn vader kon zijn...'

Er kwamen tranen in haar ogen.

'Je hebt het verteld. Je had geen keus.'

'Zo zag Senna dat niet, geloof me. Eerst kregen we een grote scène tussen mijn ouders, dat kun je je wel voorstellen. Mijn moeder helemaal hysterisch; die sloot mijn vader op in zijn studeerkamer omdat híj nu eens zijn grote mond moest houden. Senna moest op haar kamer blijven en mijn moeder haalde er meteen een bevriende psychiater bij. Alsof je voor zo'n gesprek een psychiater nodig hebt. Maar diezelfde nacht is Senna verdwenen. Ik heb haar nooit meer gesproken, nooit meer iets gehoord, niks. En toen ik hoorde dat ze dood was...'

'Vivien, dat was niet jouw schuld.'

Ze stond op van het bed en liep naar het raam. Buiten rinkelde een tram. Notovich wilde haar troosten, maar er was nog te veel wat hij niet begreep. Hij liet haar even op adem komen.

'En toen kwam Valdin,' vervolgde ze even later. 'Hij vertelde me dat jíj haar had vermoord. En ik kon nu goedmaken wat ik destijds had veroorzaakt. Dat zei hij niet met zoveel woorden, maar hij suggereerde het wel.'

'Zei hij ook hoe ik haar dan vermoord zou hebben?'

'Mijn ouders wisten van de Franse politie dat ze al een hele tijd verdwenen was. Wij wisten natuurlijk van niks, want wij hadden geen contact meer met haar. Mijn ouders hebben nog meegewerkt aan een zoekactie, maar na twee weken kwamen ze alweer thuis. De laatste jaren van Senna zijn altijd een raadsel voor me geweest, dus ik nam alles wat Valdin vertelde gretig in me op. Senna was mijn grote, foute voorbeeld. De enige tegen wie ik echt opkeek en met wie ik me kon identificeren als ik me stiekem rot voelde. Vorige week na het optreden bleef ik hem vragen stellen over Senna. Toen gaf hij het pas toe.'

'Wat? Waar heb je het over?'

'Dat hij van Senna had gehouden, dat ze zijn grote liefde was. Toen pas besefte ik dat hij mij alleen wilde gebruiken om haar te wreken.'

'Wat een onzin. Hij heeft nooit een relatie met haar gehad. Die man is gek. We weten niet eens zeker of ze wel dood is.'

Vivien zei niets en ontweek zijn blik.

'Vivien, kom op.'

'Valdin beweert dat de politie het lijk van Senna heeft gevonden.'

'Weet je dat zeker?'

'Dat zegt hij.'

Notovich kon even niets uitbrengen. Het was alsof hij opeens in een diepte wegegleed.

'Ik kon haar niet zien,' vervolgde Vivien. 'Ze was al gecremeerd. Hij wilde ook niet vertellen waar ze gevonden was. Het was te afgrijselijk, zei hij. De politie had het stoffelijk overschot van een vrouw gevonden, maar ze konden haar niet identificeren. Pas een jaar later kwam Valdin met bewijzen dat zíj het geweest moest zijn. Maandenlang had hij lopen zeuren om gegevens van ongeïdentificeerde lijken te mogen zien. Na veel gedoe legde de politie hem een stuk of tien zaken voor. Hij herkende in een van de rapporten direct het kettinkje dat ze naast haar lijk hadden gevonden.'

'Maar als ze al gecremeerd was, dan kan dat bewijs nooit sluitend zijn.'

'Hij zegt van wel. Ze hebben een lijk en ze hebben iemand die op de avond van haar verdwijning onder het bloed zat. Het enige wat ze nog hoeven te doen is het een met het ander in verband brengen...'

'Waarmee willen ze het bloed dan vergelijken? Hebben ze DNA van Senna?'

'Het moet niet zo moeilijk zijn daaraan te komen. Wat haren in een oude kam, bijvoorbeeld. Ze hoeven het maar aan mijn ouders te vragen.'

Notovich stond op en probeerde vergeefs zijn op hol geslagen gedachten te beteugelen. Dáárom waren ze dus opeens weer op zoek naar een bloedmonster. De lucht in de bedompte hotelkamer leek op zijn borst te drukken, alsof hij honderden meters diep onder water zwom. Hij liep naar het raam en stak zijn hoofd de koele buitenlucht in. Misschien had hij haar dus echt vermoord. Of Valdin had het allemaal gelogen. Misschien hadden ze alleen het kettinkje. Dat zou een rechtbank nooit accepteren als sluitend bewijs.

Vivien legde haar hand op zijn schouder. Ze zwegen een tijdje.

'Dus jij zit hier in één kamer met de moordenaar van je zus?'

'Dat geloof ik niet.'

'Niet?'

'Toen ik jou voor het eerst een hand gaf, wist ik nog niet dat jíj de zogenaamde moordenaar was. Dat vertelde hij me die avond pas. Ik was zo kwaad dat hij me op die manier had geconfronteerd met de man die mijn zus had gedood. Maar hij zei dat hij niet anders kon, want anders zou ik me niet normaal gedragen hebben. En jij mocht niks vermoeden natuurlijk.'

'Wat wil hij? Waarom dat duel?'

'Valdin heeft een plan. En daar had hij mij voor nodig.'

'Welk plan?'

'Hij wil geen gerechtigheid, maar wraak.'

'Hoe dan?'

'O, Misha, het spijt me zo. Ik wist dat het fout was, maar ik had me toen al helemaal aan hem overgeleverd. En het was zo makkelijk om een vijand te hebben. Mijn leven werd opeens een stuk helderder. Maar toen je achter me aan kwam in dat steegje, begon ik eigenlijk al te twijfelen. Je leek me zo hulpeloos.'

'Vivien, wat is het plan?'

Ze liep heen en weer in het kleine kamertje. Hij hield haar tegen.

'Weet je zeker dat je dit wilt horen?' vroeg ze.

Hij zei niets, keek haar alleen aan.

'Oké. Hij zegt dat je ziek bent. Dat hij je kende toen je in Parijs woonde en dat je black-outs kreeg als je Liszt speelde. En dat je tijdens die "periodes" soms woedeaanvallen kreeg waar je later niets meer van wist. Hij schijnt het een paar keer van dichtbij te hebben meegemaakt. Hij wilde je zover krijgen om weer te gaan spelen.'

'Wat wil hij daarmee bereiken?'

'Dat... zegt hij niet.'

Hij voelde dat ze meer wist dan ze losliet.

'Waarom zocht hij iemand die op Senna lijkt?'

'Senna was volgens Valdin de enige die jou inspireerde om muziek te maken. Hij hielp me over mijn angst heen, zodat ik voor het eerst met je durfde te praten, daar in dat café. En toen pas leerde ik de man kennen van wie Senna blijkbaar zoveel gehouden heeft. Maar je was heel anders dan ik had gedacht: gevoelig, intens, attent. Zeker geen monster. En ik genoot er stiekem van om Senna te zijn. Het was een soort fantasie waar ik in leefde, mijn manier om iets in te halen wat ik altijd gemist had.'

'En?'

'Ik vond je meteen sympathiek. Ik ging steeds meer voor je voelen. Je bent heel anders dan Valdin. Ondertussen was dat precies wat Valdin wilde, natuurlijk: dat ik voor je zou vallen.'

'Waarom heb je je haar geverfd?'

'Dat moest van hem.'

'Ga door.'

'Ik vond het eerst een beetje griezelig om te doen, want ik twijfelde inmiddels of je echt wel zo schuldig was als Valdin beweerde. Ik mocht je, Misha, heel graag zelfs. Ik hoopte dat als ik meer op Senna leek, dat jij dan meer in me... geïnteresseerd zou raken. Ik weet dat het niet goed is, maar ik kan het niet helpen.'

'Maar je werkte wel mee. Hoe wist hij anders dat ik *Mazeppa* zou spelen? Dat heb jij hem verteld.'

'Zo ging het niet, ik had dat helemaal niet door! Hij wist al dat je hem zou komen overvallen tijdens een recital; dat was een kwestie van afwachten. Dus had hij een aantal stukken voorbereid. Toen ik vertelde dat je spontaan *Mazeppa* voor me gespeeld had, was hij euforisch. Hij begreep meteen dat je dat zou gaan spelen.'

'Hoe kon hij dat zo zeker weten?'

'Hij herinnerde zich dat het "jullie" stuk was geweest. Dat je het altijd speelde als zij in de zaal zat. Klopt dat?'

Notovich ging op het bed zitten. Dat kon Valdin helemaal niet weten, dat kon niemand hem verteld hebben. Hij snapte hier niets van.

'O, Misha, ik heb dit nooit gewild! Als ik geweten had dat hij je zo zou vernederen, dan had ik... Dat heb ik nooit gewild. Ik snap nu pas dat híj degene is die geobsedeerd is. Dat híj degene is bij wie ik uit de buurt moet blijven. Ik geloof helemaal niet dat je haar hebt vermoord. Ik ben bang voor hem.'

'Ga dan bij hem weg.'

'Dan doet hij me iets aan.'

'Dat geloof ik niet. Waarom zou hij? Je doet precies wat hij zegt. Je bent zijn handlanger.'

'Nee, Misha. Dat moet je niet zeggen.' Ze begon weer te huilen. 'Ik geloof dat ik meer voor je voel dan goed voor me is.'

Hij geloofde haar. Samen zaten ze op de vensterbank en keken een hele tijd naar buiten, zonder iets te zeggen. Het verhaal van Valdin geloofde hij niet. Er was helemaal geen lijk. Valdin had ook helemaal geen relatie met Senna gehad, dat was allemaal fantasie. Valdin was misschien uit op wraak, maar niet vanwege haar. Het was artistieke wraak. Valdin wilde gewoon de grootste pianist aller tijden zijn en daarom moest hij Notovich van de troon stoten.

En opeens moest hij lachen. Vivien keek hem verbaasd aan, maar hij kon het niet uitleggen. Op een vreemde manier was dit een bevrijding. Het verhaal van Vivien verklaarde heel veel. Hij werd niet achternagezeten door demonen of hersenspinsels uit zijn paranoïde fantasie. Hij was niet gek! Ze hadden hem alleen gek willen maken. En dat was bijna gelukt. Maar voor al zijn krankzinnige gedachten van de afgelopen weken bestond een volkomen logische verklaring. Van nu af aan kon hij doen waar hij zin in had. Hij zou weer gaan optreden en cd's opnemen en furore maken en de wereld laten zien dat er met hem niet te spotten viel. Niemand die hem nog tegenhield. Terwijl zijn lach langzaam bedaarde, zei hij het nogmaals in zichzelf: dat hij werkelijk vrij was.

Vivien vocht weer tegen haar tranen.

'Je haat me.'

'Helemaal niet.'

'Ik had geen idee dat hij me zo zou gebruiken.'

Hij kreeg haast medelijden met haar. Hoe kon ze ook weten wat hij had doorstaan? Hij zou haar eigenlijk een pak slaag moeten geven of moeten aangeven bij de politie. Maar dat kon hij niet. Ze was tenslotte bijna een perfecte kopie van Senna. Dat waren Senna's genen in een levend lichaam, Senna's vlees en bloed. Voor het eerst durfde hij zichzelf toe te geven hoezeer hij naar dit lichaam gehunkerd had. Hij had het gevoel vanaf het begin proberen te onderdrukken, maar het was te sterk voor hem. *Zij* was te sterk voor hem. Het was alsof *zij* in zijn oor fluisterde: *je bent vrij. Je mag kussen wie je wilt.*

30

Een paar mensen konden voorlopig beter niet weten dat hij revanche wilde. Linda had de berichten over zijn confrontatie met de Fransman in de krant gelezen en ze deed waarschijnlijk geen oog meer dicht voordat hij de piano voorgoed afzwoer. Aan de kritische blik van Nicole had hij nu ook niet zo'n behoefte. En Natasja hield hij al een paar dagen op afstand. De middag met Vivien was een uitbarsting van lust geweest. Hun honger leek haast niet te stillen. Hij had het gevoel alsof hij het lichaam van Vivien beter kende dan dat van welke vrouw dan ook. Hij hield van de welving van die buik waar hij altijd zijn neus in begroef. De hals en dijen die hij zo gemist had. Ze was zacht en warm, precies zoals de eerste keer dat hij met *haar* de liefde had bedreven.

Hij kon haast nergens anders meer aan denken. Hij durfde Natasja niet onder ogen te komen. Hij wilde haar geen pijn doen, ze verdiende dit niet. Hij wilde dit niet, maar hij had zichzelf niet in de hand. Misschien kwam het doordat hij zijn pillen niet meer slikte, maar zijn emoties waren heftiger en dieper. Eerlijker. Hij hield van Natasja, maar hij had te weinig weerstand tegen die andere liefde. Zijn eeuwige liefde voor Senna.

De enige bij wie hij terechtkon, was zijn trouwe impresario. Toen hij bij het kantoortje van Bröll aankwam, was een van de ramen bedekt met een kunststof plaat. Er staken stukken glas uit de sponning waar de ruit gezeten had. De deur stond op een kier en hij passeerde twee werklui. In de gang hing een scherpe lucht die uit de kamer van Bröll leek te komen. Hij ging naar binnen en een verstikkende walm sloeg meteen op zijn keel, alsof er in die ruimte honderden Ardenner hammen waren gerookt. Grillige zwartgeblakerde vormen liepen over muren en plafond waar vuurtongen hun werk hadden gedaan. Overal lagen scherven, papieren en kapotte meubels. Het tapijt sopte van het bluswater. Midden in een poel van roetwater zat Bröll op een omgevallen ladekast naar de muur te staren.

Bröll probeerde hem af te schepen met een ongeloofwaardig verhaal over een doorgebrande broodrooster. Notovich trok hem overeind en duwde hem tegen de muur. Wie had dit gedaan? Hij zou nú naar een andere impresario gaan als Bröll hem de waarheid niet vertelde. De hele waarheid.

Bröll was eigenlijk wel opgelucht dat hij zijn ellende met iemand kon delen. Criminelen hadden een brandbom naar binnen gegooid. Vanaf het moment dat Notovich niet meer optrad, had hij schulden. Grote schulden bij de verkeerde mensen. Hij was gaan gokken om zijn oude levensstijl te kunnen blijven betalen. Zeker nu het slechter met hem ging, kon hij niet zonder zijn gelukspakketje: vrouwen, drank en af en toe een snuifje coke. Maar hij had geen gelukkige hand aan de pokertafel. Ze hadden in het begin niet moeilijk gedaan; het waren aardige kerels die hem geruststelden en een sfeer van vriendschap kweekten. Zo was hij langzamerhand in een fuik gezwommen. Maar nu was het tijd om de rekeningen te betalen. Hij had hen lange tijd koest weten te houden met beloftes. Hij zou binnenkort met Notovich een serie cd's van Rachmaninov uitbrengen. Toen zijn cliënt dat niet wilde, was de sfeer grimmiger geworden.

Toen wilde Notovich opeens weer gaan optreden. Bröll was overgelukkig geweest. Hij had zelfs wat extra geld geleend om de kosten van de comeback te financieren. Hij had een paar duizend euro betaald voor zalen (daar wist Notovich niets van). Maar toen het optreden mislukte, begonnen ze hem lastig te vallen met bedreigingen. Deze brandbom was nog maar het begin. Hij had twee, hooguit drie dagen voordat ze echt zouden toeslaan.

Notovich zei dat Bröll niet meer bang hoefde te zijn. Hij zou zijn plaats op het podium terugveroveren. Deze keer geen halfslachtige comeback. Hij had zijn oude zelfvertrouwen terug. Bovendien werd hij ditmaal gedreven door het gezondste motief dat een mens kon hebben: wraak.

Bröll reageerde sceptisch. Daar zouden zijn geldeisers nooit intrappen. Hij had ze al zoveel beloofd, waarmee hij eigenlijk bedoelde dat Notovich al zoveel had beloofd.

'Helpt het als ík eens met ze ga praten?' vroeg Notovich.

'Ik wil jou hier niet in betrekken,' zei Bröll. 'Dat is levensgevaarlijk.'

'Luister, Bröll, als we dat duel doen, dan moeten we het groot aanpakken. Ik wil de hele wereld eindelijk eens laten zien dat ik terug ben, zodat we het verleden achter ons kunnen laten. En met zo'n duel kunnen we winst maken. Cd's, tv-registratie – stel je eens voor wat voor publiciteit dit genereert.'

'Je krijgt de omroepen en platenmaatschappijen pas mee als je zelf een sponsor meebrengt. Denk maar niet dat de mensen van Valdin er een cent in steken.'

'Dat snap ik.'

'En je snapt ook waarom, hè?'

'Ik ben een te groot risico. Ik ben het onberekenbare genie dat wegloopt van recitals. Dus moeten we er zelf geld in steken.'

'Hou alsjeblieft op. Heb je enig idee over hoeveel we het hebben? Minimaal een ton.'

'Dat verdienen we zo weer terug. Bröll, luister nou naar me. Jij zit in deze ellende door mij, dus ik neem alle verantwoordelijkheid op me. Regel een afspraak met die geldschieters van je.'

'Ben je gek? Wil je díé mensen vragen...'

'Wat anders? Wou je naar een bank gaan, met míjn verleden?'

'Ik dacht dat je geen geld meer wilde verdienen aan je muziek?'

'Het geld kan me niks schelen, maar ik kan jou toch niet laten zitten? Bovendien, dat gedoe met Valdin heeft me echt wakker geschud. Ik kan stukken beter. Echt.'

'Dat probeer ik je al maanden uit te leggen.'

'Maar ik snap nu pas wat het probleem was. Het was niet de angst. Ik ben nooit echt bang geweest voor het podium.'

'Ik heb geen idee waar je het over hebt.'

'Het was schuldgevoel. Snap je dat dan niet? Alsof ik geen recht had om weer te leven, terwijl Senna...'

Bröll ging moeizaam staan. Hij keek de kamer nog eens rond en zuchtte. Notovich had geen idee wat hij moest zeggen om hem duidelijk te maken dat hij het meende. Dat het ging gebeuren, met of zonder Bröll. 'We zullen toch wat winst moeten maken, Bröll. Hoe wou je anders van je schulden afkomen? Prik jij een datum met die mensen. Dan laat ik hun zien dat ik niet gestoord ben. Ik speel wat voor ze. Iets romantisch, want die criminelen hebben meestal een klein hartje.'

'Verdomme, Noto, dit is geen grapje. Ze hebben bodyguards met machinegeweren.'

'Heb je een beter idee? Zorg jij dat ze hun portemonnee trekken.'

Eerst moest het duel nog geregeld worden. In het diepste geheim lieten ze Valdins impresario weten dat Notovich revanche wilde. Valdin reageerde eerst afwachtend. Hij beweerde dat hij zijn 'overwinning' al binnen had, dus hij hoefde zogenaamd niet zo nodig. Bröll wees er fijntjes op dat er in geen enkele krant had gestaan dat Valdin de winnaar was. Voor een beginneling als hij was het een eer dat een grootheid als Notovich het podium met hem wilde delen. Het zou heel lastig worden om de van nature conservatieve pers op zijn hand te krijgen. En Notovich kon Valdin natuurlijk ook publiekelijk uitdagen, als die dat liever had.

De Fransman vroeg bedenktijd.

Het was waarschijnlijk gespeelde twijfel, want Valdin had Notovich precies waar hij hem hebben wilde. En dat was verontrustend, want er zou maar één manier zijn om zijn rivaal de volgende keer echt te vloeren: Notovich moest tijdens het volgende duel improviseren. Dat was altijd zijn specialiteit geweest. Hij hoefde een improvisatie niet voor te bereiden, zoals Valdin. Hij kon destijds elk thema aan dat hem werd aangedragen. Maar dat was voordat hij geplaagd werd door blackouts.

Hij moest een sprong in het diepe wagen als hij weer de pianist wilde worden die hij ooit was geweest, anders had zijn leven geen zin meer. Het sluimerende verlangen naar een comeback had hem in zijn donkerste tijd op de been gehouden. Hij had het weliswaar diep weggestopt, er bijna al niet meer in geloofd door de terloopse vermaningen van Linda en het afgestompte gevoel van de pillen. Maar die honger naar de verboden vrucht had hem ervan weerhouden om uit een raam te springen, dat wist hij.

Een dag later hapte Valdin.

Er werd snel een vergadering belegd met de 'financier' van Bröll, een kale vijftiger in een driedelig pak die naar aftershave rook. Hij stelde zich voor als Luboš en voegde daar in gebrekkig Nederlands aan toe dat Luboš *vredelievend* betekende. Hij was *vredelievend* voor al zijn vrienden. Notovich knikte en hoopte dat de man zijn hand snel zou loslaten. Maar Luboš was iemand die dingen blijkbaar moest vasthouden om zich er prettig bij te voelen. Hij keek met een soort geamuseerde verbazing naar Notovich, alsof hij een exotische aap was. Een echte kunstenaar had hij blijkbaar nog nooit vastgehad. En Notovich kende op zijn beurt niet veel mensen die twee bodyguards meenamen naar een lunchafspraak. *Gewapende* bodyguards, te oordelen naar de hoekige bobbels onder hun strak zittende colbertjes. Notovich vroeg zich af waar Bröll hem van kende.

Ze regelden een zaaltje waar Notovich voor kon spelen. Luboš luisterde ogenschijnlijk onaangedaan. Hij leek ook niet te genieten van de veel te dure lunch in Brölls favoriete restaurant. Als hij iets zei, aaide hij over Brölls rug en als hij iets bestelde, moest hij de serveerster even bij een been vastpakken. Notovich kon zijn ogen niet van die handen afhouden. Ze lieten ook nog een doordringende geur van aftershave achter op alles wat ze aanraakten.

Luboš wilde wel over zaken praten, maar niet over bedragen. Hij leek niet erg enthousiast. Notovich legde in bedekte termen uit dat hij zijn vleugel wel wilde inzetten als onderpand. Daar ging Luboš niet mee akkoord. Hij had geen verstand van piano's; hij wist niet hoeveel zo'n ding waard was. Bovendien, wat moest hij met een vleugel? Maar hij was misschien wel te porren voor een deal als Notovich de opbrengst van al zijn cd's aan hem wilde overdragen. Dat was voor Bröll onbespreekbaar. Toen haalde Luboš zijn schouders op en keek hem loom aan.

'Ik met jou te maken, Bröll. Ik jou centjes geven, en niet aan deze...'

Hij noemde Notovich iets wat de pianist niet verstond, maar de strekking was wel duidelijk.

Bröll knikte haast onderdanig. Notovich begreep dat Bröll al in het krijt stond bij Luboš.

Die had zo zijn eigen voorwaarden voor de deal. Een contract was niet nodig, vond hij. Hij was tenslotte *vredelievend*, en zakendoen met zo'n vredelievend mens was gebaseerd op vertrouwen. Of, zoals hij het samenvatte toen ze het restaurant verlieten: 'Jij mij niet fucken. Dan ik jou niet fucken.'

Dat leek Notovich een redelijk voorstel.

De impresario's van de twee pianisten hielden een gezamenlijke persconferentie. Het zou het 'pianoduel van de eeuw' worden. Er werd een locatie gevonden en een datum geprikt. Bröll waarschuwde Notovich voor de golf van media-aandacht die ze konden verwachten, maar zelfs Bröll had toen nog geen idee hoe omvangrijk die zou zijn.

En toen kon het grote touwtrekken beginnen. Het had wel iets weg van de onderhandelingen tussen twee kampen voor een schaakmatch om de wereldtitel. Sappige details lekten uit naar de pers. Beide pianisten eisten hun eigen vleugel, dat was te verwachten. Maar Valdin wilde dat zijn vleugel zo zou worden geplaatst dat hij tijdens het spelen geen uitzicht had op het instrument van Notovich. Verder waren er langdurige besprekingen over de belichting, de luchtvochtigheidsgraad van de zaal en de hoogte, bekleding en kleur van de fauteuils op het podium, waar de pianisten in konden zitten als de ander speelde. Notovich viel Bröll ook elke dag lastig met nieuwe ideeën. Het duel nam langzaam de vorm van een spektakel aan.

De publiciteitsmachine werd dagelijks gevoed met geruchten, verzinsels en leugens. Vooral over geheime eisen die de pianisten zouden stellen. In de fantasie van de buitenwereld waren die van Notovich het meest exorbitant. In de kleedkamer moest volgens de grootste fantasten een ladekast klaarstaan met vijftig verschillende soorten handschoenen om de handen van de bezeten pianist warm te houden. En Notovich zou zijn helpers natuurlijk weer op pad sturen om een frisse meisjesbloem te ronselen die op de avond van het recital door hem geplukt wilde worden. De handschoenen die Notovich daarbij zou dragen, moesten matchen met de kleur van haar ogen.

Fanmail stroomde binnen voor beide pianisten. Op internet werden discussieforums geopend: *wie is de meest sexy pianist?* In de media debatteerden kenners over de vraag of dit soort evenementen goed was voor de uitvoerende klassieke muziek. Of hier geen knieval werd gedaan voor de commercie? Of dit geen slecht voorbeeld was voor jonge musici die zich van concours naar concours sleepten? Boekingskantoren beleefden gouden tijden. Er werd massaal gewed. Bij sigarenboeren, in kroegen en vooral online.

Onaangenamer was dat ook de verdwijning van *de mysterieuze vriendin van de pianist* weer werd opgerakeld. Nieuwe 'feiten' kwamen aan het licht over de aard van hun relatie en het motief voor de 'moord'. Toen de stroom geruchten en halve waarheden net leek te bedaren, praatte de schoonzus van iemand bij de politie haar mond voorbij. Ze verklapte dat Notovich een paar weken geleden nog was verhoord. Daar kon de lawine weer even op door. Er was inmiddels ook een politiek relletje uitgebroken. De minister van Buitenlandse Zaken lag in de clinch met zijn Franse collega over een handelsverdrag met China. En op een of andere manier was zijn ergernis over de Franse starheid in de onderhandelingen overgeslagen op het onderzoek inzake Notovich. Notovich was een grote naam en die mocht niet onnodig bezoedeld worden door de Franse politie, vond de regering opeens. De Fransen waren ziedend. Het was dan ook geen slimme uitspraak van de minister en de politie deelde zijn mening waarschijnlijk niet. Notovich had het gevoel dat de recherche rustig wachtte tot de storm overwaaide. In de tussentijd deden ze gewoon hun werk. Twee keer had hij op straat het sterke gevoel gehad dat hij gevolgd werd. Daarom bleef hij zo veel mogelijk binnen en richtte zich op zijn werk.

Natasja moest in de krant lezen wat Notovich van plan was. Hij loog tegen haar dat ze elkaar nu minder konden zien omdat hij moest studeren. Hij had haar aangeraden zich ook weer op haar studie te richten. Ze was een jonge pianiste met een passie voor haar vak, het zou zonde zijn om dat te verspillen. Zeker aan een egomane pianist die achter haar rug om het bed deelde met een ander omdat hij het verleden niet kon loslaten. Maar dat had hij er niet bij gezegd; hij zou het later aan haar proberen uit te leggen.

Natasja ging met tegenzin terug naar haar kleine studentenkamer en pakte met nog grotere tegenzin haar studie weer op. Met een feilloos gevoel voor zelfdestructie weigerde ze te leren voor een belangrijk tentamen en kwam ze onvoorbereid opdagen bij een voorspeelmiddag voor vierdejaarsstudenten.

Tot zijn eigen verbazing miste hij haar. Niet alleen haar muzikale inbreng, maar ook haar frisse aanwezigheid. Hij probeerde er niet aan te denken. Hoe meer hij met haar omging, des te meer pijn hij haar zou doen. Gelukkig kende hij de meeste stukken die hij tijdens het duel wilde spelen al, daar had hij haar niet voor nodig. Zijn strategie stond vast.

Linda kwam even langs en vroeg of ze nog boodschappen moest doen.

'Nee, dat doe ik zelf wel.'

Er was iets anders wat hij haar moest vragen, maar hij wist niet goed hoe hij dat zo achteloos mogelijk kon doen. Ze had een paar dagen geleden zijn was schoon en gestreken teruggebracht, maar het T-shirt waar Senna's bloed op had gezeten zat er niet bij.

'Nog bedankt voor de was trouwens. Kan ik weer even vooruit?'

Ze aaide hem over zijn hoofd.

'Ik moet weg. Ik zou met Wim uit eten gaan.'

'Ik kan alleen dat T-shirt nergens vinden.'

'Welk T-shirt?'

'Je weet wel, waar die vlekken in zaten. Bloedvlekken.'

'Echt? Dan heb ik dat per ongeluk bij Wim in de kast gelegd. Ik kijk vanmiddag wel even. Als jij belooft dat je even bij Nicole langsgaat.'

Ze zeurde hem al dagen aan zijn hoofd.

'Oké, dan. Ik kijk of ze vanavond een gaatje heeft.'

Niet dat hij therapie nodig had; hij zou iedereen bewijzen dat hij die niét nodig had.

Het gesprek met Nicole verliep in eerste instantie normaal. Ze hield geen preek. Ze keek niet bezorgd. Hij vertelde eerlijk wat hij dacht en voelde.

Toen kwam de onvermijdelijke vraag.

'Slik je je pillen nog, Mikhael?'

'Nee. En je zult het er wel niet mee eens zijn, maar ik weet zeker dat ik ze niet meer nodig heb.'

De uitdrukking op Nicoles gezicht was een meesterwerk van zelfbeheersing. Haar lippen zogen zich haast onmerkbaar naar binnen en kregen een bleke, blauwachtige kleur. Ze richtte haar ogen op een punt in de oneindigheid, toen weer op hem.

'Dat is heel gevaarlijk voor iemand in jouw toestand.'

'Ik was depressief, maar nu niet meer.'

'Je was méér dan depressief.'

'Maar nu niet meer.'

'Dat is juist de grote valkuil.'

'Niet als ik gelijk heb.'

'Als je die medicijnen niet slikt, dan ga je denken dat je de hele wereld aankunt. Dat je kunt vliegen en toveren. En daarna maak je een smak die veel dieper en pijnlijker is dan de eerste keer. Want ik kan je één ding voorspellen: de euforie wordt in de loop der jaren steeds vlakker, maar de depressies worden altijd dieper.'

Er volgde een verbeten discussie die bijna een uur duurde. En toen had Notovich genoeg van al dat gepraat.

'Nicole, op chemicaliën leven is geen echt leven. Mijn beslissing staat vast.'

Tot zijn verbazing verscheen er een vermoeide glimlach om haar mond.

'Dat staat je natuurlijk vrij, Mikhael. Je bent volwassen en je maakt uiteindelijk je eigen keuzes. Je kent de risico's, maar ik kan je nergens toe dwingen. Je weet me te vinden.'

En toen omhelsde ze hem als een moeder die voorgoed afscheid neemt van haar zoon.

31

Hij zag Vivien regelmatig. Hij wist dat zijn gevoelens voor haar op een leugen waren gebaseerd, maar hij kon niet zonder die leugen. Misschien kon zij hem weer in contact brengen met inspiratie in haar puurste vorm, de inspiratie die Liszt een van de grootste kunstenaars aller tijden had gemaakt.

Vivien had het steeds moeilijker bij Valdin. Ze voelde zich sterk genoeg om hem te verlaten, maar dat vond Notovich veel te vroeg. Elke avond stuurde hij haar terug.

'Ik wil niet, ik kan zijn blik niet meer verdragen. Hij vermoedt dat er iets is tussen ons.'

'Welnee, hij kan zich niet eens voorstellen dat een vrouw voor iemand anders kan vallen. Je moet nog even volhouden, tot aan het duel.'

'Maar wat als hij ontdekt dat het menens is tussen ons? Hij doet me wat aan.'

'Ik bescherm je.'

'Waarom kan ik niet gewoon hier blijven?'

'Omdat het gevaarlijk is,' zei hij, ook al wist hij helemaal niet of dat wel waar was. Vivien was de enige die Valdin in de gaten kon houden. Als zijn rivaal iets van plan was, zou hij het via haar te weten komen. Tenminste, dat hoopte hij. Want diep vanbinnen was er ook nog twijfel dat Vivien niet helemaal open tegen hem was geweest. Dat ze in het geheim nog loyaal was aan Valdin. Ook daarom hield Notovich haar nog op afstand. En daarom studeerde Notovich nu ook zowel overdag als 's nachts. Overdag, als Vivien erbij was, oefende hij vooral zijn techniek met composities die hij niet zou spelen tijdens het duel. En 's nachts, als ze weer terug was bij Valdin, studeerde hij zijn echte programma. Waar hij de energie vandaan haalde, wist hij zelf ook niet. Het was alsof hij die rechtstreeks uit het zonlicht kon plukken. En dat verbaasde hem niet eens.

De volgende nacht improviseerde hij voor het eerst iets in de stijl van Liszt. Hij begon met langzame, losse noten. Voorzichtig en haast berekenend. Hij wilde zichzelf niet verliezen in een maalstroom van gevoelens. Maar langzaam bouwde hij de motieven uit tot zwaardere akkoorden en grotere gebaren. En ten slotte rees er een kathedraal van klankharmonieën en thematische vondsten op die inventief en toch evenwichtig was. Toen hij het laatste akkoord had gespeeld, bleef hij nog even naar de toetsen staren, verbaasd over wat hij zojuist gehoord had.

De volgende avond kon hij niet wachten tot Vivien de deur uit was. Hij sloot snel zijn ramen en gordijnen en nam plaats achter de vleugel. Vandaag maar eens een thema van Liszt zelf – gewoon spelen en kijken waar hij uitkwam.

Maar net toen hij bezig was, stond Vivien weer in de kamer, met haar handtas en een schaapachtige grijns.

'Ik hoorde je op straat weer spelen,' zei ze onschuldig. 'Ik dacht dat je klaar was met studeren?'

'Ben ik ook.'

'Het klonk spannend. Was dat een improvisatie?'

'Moet ik daar soms toestemming voor vragen?'

'Dat zeg ik toch niet?'

'Ik zat gewoon wat te pielen, meer niet. Wat kom je eigenlijk doen?'

'Mijn tas halen. Of moet ik daar soms toestemming voor vragen? Jezus!'

Ze sloeg de deur achter zich dicht.

Notovich kon die nacht niet meer spelen en lag te draaien in zijn bed. Was Vivien opzettelijk teruggekomen of was hij paranoïde aan het worden? Onzin. Natuurlijk vertrouwde hij Vivien nog steeds; hij zou het morgen weer met haar goedmaken. Maar je mocht Valdins overtuigingskracht niet onderschatten. Die man wilde hem koste wat het kost vernederen. Hij moest dus rekening houden met de mogelijkheid dat ze Valdin zou vertellen dat Notovich van plan was tijdens het duel te improviseren. Valdin zou dat wel uit haar krijgen en die wilde dan natuurlijk ook precies weten welke thema's Notovich als uitgangspunt zou nemen.

Het warme schijnsel van de lantaarnpaal voor zijn slaapkamer ging langzaam over in koele ochtendschemer. Hij besefte dat zijn voorbereiding professioneler moest. Dit zou een echte wedstrijd worden. Hij mocht zich niet in de kaart laten kijken. Vivien had hem zelfs op straat horen spelen, iedereen kon hem zomaar horen. Valdin hoefde maar een mannetje bij zijn raam te zetten en dat zou gewoon kunnen noteren welk programma Notovich aan het instuderen was.

De vijf hoge, smalle ramen van de kelder lieten het meeste geluid door. Dekens tegen de ramen waren geen optie; die waren te zwaar om te blijven hangen. Schuimrubber was lichter; dat kon je ertegenaan plakken. Toen hij in het telefoonboek op zoek ging naar een doe-het-zelfzaak, kreeg hij een beter idee. De muren van geluidsstudio's waar hij vroeger opnames maakte waren bedekt met een speciaal soort foam dat het geluid absorbeerde.

Hij belde Bröll.

'Zoek een opnametechnicus en vraag waar je van dat geluiddempende foam kunt krijgen.'

'Wat? Gaat het wel goed met je?'

'Prima. Maar ik moet het vanmiddag hebben. Ik denk dat ik aan vijfentwintig vierkante meter wel genoeg heb. Wacht...'

Een plafond laat ook klanken door, besefte hij opeens, want houten vloeren geleiden geluid heel goed. 'Doe voor de zekerheid maar vijftig vierkante meter.'

'Noto, wat bazel je n...'

'Doe het nou gewoon. Het heeft haast, hoor je me? Ik loop achter op schema!'

De vier enorme pakketten op de stoep waren stevig omwikkeld met plastic. Het leek wel of ze vacuüm waren gezogen. Notovich sleepte ze samen met de jongen van de speciaalzaak de gang in, terwijl Bröll uit zijn auto stapte.

'Snelle service, toch?' zei Bröll. 'Ik heb meteen twee emmers montagekit besteld en een gloednieuw stanleymes. Bovendien is dat foam niet genoeg, je moet de boel ook meer massa geven. Dus daar zijn die rubberen matten voor. Vraag me niet waarom ik dit doe, want...'

'Perfect, bedankt. Ik red het verder zelf wel.'

'Noto, je wilt toch niet beweren dat je dit zelf gaat doen?'

Hij deed de deur dicht voordat Bröll binnen kon komen.

Om vier uur 's ochtends lag de grond bezaaid met plastic en rubber. Plus grote stukken foam, kleine stukken foam en een heleboel foamkruimels. Zijn haar zat onder de montagekit. Om zijn handen te beschermen droeg hij roze afwashandschoenen. Hij had de ramen met een dubbele laag afgeplakt. Het enige licht in zijn woonruimte kwam nu van het studeerlampje op de vleugel en twee peertjes aan het plafond. Hij had de lampen moeten verwijderen, want hij moest het plafond over de hele breedte van de kelder afplakken. De overgebleven stukken foam had hij min of meer recht tegen de andere muren geplakt.

Toen hij uitgerust was, belde hij Bröll weer. Hij wilde snel weer aan de slag.

'Noto, het is verdomme halfzes in de ochtend.'

'Maar kun je toch even komen? Ik moet zeker weten dat het werkt.'

En terwijl Bröll in zijn pyjamabroek onder zijn regenjas op de stoep stond, ramde Notovich zo hard als hij kon wat akkoorden van Rachmaninov op zijn vleugel.

'Ik verrek hier van de kou,' zei Bröll door de telefoon.

'Dus je hoort niks?'

'Nee, Mikhael, ik hoor niks.'

'Ook niet aan de andere kant?'

'Ook niet aan de andere kant. Noto... moet ik me zorgen maken?'

'Ik zie je volgende week.'

'Wacht even, ik krijg toch wel een kop koffie? Dat is wel het minste wat je kunt doen.'

'Ik ben bezig.'

Hij had Vivien nog niet laten weten dat ze kon komen. Hij kon niet meer spelen als zij erbij was, dat risico was gewoon te groot. Maar dat betekende niet dat hij haar niet wilde zien. De volgende dag kwam ze uit zichzelf. Ze schrok van de puinhoop in de kamer en begon de foam en het plastic meteen op te ruimen. Notovich had er niet op gelet, hij had een hoop verloren tijd in te halen.

'Dus je bent niet meer boos over gisteren?'

'Vivien, het was mijn fout.'

'Je hoeft je niet te verdedigen. Je bent gewoon gespannen. Dat zou ik ook zijn. Maar het komt allemaal goed, dat weet ik zeker.'

Hij zei dat hijzelf een stuk minder optimistisch was. Dat was ook zo, maar het kon geen kwaad om het wat aan te dikken, want hij had haar nodig. Valdin had geweten dat Notovich bij het vorige optreden *Mazeppa* zou gaan spelen. Zo'n voorsprong mocht de Fransman de volgende keer niet hebben. Vivien was de enige die hem kon helpen. Natuurlijk had ze Notovich de vorige keer niet *bewust* bespioneerd, dus daar hoefde ze zich ook helemaal niet schuldig over te voelen. Ze waren toen ook nog geen geliefden. En die doen elkaar zoiets niet aan, toch? Maar het zou wel een enorme opluchting zijn om zeker te weten dat Valdin niets van plan was.

Ten eerste wilde hij weten of de Fransman het nog weleens over de *Duivelssonate* had.

Niet tegen haar, zei Vivien.

Hij vroeg zich af of ze de waarheid sprak. Hij ging dicht tegen haar aan zitten en sloeg een arm om haar heen. Dit was het moment waarop ze hem kon helpen, echt kon helpen. Kon ze hem vertellen waar Valdin studeerde? Niet dat Notovich van plan was om hem te bespioneren, maar gewoon... Als hij zeker wist dat Valdin braaf aan het werk was en zich niet met hem bemoeide, dan zou hij al een stuk beter slapen. Want hij sliep niet al te best de laatste tijd. Valdins spelletjes hadden zijn vertrouwen misschien toch meer ondermijnd dan hij dacht.

32

Hij kon de kleine, witte bunker door de bomen zien liggen. Het vierkante betonnen bouwwerk lag midden op een landgoed en was omgeven met hoge hekken en prikkeldraad. Om de tien meter hing er een bord aan het traliewerk waarop stond dat het landgoed werd bewaakt door een *gewapende* bewakingsdienst. Die borden werden voor de zekerheid afgewisseld door borden met tekeningen van dobermannpinchers.

Een bunker met gewapende bewaking? Notovich mocht af en toe enigszins doorschieten in zijn voorbereiding, maar Valdin deed of het oorlog was. Notovich kende deze bunker van horen zeggen; die had vroeger dienstgedaan als opnamestudio. Een ideale plek om je ongestoord voor te bereiden: nergens een raam te zien en twee meter dikke muren. De bewaking dateerde waarschijnlijk uit de tijd dat wereldberoemde Amerikaanse en Engelse popgroepen zich hier terugtrokken om hun creatieve malaise te overwinnen. Hier werden ze niet afgeleid door groupies, dealers en vetes tussen bemoeizuchtige vriendinnen. Maar die zogenaamde bewaking van toen liep hier waarschijnlijk niet meer rond en honden zag hij ook niet. Toch leek het hem beter om niet via de hoofdingang te gaan. Boven de slagbomen hing een krakkemikkige camera die het misschien nog deed.

Hij drapeerde zijn jas over het prikkeldraad en zette zijn rechtervoet op een houten paaltje naast het hek aan de zijkant van het terrein. Het prikkeldraad hing slap en begon heen en weer te slingeren toen hij eroverheen probeerde te komen. Hij zwaaide zijn linkervoet onhandig over de jas, maar zijn ontblote onderbeen kwam daarbij op een stuk draad terecht. In een schrikreactie trok hij zijn been terug en haalde zijn kuit open. Hij probeerde het bloeden te stelpen met een zakdoek. Toen dat niet meteen lukte, besloot hij het voorlopig maar zo te laten. Pas na twee pogingen lukte het hem om over het hek te komen. Hij scheurde eerst zijn overhemd. Daarna raakte hij boven op het hek uit evenwicht terwijl hij over het prikkeldraad heen en weer zwaaide. Hij zocht met trillende handen steun bij het traliewerk, maar de ijzeren punten boorden zich genadeloos in zijn been en de gevoelige regio tussen zijn dijen.

De bunker leek verlaten. Hij hoorde alleen het hoge ruisen van de wegen in de omtrek. Even schoot de gedachte door hem heen dat Vivien hem misschien expres naar het verkeerde adres had gestuurd, maar toen zag hij naast de voordeur een auto staan. Valdin was er dus wel degelijk.

Dit was absurd. Hij had dit verdomme niet nodig. Hij was de grote Notovich en die hoefde zich geen zorgen te maken over minderwaardige concurrenten. Maar nu hij zo dichtbij was, won de nieuwsgierigheid het van zijn wankele eergevoel. Er was nergens een raam te bekennen, precies zoals hij verwacht had. Nu maar hopen dat Valdin alleen was. Zijn intuïtie zei van wel; hij zou zelf ook alleen willen zijn. Een conciërge zou er dus waarschijnlijk ook niet zijn.

De deur was open.

Hij kon nu nog omkeren: dit was de laatste kans om zijn beschadigde gevoel van eigenwaarde te herstellen.

Maar hij ging naar binnen.

Er brandde overal licht, dat was een meevaller. Hij hoorde nergens een piano. Dat kon natuurlijk ook niet in een geluiddichte opnamestudio. Hoe dacht hij dat dan aan te pakken met al die dichte deuren? Hij sloop naar binnen zonder plan. De eerste twee deuren probeerde hij niet eens. Valdin had zijn vleugel natuurlijk ergens in het midden van de bunker gezet; dat zou Notovich zelf ook doen. Het viel hem nu pas op dat zijn schoenen een hoog, zuigend geluid maakten. Hij trok ze uit en zag dat zijn kuit nog steeds bloedde. Er lag ook een spoor van bloed op de vloer. In een werkkast vond hij een muf ruikende dweil, die hij om zijn been bond. Hij liep verder de gang in en kwam bij een kruising: aan beide kanten lagen gangen met deuren. Links brandde licht. Ook hier klonk nog steeds geen geluid. Hij probeerde de deuren. De derde gaf een klein beetje mee. Hij legde zijn oor tegen het zware hout.

Geen muziek.

Zachtjes probeerde hij hem verder open te duwen, maar dat lukte niet. Hij duwde er met zijn schouder tegenaan en met een droog geluid ging de deur open. Er viel wit tl-licht de gang in. Het was een kamertje met regelpanelen naast een studio. Door de glazen tussendeur klonk muziek. Er was niemand anders. Valdin kon Notovich niet horen binnenkomen. Hij liet de deur op een kier staan en ging op de grond zitten. De muziek klonk dof en ver weg, maar hij kon de meeste klanken onderscheiden.

Valdin speelde een stuk dat hij niet kende, maar het was van Liszt, dat wist hij zeker. Bovendien was het geen improvisatie. Daarvoor was het te volmaakt. De compositie begon met een simpel motief van enkele noten, die je met één vinger kon spelen. Toch had het vanaf het begin iets meeslepends, iets betoverends. Het simpele, kinderlijke motief werd nu uitgebouwd met ritmische dissonanten die over de toetsen sprongen als dansende heksen, van de lage tonen links tot de hoge rechts. De componist zoog je mee in zijn universum.

Het was alsof hij Liszt voor het eerst hoorde. De sensatie was net zo sterk als toen zijn vader hem als twaalfjarige slungel had meegenomen naar een recital van de Russische meesterpianist Lazar Berman, die in het Concertgebouw de *Danse Macabre* speelde. Dezelfde kracht en subtiliteit, speels en verleidelijk, met scherpe harmonieën en motieven die over elkaar heen buitelden. Maar dan met een huiveringwekkende, sprookjesachtige sfeer die het gevoel opriep alsof de Dood in deze ruimte aanwezig was en met je danste.

Een danse macabre leek het, geen sonate.

Valdin was nu bij het middendeel aangekomen. Notovich wilde een stukje verder de ruimte in kruipen om de muziek beter te horen, toen hij in zijn oor iets hoorde hijgen.

Het was een dobermann.

Aan de dobermann zat een man vast. De man droeg een uniform en zei iets in zijn walkietalkie. Het kwijl uit de bek van de waakhond viel op zijn bloedende kuit. Notovich had ooit gehoord dat de snuit van een hond een van zijn meest gevoelige plekken is. Met alle kracht die hij in zich had, plantte hij zijn vuist in het natte kussentje van het beest. De dobermann dook kermend in elkaar. Toen trapte Notovich de bewaker tegen zijn knieschijf en rende half struikelend de gang uit. Terwijl hij de deur naderde, hoorde hij dat Valdin gewoon doorspeelde, zich niet eens bewust van wat er gebeurde. Daar klonk opeens weer het raadselachtige motief dat zo bekend leek en tegelijkertijd zo vreemd, alsof het uit een andere wereld kwam.

Hij rende op blote voeten het bos in, gevolgd door de vloekende, mank lopende bewaker en de tot het uiterste getergde hond. En terwijl Notovich na tien meter al buiten adem raakte en verderop een auto aan hoorde komen, vroeg hij zich af of er echt zoiets kon bestaan als een duivelssonate. En of het mogelijk was dat hij die muziek al eerder had gehoord, maar vergeten was. Of, nog waarschijnlijker: dat hij die melodie uit zijn geheugen had laten verdwijnen in de hoop dat hij nooit meer hoefde te ervaren wat een wereld van duisternis die muziek bij hem opriep.

33

Ze zetten Notovich in een kale ondervragingsruimte, maar ondervroegen hem voorlopig niet. Hij kreeg om het halfuur koffie (die hem maagkramp bezorgde) en koekjes (die een glazig vetlaagje op zijn vingertoppen achterlieten). Hij probeerde niet te letten op de pijn in zijn billen en het brandende gevoel dat van zijn kuit naar zijn dijen trok. Hij filosofeerde over het effect van tl-licht op de menselijke geest. Zou er ooit romantische pianomuziek zijn geschreven als woningen en concertzalen in de negentiende eeuw met tl-buizen waren verlicht in plaats van met kaarsen?

Door het verticale raam in de deur zag hij rechercheur Van der Wal overleggen met een van de agenten die Notovich hadden meegenomen naar het bureau. Daarna verdween hij even. Een paar minuten later deed hij eindelijk de deur open: Linda en Nicole mochten naar binnen. Dat verbaasde Notovich. Moest hij niet ondervraagd worden?

Linda's ogen waren roodomrand, maar Nicole stelde zich hard en professioneel op: de stoerheid van een kind op een schoolplein vol plaaggeesten.

'Misha, wat is er gebeurd?' vroeg Linda met onvaste stem.

'Hebben ze je goed behandeld?' vroeg Nicole.

'Wat is er gebeurd?' vroeg Linda nogmaals.

'Weet ik veel,' loog Notovich. 'Mag een kunstenaar tegenwoordig niet eens een bezoekje brengen aan een collega?' Hij had genoeg tijd gehad om dit verhaal voor te bereiden. 'Ik bedoel... is dat soms verboden? Wat denken ze dat ik van plan was? Hem vermoorden of zo? En met welk wapen dan? Mijn linkerschoen?'

'Natuurlijk niet, Mikhael,' zei Nicole. 'We hebben je zo weer thuis.'

'Ja, Wim wacht in de parkeergarage.'

Dat was een hele geruststelling: ze hadden altijd Wim nog.

'Maar we maken ons wel zorgen,' ging Linda verder. 'De politie stelt vragen over je psychische gesteldheid.'

'Ja, ik begrijp ook wel hoe dit op een buitenstaander overkomt.'

'Ze willen dat ik even check hoe het met je gaat.'

'Ze willen me opsluiten, bedoel je? Dat is onzin en dat weten jullie best. Haal me hier verdomme weg! Er is niks met me aan de hand, Nicole. Je moet me geloven. We hebben laatst nog een uitgebreide sessie gehad!'

'Toen heb ik je wel een advies gegeven.'

Linda en Nicole hadden hun rollen doorgesproken. Linda rechtte haar rug en Nicole legde een strip met medicijnen op tafel.

'We willen dat je deze weer inneemt.'

'En als ik weiger?'

'En we zeggen die kelder op,' zei Linda zonder naar hem te luisteren, 'dat was toch een deprimerend hok.'

'Ja, Mikhael,' zei Nicole. 'We hebben daar vanmiddag een kijkje genomen en ik moet zeggen: we zijn nogal geschrokken.'

'O, als het om dat geluidwerende foam gaat? Dat had ik je zo kunnen uitleggen. Ik had zo snel geen tijd om een studio te huren.'

'Het gaat niet alleen om het plafond en de ramen,' zei Linda, 'maar ook om de ongelofelijke rotzooi, de stank in de badkamer, de aangekoekte wastafel, de beschimmelde pizza's en rottende ovenschotel die ik drie weken geleden voor je gemaakt heb. En er lopen muizen in de keukenkastjes.'

Notovich vond dat ze overdreef. Vivien had wel een paar keer aangeboden om op te ruimen, maar hij wilde niet dat ze aan zijn spullen zat.

'Misha, ik weet dat je jezelf nooit zult laten opnemen,' vervolgde Linda.

'Dat zie je scherp. En jij kunt me alleen laten opnemen als ik een gevaar voor mezelf ben. Of voor anderen.'

'Misha, je bent binnengedrongen op verboden terrein. Je kroop bloedend als een rund over de vloer om die Valdin te bespioneren. En je bent *gearresteerd*! Het zal voor Nicole niet zo moeilijk zijn om je ter observatie te laten opnemen. Maar we hebben het overlegd en ik bied je een uitweg: je kunt bij mij intrekken.'

'Bij jou?'

'Wim heeft de logeerkamer vrijgemaakt en die kun je inrichten zoals je wilt.'

'Nou, komt dat even mooi uit voor jou. Dan kun je voor de rest van je leven de baas over me spelen. Je verspilt mijn tijd. Ik zit verdomme midden in de voorbereiding van een belangrijk optreden!'

'We zullen dat stomme pianoduel nou maar even vergeten, hè?' zei Linda op een troostend toontje, alsof hij zijn knie had bezeerd bij het voetballen. 'We moeten eerst zorgen dat jij weer beter wordt.'

'Ik voel me al een stuk beter, echt!' probeerde hij. 'Ik ben hoogstens wat vermoeid.'

Nicole schudde haar hoofd.

'Dat is nog maar een van de minder zorgwekkende verschijnselen als je manisch-depressief bent.'

Manisch-depressief. Hij schaamde zich voor dat woord. Het klonk als een oordeel.

'Zo noem jíj het, Nicole, maar het is een uiterst onnauwkeurige term voor een heel gevarieerde reeks aan verschijnselen en aandoeningen waar de wetenschap nog lang geen grip op heeft.'

'Jouw geval is anders vrij helder, daar hebben we het al vaker over gehad,' zei Nicole. 'De symptomen komen in verhevigde vorm terug als je je medicijnen niet inneemt. Je wist donders goed wat de risico's waren.'

'Je kunt mijn leven niet van me afnemen. Je kunt mijn kunst niet zomaar afpakken alsof het een speelgoedautootje is!'

'Ik begrijp je woede en je angst, maar dit kan zo niet langer doorgaan.'

'Misha, luister verdomme naar haar!' zei Linda. 'Als je zo doorgaat, kan ik je niet langer beschermen.'

'Waar heb je het over?'

'De politie wacht tot Valdin aangifte doet.'

'Nou en?'

'Ze willen je het liefst hier vasthouden. Je kunt niet meer voor jezelf zorgen. Iemand moet jou tegen jezelf in bescherming nemen.'

'Ik ben godsamme volwassen!' riep Notovich woedend. 'Ik ben het spuugzat om constant bemoederd te worden. Eerlijk gezegd vind ik jouw overdreven fixatie op mij ook nogal verontrustend.'

'Dat meen je niet. Dat is de ziekte die spreekt,' antwoordde Linda met een hoge stem.

'Misschien moet je zelf eens naar een psychiater,' viel Notovich uit. 'Ik walg van je!'

Linda was helemaal bleek geworden. Haar lip trilde. Hij wilde haar geen pijn doen, maar hij verdomde het om zijn woorden terug te nemen.

'Goed dan, Misha,' zei ze ten slotte rustig. 'Je hebt het er zelf naar gemaakt.'

Hij keek haar verbluft aan. Hij begreep de blik in haar ogen niet.

'Wat bedoel je daarmee?'

In de naastliggende ruimte zwaaide opeens een deur open. Door het matglas heen meende hij het magere silhouet van Valdin te zien. Wat deed die hier? Wat extra zout in de wonde wrijven? Tot zijn verbazing werd Valdin door twee rechercheurs de ondervragingsruimte binnengelaten. Ook Nicole en Linda leken verrast; ze wisten hier blijkbaar niets van.

'Maestro!' zei Valdin met een overdreven bezorgde blik waar het ingehouden plezier vanaf droop. '*Ça va bien?*'

Valdin had de politie 'alles' uitgelegd. Dat hij 'een afspraak' had met Notovich en dat die altijd welkom was in zijn werkstudio. Natuurlijk zou hij geen aanklacht indienen, dat was absurd! Notovich was voor het eerst dankbaar zijn concurrent te zien.

'Het is een buitengewoon onaangenaam misverstand,' vervolgde Valdin. 'Dat heb ik ook tegen de pers gezegd.'

De pers?

Notovich keek Linda vragend aan.

'Er staan wat mensen voor de deur,' legde ze uit.

Het team van Valdin had dus al gelekt. Er stond een batterij fotografen voor de ingang. Geen wonder dat Wim in de parkeergarage zat.

'Het leek me beter om zelf even langs te komen,' zei Valdin. 'Ik was bang dat ze je misschien niet zouden geloven, gezien je... *voorgeschiedenis.*'

Valdin koesterde het woord als een heerlijk vonnis, een lang geleden bedachte vernedering. Toch was hij misschien wel de enige persoon ter wereld die Notovich begreep. Valdin was de enige die er alles aan zou doen om hun optreden veilig te stellen, de enige die besefte dat niets hun confrontatie in de weg mocht staan.

'Mooi,' concludeerde Notovich met een triomfantelijke blik op Linda, 'dan kunnen we gaan.'

'Nee, Misha. Het gaat zo niet langer. Misha, luister naar me!'

Maar Notovich liep de ruimte al uit. De rechercheurs deden een stap opzij om hem door te laten.

In de hal gaven de pianisten elkaar stijfjes een hand. Het was alsof daarmee een knop werd omgedraaid: buiten begonnen de camera's te zoemen en te klikken. Valdin keerde zich een kwartslag in de richting van de grote ramen met Notovich' hand nog steeds in de zijne, glimlachend als een president die een ontwapeningsverdrag bezegelt.

'Bedankt,' zei Notovich. 'Als ik je vroeger ooit heb beledigd, dan spijt dat me.'

Valdin schudde zijn hoofd in een bijna onzichtbare uiting van ongeloof die alleen bedoeld was voor Notovich.

'Jij gaat wel heel erg ver, hè? Tjongejonge.'

'Ik kan precies uitleggen wat ik daar kwam doen.'

'Vast wel.'

'Ik moet zeggen: ik ben toch verbaasd, Valdin. Ik dacht dat je me juist achter slot en grendel wilde hebben. Want jij hebt een paar weken geleden de politie ook al op mijn dak gestuurd, toch?'

'Misschien. Maar alleen om je in beweging te krijgen, Notovich. Meer niet. Zorg er nou maar voor dat je klaar bent volgende week. Dat is het enige wat mij interesseert. Ik heb niks aan je als je opgesloten wordt in een cel of gesticht.'

'De muziek die je speelde in de bunker kwam me bekend voor,' probeerde Notovich. Hij *moest* weten wat Valdin gespeeld had.

'O ja?' vroeg Valdin met een neutraal gezicht. 'Maar ik speel zoveel, kun je iets specifieker zijn? Was het een etude? Een rapsodie?'

'Ik kon het niet goed horen. Vivien zegt dat je het steeds over de *Duivelssonate* hebt. Denk je werkelijk dat die compositie bestaat?'

'O, dat stuk! De *Duivelssonate*! Maar niemand gelooft toch dat die echt bestaat? Behalve jij dan.'

'Ik? Hoe kom je daarbij?'

'Je had het vroeger nergens anders over,' zei Valdin.

'Daar kan ik me niks van herinneren.'

'Dat is een beetje jouw probleem, hè?' grinnikte Valdin. 'Misschien dat dit je geheugen op gang brengt.'

Hij haalde een stuk papier uit zijn zak en vouwde het half open. Het was muziekschrift dat met de hand geschreven was. Hij las de eerste maten snel door en herkende de melodie onmiddellijk. *Duivelssonate, door Franz Liszt*, stond erboven.

'Wat is dat?'

'Dat zou jij moeten weten, Notovich. Want je hebt het me zelf gegeven,' zei Valdin.

De Duivelssonate.

De compositie was in lange halen geschreven, alsof het in grote haast was gedaan. Notovich herkende het handschrift, dat was van hemzelf.

'Jij was die man in het publiek bij mijn eerste openbare les op het conservatorium,' bracht Notovich uit. 'De man die deze melodie floot!'

Maar Valdin had het papier weggegrist en liep in de richting van de hoofdingang terwijl zijn lange, zwartleren jas achter hem aan zwiepte.

Toen Notovich zich omdraaide, zag hij Linda overleggen met Van der Wal. Ze had een plastic tas in haar handen die ze vasthad alsof het een pakketje was. Ze hadden het er blijkbaar over, want hij zag Van der Wal er telkens naar kijken. Notovich' mond voelde opeens kurkdroog aan en het was net of er een grote loden bal zijn maag in rolde. Hij liep naar hen toe en vroeg waar ze het over hadden.

Linda keek hem niet aan.

'Dus ik had dit nog thuis liggen,' zei ze tegen Van der Wal. Ze opende de plastic zak en haalde er een gekreukeld T-shirt uit dat Notovich direct herkende. Het was het T-shirt met de bloedvlekken. Het T-shirt dat hij had gedragen toen Senna verdween.

'Wat doe je godverdomme nou?! Ik dacht dat je dat ding had gewassen.'

'Misschien dat je het later zult begrijpen,' zei Linda met tranen in haar ogen. 'Ik hoop echt heel erg dat je dat meisje niet vermoord hebt. Maar als het wel zo is, dan mogen er geen nieuwe slachtoffers vallen.'

'Wat?!'

'Ik doe dit omdat ik van je hou, Misha. Meneer Van der Wal zegt dat de uitslag van zo'n DNA-onderzoek maar een paar dagen duurt. Ik hoop dat het dan nog niet te laat is.'

In de parkeergarage zat Wim geïrriteerd op de motorkap te wachten. Hij had blijkbaar geen idee wat er zojuist was gebeurd.

'Ik rij wel achter jullie aan,' zei Nicole.

'Ik ga niet mee,' zei Notovich.

Wim slaakte een diepe zucht.

'Nou, lekker dan! Dus ik sta hier voor niks te wachten?' zei hij.

'Nee hoor, Misha gaat gewoon mee,' zei Linda.

'Na wat jij net geflikt hebt? Je bent gek,' zei Notovich.

'Je hoort wat hij zegt,' zei Wim. 'Ik start de auto vast. Kom je?'

'Hou jij je er nou even buiten, Wim. Hoe jij erover denkt weten we nou wel.'

'Goh, dat vraag je me anders nooit.'

Notovich had Wim nog niet eerder zo'n toon tegen Linda horen aanslaan. Het klonk als een voortzetting van een ruzie die ze wel vaker hadden gehad. Van dergelijke spanningen had Linda nooit iets laten merken.

'Misha is míjn broer. Ik ben de enige die hij heeft. Ik kan het ook niet helpen dat je jaloers bent.'

Notovich geloofde zijn oren niet. Ze deed net of er niks gebeurd was.

'Snap je wel wat je gedaan hebt, Linda? Als dat bloed van Senna is, dan kan ik me op geen enkele manier verdedigen. Ik kan me namelijk niet herinneren wat er gebeurd is. Dus dan ga ik de gevangenis in. Voor jaren!'

'Van der Wal zegt dat Nederland je misschien niet uitlevert. Dus het zal zo'n vaart niet lopen.'

'En dat gelóóf jij?! Ben je echt zo naïef?'

'Je broer wil niet met je naar huis, Linda. Dat lijkt me vrij duidelijk,' zei Wim laconiek.

'Hou jij je erbuiten.'

'Dit begint een beetje gênant te worden,' vond Wim. 'Ik bedoel, wees nou eens eerlijk: als je nu zou moeten kiezen tussen hem en mij, wie zou het dan worden?'

Het conflict tussen Wim en Linda gleed langzaam een gapende afgrond in.

Nicole nam Notovich apart. Ze pakte zijn handen vast. Haar huid was koel, maar zacht en plooibaar. Haar ogen leken op een meer met troebel, ondoordringbaar water met een rietkraag van kraaienpootjes.

'Mikhael, ik zeg niet dat ik het met Linda eens ben, maar dit begint wel verontrustende vormen aan te nemen.'

Hij trok zijn handen los en liep zonder iets te zeggen terug naar de uitgang.

'Misha,' smeekte Linda, terwijl ze achter hem aan liep. 'Doe nou geen gekke dingen.'

Wim had de auto inmiddels gestart.

'Ik rij nu weg, hoor Lin. Ik wacht niet op je,' zei hij met wanhopige stelligheid. Linda draaide zich niet eens om.

'Doe maar wat je wilt!' zei ze, terwijl ze achter haar broer aan sjokte alsof ze zelf hulpbehoevend was.

'Linda, ga met Wim mee. Hij heeft gelijk,' probeerde Notovich. Hij wilde niet de oorzaak zijn van haar zoveelste stukgelopen relatie.

'Hoor je dat? Zelfs híj vindt dat ik gelijk heb,' riep Wim. 'Ik rij nu weg, Lin. Ik tel tot drie. Eén... twee...'

'Misha. Wacht!' jammerde Linda nu met woedende tranen.

'Tweeënhalf...'

Notovich liep door en zag vanuit het trappenhuis nog net hoe zijn zus moedeloos op de grijsbetonnen vloer zakte, terwijl Wim gas gaf en de Twingo met fluitende banden naar de uitgang van de parkeergarage stuurde.

34

Notovich zette het DNA-onderzoek met wonderbaarlijk gemak uit zijn hoofd. Dat zou dagen in beslag nemen, hield hij zichzelf voor. Hij had nu geen tijd voor dat soort zorgen. Als het lukte om weer de pianist te worden die hij eens was, zouden al zijn zorgen vanzelf verdwijnen. Dan was hij onaantastbaar.

Maar zijn voorbereiding haperde te veel. Hij had gehoopt dat Vivien die oude bron van inspiratie in hem zou blootleggen, maar ze bracht te veel onrust mee, te veel pijnlijke herinneringen, te veel verdriet. Ze wekte iets in hem op wat hij niet in de hand had, iets waar hij banger voor was dan hij had verwacht. Hij wilde zo ver mogelijk uit de buurt blijven van het zwarte gat. Hij probeerde ook niet te denken aan het stuk papier dat Valdin hem had laten zien, met Notovich' eigen handschrift.

Manisch-depressief.

Dat verschrikkelijke woord had Nicole gebruikt. Hij vond zichzelf helemaal niet manisch-depressief. Ieder mens was uniek en niemand had het recht hem in een hokje te plaatsen. Maar het was wel belangrijk dat hij zich rustig hield. Geen gekke dingen nu. Hij had iemand nodig die hem houvast gaf, die hem opbeurde als hij down was. Iemand die hij door en door vertrouwde.

De volgende ochtend werd hij wakker met Natasja in zijn armen. Ze lag hem aan te staren, haar haar in de war en met een bezorgde blik in haar ogen. Haar mascara was uitgelopen, maar Notovich kon niet zien of ze gehuild had.

'Honger?' vroeg ze opgewekt, maar dat kon ook gespeeld zijn.

'Eh... best wel.'

Hij wilde haar kussen, maar had geen idee hoe ze zou reageren. Hij had ook geen idee wat er de afgelopen avond gebeurd was.

'De omeletten zijn klaar,' zei ze toen hij opstond. 'Speel je dat stuk nog een keer dat je gisteravond voor me speelde?'

'Welk stuk?'

'Ben je dat vergeten? Je was zo enthousiast dat je het met iemand moest delen. Ik moest onmiddellijk komen om alles eindeloos aan te horen. Weet je dat niet meer? Daarom heb je me gebeld.'

'Tuurlijk wel, absoluut.'

'Mikhael, gaat het wel goed met je? Je was gisteren zo... ik weet niet, zo druk. Alsof je aan de speed was. Zo heb ik je nooit gezien.'

'Ik was een beetje de weg kwijt. Ik kan gewoon niet zonder jou.'

'Je hád me natuurlijk eerder kunnen bellen.'

'Het spijt me.'

'En je weet wat je beloofd hebt, hè?'

'Natuurlijk. Woord voor woord.'

'Volgens mij heb je geen idee waar ik het over heb.'

Hij probeerde niet te laten merken dat ze gelijk had.

'Die andere vrouw zie je vanaf nu niet meer.'

Hij keek haar even verbaasd aan, maar toen beloofde hij het plechtig.

'Ik ben gek dat ik me heb laten omlullen,' zei Natasja met een pijnlijke glimlach. 'Maar ja, ik had wel weer eens zin in seks met iemand die te oud voor me is.'

Ze rolde over hem heen, stroopte zijn hemd omhoog en kuste zijn buik. Toen daalde ze tergend langzaam verder af. Ze wist precies hoe ze hem tot het uiterste kon ophitsen. Hij wist zich al snel niet meer te bedwingen en trok haar naar zich toe. Ze vreeën tot de omeletten koud waren.

Toen ze lagen na te soezen vroeg ze weer of hij iets voor haar wilde spelen. Hij liep met geveinsde tegenzin naar de woonruimte en speelde een overdreven sentimentele versie van *Liebestraum nr. 3* voor haar. Natasja trok de deken over haar hoofd, alsof ze het niet wilde horen.

'Klef, hoor. Maar ik vroeg om dat andere stuk, waar je gister zo enthousiast over was,' herhaalde ze.

'Welk stuk? Zing het eens voor me?'

'Weet ik veel,' zei ze. En vervolgens neuriede ze feilloos de melodie die hij zich al weken probeerde te herinneren.

'Natasja, hoe kom je aan die muziek?'

'Dat zeg ik net.'

Hij sleurde haar naar de vleugel.

'Ik wil dat je precies naspeelt wat ik gisteren speelde.'

'Doe even normaal. Moet dat nu?'

'Ja.'

Ze begon ongeïnspireerd te spelen, terwijl Notovich in zijn laden zocht naar muziekpapier om de noten op te schrijven. Maar ze hield al na een paar maten op en zei dat ze geen zin meer had. Hij zei dat ze hem niet moest jennen. Het móést! Ze rukte haar arm los en riep dat ze helemaal niets moest. Ze had hier geen zin in en nou had ze een blauwe plek op haar arm!

'Je snapt het niet. Dit is het stuk dat Valdin gaat spelen bij het recital. Ik weet het zeker.'

'Nou en? Wat kan mij dat schelen? Is dat het enige waar je in geïnteresseerd bent? Ik dacht dat ik hier ook iets mee te maken had.'

'Natasja, ik smeek het je. Snap je niet hoe belangrijk dit voor me is?'

Ze zuchtte en probeerde toen braaf de melodie na te spelen, maar veel verder dan de vorige poging kwam ze niet.

'Is dat alles wat je je kunt herinneren?'

'Mikhael, je speelde geen vastomlijnde compositie. Het was een en al improvisatie, een achtbaan van invallen en thema's, wel anderhalfuur lang, en dat non-stop. Ik had nog nooit zoiets gehoord. Ik zou niet weten hoe ik dát moet naspelen.'

'Maar het thema dan? Speel dan alleen het thema.'

Ze speelde een paar noten, herstelde zich toen en probeerde het nog een paar keer. Notovich noteerde alles in snelschrift. Wat ze speelde kwam in de buurt, maar de essentie ontglipte haar. Toen ze wilde stoppen, pakte hij haar hand te hard vast. Even zag hij angst in haar ogen.

Toen ze de deur uit was om boodschappen te gaan doen, pakte hij zijn aantekeningen en speelde de noten nogmaals. Ze leken grof en banaal; het was alsof je een geur probeerde na te spelen. Maar na een paar min of meer speelse pogingen rolden er opeens vijf noten uit zijn vingers die hem bekend voorkwamen. Vijf noten uit de sonate die hem onverwacht terugvoerden naar iets wat in de duisternis op hem wachtte.

Had hij het papier van Valdin maar kunnen bestuderen. Hij speelde de noten nog eens en nog eens. Zijn vingers werden moe, maar zijn gedachten waren zo levendig als nooit tevoren. Hij zag Senna voor zich, levendiger dan ooit. Het was alsof de korsten van zijn gewonde geheugen door de muziek begonnen los te laten. Daaronder voelde hij een nieuwe, roze huid die nog geen daglicht had gezien. Het was nu alleen nog maar een kwestie van tijd en dan zou alles hem te binnen schieten.

Er was nog geen nieuws van de politie. Hij had Natasja verteld wat er de afgelopen dagen gebeurd was. Ze vatte het allemaal rustig op en leek zich geen echte zorgen te maken. Daar hadden ze nu ook geen tijd voor, want het duel naderde. Bröll hing elk uur aan de lijn, maar Notovich kwam niet aan de telefoon. Hij was bang dat zijn laatste voorbereidingen zouden verzanden in chaos. Hij was zo dichtbij nu, en het ging zo goed. Hij moest gewoon werken, werken, werken, en het hoofd helder houden. Dan zou alles goed komen. Natasja kookte voor hem en luisterde als hij daar behoefte aan had. Ze had het talent om er te zijn zonder te veel aandacht op te eisen. Ze stond Bröll te woord en hield de media buiten de deur. Notovich ging zijn eigen gang en leefde volgens zijn innerlijke ritme. Hij sliep als hij zin had (bijna nooit), studeerde als hij energie had (meestal) en bedreef de liefde als dat zo uitkwam (verrassend vaak).

De nacht voor het duel was kil en nat. Hij was een uurtje gaan uitwaaien langs de grachten. Toen hij op zijn sokken de huiskamer in liep om Natasja niet wakker te maken, lag er in het duister iemand opgerold op de bank.

'Vivien, wat doe jij hier?'

Ze draaide zich naar hem toe en klampte zich aan hem vast.

'Hij weet het, Misha. Hij weet het van ons.'

'Onzin, hij kán helemaal niets weten.'

'Ik kan geen toneel meer spelen. Hij wilde vanavond met me vrijen, maar ik kon het niet. Ik kan die man niet meer om me heen verdragen. Toen werd hij natuurlijk weer achterdochtig. Hij wilde per se weten wat er aan de hand was. Hij pakte me vast en hij had zo'n woeste blik in zijn ogen. Zo heb ik hem nog nooit gezien.'

'En toen? Wat heb je gezegd?'

'Niks. Ik was bang om hem nog kwader te maken.'

'Dus dan weet hij het niet zeker?'

'Misha, hij pakte een stoel en sloeg hem kapot tegen de muur. En toen liep hij de kamer uit. Ik kan niet meer naar hem terug. Ik ga niet terug.'

Ze begon te snikken. Hij troostte haar.

'Vivien, je móét juist teruggaan. Juist nu.'

'Wat? Je maakt een grapje, zeker. Wat wil je in godsnaam van me?'

'Als je nu hier blijft, komt hij achter je aan.'

'Nou en? Jij zou me toch beschermen?'

'Doe dit nou niet. We zijn zo dichtbij.'

'Je bedoelt dat jíj zo dichtbij bent, jezus! Ik hoef hem niet zo nodig te verslaan. En ik hoef ook niet meer te weten wat er met Senna is gebeurd. Ze is dood, Misha. Maar ik leef en jij leeft. Kun je niet gewoon gelukkig zijn met wat we hebben?'

'Natuurlijk wil ik dat je bij me terugkomt,' zei hij. Maar hij wist niet of hij dat meende.

'Waarom doe je dan zo ongelofelijk bot? Zeg eens iets, Misha, ik praat met je!'

'Sst, niet zo hard.'

Vivien trok haar handen uit de zijne.

'Oké, duidelijk. We mogen haar natuurlijk niet wakker maken.'

'Het is gecompliceerd.'

'Echt? Nou, dat valt wel mee. Ik heb jou dat adres van Valdin gegeven en nu heb je me niet meer nodig. Dus je slaapt weer met haar.'

Hij wilde haar niet laten gaan, wilde het liefst zijn armen om haar heen slaan. Maar iets hield hem tegen. Er hingen onpeilbare gevoelens met een duistere ondertoon rond Vivien, waar hij niet aan ten onder wilde gaan. Hij mocht niet in het zwarte gat gezogen worden. Hij moest helder blijven, zijn hoofd niet verliezen.

'Jullie lijken echt op elkaar, weet je?' zei ze ten slotte. 'Jij en Valdin. Hij is helemaal bezeten van zijn muziek. Wil niemand meer spreken, eet niet en slaapt niet. Wees voorzichtig, Misha. Hij zal er alles aan doen om je te vernederen tijdens dat duel. Hij wil je uit balans brengen, net als... met Senna.'

Hij zei niets. Ze stond op met de houding van iemand die alles begrijpt. Hij wilde niet dat ze terugging naar Valdin. Zijn lichaam schreeuwde om haar, wilde haar vastpakken en hier houden. Maar het kon niet, het mocht niet.

'Maakt niet uit, Misha,' zei ze. 'Ik begrijp het. Muziek is jouw grote liefde.'

Ze kuste hem lang op zijn mond. Misschien wist ze dat Natasja in de deuropening naar hen stond te kijken, maar ze maakte geen haast om weg te komen. Toen ze zich eindelijk van Notovich losmaakte, fluisterde ze: 'Jammer dat ik niet degene ben die je zoekt, maar misschien is het beter zo. Je maakt me echt zielsongelukkig.'

Hij ging niet achter haar aan, omdat hij niet wist hoe hij dat aan Natasja moest uitleggen. De stilte en leegte die in de kamer achterbleven, voelden als een fout die nooit meer hersteld kon worden.

'Mikhael, waar ben je nou mee bezig?' vroeg Natasja. 'Als je echt van haar houdt...'

En weer praatte hij op Natasja in, legde uit dat het nu voorgoed voorbij was. Maar zijn gedachten waren ergens anders. *Zielsongelukkig* had ze gezegd. Dat was letterlijk het woord dat Senna ooit gebruikt had.

35

De details waren niet verloren. Ze kwamen die nacht ongeschonden bovendrijven, zonder dat hij er moeite voor hoefde te doen. De kreukels in een onderjurk die ze gedragen had, de zoetfrisse geur van bloesems die over de rand van het balkon hingen, de smaak van haar lippen als ze wijn dronk, de roze littekens op haar onderarmen die hij af en toe gezien had. Details die eenmaal terug waren, kreeg hij niet meer uit zijn hoofd. Toen hij wakker werd, zag hij opeens de ogen van Senna's paard voor zich. Hoe had dat beeld ooit uit zijn bewustzijn kunnen wegglippen: de starende blik van het stervende paard?

Magda, het afgedankte paard met de doorgezakte rug. Senna haalde het af en toe op bij de manege. Hij volgde haar dan weleens op een afstandje. In het begin liep ze alleen in de buurt van de manege, later door parken. En toen de verkilling in hun relatie voelbaar werd, liep ze soms gewoon over straat met het enorme gevaarte, alsof ze een hondje uitliet. Als hij thuiskwam na een reeks recitals, zocht hij eerst langs de routes die ze het vaakst liep.

De andere vrouwen waren bijzaak. Niet alleen voor hem, maar ook voor haar; dat waren ze stilzwijgend overeengekomen. In het begin deed hij nog moeite het te verbergen, maar het leek haar niet te storen als er lipstick op zijn boord zat of als ze onbekende vrouwen aan de lijn kreeg.

Maar hij had nog een andere geliefde. Een jaloerse minnares die een steeds groter stuk van Notovich voor zich alleen opeiste. Dat was zijn roem. Of misschien was het niet zozeer de roem, maar de beroemde kant van hemzelf: de grote Notovich, de virtuoos, het onbegrepen genie dat kon leven op lucht, water en Grote Kunst. Die andere Notovich had voorgoed bezit genomen van zijn lichaam en hij nam verreweg de meeste plaats in.

Voor een buitenstaander leek het misschien alsof hij haar niet meer nodig had, maar dat was schijn. Voor hem was er geen andere muze dan Senna. Alleen doofde die vlam langzaam. Ze wilde niet meer luisteren als hij improviseerde, als hij gejaagd zocht naar nieuwe harmonieën in zijn steeds ijler wordende innerlijke klankenwereld. Dan voelde hij zich afgewezen, raakte in paniek, huilde, schreeuwde, bonsde op de deur.

'Kijk ons eens ongelukkig zijn,' zei ze dan met een weemoedige glimlach. 'Is dat niet precies wat we wilden: *zielsongelukkig* zijn?'

Ze deden allebei hun best om te doen alsof er niets aan de hand was. Ze struinden de marktjes af. Ze haalden herinneringen op aan Nederland. Ze las hem voor uit 'hun' brieven. Maar het gevoel was weg en ze konden er niets tegen doen. Dan maakte hij haar verwijten. Dat ze jaloers was. Dat ze zich niet wezenlijk voor hem interesseerde. Dat hij alles voor háár had gedaan, zijn hele artistieke leven om haar heen had gebouwd. En hoe stiller zij werd, des te razender werd hij. Dan smeet hij met stoelen en alles wat hij te pakken kon krijgen. Maar als hij uitgeraasd was, maakten ze het goed. Ze maakten het altijd goed. Tot die ene avond.

Hij had haar tegen haar zin naar een café meegesleurd. Hij was vaak zo rusteloos de laatste tijd. Dan had hij behoefte om eruit te gaan, de wereld in.

'Zodat mensen je kunnen aanbidden, zeker?' had ze gezegd. Hij negeerde die opmerking. Hij wilde gaan, nú! In het café dronk hij te veel, praatte te veel. Senna hield er niet van als hij zo druk was en wilde naar huis. Hij dwong haar te blijven. Hij had tegenwoordig inderdaad publiek nodig en zij was zijn belangrijkste gehoor. Ze ging in een hoekje aan een tafeltje zitten praten met een man die hij nauwelijks kende. Was dat Valdin geweest? Eenmaal thuis ondervroeg hij haar: waar hadden ze over gepraat? En wat was daar zo verdomde interessant aan? Ze zei dat hij onzin uitkraamde. Eerst rustig en toen – wat niks voor haar was – steeds luider. Ze wilde naar bed, maar hij hield haar tegen. Toen ze zich fel van hem losrukte, vloog zijn hand naar haar gezicht.

Ze keek hem onthutst aan.

Hij wilde meteen dat hij de tijd kon terugdraaien, maar er was een onherroepelijke grens overschreden. Er was iets kapotgemaakt, gekwetst, verloren. Hun relatie was er voorgoed door veranderd. Híj was er in feite een ander mens van geworden, iemand die hij niet herkende, alsof hij in de spiegeling van een vale ruit naar zichzelf keek.

De volgende dag was ze weg. Hij ging eerst naar de manege, maar het paard was er niet meer. Hij zocht haar drie dagen lang. Eerst op de gewone routes; toen breidde hij zijn zoekgebied steeds verder uit. Het was hem een raadsel hoe ze zo'n groot beest kon verbergen in een stad met alleen maar appartementen. Zijn zolen sleten. Hij kwam niet opdagen bij een optreden, nam de telefoontjes van Bröll niet aan. Hij wist dat Senna een schuilplaats had, een eigen appartementje of kamer, maar hij had geen idee waar dat zou kunnen zijn. Hij had nog meerdere malen geprobeerd de wijk terug te vinden waar hij haar destijds gevolgd was, maar Parijs was te groot. Hij had de kaart van de stad talloze malen bestudeerd.

En toen zag hij haar.

Midden op straat liet ze Magda drinken uit een fontein. Ze trok bekijks van een nabijgelegen terrasje. Mensen maakten grapjes en namen foto's. Senna zat op de rand van het waterbekken, in haar eigen stille coconnetje.

'Senna, kom alsjeblieft naar huis.'

Ze keek hem verbaasd aan. Ze zag bleek, met zwarte randen onder haar ogen.

'Ik smeek je, Senna.'

'Laat me met rust.'

'Ik speel niet meer. Ik heb al mijn optredens afgezegd.'

Ook dat dreigement had zijn kracht verloren.

'Je komt er wel overheen,' zei ze. 'Net als Franz en Marie.'

'Hou toch op over die twee! Dit gaat over ons. Ik ben een mens van vlees en bloed. Hier... voel maar.'

De mensen op het terrasje volgden de conversatie ademloos, ook al verstonden ze geen woord Nederlands.

Ze stond op om te gaan.

'Blijf hier, Senna.'

'Laat me met rust.'

'Ik vind je toch weer. Ik vind je altijd.'

Ze maakte rustgevende geluidjes tegen het paard en trok het langzaam weg bij de fontein. Notovich rukte de teugels uit haar handen.

'Laat dat verdomde paard nou eens staan.'

'Misha, voorzichtig!'

'Ik ben nog lang niet uitgepraat. Je kunt niet zomaar uit mijn leven verdwijnen. Ik maak er een eind aan als je dat echt doet!'

'Geef me die teugels.'

'Geen sprake van. Die rotknol blijft bij mij!'

Hij wilde het schichtige paard meetrekken, maar dat verzette zich onmiddellijk, alsof het partij koos voor Senna. Notovich gaf een paar harde rukken aan de teugels. Het paard hinnikte en ging opeens op haar achterste benen staan. Het logge lijf torende ver boven Notovich uit. Daarna maakte het paard onverwacht een hoge sprong in de richting van het terras. Tafeltjes vielen om en moeders trokken hun kinderen achteruit. Geschreeuw, paniek. Magda rende door de chaos van wegvluchtende mensen en vallende stoelen heen, stak toen tussen twee geparkeerde taxi's door en spurtte de drukke straat op.

Het logge paard Magda met haar stramme benen leek haar jeugdige kracht en gratie weer even terug te hebben voor haar laatste galop, net als het paard van Mazeppa. Ze vloog over het wegdek alsof het een wei in de lente was. Senna rende achter haar aan, zonder naar het verkeer te kijken.

Notovich kon zich later niet meer precies herinneren of Senna de teugels weer te pakken had gekregen. Hij wist ook niet meer van welke kant de bus was gekomen. Hij kon niet zeggen hoe ver zij en het paard werden meegesleurd. Het enige wat hij nog voor zich zag was Senna. Senna onder het bloed, gutsend van het bloed. Senna die zich vastklampte aan de trillende, natte hals van het stervende dier, terwijl zich om haar heen een chaos van mensen en auto's vormde. Hij probeerde zich door de onwillige meute heen te wurmen, maar niemand ging opzij, niemand had oog voor hem. Ook Senna hoorde hem niet. Ze had zich helemaal van de buitenwereld afgesloten.

Toen Senna de ambulance in werd gedragen, wist hij zich eindelijk los te rukken. Terwijl hij haar hand greep, keek ze hem wazig aan. De ziekenbroeder stelde hem een vraag die hij niet verstond. Ze duwden hem achteruit en wilden de deuren sluiten. Hij riep: '*Non!*' en drong door de opening naar binnen.

Hij herinnerde zich hoe hij gehuild had terwijl ze naar het ziekenhuis reden. Hoe hij haar hand had vastgehouden. En hoe ze hem even had aangekeken met een blik die leek te willen zeggen: *Het is niet jouw fout, het komt allemaal goed.*

Het duurde lang voordat de wonden waren hersteld en de breuken waren genezen. Hij ging elke dag naar het ziekenhuis, maar na een tijdje lag ze niet meer op haar kamer. Niemand kon zeggen waar ze verbleef. Was ze dan naar een ander ziekenhuis overgebracht? Ze wilden het niet zeggen. Ze wilde hem blijkbaar niet zien. Hij schold de baliemedewerkers uit en werd het ziekenhuis uit gezet. Hij probeerde alle andere ziekenhuizen in de buurt, maar ze was onvindbaar. Misschien was ze in Nederland opgenomen, omdat ze zelf geen geld had. Misschien had haar familie ingegrepen. De politie kwam langs en stelde hem vragen over het ongeluk. Iemand had ze verteld dat het misschien opzet was geweest. Hij probeerde niet kwaad te worden en vertelde eerlijk wat er was gebeurd.

Twee maanden later zag hij haar opeens weer lopen in een straat waar ze samen vaak kroegen hadden bezocht. Ze liep nog stram, maar verder leek ze helemaal hersteld. Hij riep haar naam, maar ze reageerde niet. Toen hij nog eens riep, keek Senna even om. Daarna liep ze gewoon door, aan de arm van de glimlachende Valdin. Alsof ze hem samen voorgoed wilden negeren.

36

Het was de avond van het duel. Een limousine zou Notovich en Natasja naar de tv-studio brengen. Toen de telefoon ging, dacht hij dat het Bröll was. Die viel hem de laatste dagen voortdurend lastig met zijn zenuwachtige gedoe.

Maar het was zijn advocate.

'Niet zulk best nieuws, vrees ik, meneer Notovich. Daarom bel ik u even zelf.'

Notovich greep impulsief Natasja's hand vast.

'De uitslag van het DNA-onderzoek is binnen. Het bloed op uw T-shirt komt overeen met dat van Senna van Ruysdael.'

'O. Weten ze dat zeker?

'Ze hebben het vergeleken met DNA uit Senna's ouderlijk huis.'

'En wat betekent dat precies?'

'Dat u verdacht wordt van moord.'

'Maar ze weten niet of het matcht met het stoffelijk overschot, want dat hebben ze gecremeerd.'

'Ik weet inderdaad niet of ze daar DNA van hebben afgenomen.'

'Dan zouden ze het gezegd hebben, neem ik aan.'

'Dat kan ik niet beoordelen. Ik heb nog geen dagvaarding gezien. Ik wilde u alleen even op de hoogte brengen van dit nieuws.'

'Wat gaat er nu gebeuren? De Fransen kunnen me toch niet zomaar arresteren?'

'U moet niet vergeten dat mevrouw Van Ruysdael de Nederlandse nationaliteit had, dus misschien wachten ze niet eens op een verzoek van de Fransen. Ik heb zelf nog niet kunnen overleggen met de recherche; de resultaten kwamen via de fax binnen. Maar u moet rekening houden met het ergste.'

'Ik heb een belangrijk optreden vanavond. Daar hebben een heleboel mensen geld in geïnvesteerd. Kunt u de politie niet zolang tegenhouden?'

'Ik weet niet of ze daar gevoelig voor zijn, meneer Notovich. U bent al eens gevlucht.'

'Maar het is live! Er kijken misschien wel een miljoen mensen. We kunnen niet zomaar afzeggen!'

'Ik zal doen wat ik kan.'

Met een lege blik bleef hij in zijn kelder staan. Hij voelde vanuit zijn armen een kilte neerdalen in zijn handen en vingers.

'Wat is er gebeurd?' vroeg Natasja.

'Dat is nou niet belangrijk. We zien morgen wel.'

De bel ging.

Notovich duwde Natasja naar de deur om te kijken wie het was. De limousine stond voor.

'Weet je het zeker?'

'Absoluut. Maak je geen zorgen.'

Het loodzware portier van de zwarte slee zwaaide open. Luboš zat al aan de whisky en champagne met twee schaars geklede vrouwen. De lucht in de cabine was zwaar van de alcohol en parfum. Luboš wenkte Notovich met een onvaste linkerhand; zijn rechter was ergens zoekgeraakt tussen de dijen van de dames.

Notovich deinsde terug.

'Wat is dit? Ik heb verdomme geen zin in gezelschap,' zei hij tegen Bröll. 'Ik moet me concentreren.'

Bröll maande hem om zachtjes te praten.

'Ik had je hierop voorbereid, weet je nog?' zei Bröll. 'Die man wil wel waar voor zijn geld.'

Notovich nam hem even apart.

'Het kan zijn dat de politie achter me aan zit,' zei hij.

'Wat? Hoe bedoel je?'

'En dan stop jíj me in een auto met een van de grootste criminelen van Europa.'

'Het was jouw idee om Luboš erbij te halen, weet je nog? Wat moet ik doen?' vroeg Bröll.

'Niets, het is nu al te laat. Zorg nou maar dat de chauffeur door- rijdt.'

Achter de limousine stond een geblindeerde terreinwagen. Daarin zaten waarschijnlijk de bodyguards. En Tomas, de man met het pok- dalige gezicht die Luboš overal begeleidde. Het was dezelfde man die een paar weken geleden met een dreigend gezicht uit Brölls kantoor was gekomen, kort voordat het pand in de fik werd gestoken.

'Je kunt Luboš niet voor het hoofd stoten.'

De spanning hing als prikkeldraad om Bröll heen. In de verte kwam er een auto de hoek om. Die leek op een politieauto, maar Notovich kon zo snel niet zien of dat echt zo was.

Hij stapte in met Natasja.

'Gaan!'

Luboš lachte verbaasd.

'Notovich, alles goed?'

Notovich knikte. Alles was goed.

Bröll probeerde het gesprek met Luboš naar zich toe te trekken, zodat Notovich niet aan het gebabbel hoefde deel te nemen. Maar de meisjes maakten grapjes over zijn korte beentjes en negeerden hem verder. Ze waren alleen maar geïnteresseerd in de beroemde kunstenaar. Ze stelden Notovich vragen over de kracht in zijn onderarmen en vroegen of hij de lenigheid van zijn vingers wilde demonstreren. Maar Notovich keek steeds achterom. De politieauto was nergens meer te bekennen. Misschien was het een gewone surveillancewagen geweest. Of misschien niet en werden ze nu gevolgd. Het was te donker om het goed te zien.

Natasja sloeg hem zwijgend gade.

De vriendinnen van Luboš raakten niet uitgepraat over de uitstekende conditie van hun eigen ledematen. Luboš hoorde alles welwillend aan en kneep af en toe in een buik of borst om hun beweringen te testen. Toen hij vroeg of Notovich het ook eens wilde proberen, keek de pianist nors naar buiten.

Er werd de rest van de rit naar de tv-studio niet meer gesproken.

De organisatie van het evenement was langs Notovich heen gegaan. Hij had af en toe wat invallen gehad die hij midden in de nacht op de voicemail van Bröll had ingesproken. Wat hij precies had geroepen, wist hij niet meer, maar als Bröll de volgende ochtend in paniek terugbelde, zat Notovich te studeren en weigerde hem te woord te staan. Bröll kende zijn eisen toch? Hij mocht alle onderhandelingen voeren met de tegenpartij en de omroep. Hij zou wel zien wat Bröll er precies van terechtbracht.

Toen de onderhandelingen spaak dreigden te lopen, werden Brölls smeekbedes aan Natasja steeds wanhopiger. Die gaf hem de opdracht om te handelen *in de geest van Notovich*.

'Welke Notovich precies?' zuchtte Bröll geërgerd. 'Hij is zo grillig, ik kan niet maar gissen wat hij wil. Ik moet hem echt spreken. De plannen zijn nogal... groots. En ík ben straks degene die aansprakelijk wordt gesteld. Ik wil niet dat hij op het laatste moment terugkrabbelt.'

'Dat doet hij niet,' antwoordde Natasja. 'Dat belooft hij. Ik moet nu ophangen.'

Ten slotte deed Bröll braaf wat Notovich hem allemaal had opgedragen. Hij had geen idee of dat in de geest van Notovich was, maar het stond in elk geval garant voor gigantische publiciteit.

Een week geleden hadden Nicole en Linda nog geprobeerd het optreden te verhinderen. Linda had twee uur lang zitten huilen in het portiek van Notovich. En Nicole had een beroep gedaan op Brölls geweten, maar die werd liever niet al te indringend geconfronteerd met dat deel van zijn persoonlijkheid. Bovendien stond hij door de exorbitante plannen en eisen van Notovich steeds dieper in het krijt bij Luboš, de vredelievende.

Bij de studio stond een grote groep mensen te wachten. Notovich boog zich naar het raam toe. Rechts van het vierkante betonnen gebouw stonden twee politiewagens. Kwamen die voor hem?

'Kunnen we die menigte niet vermijden?' vroeg hij. Luboš knikte en gaf de chauffeur een seintje. Ze reden naar de achterkant van het studiocomplex.

Op een zanderig parkeerterrein stapten ze uit.

Er klonken opgewonden stemmen die dichterbij kwamen. Als een roedel wolven zette de horde journalisten de jacht in. Bröll probeerde zijn cliënt zo snel mogelijk naar binnen te loodsen, maar in een mum van tijd waren er overal flitslichten, uitgestoken microfoons en grijpgrage handen die Notovich in de richting van de camera's probeerden te krijgen.

Maar hij trok zich terug in zijn eigen wereld. Te midden van alle tumult was hij de eenzaamste mens op aarde.

Ze liepen door een grote, ongezellige gang en hij meende chloor te ruiken.

'Wordt de pers binnen toegelaten?' vroeg hij aan Bröll.

'Natuurlijk is er pers bij. Je krabbelt nu toch niet terug, hè? Je hebt mij alles laten regelen, weet je nog?'

'Kan iedereen zomaar binnenkomen?'

'Luister. Moeten we dit gesprek nú opeens wél voeren? Verdomme, Noto! Doe me dit niet aan.'

'Ik heb het over de politie,' zei Notovich zacht. 'Kunnen die me hier komen weghalen?'

'Alles goed?' klonk opeens een zware stem achter hen. Het was Luboš. De glimlach was van zijn gezicht verdwenen.

'Alles goed, Luboš. Alles dik in orde. Maak je geen zorgen,' probeerde Bröll, maar hij sprak vooral zichzelf moed in. Luboš liet zich niet afschepen. Hij keek Notovich onderzoekend aan.

'Alles goed, Luboš,' zei Notovich zo losjes mogelijk.

Die trapte er niet in. Hij grinnikte.

'Geen zorgen maken om de politie,' zei Luboš.

'De politie?'

'Mijn mannetjes staan bij de deur. Oké?'

Bröll en Notovich keken hem verbaasd aan.

'Ik heb vrienden. Overal. Zij weten wanneer zij uit de buurt moeten blijven.'

Weer een brede grijns. Notovich zag dat hij twee gouden snijtanden had.

'Bedankt.'

'Kunstenaars – net boeven!' zei Luboš. En hij klopte lachend op Brölls schouders. Die zag er opeens zo opgelucht uit dat het leek of hij in snikken uit zou barsten.

Ze liepen verder. Het werd steeds drukker. Mensen met oortelefoontjes en draaiboeken renden door de gangen. De chloorlucht leek penetranter te worden.

'Oké,' zei Notovich terwijl hij zijn pas vertraagde, 'ik wil wel even weten wat me daarbinnen te wachten staat.'

'Dat zie je vanzelf.'

Notovich pakte Natasja's hand. Hij had geweigerd om camerarepetities te doen, want hij wilde dat het optreden zo spontaan mogelijk zou verlopen. Nu vroeg hij zich af of dat wel zo verstandig was geweest.

Ze liepen door een betegelde ruimte met banken en kleerhaken aan weerszijden.

'Is dit een sportcomplex of zo?'

'Nou, eh... het gebouw staat op de nominatie om gesloopt te worden,' legde Bröll uit. 'Het was een unieke kans. Het is misschien een beetje *over the top*, maar het was je eigen idee, weet je nog?'

Notovich zweeg wijselijk. Hij kon zich de details niet meer herinneren. Hij had de afgelopen weken wel meer geroepen.

'Het was een hele klus om het zo snel klaar te krijgen, en dan druk ik me nog zachtjes uit. Vooral de akoestiek heeft ons natuurlijk slapeloze nachten bezorgd,' zei Bröll, in de hoop op een compliment.

'Waar kan ik inspelen?'

Ze werden naar een gigantische ruimte gebracht met zachtrode vloerbedekking en velours gordijnen, die rook alsof hij een uur geleden gestoffeerd was (dat was ook zo). Er hingen portretten van Liszt aan de muur; er stonden een tafel met drank en hapjes, een luxueus leren bankstel, een mega tv-scherm en natuurlijk een vleugel.

Luboš wilde met zijn dames achter Notovich naar binnen lopen, maar Notovich keek Bröll vragend aan.

'Maak je geen zorgen,' zei die. 'Wij gaan naar de *green room*. Je kunt rustig inspelen.'

Hij leidde het gezelschap naar een ruimte verderop.

'Als dit nog maar de kleedkamer is, dan ben ik benieuwd naar de zaal,' zei Natasja terwijl ze op de gigantische loungebank plofte. Notovich knipoogde naar haar en ging achter de vleugel zitten. De ergernis en zorgen gleden van hem af zodra hij de toetsen indrukte.

'Wat zeg je ervan als we na dit concert samen een weekje naar Rome gaan?' vroeg hij, terwijl hij zijn vingers probeerde warm te spelen met wat arpeggio's.

Natasja gooide een nootje in haar mond.

'Misschien.'

Ze leek niet erg te genieten. Hij speelde zijn vingers warm terwijl Natasja de afstandsbediening van de tv zocht. Het scherm flitste aan. Ze vroeg of hij er last van had. Normaal zou Notovich geen enkele afleiding kunnen verdragen, maar nu hadden de bewegende beelden en vrolijke kleuren iets geruststellends. Hij speelde een fuga van Bach en neuriede er zelf een extra stem bij die de oude meester zelf niet mooier had kunnen bedenken. Hij voelde dat Natasja hem stilletjes gadesloeg, maar de hele tijd niets durfde te vragen.

'Klaar.'

Hij stond op en rekte zich uit.

'Mikhael, je hebt nog geen vijf minuten gespeeld.'

'Ik weet een veel betere manier om me op te warmen,' zei hij. 'Kom eens hier.'

'Wat heb je toch?'

Hij trok haar van de bank af en begon aan de knoopjes van haar glanzende zwarte jurkje te friemelen. Ze giechelde even.

'Misha, niet nu.'

'Juist wel. Nu. Nu. Nu.'

'Wat ben je toch hyper.'

'Fuck die knoopjes. Kom!'

Hij sleurde haar naar de vleugel, lichtte de gigantische klep een stukje op, zodat hij de stok kon neerlaten, en klapte het instrument dicht. Toen klopte hij bij wijze van uitnodiging op het zwarte hout.

'Wat? Boven op dat ding? Echt niet.'

'Kom nou, schatje, alsjeblieft. Ik moet zo op.'

'Deed je dat altijd met haar voor een optreden?'

Hij zuchtte diep en liep demonstratief in de richting van de deur.

'Oké, Misha. Jezus! Maar dan moet je me één ding beloven.'

Hij keek haar afwezig aan, met zijn hoofd al bij het voorspel.

'Laat je niet gek maken vanavond. Niemand zegt dat je moet improviseren. Je hoeft niet te bewijzen wat je kunt.'

Hij wilde nu niet kwaad worden, dus hij beloofde het. Hij zou Valdin toch wel onder de tafel spelen.

'Tevreden?'

'Doe wel de deur op slot,' grinnikte ze. Met haar voet schoof ze een stoel naast de vleugel en ze klom voorzichtig boven op het zwarte gevaarte, alsof het op instorten stond.

Er werd op de deur geklopt.

'*Maestro Notovich, nog twintig minuten.*'

'Zo lang hebben we niet nodig,' zei Notovich.

Natasja giechelde even. Ze trok hem op de glimmend zwarte klep en liet haar hand in zijn broek glijden. Haar gezicht had een kleur van opwinding en tegenstrijdige gevoelens. Toen hij boven op haar ging liggen, leek het heel even of hij angst in haar ogen zag.

Een kwartier later was Notovich toch nog aan het inspelen, want hij wilde wel scherp zijn. Niet dat iemand het verschil zou horen. En het publiek zou toch niet weglopen; daarvoor waren de toegangsprijzen te hoog. Natasja was de ruimte uit gelopen om zich ergens op te frissen.

Toen hij opkeek, stond de rijzige gestalte van Valdin in de kamer, als een verschijning uit een andere wereld. Het enige wat hem werkelijk maakte, was de krakende leren jas, die tot zijn hielen hing.

'Niet te hard studeren, hoor. Daar word je alleen maar nerveuzer van,' zei hij in het Frans.

'Wat doe je hier?' vroeg Notovich zo beheerst mogelijk.

Zijn rivaal glimlachte.

'Een bekende scène: jij achter de piano en ik bij je op audiëntie. Weet je nog?'

'Ik heb geen idee waar je het over hebt.'

'Natuurlijk wel. Je herinnert je veel meer dan je toegeeft. Het was in *Le Souterrain*. Daar zat jij destijds met een aantal vrienden en bewonderaars. En ik, een broekie nog, kwam daar binnen. Een beetje zoals nu, alleen ben ik niet meer zo onzeker en onervaren.'

'Zal best.'

'Je had net mijn debuutrecital verknald.'

'Gaat het daarover? Moest je me daarom zo nodig uitdagen tot een duel? Kom nou, Valdin. Het was een lange nacht geweest en ik ben tijdens je optreden in slaap gevallen. Het is lullig, maar ben je daar nu nog boos over?'

'Je had je excuses kunnen aanbieden. Maar daar heb ik toen niet eens om gevraagd.'

'Grote jongen.'

'Het enige wat ik wilde, was een kans om de wereld te laten zien wat ik kon. En er was maar één iemand die me daarbij kon helpen: de man die mijn reputatie om zeep had geholpen. De grote Notovich.'

'Ik heb hier nu geen tijd voor.'

'Je zúlt luisteren,' zei Valdin. Hij straalde een stille, onverzettelijke woede uit. 'Je bent nu hier. Je kunt niet meer terugkrabbelen zonder je onsterfelijk belachelijk te maken. Dus nou kan ik je met een gerust hart vertellen waarom ik je vanavond ga vernederen.'

Notovich zuchtte berustend. Van inspelen zou nu toch niets meer komen.

'Ik luister.'

'Dus daar zaten je geweldige vrienden dure wijn en champagne te pimpelen, terwijl jij koortsachtig zat te improviseren achter de vleugel,' ging Valdin voort. Hij klonk geforceerd opgewekt. 'Een paar vrouwen lagen in katzwijm aan je voeten. Ik slikte mijn trots in en vroeg of je me wilde helpen. Je zou bekend kunnen maken dat het hele incident een vergissing was geweest. Of je zou me in je voorprogramma kunnen opnemen om mijn carrière weer op het goede spoor te zetten. Maar nee... natuurlijk niet! Het was ondenkbaar dat ik het podium ooit zou delen met jou, het grote genie. Sterker nog: je raakte opeens ontzettend geïrriteerd bij het idee dat ik zoiets ongehoords aan je durfde te vragen.'

De scène kwam Notovich inderdaad vaag bekend voor, maar de details wilden hem niet te binnen schieten. Waarom maakte Valdin niet wat meer haast met zijn puberale ontboezeming? Hij kwam waarschijnlijk gewoon zijn concentratie verstoren. Hij moest zich verdomme op het optreden richten.

Er werd geklopt en de opnameleider stak zijn hoofd om de deur om Notovich mee te nemen.

'We zijn bezig!' zei Valdin bits, zonder zich om te draaien. De opnameleider keek even beduusd en wist niets anders te doen dan de deur weer te sluiten.

'We moeten op, Valdin! Kan dit niet wachten, man? Waarom ga je niet naar een psychiater? Die kun je wel gebruiken, zo te zien.'

'Je kon mijn carrière maken of breken, maar *nee* zeggen was niet genoeg,' vervolgde de Fransman onverstoorbaar. 'Een afwijzing had geen afdoende afschrikwekkend effect. De jonge pianist moest definitief op zijn nummer gezet worden. Weet je dat nog? Je ontplofte. Ik kreeg een tirade die minutenlang duurde. Er was maar één echte pianist op de wereld en dat was jij, Mikhael Notovich! Je fokte jezelf helemaal op en ging almaar harder schreeuwen.'

'Kan ik me niks van herinneren.'

'Senna was er ook bij.'

'Dat verzin je gewoon waar je bij staat! Gaat dit allemaal om haar? Om Senna?'

'Ze zag lijkbleek, ik kende haar bijna niet meer terug. Ze kende deze uitbarstingen waarschijnlijk maar al te goed, en toch nam ze het voor me op, net als destijds bij mijn debuut. Maar dat was natuurlijk olie op het vuur: Senna mocht mij niet eens aankijken. Geen enkele vrouw mocht mij aankijken. Ze was van jou, want jij was de enige echte erfgenaam van Franz Liszt. Toen begon je weer over de *Duivelssonate*. Je beweerde dat jij de enige was die dat stuk beheerste. En dankzij die sonate was de geest van Franz Liszt in je gevaren. De meester had het werk speciaal voor jou geschreven. Daarom had jij nu net als Franz Liszt een onweerstaanbare aantrekkingskracht op je grote liefde. Senna zou altijd van jou zijn, of ze het nu wilde of niet.'

'Onzin,' zei Notovich. Maar hij voelde zijn vingers zo hard kloppen dat hij ze in zijn zakken moest steken. De mist in zijn hoofd leek in flarden op te trekken.

'Je gaf me het papier met de *Duivelssonate*. Dat had je toch niet meer nodig, zei je. Volgens jou zou ik de muziek toch niet begrijpen, dus dat kon geen kwaad. Maar daarin vergis je je, maestro. Ik heb die muziek al die tijd gekoesterd. Ik ben er één mee geworden, één met de meester. Daarom ga ik je vanavond vermorzelen als een kakkerlak. Dit wordt míjn avond. Ik ga de wereld laten zien wie de ware erfgenaam van Franz Liszt is.'

'Je gaat de *Duivelssonate* spelen?'

'Alleen als het nodig is,' zei Valdin. 'Want ik denk dat het publiek zulke hoogstaande kunst toch niet zal begrijpen. En ik denk dat ik dit duel zonder *Duivelssonate* ook wel ga winnen.'

'Je beweert dus dat die sonate bestaat?'

'Natuurlijk. En hij zit in mijn bloed. Ik voel de kracht van Liszt in me, Notovich. Hij leeft in mij. En jij... jij bent dat kwijt. Jij teert al jaren op de reputatie uit je begintijd. Het laatste jaar in Parijs bakte je er al weinig meer van. Toen was je al te ver heen.'

Het klonk onzinnig. Valdin had nooit een band met Liszt gehad, hij aapte Notovich alleen maar na. Maar toch... Valdin straalde de zelfverzekerdheid uit die Notovich ooit groot had gemaakt. Meer dan ooit voelde hij de behoefte om Valdin te vernederen.

De deur ging open.

'Mag ik binnenkomen?'

Het was Vivien.

Het was allemaal opzet, natuurlijk. De glanzende rode stof van haar avondjurk: een exacte kopie van het exemplaar dat Notovich ooit voor Senna gekocht had. Haar lange zwarte haar dat precies zo in haar hals hing als bij Senna. De langdurige tongzoen die Valdin haar gaf. En (als genadeklap) de haast gretige manier waarop Vivien die beantwoordde. Het beeld kwam hem bekend voor. Het was een regelrechte uitdaging van Valdin. En hoe doorzichtig het ook was: het werkte. Notovich voelde dat hij woedend werd. Op *haar*. Natuurlijk dwong Valdin haar hiertoe, maar het leek er toch verdacht veel op dat ze maar al te graag gedwongen *wilde* worden. Ze vermeed Notovich' blik alsof ze schuldig was aan een misdaad. Was ze terug bij Valdin omdat Notovich het gevraagd had, of omdat ze echt iets voor de Fransman voelde? Was ze echt bang voor hem, zoals ze beweerde? Dan had ze toch ook gewoon de stad uit kunnen vluchten? Hij voelde een bijtend zuur vanuit zijn maag omhoogkomen.

'Je lijkt verbaasd dat ze bij me is,' fluisterde Valdin. Zijn adem rook naar ontbinding, alsof hij de dood had geproefd.

'Ik zou niet weten waarom ik verbaasd zou moeten zijn,' loog Notovich.

'Kijk in haar ogen, Mikhael. Dat is *haar* geest die daarin leeft, in dat hart klopt *haar* liefde. Maar ze is van mij, wéér van mij. Senna heeft destijds ook voor mij gekozen. Weet je nog?'

'Je hebt geprobeerd haar af te pakken, maar ze heeft nooit van iemand gehouden zoals van mij!'

Valdin boog zich weer naar Notovich toe en zei langzaam en precies: 'Laat ik één ding rechtzetten, jij stuk psychose op twee poten: ík heb Senna niet van jou afgepakt. Jij hebt haar van míj afgepakt. Maar toen ze inzag dat je volslagen krankzinnig was, kwam ze weer bij me terug.'

'Laat me niet lachen.'

'Wacht maar. Aan het eind van de avond herinner je je alles weer, dat beloof ik je. Dan zul je weer weten hoe je haar hebt gedood.'

37

De virtuozen stapten samen de gang in. Er zwermde meteen een groep mensen achter hen aan, dankbaar dat ze hun nerveuze niks-doen konden omzetten in schijnbare actie. Een meisje met een head-setje gaf aan de regiekamer door dat ze onderweg waren; ze keek er heel gewichtig bij. Aan het eind van de gang hield een andere figuur met een headsetje de groep tegen.

'Drie minuten. Drie,' zei hij tegen niemand in het bijzonder.

Bröll stond met Natasja te wachten. Hij had dikke wallen onder zijn ogen en blauwe lippen van de zenuwen.

'Wat kwam Valdin doen?' vroeg Natasja aan Notovich, terwijl ze hem even apart nam.

'Niks. Laat me maar.'

De pianisten werden ieder naar een andere plaats gebracht voor de opkomst. Natasja wilde bij hem blijven, maar hij had liever dat ze haar plaats in de zaal zou zoeken. Hij moest zich focussen. Ze keek hem nog één keer bezorgd aan. Hij gebaarde dat hij zich prima voelde.

Het leek een droom. De stem van een presentator die naar de grote introductie toewerkte. De grote zwarte gordijnen die opzijgingen. En toen de gigantische zaal. Blauw licht deinde over het hoge plafond. Het geluid vervormde in de ruimte tot een kakofonie van echo's. De zwarte mensenmassa, anoniem bijeengepakt op eindeloze rijen krap-pe kuipstoeltjes.

En het water, overal water.

Waar was hij in godsnaam aan begonnen? Het enorme blauwe bas-sin strekte zich voor hem uit, belicht door grote lampen op de bodem van het zwembad. De twee zwarte vlekken in het midden van die lichtblauwe zee kon hij eerst niet thuisbrengen. Toen hij beter keek, zag hij dat er twee platforms op het water dreven waar de vleugels op stonden; ze zaten met kettingen en een loopplank aan de kant vast.

Hij kon zich vaag herinneren dat hij het met Bröll over een groot zwembad had gehad, maar niet dat het ook *gevuld* zou zijn.

Aan het plafond hingen talloze lappen stof en aan de muren waren kunststof panelen bevestigd voor de akoestiek. Maar het heen en weer deinende licht, de golven en de echo's vervormden tot een klaterend applaus. Het klonk zo schel dat hij bang was dat zijn trommelvliezen zouden scheuren. Hij stond boven aan een smalle rode trap in een zee van duisternis. Uit de verte kwam een dunne straal licht die hem verblindde. Hij kreeg een duwtje in zijn rug en moest blijkbaar die trap af lopen. Waarom was hij hier verdomme aan begonnen? Hij had dit toch niet nodig?

Hij haalde diep adem.

Hij had dit wél nodig. Hij deed dit om schoon schip te maken, om het verleden in één klap weg te vagen. Vanavond zouden ze zien wat hij kon, dat hij niet gek was. Valdin blufte met zijn fantasieverhaal. Wie weet bestond er helemaal geen *Duivelssonate*.

In de verte zag hij een zachtgele kring van licht, met daarin Valdin hoog boven aan de andere trap. Die liep zelfverzekerd naar beneden, zwaaiend naar het publiek. Notovich hoefde niet voor hem onder te doen. Midden op de trap voelde hij dat hij hiervan zou kunnen genieten. Dat het hem niet uitmaakte wat er gebeurde. Dat niemand hem kon tegenhouden.

Hij stak een vuist op en lachte ook.

Het publiek antwoordde met gejuich.

Ergens uit de duisternis klonk de stem van de presentator.

Steeds op een andere plaats floepte een klein rood lichtje aan. *Camera's*, dacht hij nog. *Laat ze maar filmen, laat ze dit maar vastleggen.* Hij was er klaar voor.

De vleugel deinde zachtjes heen en weer. Toen Notovich op het platform stapte, zakte het een eindje het water in. Hij maakte een sprongetje om de stabiliteit te testen. Toen liep hij schijnbaar zeeziek naar de vleugel, als Charlie Chaplin in *The Immigrant*.

Het publiek vond het geweldig.

Twee enorme camera's zweefden op kranen door de lucht, een andere zoefde op een rail om het zwembad heen. Nog meer introductie. Hij ving iets op over Liszt en Thalberg. Beethoven en Mozart werden er ook bij gehaald. Hij kon niet wachten tot hij aan de beurt was. Aan de zijkant van het zwembad lag nog een platform met zitplaatsen voor belangrijke gasten. Hij meende iemand van het Koninklijk Huis te zien en een bekende zwemster (die had hier vast wedstrijden gezwommen). In het midden zat Natasja en een eindje verderop... Vivien.

Vivien durfde hem vanaf het moment dat ze die misselijkmakende kus van Valdin in ontvangst had genomen niet aan te kijken. Ze hoefde hem ook niet aan te kijken. Dit was hetzelfde gevoel als destijds, toen hij Senna zomaar op straat aan de arm van Valdin had zien lopen. Eerst had de woede bezit genomen van zijn lichaam – dagenlang, nachtenlang. Dat ze hem zo nodig moest belazeren was tot daaraan toe. Maar met Valdin? Dacht ze nou echt dat die man zo'n groot kunstenaar was? Het was een belediging, de ergste vernedering denkbaar. Waarom had ze hem dit aangedaan? Waarom?

Toen was de helderheid gekomen.

Natuurlijk had Senna niet van Valdin gehouden. Want opeens had hij begrepen wat Senna had willen zeggen met die blik in haar ogen: *Snap het dan, Misha! Valdin kan me niks schelen. Ik doe dit voor ons. Want onze liefde moet een ongelukkige zijn. Jij moet onze pijn omzetten in muziek. En zo zal ik eeuwig voortleven in jouw kunst.*

Hij moest niet aan haar denken. Niet nu.

Er was van tevoren tijdens een of ander tv-programma geloot wie er het eerste mocht beginnen. Blijkbaar had Valdin gewonnen. Want opeens werd het nog donkerder in de zaal en mocht de Fransman zijn eerste stuk spelen.

Valdin begon met *Funérailles*.

Een domme openingszet, vond Notovich. Het was op zich geen slecht stuk, maar je moest het wel interessant kunnen maken, anders ging je hopeloos ten onder. Technisch was er niets op zijn spel aan te merken, maar in muzikaal opzicht was het een lange zit. Notovich merkte dat zijn aandacht afdwaalde en dat hij moeite had een geeuw te onderdrukken.

Funérailles.

Hetzelfde stuk dat Valdin had gespeeld tijdens zijn mislukte debuut, jaren geleden. Het publiek was onrustig, schoof heen en weer en kuchte veel. Notovich vroeg zich af waar ze die mensenmassa vandaan hadden gehaald. Waarschijnlijk was het merendeel niet eens klassieke muziek gewend.

Notovich keek nog eens naar Vivien. Het was alsof een onzichtbare macht zijn blik steeds naar haar toe trok. Alsof *zij* hem met die ogen riep. Hij wilde het gevoel van zich af zetten, maar dat lukte niet. Dit was een van de belangrijkste momenten in zijn leven en iets zei hem dat hij nu eerlijk tegen zichzelf moest zijn. Wie was hij nu diep van-binnen? Van wie hield hij het meest?

Valdin had gelijk: Senna's geest was inderdaad in Vivien gevaren. Daarom kón ze helemaal niet van Valdin houden, want haar ziel was voorbestemd om Notovich lief te hebben. Misschien had ze daarom de kus van Valdin geaccepteerd: omdat ze besefte dat hun liefde geen gelukkige mocht zijn. Notovich was gedoemd hun pijn om te zetten in de mooiste muziek. Hij stond hier in die enorme arena, maar hij was niet alleen, want Senna waakte over hem. Hij zou vanavond al-leen voor *haar* spelen, om *haar* liefde weer tot leven te brengen. Die gedachte maakte hem onverwacht rustig. Hij kon eindelijk zichzelf zijn. De hele wereld mocht toekijken.

Hij wachtte tot het opgefokte applaus was weggestorven, ging ver-zitten en strekte zijn armen even boven de toetsen. De keuze van het stuk was belachelijk eenvoudig. Het zou niemand overtuigen van zijn fabuleuze techniek, maar hij zou *haar* ermee raken. Hij legde zijn handen op de toetsen en keek haar toen aan, net op het moment dat zij zich even veilig waande en hém aankeek. Hij klonk haar blik vast aan de zijne en knikte haar toe alsof hij wilde zeggen: dit is voor jou.

Toen hij de eerste noten speelde, hoorde hij mensen achter zich in hun draaiboek bladeren. Bröll had iedereen er ongetwijfeld op voor-bereid dat Notovich zich nooit aan een programma hield, maar dat hij dit speelde, verbaasde iedereen. Hij meende te horen hoe de naam van Liszts meest beroemde compositie werd rondgefluisterd.

De *Liebestraum nr. 3*? Dat jank- en zuchtstuk dat alleen nog werd gespeeld door verliefde pubers en sentimentele bejaarden? Een stuk dat eigenlijk het best tot zijn recht kwam in liften? Het kon hem niks schelen. Notovich zou het spelen alsof hij de allereerste was. Alsof de woorden die Liszt hadden geïnspireerd nog geschreven moesten wor-den:

Heb lief zolang je kunt.
Heb lief zolang je kunt.
Het uur komt, het uur komt
Waarop je aan haar graf staat en weent.

Het was alsof Liszt de noten zelf stond voor te zingen, vol beheerste tederheid en ingehouden pijn. Het was misschien iets te sentimenteel, maar oprechte emoties waren nou eenmaal verrassend simpel. Vanaf de eerste noot had hij haar te pakken, dat wist hij, dat voelde hij gewoon. En na een paar maten wist hij dat hij het zelf ook niet droog zou houden. Het was alsof de zaal leeg was op *haar* na. Het was lang geleden dat hij *haar* aanwezigheid zo sterk had gevoeld.

Na de laatste klank klonk overal gesnif en daarna viel er een opvallend lange stilte. En toen kwam het applaus. Aarzelend eerst, alsof er een betovering verbroken moest worden. Daarna ovationeel. Veel geroep. Er werden bloemen gegooid. Hij zag dat Vivien een hoogrode kleur had.

Valdin stond op. Hij keek alsof Notovich zijn vriendin zojuist op het podium had bevredigd. De Fransman wachtte niet tot het applaus was weggestorven, maar snelde naar zijn vleugel en zette de *Concert Paraphrase* op een opera van Verdi in. Zijn ergernis vertaalde zich meteen in een paar pijnlijke misslagen.

38

Het publiek at vanaf de gedurfde *Liebestraum* uit zijn hand. Het optreden van Notovich was subtieler en doeltreffender dan dat van Valdin. Hij speelde twee *Paganini Etudes*, de *Danse Macabre* en het lyrische *Un Sospiro*. Hij had geen last van angsten of black-outs, maar hij moest bij de les blijven. Hij moest zijn best doen om zich niet mee te laten sleuren door de droom, want Valdin leek langzaam weer wat zelfvertrouwen te krijgen, als een voetbalploeg die met 1-0 achter staat maar dan een paar keer bijna scoort en roekelozer gaat spelen. Valdins spel kreeg geleidelijk aan meer diepgang en klonk haast integer. Niet dat het publiek dat door zou hebben, maar het kon nog beide kanten op. Notovich hoefde maar een paar keer een noot te missen en de avond zou in het voordeel van Valdin uitvallen.

Maar dat was nog niet alles.

Hij vreesde dat de Fransman voor het einde een verrassing in petto had. Een verrassing die hij in de witte bunker in het diepste geheim had geoefend. Misschien zou Valdin aankondigen dat hij een verloren gewaande compositie van Liszt had ontdekt. Wie weet zou die vanavond haar wereldpremière beleven: *de legendarische Duivelssonate*.

Als Valdin die kaart zou uitspelen, kon Notovich dat maar op één manier overtreffen: dan moest hij het grootste risico uit zijn carrière nemen en voor het eerst in jaren weer improviseren voor publiek.

Notovich mocht nog één stuk spelen voordat Valdin aan zijn finale zou beginnen. Hij haalde diep adem en probeerde te kiezen tussen *Tre Sonetti di Petrarca* en een Hongaarse rapsodie toen hij opeens geritsel hoorde. Aan de rand van het bassin stonden drie vrouwen met grote bossen rozen. Ze werden op afstand gehouden door twee brede mannen in zwarte T-shirts. Notovich keek geërgerd naar zijn jongere rivaal. Die hield zijn gezicht in de plooi, maar vanbinnen genoot hij ongetwijfeld van dit banale eerbetoon. Zangers, soapsterren en artiesten als Valdin... Wat waren vrouwen toch makkelijk te verleiden. Tot zijn verbazing zag hij dat er een paar rozen op zijn eigen podium terechtkwamen.

Notovich, hier...! Hier... Mikhael!

Stonden ze daar voor hem?

Beelden van optredens in Frankrijk trokken voorbij. Vrouwen in de gangen voor de kleedkamers, vrouwen die hem aanklampten op straat en vrouwen die gillend binnendrongen in zijn hotelkamer.

Konden die mensen niet beter afwachten of hij zijn oude niveau weer zou halen? Zou er dan niemand echt luisteren naar zijn spel? Aan de andere kant... voor zijn echte fans hoefde hij misschien helemaal niets te bewijzen. Hun bewondering was eigenlijk best te begrijpen. Niemand kon wat Notovich kon. Dat zou hij vanavond eens en voor altijd bewijzen.

Hij probeerde zich te concentreren op het stuk dat hij zou spelen, toen er opeens een fontein van water over de vleugel heen spatte en het podium gevaarlijk begon te kapseizen.

'MIKHAEL... IK HOU VAN JE!!!'

Een vrouw uit het publiek was in het bassin gesprongen en spartelde nu aan de rand van het podium, maar haar avondjurk zoog haar naar beneden en ze had niet genoeg kracht in haar armen om zich op het platform te hijsen. Ze kreeg water binnen en begon te hikken en te proesten terwijl ze almaar zijn naam herhaalde: 'Mikhael... Mikhael... ik hou van je.'

Hij schoot naar voren en probeerde haar op het podium te trekken, maar daardoor helde het platform nog meer over. De vleugel begon krakend in de richting van het water te schuiven. Ze sloeg haar ijskoude, natte armen om zijn nek, zodat hij geen adem meer kreeg. Ze bleef maar in zijn oor fluisteren dat ze van hem hield en nooit meer bij hem weg wilde. En waarom had hij haar mailtjes en brieven nooit beantwoord?

Hij raakte uit balans door haar gewicht en viel bijna in het water. Er brak tumult los in de zaal. Mensen schreeuwden. Lampen gingen aan. Twee mannen van de beveiliging sprongen ook in het water en tilden de vrouw op. Het podium kwam daardoor weer omhoog en de vleugel bleef staan. Maar ze wilde Notovich niet loslaten en klemde haar handen stevig in elkaar om zijn nek. Zijn bovenrug brandde van de pijn. In een impuls kuste hij haar op de mond, lang en intens... en onmiddellijk verslapte haar greep. Twee seconden later werd ze door de veiligheidsmensen uit het water gehesen. Het publiek applaudisseerde verward: opgelucht, maar nog niet helemaal gerustgesteld.

De vleugel werd een stukje teruggereden en drooggewreven.

Notovich gebaarde dat er niets aan de hand was, dat hij door kon. Hij kreeg zelfs een ingeving en vroeg de microfoon.

'Ik wil dit volgende stuk opdragen aan alle vrouwen die mijn hart hebben geraakt. Waar ze ook zijn, in deze wereld of... die andere.'

Vivien keek hem niet aan. Hij speelde het *Ave Maria, Ellens Gesang nr. 3*, een improvisatie van Liszt op het bekende lied van Schubert. Het publiek hunkerde naar een ontlading na het krankzinnige voorval met de bijna verdrinkende fan en reageerde met uitbundig applaus als een te hard opgepompte band waar lucht uit ontsnapte.

Een nederige buiging.

Bravissimo's.

Valdin mocht zich opmaken voor zijn spektakelstuk. En daarna had Notovich nog een laatste kans om het duel in zijn voordeel te beslissen. Hij moest dus zitten en afwachten, wat heel onaangenaam was met zoveel adrenaline in zijn lijf. Zijn rivaal nam het woord en begon een verhaal over Liszt. *Ja hoor, nu gaat hij natuurlijk beginnen over de Duivelssonate.* Maar Valdin repte er met geen woord over. Hij begon over de edele kunst van het improviseren. En terwijl hij Notovich een zelfverzekerde blik toewierp, daagde hij het publiek uit om thema's aan te dragen voor beide pianisten.

'... tenminste... als maestro Notovich het daarmee eens is?'

Notovich voelde zijn lichaam verstrakken. Op de voorste rij schoot Bröll ook zichtbaar in de stress. *Dat is verdomme niet de afspraak,* zag je hem denken. Het was zo ongeveer de enige eis die Notovich expliciet gesteld had, tot drie keer toe zelfs: Valdin mocht hem niet uitdagen om te improviseren. Want als hij zou improviseren, moest het een verrassing zijn. Maar Valdin voelde zich blijkbaar in het nauw gedreven en probeerde Notovich uit zijn evenwicht te krijgen. Bröll gebaarde met zijn hand om aan te geven dat Notovich er niet op in moest gaan.

Notovich deed net of hij twijfelde, maar in feite had hij de beslissing al genomen.

Hij knikte Valdin toe.

'Op één voorwaarde, waarde collega.'

'En dat is?' vroeg Valdin met een gouden glimlach, fonkelend in een sterrenhemel van tv-lampen.

'Dat ik uw mooie vriendin vanavond mee naar huis mag nemen als ik win. Voor een diner, een drankje en wie weet... Het vervolg laat ik aan de dame over.'

Vivien keek eerst geschrokken naar Notovich en toen naar Valdin, alsof ze betrapt was. Ze was bang voor de Fransman, zoveel was wel duidelijk. Waarschijnlijk had hij haar pijn gedaan. En Notovich had haar elke avond weer naar die griezel teruggestuurd. Maar nu zou hij haar redden. Niemand zou haar iets kunnen maken als de grote Notovich haar beschermde.

Valdin trok wit weg. Hij keek als een leerling die voor het bord geroepen wordt en opeens dichtklapt. Maar hij herstelde zich snel. Hij zei hoffelijk dat de keuze niet aan hem was. Het publiek lachte en de presentator kwam tussenbeide.

'Ho, ho, wacht eens even, ik voel een relletje aankomen. Want we leven volgens míj niet meer in 1837. Hoor ik dat goed, mevrouw...' zei hij, terwijl hij met zijn microfoon naast Vivien neerknielde. 'Vindt u dit een romantisch plan of juist niet? Gaat u vanavond met Notovich mee naar huis als uw vriend dit duel verliest?'

Vivien keek schichtig om zich heen, overvallen door de plotselinge aandacht. Notovich glimlachte haar geruststellend toe. Ze keek venijnig naar Valdin, waarschijnlijk boos dat hij het aanbod niet durfde af te wijzen.

'Ach,' zei ze ten slotte met vaste stem, 'het is misschien weer eens wat anders.'

Luid applaus, grote hilariteit. Notovich was opgelucht, want ze koos nu publiekelijk voor hem. Valdin kón dit gewoon niet meer winnen. De Fransman stond er verloren bij, terwijl de woede in hem gistte.

'Maar...' ging de presentator verder, terwijl hij verder kroop over het podium... 'wat vindt de vriendin van Notovich hiervan? Daar ben ik toch reuze benieuwd naar...'

Toen hij bij de stoel van Natasja aankwam, werd de hilariteit nog groter: ze had de zaal verlaten. Er ging een steek van spijt door Notovich heen. Was het echt nodig dat hij haar ten overstaan van al deze mensen vernederde? Had ze hem hier juist niet voor gewaarschuwd? Aan de andere kant: misschien was dit de enige manier waarop hij haar duidelijk kon maken dat hij nooit zou veranderen, dat hij voor altijd in de greep zou zijn van een grotere liefde. *Haar* liefde.

Hij moest deze gedachten nu van zich afzetten, want hij kon nu niet meer terug. Hij moest improviseren. Het publiek mocht eerst een thema aandragen voor Valdin. En daar klonken ze weer uit de zaal: de melodieën van populaire meezingers, veelbekeken comedyseries en nationale liederen. Maar opeens riep iemand ergens voor in de zaal om *Ständchen* van Schubert. En Valdin wees met zijn vinger in de richting van de mevrouw die dat riep.

'U weet misschien dat Liszt op dat thema een leuke compositie heeft geschreven?'

Er werd een spotje op de jonge vrouw gericht. Die knikte gretig en zei dat het een van haar favoriete stukken was. Nu kon er bij Valdin voor het eerst weer een flauwe glimlach af. Notovich' ingewanden werden langzaam samengedrukt: *hij heeft een improvisatie op Ständchen ingestudeerd.* De vrouw in het publiek was ingehuurd door Valdin. Het was doorgestoken kaart.

Hij zou kwaad moeten zijn, of bang voor wat ging komen. Maar hij voelde zich vreemd genoeg juist sterker, geamuseerd haast. Een improvisatie voorbereiden was een teken van zwakte.

Ständchen – 'Serenade' – was een zeer bekend lied van Schubert, dat Senna hem had voorgezongen:

> *Zachtjes zweven lieve woorden*
> *Door de nacht naar jou;*
> *Vind geluk in stille oorden,*
> *Kom, mijn lieve vrouw!*
>
> *Laat ook jouw gemoed bewegen,*
> *Liefje, maak mij blij.*
> *Zie, ik beef en wacht verlegen,*
> *Kom, en houd van mij!*

Het was alsof deze woorden alleen geschreven waren voor Senna. Had ze Valdin daarover verteld, in de nachten dat ze samen waren? Hadden ze samen om hem gelachen? Of zou Senna te veel pijn gevoeld hebben door haar verraad?

Even was hij bang dat Valdin zijn grootste troef in de strijd zou gooien en toch nog de *Duivelssonate* zou spelen. Maar er kwam geen *Duivelssonate*.

De improvisatie die Valdin op *Ständchen* speelde was futloos. De reactie van Vivien had hem waarschijnlijk van zijn stuk gebracht. Notovich kon wel juichen. Het werd duidelijk dat hij echt zou kunnen winnen.

En ook hoe.

Toen Valdin klaar was met zijn groots opgezette en veel te gepolijste 'improvisatie', kreeg hij een overdonderend applaus. De presentator riep dat hij het nu echt niet meer wist; volgens hem waren deze virtuozen allebei even goed. Er was straks maar één manier om erachter te komen wie dit duel ging winnen. Nog maar één manier!

'*U kunt nú al sms'en.*'

De woorden drongen niet meer tot Notovich door, anders zou hij zeker verbijsterd zijn geweest. Hij zou hebben gezien hoe Bröll in elkaar kroop, in afwachting van een uitval van zijn cliënt. Of erger nog: dat Notovich de zaal weer uit zou lopen.

Maar het drong allemaal niet meer tot hem door.

De gespannen kuchjes in het publiek. De airco die op de achtergrond zoemde. De regieaanwijzingen die zo luid in de koptelefoontjes van de cameramannen werden gesproken dat je ze op het podium kon horen. En de presentator die riep: 'De lijnen zijn nog heel even open.'

Het ging aan hem voorbij.

Notovich liep naar de piano terwijl hij zijn broekriem losmaakte. Er klonk geroezemoes in de zaal. Wat gebeurde hier? Zó bont zou hij het toch niet maken? Maar Notovich glimlachte ontspannen de zaal in. Hij trok met een theatraal gebaar de broekriem uit de lusjes en gespte hem stevig aan zijn rechterpols vast. Toen nam hij plaats achter de vleugel. Hij wenkte iemand van de crew om het andere uiteinde van de riem aan de poot van de pianobank te binden.

Tot zijn rechterhand muurvast zat.

Hij lette niet op de golf van halfingehouden reacties in de zaal. Hij luisterde niet naar de tegenwerping van de presentator. Hij sloot zijn ogen en stelde zich voor hoe Senna boven op de vleugel plaatsnam.

Deze is voor jou, mijn liefste. Alleen voor jou.

Hij was niet meer bang voor de duisternis. Hij had altijd geleefd aan de rand van het zwarte gat, in een wereld vol schaduwen. Hier hoorde hij thuis. Het had geen zin meer om er langer voor te vluchten.

Hij rechtte zijn rug en speelde zijn eigen improvisatie op *Ständchen* van Schubert. Geraffineerd, subtiel en verbijsterend origineel.

Met zijn linkerhand.

39

Hij werd wakker in een stinkend bed vol lege flessen, sigarenpeuken, onduidelijke vlekken en een meisje dat hij niet kende. Op de bank lag nog een naakt meisje. Bröll was in elkaar gezakt op een stoel met een neus vol wit poeder en op zijn schoot een draagbare tv, die hij vasthield als een teddybeer.

Winnaar, mijn grote winnaar. Mijn veroveraar. Dat had ze steeds weer in zijn oor gefluisterd, in een eindeloze eb en vloed van zuchten. In de schemerzone tussen helderheid en hallucinatie had hij steeds gedacht dat zij het was, maar nu zag hij dat hij zich vergist had.

Hij wilde zich oprichten, maar uitgeput liet hij zich weer op het bed vallen. Het meisje rolde zich naar hem toe en begon half slapend zachte rukjes te geven aan zijn penis. Hij duwde haar weg en ze draaide zich met een diepe kreun weer op haar andere zij.

Hij stond op met een hoofd dat nadreunde van de alcohol. Hij schudde Bröll zo hard door elkaar dat de kleine televisie op de grond kapotviel.

'Bröll, waar is Vivien?'

Geen reactie.

In de menigte tijdens het feest en de bescheiden orgie die daarop volgde was hij haar kwijtgeraakt. En waar was Natasja? Verdomme, wat was hij een klootzak geweest. Ze had hem nooit iets misdaan en had hem altijd geholpen. En hoe had hij haar bedankt? Hij kon zich nauwelijks herinneren wat er was gebeurd vanaf het moment dat hij was begonnen met de improvisatie op *Ständchen.*

Die improvisatie met zijn linkerhand deed hij vroeger weleens op verjaardagen of studentenfeestjes. Muzikaal gezien stelde het niet veel voor. Het was een foefje. Wel een moeilijk foefje, waarbij alle cellen van je lichaam op hetzelfde doel moesten zijn ingesteld, want om met één hand (de *linker* ook nog) alle toetsen te bestrijken was in technisch opzicht bijna onmenselijk moeilijk. Op een of andere manier was hij in staat geweest er ook nog gevoel in te leggen.

Hij had weer die vreemde, beangstigende gewaarwording gehad dat hij buiten zichzelf zweefde en zich bewust werd van een duistere aanwezigheid, die steeds dichterbij leek te komen. Maar opeens was die opgelost in het niets. Geen tovenarij. Gewoon een optreden.

Valdin had de *Duivelssonate* niet gespeeld. De Fransman had alleen maar woedend gekeken, machteloos toeziend hoe hij vernederd werd. Hoe het publiek massaal op Notovich had gestemd. Maar het was te makkelijk scoren geweest, geen echte artistieke triomf. Notovich was verbaasd dat het publiek zo overduidelijk voor hém had gekozen.

De hotelkamer was een ravage. Hoe had hij van zijn leven zo'n puinhoop kunnen maken? Hij moest Natasja bellen en zijn excuses aanbieden. Maar niet nu – later. Hij zou het goedmaken en ze zouden als vrienden uit elkaar gaan. Zoveel hield hij wel degelijk van haar. Hij zou haar zeker missen.

Er werd op de deur geklopt. Toen nogmaals.

Het was een bediende van het hotel.

'Er staan heren van de politie in de hal. Die willen u graag spreken.'

De politie. Nu herinnerde hij zich weer waarom ze niet in het afgesproken hotel zaten, maar in een bedompt kamertje. Dat hadden ze op het laatste moment besloten, uit voorzorg.

'Is er ook een achteruitgang?'

De bediende, een jonge vent, weifelde.

'Kom op, man. Je krijgt honderd euro van me.'

De jongen knikte.

'Geef me heel even.'

Notovich zocht zijn kleren in de wirwar van onderjurken, overhemden, beha's en strings rond het bed. Hier een sok, daar een broek die hem paste; het maakte niet uit van wie die was. Hij moest hier weg. Hij schudde Bröll nog eens door elkaar. Toen die niet reageerde, griste hij diens autosleutels van een bijzettafeltje en liep de gang op.

Hij werd door de keuken naar de achterdeur geleid. Die kwam uit op een steegje. Fel daglicht, maar gelukkig geen politie te zien.

Ze waren hier niet met de limousine naartoe gereden. Ze hadden zich eerst laten afzetten bij het huis van Bröll en hadden toen een andere auto genomen. Hij hoopte dat Brölls auto hier ergens geparkeerd stond. Toen hij lukraak een paar keer op de sleutelhanger drukte, hoorde hij achter zich een auto zich ontgrendelen. Het was een gloednieuwe zwarte BMW. Die had Bröll van Luboš geleend. Hij stond dwars over de stoep geparkeerd, zodat andere auto's er nauwelijks omheen konden rijden.

Hij stapte snel in.

Eerst moest hij Vivien zien te vinden. Ze was misschien boos. God weet wat hij in zijn dronkenschap voor haar ogen had uitgespookt. Hij had haar nummer niet bij zich, dat lag thuis. Waar had ze geslapen vannacht? Niet bij Valdin, dat wist hij zeker, want die had tijdens het duel laten merken dat hij Notovich veel belangrijker vond dan Vivien. Hij had haar ingezet als een stapel fiches op een roulettetafel, precies zoals Notovich gehoopt had. Ze had waarschijnlijk een hotel genomen.

Hoe lang was het eigenlijk geleden dat hij achter het stuur had gezeten? Hij had in Parijs weleens wat rijlessen gehad. En wie de Champs Elysées overleefde, kon overal uit de voeten. De motor sloeg telkens af, maar uiteindelijk wist hij de wagen schokkend in beweging te krijgen – tegelijk met wat vuilnisbakken.

Hij sloeg net een doodlopende straat in toen er een mobiel overging. Hij griste het apparaat uit zijn broekzak. Het was niet zíjn mobiel en dus waarschijnlijk ook niet zíjn broekzak. Het apparaat klonk als een zoemende mug met orkestbegeleiding.

Het was Linda. Ze verwachtte Bröll aan de lijn, maar ze herkende de stem van haar broer meteen.

'Misha? Waar zit je?'

'Eh... ik kan nu niet praten. Wacht, ik leg hem even neer.'

Hij had allebei zijn handen nodig om de auto te draaien. Die stak verder uit dan hij dacht, af te gaan op het geluid van kreukend blik dat hij opeens achter zich hoorde. Een lantaarnpaaltje.

'Misha, ben je er nog?'

Haar stem klonk over de radioboxen, want Bröll had blijkbaar een handsfree set.

'Ja, ik ben er nog, Linda.'

'De politie zoekt je.'

'Dat weet ik.'

'Je was gisteren op tv.'

'Mooi, hè?'

'Ik bedoel niet het duel, maar daarna. Hoe kon je dat nou doen, Misha? Je was zelfs op het journaal.'

'Eh...'

'Het balkon, weet je nog? Je was behoorlijk ver heen.'

Er stond hem vaag iets bij van een balkon. Mensen die naar boven keken en hem toejuichten. Hij in zijn overwinningsroes met gebalde vuisten, al behoorlijk teut, maar niet straalbezopen. Wat kon hij verder voor schokkends gedaan hebben op een balkonnetje van één bij twee meter?

'Nou, misschien als een koorddanser met een fles whisky op de flinterdunne balustrade balanceren? En dan twintig keer achter elkaar schreeuwen dat je *king of the world* bent?'

'O, dát.'

Daar stond hem inderdaad iets van bij.

'En je riep ook nog: "Ik ben kapitein Ahab en we eten vanavond Moby Dick-sushi. Drie hoeraatjes voor kapitein Ahab."'

Dat herinnerde hij zich niet. Geen wonder dat de politie wist waar ze hem moesten zoeken.

'Linda, ik was misschien een beetje dronken, maar ik voel me al veel beter.'

'Het is destructief gedrag. Als de politie je niet arresteert, dan laat Nicole je ter observatie opnemen.'

'Goh. Ik dacht dat je blij voor me zou zijn, Linda. Maar blijkbaar heb je mijn talent altijd gezien als iets waarmee je moest concurreren.'

'Waar ben je precies? Dan komen we naar je toe.'

'Ik moet gaan.'

Hij wilde haar niet kwetsen, maar haar bezorgdheid had vaak een ondertoon van jaloezie. Dan klonk ze als een ex-vriendinnetje. Ze begreep toch wel dat hij altijd bij haar terug zou komen? Was dat niet genoeg? Ze begon weer te praten, maar hij drukte het mobieltje uit.

De politie zou wel bij hem voor de deur staan, maar hij wilde er toch even langs rijden. Hij parkeerde de wagen honderd meter verderop en stapte uit.

Inderdaad. Er stond een surveillancewagen voor zijn deur.

Maar wat maakte het uit? Hij kon toch zijn huis niet in. Zijn sleutel zat natuurlijk in zijn eigen broek. Hij zag nu pas dat de pijpen van Bröll veel te kort voor hem waren; hij voelde de wind rond zijn kuiten. Hij stapte snel weer in en deed zijn colbertje aan, dat nog om de passagiersstoel hing.

Er viel een envelop uit.
Hij herkende het dure papier meteen.

Besloten recital

Duivelssonate, Franz Liszt
Uitvoering: Mikhael Notovich

Aanvang: hedenavond, 20.00 uur

Hoe was dat ding in zijn binnenzak terechtgekomen? Had Valdin het hem gisteravond toegestopt? In plaats van een adres stonden er cijfers onder waar hij niks van begreep. Hij staarde naar het papier. *De Duivelssonate, gespeeld door hemzelf.* Het was de allerlaatste uitdaging van de wanhopige Valdin. Maar hij was niet van plan nog eens toe te happen; hij was niet langer nieuwsgierig naar de compositie, als die al bestond. Hij had Valdin al vernederd. Hij was kapitein Ahab. Het duel had misschien niet het niveau gehad waar hij op hoopte, maar dat was nu bijzaak.

Hij pakte het mobieltje weer en belde zijn eigen nummer. Hij kreeg drie keer voicemail voordat er werd opgenomen.

'Hmm... mmm... (*smak-smak*) – ja?'

'Bröll, in mijn broekzak zit een briefje met een telefoonnummer. Pak 'm even, hij ligt bij het bed.'

'Waarom zit jij dan niet in die broek?' (*Smak-smak*)

'Ik heb die van jou aan.'

'O. En mijn mobiel? Zeg niet dat je mijn mobiel ook hebt...'

'En ik heb je auto even geleend.'

'Mijn auto?! Blijf daar alsjeblieft van af. Die heb ik in bruikleen van Luboš. Zweer dat je niet met die auto...'

'Schiet alsjeblieft op.'

Het duurde een paar minuten voordat Bröll het nummer van Vivien eindelijk te pakken had.

'Noto, ik moet die auto vandaag teruggeven aan Luboš. Eén krasje en ik ben er gewee...'

'Later!'

Hij toetste het nummer snel in en wachtte ongeduldig op haar stem. Hij had haar veel te vertellen. Dat hij van haar hield, dat hij altijd van haar had gehouden, dat ze voor elkaar voorbestemd waren en dat...

Ze nam zelf op, maar hij hoorde meteen aan haar stem dat er iets niet in orde was.

'Vivien, waar was je gisteravond?'

'Misha, luister. Luister heel goed. Je mag me niet komen zoeken.'

'Waarom niet? Waarom ben je weggegaan?'

'Beloof me dat je me niet komt zoe...'

Toen klonk er een kreun, alsof iemand haar sloeg.

'Vivien? Vivien!'

'Wat kunnen vrouwen toch wispelturig zijn, hè? Het ene moment zweren ze eeuwige trouw, en dan willen ze niets meer met je te maken hebben.'

Het was de stem van Valdin.

'Laat haar met rust, Valdin. Je hebt verloren.'

'Welnee. We gaan gewoon over op plan B.'

Vervolgens legde hij in zakelijke bewoordingen zijn allerlaatste troef op tafel.

40

De getallen op de uitnodiging waren bestemd voor een navigatiesysteem. Hij moest een voorbijganger vragen om ze in te voeren, want hij had nog nooit zo'n apparaat gebruikt. Maar het werkte: een zacht sprekende vrouwenstem voerde hem de stad uit en richting het zuiden. Het was alsof *zij* hem bij de hand nam en de weg wees, terug naar Parijs.

Hij zag twee keer een politiewagen voorbijkomen. Ze keken niet eens naar hem. Ook bij de grensovergang stond niemand te wachten; hij kon gewoon doorrijden. Toen was hij terug in Frankrijk. Als ze hem hier zouden pakken, lieten ze hem nooit meer gaan.

Hij vond in zijn achterzak een creditcard, waarmee hij kon tanken. Bröll zou er geen bezwaar tegen hebben dat hij dat ding gebruikte. Notovich had een ondraaglijke hoofdpijn, waarschijnlijk door de drank, de spanning en de uitputting van de afgelopen dagen. Hij haalde in de *supermarché* naast het pompstation een doosje aspirine. Hij spoelde drie pillen weg met cola light, maar toen hij weer buiten kwam, begon alles te draaien en kotste hij ze weer uit. Hij kauwde een paar nieuwe aspirines weg zonder cola.

De zachte vrouwenstem stuurde hem bij Parijs van de snelweg af. Hij had geen idee waar ze heen wilde. De route leek eerst naar het centrum te leiden, maar opeens volgden er in een hoog tempo een paar onbegrijpelijke afslagen. Hij raakte verstrikt in een ondoordringbaar web van kleine op- en afritten die door elkaar heen kronkelden zonder uitzicht op ontsnapping. Hij kreeg de aanvechting om tegen haar in opstand te komen, de auto op de vluchtstrook te zetten en een ouderwetse kaart te pakken. Maar hij zag er nergens een liggen en hij kon ook met geen mogelijkheid zien waar hij zich nu bevond. Hij was overgeleverd aan *haar* stem.

Geleidelijk kwam hij in de bebouwing terecht. Het was een massa van grijs en grauw waar hij nauwelijks uit kon opmaken of er nou gewoond of gewerkt werd. Misschien was het alleen een façade van steen, fantaseerde hij, puur bedoeld om hem de indruk te geven van een echte stad. Hij dacht terug aan de tijd dat hij als een oningewijde in Parijs ronddwaalde en de doolhof van geluid en geuren zo ontzagwekkend had geleken.

De onbestemde blokken mondden uit in lange rijen vale flatgebouwen die elkaar eindeloos opvolgden. Maar na een tijdje gingen de troosteloze wegen langzaam over in oude lanen en de flatgebouwen veranderden in grote statige panden met kleuren die in de verte deden denken aan het zachtbeige en bruin uit betere tijden. Er was geen verkeer te zien. Afval waaide over de stoepen. Nergens stonden ramen open, nergens was muziek, nergens een café. Hij reed langs een voormalige ingang van een oud metrostation waar een groot hek omheen stond. Hier geen toeristen of forensen. Er was niemand op straat, alsof de mensen zich hadden opgesloten in hun eigen ellende. Dit was een oeroude plek waar Parijs zichzelf wilde vergeten. Zelfs straatnamen waren er niet meer te vinden.

De duisternis viel nu snel in. Aan het eind van een brede straat stond een versperring met een bord PASSAGE INTERDIT. Een rood-wit hekje met daarachter een uitgestrekte vlakte vol puin. Twee zwervers zaten tegen een vrijstaand muurtje in de buurt van een grote afvalcontainer. Achter een stalen omrastering stond een bouwkeet. De navigator gaf aan dat hij rechtdoor moest, maar hij twijfelde. Toen stond een van de zwervers op en kwam zijn kant op. Notovich gaf snel gas en reed over de stoep langs het hekje. De zwerver moest luid vloekend achteruitwijken.

Notovich passeerde een groep sloopwagens die naast elkaar geparkeerd stonden en reed langs bergen van steen en gruis. De hele omgeving werd blijkbaar met de grond gelijkgemaakt. Op het schermpje van de navigator waren de voormalige straatnamen nog te lezen, maar de wegen zelf waren onder het puin nauwelijks nog zichtbaar. Toen verrees er een reusachtig pand in de avondschemering.

Bestemming bereikt, zei de vrouwenstem.

Het kolossale gevaarte kwam hem bekend voor. Het leek op een oud warenhuis. Hij schatte dat het zeker honderd jaar oud was, maar kon de bouwstijl niet thuisbrengen. De bovenste verdieping was smaller dan de rest, met balustrades en rijkelijk versierd lijstwerk. De langwerpige, slanke ramen op de onderste verdiepingen waren ingegooid.

De muren waren besmeurd met graffiti en leuzen. Het gebouw stond blijkbaar al een tijd leeg. Hij had weleens iets opgevangen over een enorm leegstaand pand waar kunstenaars ateliers hadden ingericht – beginnende beeldhouwers en schilders die grote ruimten nodig hadden voor hun werk. Zolang de gemeente geen raad wist met het perceel, had men oogluikend toegestaan dat het gebouw uitgroeide tot het centrum van een undergroundbeweging die in de bekende *galeries d'art* nooit echt voet aan de grond zou krijgen. En nu zou het gesloopt worden.

Had Valdin de politie ingelicht? Zouden ze hier op hem wachten? Hij zag nergens auto's. Het leek hem ook niet waarschijnlijk. Valdin wilde helemaal geen gerechtigheid. Hij wilde wraak.

Notovich herinnerde zich deze plaats. Door deze deuren had hij Senna ooit naar binnen zien gaan. Hij had achter een stilstaande bestelauto staan gluren. Hij was haar gevolgd, urenlang, met de verbetenheid van iemand die van plan is te krijgen waar hij recht op heeft. Maar dat was lang geleden. Toen stonden hier nog bomen en waren de andere gebouwen nog niet met de grond gelijkgemaakt. Het was alsof iedereen in grote haast vertrokken was en dit pand voor Notovich was bewaard. Was dit de schuilplaats van Senna, die hij nooit had kunnen vinden?

Hij stapte uit en proefde de stoffige avondlucht. Hij kende de stilte die hier hing als de nacht overging in de dag, als de stad zijn adem inhield. Hij wist niet waarom, maar hij voelde een huiverend ontzag voor dit gebouw. Bij de ingang zag hij een stalen constructie waar ooit draaideuren in gezeten hadden. Het metaal gaf mee alsof het de hand van Notovich herkende. Het was alsof de stenen ademden en hem keurden voordat hij naar binnen ging. Binnen waren de marmeren vloeren er gedeeltelijk uit gesloopt. Hij stapte over balken en puin verder naar binnen. Hij was hier eerder geweest. Zijn lichaam wist waar het heen moest lopen. Hij drong min of meer op de tast verder de ruimte in en stuitte op twee grote liftingangen. Het doffe staal op de deuren bolde op. Hij liep eromheen en vond een roltrap, die al jaren geen dienst meer deed. De geribbelde treden waren verwrongen, maar je kon er nog op lopen.

Op de eerste twee verdiepingen waaide de wind nog door de kapotte ramen, maar verder naar boven hing een muffe stilte. Hij moest naar de bovenste verdieping, maar hij had geen idee hoe hij dat wist.

Bij de laatste roltrap waren de meeste treden eruit getrokken.

Wat deed hij hier eigenlijk? Waarom moest hij zo nodig naar boven? Hij wist niet precies wat daar op hem wachtte en hij hoefde zich niet in de val te laten lokken door Valdin. Die zou Vivien misschien niks aandoen. Hij kon nu nog terug. Hij had het duel toch gewonnen? Hij kon zijn leven eindelijk weer oppakken, eindelijk doen waar hij de laatste jaren van gedroomd had. Besluiteloos stond hij in het puin.

Opeens meende hij even pianoklanken te horen. Dat moest inbeelding zijn. Hij draaide zich om en wilde teruggaan naar de auto, toen er weer flarden muziek naar beneden dwarrelden. Sprakeloos staarde hij door het trapgat naar boven. Hij kende de melodie maar al te goed – de klanken die hem naar boven lokten. Hij had geen echte keuze. Hij kon zijn leven niet oppakken alsof er niks was gebeurd. Niet zolang Valdin meer over hem wist dan hijzelf. Hij moest verder, voor *haar*.

Hij vond in het halfdonker aan de zijkant een gewoon trappenhuis. De treden lagen vol puin, maar waren nog begaanbaar. Zijn keel was beslagen met stof toen hij de eerste stap zette. De muziek leek eerst weg te sterven, maar werd toen weer helderder. Toen hij eindelijk boven was, kon hij elke noot duidelijk onderscheiden. Hij wachtte even tot zijn ogen gewend waren aan de duisternis. In de verte deinde een warmgeel licht over de muren, alsof er een haardvuur brandde. De muziek stopte opeens. Hij voelde het bloed door zijn hele lichaam beuken en probeerde zijn adem tot rust te brengen, zodat hij de stilte kon horen, de stilte die hier heerste als een vergeten god.

Toen klonk de muziek weer, die vervloekte melodie die al tijden door zijn hoofd spookte maar die hij nooit had kunnen vangen in noten. Achter in de ruimte was een lange rij ramen. Tegen de gloed van de avondzon zag hij de contouren van een vleugel. Op het instrument brandden kaarsen. Hij zag niemand aan de toetsen en toch hoorde hij muziek. Waar kwam die vandaan? Uit zijn eigen hoofd? Boven op de zwarte vleugel lag *zij*. *Zij*, in een krans van brandende kaarsen. *Zij*, wachtend op zijn muziek, wachtend om door *hem* tot leven gewekt te worden. Was ze echt? Haar ogen waren gesloten...

'Senna?'

Achter zich hoorde hij een hoog, kleinerend lachje. Valdin zat in een stoel met zijn benen ontspannen over elkaar.

'Senna, Vivien... voor jou maakt het allemaal niet uit, hè?'

Natuurlijk, het was Vivien en ze lag daar echt. Het kwam door deze ruimte en de manier waarop ze daar op de vleugel lag... daardoor had hij even gedacht dat...

'Troost je, Notovich. Dat is een fout die we allemaal maken in de liefde: we zien wat we willen zien. Bij jou neemt het alleen wat grotere proporties aan. Een normale liefde is niet goed genoeg voor een genie als Mikhael Notovich.'

'Het spijt me, Misha,' zei Vivien. 'Ik wist niet dat hij van plan was om...'

Haar stem klonk onvast, alsof ze onder de drugs zat. Ze begon te snikken. Notovich zag nu pas dat Viviens armen op een onnatuurlijke manier achter haar rug zaten.

'Maak haar los! Maak haar handen los, verdomme.'

Hij wilde naar haar toe lopen, maar Valdin schoot op hem af en duwde Notovich opzij. Daarna gaf hij Vivien een klap in haar gezicht. Ze verloor het bewustzijn.

'Wat heb je haar gegeven?'

'Wat slaappillen. Die zijn bijna uitgewerkt, maar ze gaat voorlopig nergens heen. We spelen dit spelletje nu helemaal uit, Notovich.'

'Waar heb je het over?'

'Je weet heel goed waarvoor je hier bent,' zei Valdin. 'Diep vanbinnen heb je al die tijd uitgekeken naar dit moment.'

'Is dat zo?'

'Je wilt nu eindelijk weten wat hier gebeurd is. Want je bent hier al eens eerder geweest, hè?'

'Dat kan ik me niet herinneren.'

'Je liegt! Alles is nog zoals ze het heeft achtergelaten,' zei Valdin. 'Kijk nog maar eens goed rond, want hier heb je haar vermoord.'

Notovich kende de vleugel niet. Hij was beschilderd met de vreemdste kleuren en vormen. De wonderlijkste vissen, bloemen en muzieknoten gingen over in een patroon van geelrode vlammen die zelfs over de poten liepen en zo de grond leken te willen raken. Notovich keek vanuit zijn ooghoeken naar Vivien. Ze zat met een touw aan de piano vastgebonden. Als hij zou proberen haar los te maken, zou Valdin hem zeker aanvallen.

'Ze speelde nooit op deze vleugel,' legde Valdin uit. 'Ze vond hem gewoon mooi. Ze heeft hem gebruikt voor haar schilderingen.'

'Schilderingen?'

'Doe je ogen open, man!'

Nu zag hij inderdaad twee lege schildersezels achter het instrument staan, maar doeken waren nergens te vinden. De ruimte stond vol met hobbelpaarden, opgezette dieren en andere bizarre voorwerpen: een bijzettafeltje dat vastzat aan een grote houten uitsnede van Marilyn Monroe en een kast met een grote sigaarrokende indiaan erop.

Toen zag hij het pas.

Hij pakte een kandelaar en liep naar de dichtstbijzijnde muur. In het midden daarvan gaapte een liftingang zonder deuren, maar om het grote vierkante gat heen was de hele muur beschilderd in de meest fantastische kleuren en vormen. Hij moest de vlam haast tegen de verf drukken om alles goed te kunnen zien. Gezichten, in een bijna naïeve, maar toch verrassend expressieve stijl. Naakte vrouwen op sofa's, omgeven door demonen, met daaronder de tekst: *Break on through to the other side.*

'Dat komt uit een nummer van The Doors,' zei Valdin, 'Senna's lievelingsband. Of wist je niet dat ze ook weleens naar popmuziek luisterde?'

'Ik heb geen idee.'

'Had ik ook niet. Ze leefde in haar eigen wereld, hier. We hebben cd's gevonden van The Doors en Radiohead. Die tekst is trouwens een citaat van William Blake, daar had ze ook een paar boeken van.'

Notovich bleef staan bij een schildering van een naakte vrouw die zichzelf bestudeerde in de spiegeling van een raam. Op het eerste gezicht leken geen van deze portretten op haar, deze ronde, smalle, lange roodharige of korte blonde hoofden. Maar het waren de ogen, het was de weemoedige en afwezige blik die hem overal aanstaarde... Dit was Senna, dit was *haar* manier om zichzelf te bestuderen, te observeren en te doorgronden. *Haar* manier om zichzelf te vinden. Het was een kijkje in haar ziel dat ze niemand had vergund, zelfs Notovich niet.

Boven de liftingang zag hij wat Valdin in scène had proberen te zetten: het beeld van een naakte vrouw op een vleugel omringd door kaarsen. Achter de vleugel zat een mannenfiguur met lang zwart haar aan de toetsen, in zichzelf gekeerd, met het hoofd in extase achterovergeworpen, terwijl zij dromerig naar de muziek luisterde.

Valdin was naast Notovich komen staan.

'Hoeveel bewijs heb je nog nodig, Notovich?'

'Waar heb je het over?'

'Het is toch duidelijk? Dat ben ík die daar achter die piano zit.'

'Je lult, man! Dat ben ík.'

'Nee hoor. Zo lag ze graag bij me op de vleugel.'

'Wat doe je nou? Probeer je alles van me af te pakken? Je LIEGT!'

Hij stoof op de Fransman af, maar die stapte behendig opzij. Noto-vich raakte uit balans en voelde een doffe klap tegen de zijkant van zijn hoofd, waardoor hij tegen de grond gesmeten werd.

41

Notovich voelde bloed via zijn keel zijn mond in sijpelen. Zijn neus was bij de val ergens tegenaan gestoten. Bij zijn slaap voelde hij ook een schurende pijn. Hij deed geen moeite om op te krabbelen. Valdin pakte een stoel en ging naast hem zitten. Hij veegde wat denkbeeldig stof van zijn armen.

'Je deed het niet onaardig gisteren, tijdens het duel,' begon hij, 'maar dat trucje met die linkerhand, dat was een beetje goedkoop, vond je zelf ook niet? Zelfs voor jou.'

Notovich zei niets.

'Maar het werkte wel,' ging Valdin verder. 'Zeker in die omgeving, dat moet ik je nageven. Jij weet blijkbaar wat het tv-publiek wil.'

'Is dit een of andere zielige poging om je wat beter te voelen?' vroeg Notovich met een droge mond.

'Het duel kan me niks schelen.'

'En dat moet ik geloven?'

'Snap je dan nog steeds niet wat ik wilde? Naar dít moment heb ik drie jaar uitgekeken. Want jij had dan misschien je roem, maar ik had *haar*, Notovich. Ik had al heel lang een relatie met Senna, al voordat jij ons leven kwam verpesten. Je hebt mijn levensgeluk van me afgenomen.'

'Laat me niet lachen. Denk je werkelijk dat ik daar intrap?'

'Het is gewoon zo. Senna was mijn grote liefde en ik de hare.'

'Ik hoef hier niet naar te luisteren.'

'Natuurlijk hadden we periodes dat het minder ging tussen ons. We waren jong en onervaren. Ik was getrouwd met mijn muziek en zij was ook niet de makkelijkste. Ze liet zich niet snel binden.'

'Sterker nog: ik gá hier ook niet naar luisteren.'

Hij wilde opkrabbelen, maar Valdin duwde hem met zijn voet tegen de grond.

'Op een dag vertelde ze dat er een pianist studeerde in het gebouw achter mijn appartement. Een paar dagen later kwam ze enthousiast thuis: het was iemand uit Nederland. Ze had achter op het speelveldje met je zitten praten. Ik was natuurlijk argwanend, maar ze verzekerde me dat het gesprek alleen over kunst was gegaan, meer niet. Ik vroeg hoe die pianist dan heette, maar dat had ze niet gevraagd.'

'En ik moet geloven dat zij daar met jou woonde, achter het gebouw waar ik studeerde?'

'Dat weet je heel goed. Je hebt me daar meerdere malen gezien.'

Notovich zag hem weer voor zich, die eerste keer op het balkon in zijn groene polo en blauw colbert. Heel anders dan hij er nu uitzag. Gewoner. De herinnering aan Valdin was nooit helemaal weg geweest; hij had alleen geprobeerd hem weg te drukken, hem kapot te trappen als een hinderlijk insect.

'Senna had het moeilijk in die tijd,' vervolgde Valdin. 'Ze had heimwee naar Nederland, maar durfde geen contact te leggen met haar familie. Ze miste Vivien nog het meest. Op die dag hadden we ruzie. We hadden wel vaker ruzie. Dat heb je zelf gezien, die nacht dat het zo hard regende.'

'Ze had in haar eigen armen gesneden. Wat had je haar aangedaan om haar zover te krijgen?'

'Niets. Senna was een complex meisje. Ze had een duistere kant die ze voor de buitenwereld verborg, maar die af en toe naar boven kwam. Dan werd ze afstandelijk en zwijgzaam. Ik hoopte dat ik die kon genezen door mijn liefde, maar ik was blijkbaar niet zo succesvol. Die nacht toen jij haar buiten opving in de regen herkende ik je gezicht voor het eerst: Notovich, de eigenzinnige pianist die voor zoveel controverse had gezorgd in de muziekwereld.

Daarna is ze een tijdje op zichzelf gaan wonen, en later hebben we de draad weer opgepakt. Zo ging dat vaak bij Senna, dat weet jij zelf ook: opeens was ze dagen of weken weg en dan kwam ze weer terug alsof er niets gebeurd was. Ik had geen idee waar ze zich verborg. Maar jij hebt die plaats wel gevonden. Dit hier.'

'Hou op, hou op!'

Valdin ging onverstoorbaar door. 'Ze was 's nachts steeds vaker weg. Ik werd jaloers, maar ze zei dat er niks was tussen jullie. Dat het puur een vriendschap was, omdat jullie hetzelfde dachten over kunst en het leven.'

'Ik was geen "kennis" van haar, het was vanaf het begin serieus tussen ons.'

'In jouw hoofd misschien.'

'We deelden een bed.'

'Er was een tijd dat het minder ging tussen ons. Ze had natuurlijk weleens een plaats nodig om bij te komen of te slapen als we ruzie hadden.'

'Senna kwam echt niet alleen maar bij me om te slapen.'

'Dat heeft ze me verteld,' zei Valdin haast fluisterend. 'Je hebt haar verkracht.' Daarop volgde een vloekwoord in een Frans dialect dat Notovich niet kende, en hij zweeg.

'Ze kwam die dag overstuur bij me. Ze wilde niet zeggen wat er was gebeurd, maar uit haar woorden kon ik wel opmaken dat je haar iets had aangedaan. Ze was bij je weggevlucht, maar je achtervolgde haar soms. Ze had ooit urenlang over straat gezworven, totdat ze jou kwijt was. Dus ze durfde niet naar haar eigen huis. Ik was natuurlijk ziedend, maar ze smeekte me niets te doen. Ze dacht dat het haar eigen schuld was. Ze kon zo ongelofelijk naïef zijn, ze bleef je vertrouwen. En ze geloofde al je halfbakken spijtbetuigingen. Misschien was het haar neiging tot zelfdestructie. Daar heeft ze uiteindelijk de hoogste prijs voor betaald.'

Notovich zag Senna naast zich liggen in bed, pratend, lachend en voorlezend. Dat waren zíjn herinneringen, échte herinneringen. Die kon Valdin hem niet afnemen. Dat was absurd.

'Toen ze bij jou terug was, heb ik haar een hele tijd niet gezien,' vervolgde Valdin. 'Ik dacht dat het voorbij was tussen Senna en mij. Ik werd gek van verdriet. Ik zag haar nog maar zelden. Dan wilde ze per se dat ik kennis met je maakte, omdat we zoveel gemeen hadden. Maar ik voelde natuurlijk dat ze jou gebruikte om zich tegen mij af te zetten. Ik was nog lang niet in staat me over onze relatie heen te zetten.'

'Dus je geeft toe dat het voorbij was?'

'Ik ben nog niet klaar. Jij begon weer op te treden en je was op slag beroemd.'

'En ik had een relatie met haar.'

'Voor zover dat kon dan. Maar er waren altijd dagen dat ze opeens weg was, net als bij mij. Heb ik gelijk of niet?'

Notovich zweeg.

'Dan zat ze hier, in haar eigen coconnetje. Waar niemand bij haar kon,' vervolgde Valdin, terwijl hij om zich heen wees.

'Ik liet haar gewoon vrij,' zei Notovich. 'Zo gaat dat tussen volwassenen.'

'Maar ze begon twijfels over je te krijgen,' vervolgde Valdin. 'Op een nacht belde ze me. Ze zei dat je vreemd gedrag begon te vertonen. Je was eerst dagenlang niet aanspreekbaar en daarna ratelde je opeens nachten door over Franz Liszt en Marie d'Agoult. Ze vertelde dat ze bang voor je was, omdat je soms nachtenlang als een bezetene tekeerging op de piano terwijl je zingend gedichten voordroeg en haar urenlang dwong daarnaar te luisteren.'

Notovich schudde zijn hoofd. Hij kon zich daar nauwelijks iets van herinneren, tenminste niet van de details.

'Later heb ik wat speurwerk gedaan. Die gekte van jou steekt bij vlagen de kop op. Er zit regelmaat in. Je laat al je hele leven een spoor van vernielingen na: stukgelopen relaties, geweld en intimidatie. Ex-vriendinnetjes die zelfmoord plegen. Ik heb Senna gewaarschuwd, maar ze wilde niet luisteren. En dan die waanideeën van je over Liszt en zijn muze...'

'Dat was allemaal Senna's idee. Het was haar idee dat ik Liszt zou spelen. Haar idee om de brieven van Marie d'Agoult erbij te halen. Zij heeft me daarop gewezen!'

'Onzin, dat zat allemaal in jouw hoofd. Ze heeft hoogstens een keertje opgemerkt dat Liszt jou wel lag als pianist. Daarom liet ze je eerst begaan. Ze vond het één of twee keer leuk om in die fantasie mee te gaan, maar op een gegeven moment wilde je de hele dag niets anders meer dan die brieven aan haar voorlezen. En toen je weer optrad, werden de verschijnselen erger. Je ging echt geloven dat de geest van Liszt in je gevaren was. En blijkbaar moest de geest van zijn eeuwige liefde, zijn muze, in Senna gevaren zijn. Dat beangstigde haar. Je werd steeds bezitteriger. Ze zocht me steeds vaker op om uit te huilen. Toen je daar lucht van kreeg, moest je natuurlijk wraak nemen. Daarom heb je mijn debuut verknald.'

'Wie haalt zich nou dingen in zijn hoofd?'

'Op een nacht stond ze bij me op de stoep. Ze miste me en ze kon niet langer met jou samen zijn. Ze was bang en in de war. Ik wilde met jou gaan praten, zodat je je onder behandeling zou laten stellen. Maar daar wilde ze niets van weten. Ze wilde die avond alleen maar bij me wegkruipen en vrijen. Onze relatie had nou eenmaal een sterk lichamelijk karakter. De seks was goed.'

'Kom nou toch. Je klinkt als een opschepperige puber. Het is gewoon te doorzichtig.'

Maar Valdin keek hem woedend aan.

'Ik spreek de waarheid. En je zult luisteren. Je was natuurlijk niet van plan ons met rust te laten. Je achtervolgde haar continu. Ik wilde naar de politie, maar dat wilde ze je niet aandoen. Op een dag heb je haar aangevallen op straat, terwijl ze met haar paard rondliep. Je weet wat er toen gebeurd is. Ze heeft na die aanrijding weken in het ziekenhuis gelegen. Senna wilde geen aangifte doen.'

'Ze hield nog steeds van me.'

'Ze was bang. Want weer stond je elke dag op de uitkijk. We lieten haar in een andere kamer leggen, uit angst dat jij haar zou lastigvallen, maar ze durfde daar niet te blijven tot ze helemaal hersteld was. Tot de dag dat ze stierf had ze moeite met lopen. We hoorden dat jij haar overal zocht. Ik ben bij de politie langsgegaan, maar die konden niets doen. Na het ongeluk zat de schrik er bij Senna goed in. Ze had nachtmerries over je; dan werd ze schreeuwend wakker. Op een dag stond je bij mij aan de deur. Ze was toevallig even alleen thuis. Ze belde me in doodsangst op en durfde de deur niet open te doen.

Tussen mij en Senna ging het steeds beter. Jij hebt ons als het ware weer dichter bij elkaar gebracht, Notovich. En op een gegeven moment leek het alsof je ons niet meer zocht. We dachten dat je je eindelijk bij je verlies had neergelegd. Senna begon zelfs weer plannen te maken voor de toekomst. Ik hoopte natuurlijk dat ik daar ook in zou voorkomen, maar de emotionele wond die jij had veroorzaakt was nog niet genezen.'

'Je bedoelt dat ze je nooit echt had zien zitten.'

Valdin glimlachte beheerst.

'Ze was er gewoon nog niet klaar voor. Ze besloot een paar maanden de stad uit te gaan en vertelde dat het pand waarin ze woonde zou worden gesloopt. Dat was deze ruimte hier. Ze moest dus iets anders zoeken. Ik bood haar aan bij mij in te trekken, maar dat was nog te vroeg. Ik begreep het natuurlijk. Ik had geduld, ik wist dat ze de ware voor me was. Ze heeft haar schilderijen blijkbaar in korte tijd ergens anders opgeslagen, want die zijn allemaal verdwenen. Verder had ze niet veel, zoals je ziet. In zo'n kraakpand moet je altijd voorbereid zijn op een gedwongen vertrek. Een week voordat ze zou verhuizen, haalde ik haar over om een weekend met me naar Rome te gaan. Ze zei ja. Ik voelde dat ze twijfelde, voelde dat ze misschien toch bij me in zou trekken. Ze zou nog snel even thuis haar spulletjes halen en ik zou vast tickets bestellen. Ik wilde graag zien waar ze woonde, maar dat stond ze niet toe. Niemand mocht deze schilderingen blijkbaar zien.'

'Je mocht niet zien dat ze mij overal geschilderd had.'

'Nee, ze was bang dat ze geen talent had. Ze beloofde dat ze me hier ooit naartoe zou brengen, als alles voorbij was. Maar die dag liep ze de deur uit en verdween voorgoed. Jij bent haar hiernaartoe gevolgd en je hebt deze plek wél ontdekt. En pas veel later ben ik erachter gekomen dat haar lichaam hier gevonden is, maar toen hadden ze haar al gecremeerd. Je hebt me van alles beroofd, Notovich. Je hebt mijn hart veranderd in duisternis.'

'Je bent knettergek!'

'Misschien ga ik er wel aan kapot, ja. Maar dan neem ik jou met me mee.'

'Jij je zin. Doe wat je niet laten kunt.'

'Ik wil je alleen maar helpen, Notovich. Beschouw mij maar als de zorgzame therapeut die het trauma samen met jou omhoog zal halen. En dan zullen we alles samen verwerken. Voelt dat goed voor jou? Voor mij wél.'

Hij liep naar de vleugel en maakte het touw los waarmee Vivien was vastgebonden. Ze kwam langzaam bij.

'Misha, help me...' smeekte ze met een slaperige stem.

Notovich wist niet wat hij moest doen. Ze begon met kleine, angstige stootjes te ademen. Valdin streelde even haar gezicht. Toen trok hij ruw aan haar arm, zodat haar lichaam van de vleugel gleed en met een smak in zijn armen terechtkwam. Daarna liep hij naar de liftingang, terwijl haar benen over de grond sleurden. Daar zette hij haar gevaarlijk dicht bij de opening, op de rand van de gapende diepte.

'Wat doe je?!' riep Notovich.

'Denk na, denk na! Onder in deze liftschacht is ze gevonden.'

'Waar heb je het over?'

'Hier heb jij haar erin geduwd,' zei Valdin. Hij gaf Vivien een paar klapjes in haar gezicht, zodat ze alerter werd. Toen draaide hij haar arm in een houdgreep. 'Vertel het hem!'

'Hij... Hij heeft gelijk, Misha. Ze is hier inderdaad gevonden.'

'Het lichaam lag daar beneden, vier verdiepingen hieronder,' legde Valdin uit.

'Dat wil toch niks zeggen? Ze kan gevallen zijn.'

'En dat geloof je zelf? Nee, het kan niet anders: jij hebt het gedaan.'

'Je maakt misbruik van mijn geheugenverlies om je woede te botvieren, Valdin. Je hebt helemaal geen bewijs.'

'O nee?! En het bloed dan? Het bloed!'

Hij helde opeens een stuk voorover naar de schacht, zodat Vivien met een schreeuw boven de diepte kwam te hangen.

Notovich kon zich niet verroeren. Hij had geen kracht meer, de hoofdpijn was te fel, zijn ogen brandden te erg om dit allemaal goed in zich op te nemen. Maar de innerlijke beelden drongen zich nu met een verwoestende kracht aan hem op. Het was als te lang in de zon kijken, met je handen te dicht bij het vuur komen.

'Blijf van haar af!' schreeuwde Notovich onbeheerst, terwijl hij onzeker naar Valdin toe liep. 'Je doet haar pijn!'

'Denk je? Aggut...' zei Valdin, terwijl hij haar weer naar zich toe trok en begon te liefkozen. Toen gleed hij met zijn hand onder haar jurkje.

'Wat voel je als je dit ziet, Notovich? Komt het een beetje terug? Ja... ik zie het in je ogen. Je bent haar hiernaartoe gevolgd en toen heb je haar ter verantwoording geroepen. Ze heeft vast tegengestribbeld, want je zat die avond onder het bloed, weet je nog, Notovich? Moeten we de woede weer oproepen die je destijds voelde? Wat deed je? Heb je haar ook nog een keertje lekker verkracht?'

Valdin ging met zijn ene hand tussen Viviens dijen en met zijn andere wrong hij tussen haar borsten. Hij hijgde van opwinding.

Notovich' hele wezen verzette zich tegen deze versie van het verleden. Alle feiten leken verdraaid, als puzzelstukjes die in een verkeerde vorm worden geperst. Zo was het niet geweest. Zo was het niet geëindigd met Senna. Hij mocht zich niet laten provoceren, hij mocht Valdin niet geven wat hij wilde. Maar waarom deed *zij* zelf niks? Waarom liet ze hem zo begaan?

'Toe dan, Notovich. Je wilt het, je wilt haar straffen. Doe het dan...'

Waarom deed *zij* nou niks? Waarom liet ze dit allemaal gebeuren? Het leek wel of ze ervan genoot. Had hij zich zo in haar vergist? Hield ze echt meer van Valdin dan van...?

'Waarom doe je me dit aan?' huilde Notovich. 'Waarom heb je me verlaten, Senna?'

Valdin had haar jurk nu helemaal omhooggestroopt en zijn handen graaiden in haar slipje. Notovich voelde woede opkomen. Hij voelde hoe de sluis zich langzaam opende en de beelden uit het verleden naar binnen liet, tegen zijn wil. Een sijpelend stroompje, dat al snel veranderde in een muur van water. Hij verdronk in het schelle licht en de pijn die uit de oude diepten naar boven kwam als losgewoeld zand in een kolkende rivier.

'Senna!' riep hij uit terwijl hij tussenbeide wilde komen. Maar Valdin haalde uit. Notovich hoorde haar schreeuwen. Door een waas zag hij dat ze roerloos bleef liggen. Hij wilde Valdin aanvliegen, maar die was te behendig en Notovich kreeg zelf een trap in zijn zij. Er schoot een felle pijn door zijn lichaam.

Hij kromp in een reflex in elkaar om zichzelf te pantseren en hij rolde zich om. Daardoor kwam hij gevaarlijk dicht bij de liftschacht te liggen. Het was duidelijk wat Valdin wilde. Hij hoorde diens adem fluiten van de inspanning. Er volgde nóg een scheut pijn. Zijn lichaam rolde weer om.

En nogmaals.

En nogmaals.

Opeens zweefden zijn benen boven de liftschacht, maar zijn bovenlijf lag nog op de grond.

'Misschien dat het je weer te binnen schiet als je zelf die smak maakt,' zei Valdin.

Notovich wilde van de schacht wegkruipen, maar hij kreeg weer een felle klap in zijn gezicht, die een schroeiend gevoel achterliet. Zijn lichaam raakte uit balans en helde nu bijna helemaal over de rand van de zwarte leegte. Met zijn armen en ellebogen maaide hij over de grond om niet in de duisternis te verdwijnen, maar hij kreeg nergens grip. De zwaartekracht zoog zijn lichaam in de richting van de diepte, maar hij wist zich nog net vast te houden aan de richel van de liftdeuren. Een scherpe pijn stak als stalen punten in de toppen van zijn vingers. De spieren in zijn hand voelden aan alsof ze scheurden.

Hij probeerde op te kijken toen de zwart gelakte schoenen van Valdin voor hem opdoemden.

'Het gebouw wordt morgen gesloopt,' hoorde hij de Fransman ergens boven hem zeggen. 'Ik denk niet dat ze je hier vinden.'

'Alsjeblieft... help me,' hijgde Notovich.

'Ik zal het goed met je maken,' grinnikte Valdin. 'Je krijgt een keus...'

Hij zette zijn hak op de rechterhand van Notovich en drukte hem in het vlees. Het werd even zwart voor Notovich' ogen. De pijn was ondraaglijk.

'Je leven of je kostbare pianistenhandjes? Zeg het maar.'

Hij liet zijn volle gewicht nu op Notovich' vingers terechtkomen. Die schreeuwde het uit en wilde in een reflex zijn houvast loslaten om zijn handen te beschermen, maar ze zaten klem tussen de stalen richel en de zolen van Valdin.

'Valdin, ik smeek je.'

Door de sluier van pijn meende hij achter de zwarte jas van Valdin iemand te zien bewegen, maar zijn aandacht werd te zeer naar de gloeiende bron van pijn getrokken om het bewust te kunnen waarnemen.

'Ik tel tot drie en dan druk ik door. Dat wordt moeilijk spelen met twee gebroken handjes. Eén... twee...'

Opeens zag hij twee blote voeten achter Valdins schoenen. Notovich probeerde op te kijken, maar hij zag alleen haar jurk en iets wat op een ijzeren haardpook leek. Hij hoopte dat dit echt was, dat hij het zich niet verbeeldde. De pook zwaaide omhoog. Hij hoorde boven zich iets wat een luide zucht leek en opeens verdwenen de schoenen. Notovich hoorde achter zich de ijzingwekkende schreeuw waarmee Valdin de donkere diepte in verdween.

Hij voelde de kracht uit zijn handen wegsijpelen. Vivien bukte zich om hem omhoog te trekken. Hij zag haar bloeddoorlopen ogen, die nieuwe kracht uitstraalden. Hij wilde haar uitleggen dat hij Senna nooit had kunnen doden, dat hij altijd alleen uit liefde gehandeld had, maar zijn vingers leken steeds krachtelozer en gladder te worden. Langzaam gleden ze naar beneden.

'Misha, hou vast! Ik heb je!'

Maar hij had geen kracht meer... Zijn vingers glipten uit haar greep en hij viel en hij viel... in het zwarte gat, de duisternis in, die al zo lang naar hem lonkte...

De beelden komen naar boven, helderder dan ooit.

> *Deze ruimte heeft ze hem nooit laten zien. Ze waant zich veilig; dat ziet hij aan de manier waarop ze beweegt. Ze schrikt als ze hoort dat ze niet alleen is.*
> *'Misha! Wat doe je hier? Hoe heb je me gevonden?'*

'Ben je blij me te zien?'

'Je bent me gevolgd.'

'Dus hier woon je, Senna? In een warenhuis? Mooie ruimte. Wie heeft dit geschilderd?'

'O... niemand.'

'Ik wist niet dat je zoveel talent had.'

'Ik heb niet veel tijd, ik moet zo weer gaan.'

'Is hij niet bij je?'

'We hebben het hier al vaker over gehad. Laat me nu met rust.'

'Kom alsjeblieft bij me terug.'

'Je mag me niet meer volgen, of ik bel de politie. Heb je dat begrepen? Ik kan er niet meer tegen, Misha. Je maakt me bang. Ik bel ze echt.'

'Ik kán je niet met rust laten. Ik zal altijd de jouwe zijn en jij altijd de mijne. Onze zielen horen bij elkaar, of je het nu wilt of niet. We zijn tot elkaar veroordeeld. Ik maak je onsterfelijk in mijn muziek.'

Ze smeekt hem te gaan, ze schreeuwt en gooit met spullen, maar hij blijft beheerst, zoals hij zich heeft voorgenomen. Ze moeten het uitpraten, zegt hij. Wat zij hebben met z'n tweeën mag je niet zomaar weggooien; dat is ze niet alleen aan hem verplicht maar ook aan de muziek.

Hij pakt haar vast en probeert haar te kussen, maar ze verzet zich. Hij schrikt van haar hevigheid. Haar ogen staan vol tranen. Hij gaat op zijn knieën, net zoals destijds in het Bois de Boulogne, maar ze weigert te luisteren. Hij moet haar duidelijk maken dat hij heus wel begrijpt wat ze wil, dat hij het al doorheeft vanaf het moment dat ze in de ambulance met die speciale blik naar hem keek: ze wil hem ongelukkig maken juist omdat ze van hem houdt. Ze doet het voor zijn muziek, hun muziek. Maar ze beseft niet dat ze nu te ver gaat, dat hij zich verlamd voelt aan de toetsen. Ze moet hem nog een tijdje geven om aan het idee te wennen en daarna kan hij de eenzaamheid en het verdriet misschien aan. Dan zal hij echt zijn best doen om het zware offer te brengen dat zij van hem verlangt. Alles voor de muziek, hun muziek.

Maar ze luistert niet.

Ze zakt op haar knieën en huilt alleen maar.

En opeens blinkt daar de schaar in haar hand. Wat is ze van plan? Begrijpt ze dan niet dat een fysieke wond hem niks doet? Dat hij lacht om pijn? Denkt ze werkelijk dat zijn geest zich laat beperken door zoiets benauwends als een lichaam? Dat is haast een belediging voor zijn genialiteit.

Dan ziet hij bloed op haar onderarm. Ze heeft een flinke snee gezet. En nog een, weer op die plek. En nog een. En ze blijft hem woedend aankijken terwijl ze het blad van de schaar keer op keer in haar arm zet.

Laat. Me. Met. Rust.

Laat. Me. Met. Rust.

Laat. Me. Met. Rust.

Nu draait ze de schaar rond in de bloederige pulp. Hij kan het niet meer aanzien en smeekt haar de schaar aan hem te geven. Maar ze gaat door met draaien en hij wordt misselijk bij de aanblik van haar armen en de verwilderde blik in haar ogen.

Hij vliegt op haar af en er volgt een worsteling – niet uit woede of haat, maar een wanhopige worsteling om hun liefde te bewaren, om haar te redden. Ze wringt zich los en stapt angstig naar achteren. Hij zit onder haar bloed. Hij wil haar waarschuwen, maar ze is bang dat hij haar pijn wil doen en zet nóg een stap achteruit... Net als hij haar vastheeft, glipt ze uit zijn handen en stort naar beneden.

Hij schreeuwt haar naam, maar het is stil daar beneden. En donker.

Hij rent de trappen af om haar te helpen. Maar hij weet niet hoe hij beneden moet komen, op het onderste punt van de schacht. Hij heeft ook geen tijd, hij moet een ambulance halen! Hij rent naar buiten, de straat op, maar het is nacht, er is niemand op straat, niemand met een telefoon. Hij rent een andere straat in en drukt lukraak bij appartementen op de bel. Eén bel, twee bellen, allemaal tegelijk. Niemand doet open.

Hij moet rennen, misschien ergens een taxi aanhouden, maar waar zíjn de taxi's? Hij kent deze buurt niet. Rent lukraak een andere straat in, in de hoop op een druk verkeerspunt uit te komen, maar hij herkent deze straten niet, kent deze wijk niet eens. Daar komt iemand aanlopen! Hij houdt de man aan. Hij probeert uit te leggen dat er een ambulance moet komen. Een onge-

*luk, een verschrikkelijk ongeluk! De man vraagt waar de gewonde
dan ligt, maar Notovich kan het gebouw niet aanwijzen, weet
niet meer uit welke straat hij komt.*

*De huizen tollen om hem heen en hij zakt langzaam weg, steeds
verder weg, naar het diepst van zijn ziel, waar geen pijn meer
heerst en waar geen enkele herinnering woont.*

Hij kwam bij toen hij zijn naam hoorde roepen. Eerst van ver. Toen
van dichterbij.

'Misha!'

Er werd een zaklamp naar beneden gegooid. Hij probeerde hem te
grijpen, maar het was alsof zijn hele lichaam opeens in brand stond.

Hij leefde blijkbaar nog.

Toen hoorde hij de stemmen weer.

Daar... Daar!

Een schokkerig lichtje dat naar hem toe kwam. Een mijnwerkers-
helm.

Hij heeft geluk gehad, zei iemand. *Zijn val is gebroken door die planken. Die ander is morsdood.*

Geluk gehad? Dat stond wat hem betreft nog helemaal niet vast.
Waar was Valdin? Niet hier, zo te zien. Hadden ze hem al weggehaald
of...?

Hij moest zich inspannen om niet weer weg te zakken, knipperde
met zijn ogen alsof hij wakker wilde blijven, schudde met zijn hoofd.
Pijn, overal pijn die hem toedekte als een deken.

'Misha, niet proberen op te staan. Niet om je heen kijken. Blijf gewoon liggen.'

Maar hij voelde iets glads onder zijn hoofd liggen. Hij lag op een
schoen, een glimmende zwarte schoen. En onder zijn heup stak een
hand naar boven. Een behaarde hand vol bloed. Nu begreep hij wat er
uit de voet stak. Het was een stuk bot. Hij voelde een golf misselijkheid opkomen, maar verloor het bewustzijn weer.

Vlak voordat hij weer wegzakte, zag hij haar gezicht. Haar bezorgde
glimlach, haar tranen. *Vivien, ik heb haar niet gedood,* wilde hij zeggen. *Ik weet alles weer. Het was geen opzet, het was een ongeluk.*

Maar de woorden vonden de weg naar zijn mond niet.

In de verte klonk muziek. Lonkende, smachtende klanken. De muziek zong voor hem, voor hem alleen, lokte hem een trap op die hij

meteen herkende, de koude vloer over, de donkere gangen door, naar de vleugel. Hij stond in de huiskamer waar hij altijd voor zijn moeder speelde. De dikke rode gordijnen wapperden naar binnen en de wind speelde met de kwasten die eraan hingen. Ze tikten tegen de toetsen en de klanken dansten om elkaar heen. Hij schoof ze weg, opende de klep en ging zitten. Bladmuziek had hij niet nodig. Noten waren een fletse afspiegeling van de muziek die hij nu onweerstaanbaar in zich voelde opwellen als een stroom leven die zich naar buiten drong. Het was pure onoverwinnelijkheid die uit zijn vingers naar buiten vloeide en om hem heen wervelde in een cirkel die steeds breder en hoger werd, de aarde omhelsde en steeds verder opsteeg, de onhoorbare klanken het heelal in slingerde, alles leven gevend.

Hij hoefde zijn ogen niet te openen om te weten dat *zij* zich nu ook bij hem bevond. De gezichten van zijn moeder, Senna, Vivien en alle andere vrouwen die hij ooit had liefgehad, vloeiden samen tot één gezicht, háár gezicht. Ze werd tot leven geroepen door de klanken van de majestueuze *Duivelssonate*, die nog steeds uit al zijn cellen en poriën stroomden. Ze was overal: naast hem, achter hem, haar hoofd meewiegend op de muziek en speels glimlachend op de vleugel. Zijn eeuwige liefde. Haar gezicht kwam naderbij en hij kon haar huid ruiken, haar lippen voelen. En ze hoefde niets te zeggen, want hun gedachten waren nu één en zouden dat voor altijd blijven.

Ik laat je nooit meer alleen.

42

Bröll kreeg één dag extra de tijd om de splinternieuwe BMW van Luboš terug te brengen. Dat was niet lang genoeg. De Franse politie had de wagen in beslag genomen. Hij bleek gestolen in Duitsland, maar Bröll wist daar niets van. Hij wist niet eens dat Notovich naar Parijs was gereden.

En de BMW was niet Brölls enige schuld bij Luboš.

Er waren grote afschrijvingen gedaan van zijn creditcard. De kleding moest betaald worden. De etentjes, de vrouwen en de coke. Bovendien had Luboš een groot bedrag betaald aan de omroep die het duel uitzond. In ruil daarvoor zou Notovich een reeks recitals geven waarmee ze de schulden konden afbetalen.

Maar aan Notovich kon niemand nu geld verdienen.

Precies op het moment dat Bröll de auto moest inleveren, kwamen de mannen van Luboš hem halen. Hij zat in een restaurant te eten op de enige creditcard die Notovich niet op zak had toen hij verdween.

Bröll ging gedwee met ze mee. Het had geen zin om te ontsnappen. Hij gokte er bovendien op dat ze hem niet zouden vermoorden. Misschien zou Luboš begrijpen dat een moord hem geen rooie cent opleverde.

Tomas, de man met het pokdalige gezicht, en zijn handlangers namen Bröll mee naar een afgelegen autosloperij. Daar bewerkten ze hem eerst vakkundig met een loden staaf. En vervolgens zetten ze hem in een tweeënhalf meter diepe kuil waar de kleine Bröll niet uit kon klimmen. Toen hoorde hij het ronken van een vrachtwagen. Even schoot de gedachte door hem heen dat hij toch nog vermoord zou worden en dat ze zijn lichaam in stukken zouden snijden en in een vuilniswagen zouden dumpen.

Maar het was een gierwagen.

Aan de achterkant zat een slurf die in de kuil werd gehangen. Bröll hoorde een hard rochelend geluid. Toen kwam eerst de stank, die als een luchtstroom om hem heen wervelde. Daarna spoot er een straal vloeibare stront uit. Hij moest wegduiken om niet vol in zijn gezicht geraakt te worden. De stinkende derrie vulde langzaam de kuil, tot hij tot Brölls borst reikte. Daarna werd de slang uit de kuil getrokken en reed de gierwagen weg. Ook de mannen van Luboš verdwenen.

Bröll kon de kuil niet uit. Hij kon niet gaan zitten of rusten. Urenlang schreeuwde hij, maar niemand hoorde hem. Een medewerker van de sloperij vond hem pas na het weekend, volledig uitgeput, hangend aan een uitstekende boomwortel. De stank hing na twee dagen douchen nog om hem heen.

Inmiddels werd in Nederland bekend dat Notovich in Parijs was gevonden. Het politieonderzoek was daar in volle gang, maar niemand wist of Notovich in staat van beschuldiging zou worden gesteld. Na een alarmmelding vanaf het mobieltje van Vivien waren de politie en een ambulance snel ter plaatse. Onder in de liftschacht werden de twee pianisten boven op elkaar gevonden. Twee uitstekende planken op de tweede verdieping en het lichaam van Valdin hadden de val van Notovich gebroken. Valdin had het niet overleefd.

Notovich werd naar het ziekenhuis gebracht. Daar werd hij ondanks de protesten van de politie twee weken kunstmatig in slaap gehouden. Het was een discutabele behandelmethode, een paardenmiddel dat soms gebruikt werd als een patiënt in een psychose verkeerde en uitputtingsverschijnselen vertoonde. Zo konden lichaam en geest de rust krijgen die ze nodig hadden om weer normaal te functioneren. Misschien zou de patiënt zo het zetje krijgen dat hij nodig had.

De Franse advocaat van Notovich probeerde te achterhalen welke nieuwe feiten er boven water waren gekomen. De politie liet niets los. Niemand kwam te weten wat Vivien ze had verteld en of Notovich ooit nog vrij zou komen. Iedereen wachtte rustig tot hij zou ontwaken.

43

Toen Notovich langzaam bijkwam, deden de nieuwe medicijnen hun werk al. Hij maakte zich met moeite los uit zijn reis door de schemerzone die was opgewekt door slaapmiddelen. Het was een mistlandschap zonder gezichten geweest, waar gedachten geen kans kregen een definitieve vorm aan te nemen. Toen hij zijn ogen weer opende, bevond hij zich in een heel andere wereld: een met kunstlicht, duidelijke contouren en steriele kleding. Hij voelde zich oneindig nietig in de kooi van zijn onwillige lichaam en zijn bleke gedachten. De verplegers deden hun best, maar hij kon hun warmte niet voelen.

De pijn leek van alle kanten zijn lichaam in te dringen. Stukje bij beetje wist hij de belangrijkste bronnen te isoleren. Zijn rechterarm en heup waren gebroken. Er zat een diepe snee op zijn voorhoofd. Ook zijn handen zaten in het verband. Zijn vingers waren gekneusd. Zijn rechterpink was gebroken.

Hij had een heleboel vragen, maar durfde ze niet te stellen. Hij wist niet of Valdin nog leefde en ook niet wat Vivien tegen de politie had gezegd. Ze zouden het hem toch wel vertellen zodra hij weer rechtop zat en wat hapjes eten naar binnen werkte. Dus bleef hij liggen, ook al rammelde zijn maag steeds harder.

Hij was blij om Linda te zien. De volgende ochtend kwam ze binnen en ze leek verontwaardigd dat hij wakker was geworden zonder dat zij erbij was geweest.

'Er staan een paar mannen in de gang. Die willen al een hele tijd met je praten.'

'Laat ze maar wachten. Fijn dat je er bent.'

'Ik heb elke dag aan je bed gezeten, lieverd.'

Het lukte hem niet om te praten. Ze streelde hem zachtjes tot hij weer in slaap viel.

De volgende dag kwamen er twee rechercheurs aan zijn bed. De oudste voerde het woord. Het was de Franse rechercheur die de zaak destijds had onderzocht.

'Hoe voelt u zich?'

'Redelijk.'

'U hebt geluk gehad.'

Notovich knikte.

'U begrijpt dat we u graag een paar vragen willen stellen.'

'Kan dat niet wachten?'

'Het duurt maar even.'

De rechercheur trok een stoel bij het bed en hing zijn regenjas aan een haakje. Toen ging hij rustig zitten. Zijn jongere collega bleef staan. De adem van de rechercheur rook naar nicotine en slechte eetgewoonten. De geur trok in de richting van Notovich en bleef nog uren om hem heen hangen, leek het wel. Hij probeerde wat verder van de stinkende mond vandaan te gaan liggen, maar de pijn golfde weer door hem heen.

'Moet ik iemand bellen? Hebt u een pijnstiller nodig?'

Notovich gebaarde dat het niet hoefde. Hij wilde dit zo snel mogelijk achter de rug hebben.

'*Bien*. Laten we beginnen bij die liftschacht waar we u hebben aangetroffen. Daar hebben we drie jaar geleden ook een ander lichaam gevonden. Een vrouw, eind twintig...'

Uit de vragen bleek dat de politie veel had opgehelderd, maar het belangrijkste nog niet. Dankzij de aanwijzingen van Valdin wisten ze dat het stoffelijk overschot hoogstwaarschijnlijk het lichaam van Senna was geweest, maar het was te laat om DNA-onderzoek te laten verrichten, want het lichaam was al gecremeerd. Valdin had het kettinkje herkend dat naast het lichaam was gevonden. Daarom hadden ze twee jaar na haar dood de ruimte nogmaals doorzocht. Daarbij hadden ze vingerafdrukken van Senna gevonden die overeenkwamen met vingerafdrukken die de Nederlandse politie had aangetroffen in Senna's ouderlijk huis, op haar zolderkamertje.

Maar dat bewees niet voor honderd procent dat het gevonden lichaam dat van Senna was. Er was geen relatie gelegd tussen het bloed op Notovich' T-shirt en het stoffelijk overschot. Bovendien zou het dan nóg lastig zijn om volledig te bewijzen dat Notovich haar opzettelijk had gedood.

Notovich kon zich voor het eerst verdedigen. Hij vertelde precies wat hij zich herinnerde. Dat hij haar gevolgd was. Dat ze ruzie hadden gekregen. En ja, de ruzie was uit de hand gelopen. Maar hij had haar nooit willen doden. Nooit! Het was een ongeluk geweest; hij had haar willen redden. Hij vroeg of de schaar was gevonden waarmee Senna zichzelf had verwond. Dat wilde de rechercheur niet zeggen.

'Een schaar pleit u nog niet vrij. Die kunt u ook in haar handen hebben geduwd.'

'Dan zou ik helemaal naar beneden moeten zijn geklommen.'

'Een kleine moeite als je een moord wilt verdoezelen.'

'Maar stél dat ik haar met een schaar had gestoken, stél. Dan is ze nóg niet aan die verwondingen overleden. Ze is overleden door de val.'

'U weet helemaal niet waaraan ze is overleden.'

'Natuurlijk wel, ik was er toch bij? En vertel me dit eens: waarom zou ik haar met een schaar bewerken, als ik haar zo naar beneden kon duwen? Ik heb haar niet vermoord. Het was een ongeluk!'

'Waarom hebt u dan geen ambulance gebeld?'

'Dat vertel ik net: ik raakte de weg kwijt. Ik was...'

'*Exactement*! U verkeerde in een bijzonder verwarde toestand. En toch probeert u mij te laten geloven dat u logisch gehandeld hebt, en dat u daarom die schaar niet kunt hebben aangeraakt. Maar als mijn ervaring me één ding leert, *monsieur* Notovich, dan is het wel dat een moord zelden *logisch* is.'

'Maar hebt u dan niet met Vivien gesproken? Zij kan bevestigen wat er gebeurd is. Ze was erbij toen alles weer terugkwam.'

De verpleegster kwam binnen en zag dat de patiënt zich te veel opwond. Ze onderbrak het gesprek abrupt. De rechercheur stond met tegenzin op en liet zich in de richting van de deur duwen.

'Heeft Vivien een verklaring afgelegd of niet?' vroeg Notovich.

'*Oui, monsieur.*'

'Wat heeft ze dan gezegd?'

'Dat is vertrouwelijke informatie. Het spijt me.'

Notovich bleef vol vragen achter. De zaak zou waarschijnlijk voor de rechter komen, maar Viviens verklaring zou dan de doorslag geven.

De volgende dag kwam Linda weer langs.

'Je hebt zeker honger. Kom, ik zet je even rechtop.'

'Nee.'

'Jawel, ik heb lekkere vla voor je meegenomen. Beter dan die lauwe stinkyoghurt die ze hier hebben.'

De geur van vanille sloeg hem bijna bewusteloos. Hij probeerde de lepel wanhopig weg te wuiven, maar ze duwde hem hardhandig naar binnen, zodat zijn hele kin onder de gele smurrie kwam. Ze schraapte hem weer schoon met de lepel. Toen pas voelde hij hoeveel honger hij had.

'Dat meisje heeft vorige week gebeld.'

'Natasja? Meen je dat?'

'Lief van haar, vond ik. Maar ik vroeg: "Moet je niet naar school of zo?"'

'Ze heeft niks fout gedaan,' zei Notovich, terwijl hij de smaak van de vla te pakken kreeg en het bakje overnam.

'En ik soms wel? Heb ik wél iets fout gedaan?'

'Dat zeg ik toch niet?'

Maar het was al te laat. Alle opgekropte machteloosheid van de afgelopen weken trok in één felle stortbui voorbij. Linda's bovenlijf schokte onophoudelijk terwijl ze naar lucht hapte. Ze leek niet één keer uit te ademen.

'Zeker. Alle. Maal. Mijn. Schuld. Hè?'

'Doe dit nou niet.'

'Nachten. Wakker. Gelegen. Hoor.'

Hij maakte zich los van de pijn en de spijt die hij voelde opkomen. Hij probeerde haar te observeren zoals hij nu ook zichzelf observeerde: vanaf een ijle hoogte.

'Kom nou, Linda. Jij bent de enige die ik nog heb.'

'En Wim,' zei ze. 'Hij zit nog in Nederland, maar hij belt elke dag om te vragen hoe het met je gaat.'

'Wim?'

'We doen het voorlopig stapje voor stapje.'

'Arme Wim.'

Samen schoten ze even in de lach. De spanning leek weg te ebben.

'O, Misha. Hoe ben je nou toch in al die ellende verzeild geraakt?'

Hij wist wat ze wilde horen. Hij had natuurlijk naar haar moeten luisteren. Maar hij zei het niet. Ze kroop op het bed en ging heel voorzichtig tegen hem aan liggen. Notovich vroeg zich af of hij de intimiteit van het moment zou bederven als hij doorat, of dat hij het bakje vla nu op het nachtkastje moest zetten. Hij besloot dat hij vrijwel alles kon maken nu hij officieel krankzinnig was. Linda klemde zich tegen hem aan terwijl hij het bakje leegschraapte. Ze rook lekker, een vertrouwde geur.

'Hoe lang moet ik hier nog blijven?' vroeg hij.

'Tot ze zeker weten dat je geen domme dingen meer doet.'

'En dan? Moet ik dan eerst de gevangenis in?'

'Je advocaat doet wat hij kan. Maar die man praat zo snel dat ik hem nauwelijks kan volgen. Je weet natuurlijk niet of die Fransen allemaal onder één hoedje spelen. Maar ik heb al wat spulletjes overgebracht naar de logeerkamer voor als je vrijkomt.'

'Dat wil ik niet.'

'Kom Misha... verpest het nou niet.'

Ze wreef over zijn buik – dat deed even pijn, maar hij liet het niet merken – en drukte haar gezicht in zijn nek. Hij bespeurde een zeker ongemak.

'Ik laat je nooit meer alleen, Misha.'

Ze ging maar door met wrijven en strelen, tot hij als een buitenstaander in zijn eigen lichaam constateerde dat hij een beginnende erectie had.

'Bovendien heb je niet veel keus,' ging ze door. 'We weten nu allemaal wat er gebeurt als jij dingen zelf beslist.'

Hij legde haar hand naast zich neer en ging moeizaam wat meer overeind zitten. Hij wist dat hij boos moest zijn, maar hij kon nu niet bij dat gevoel komen. Medicijnen leken hem opeens een logische oplossing voor al zijn problemen, maar dat kwam natuurlijk door diezelfde medicijnen; die zorgden ervoor dat alles wat hij niet wilde opeens toch onvermijdelijk leek. Hij wist maar al te goed waarom hij met die rotzooi gestopt was. Toch werkten deze nieuwe medicijnen beter. Ze stompten zijn gevoelens iets minder af. Als hij nu weer stopte, zouden de manische periodes terugkomen en de depressies zouden heviger worden. Zo lagen de feiten. De vraag was of hij zich daarmee wilde verzoenen.

De herinneringen die boven kwamen drijven, lieten zich niet meer zo snel wegdrukken. Ze waren veranderd in gasten die te lang op een feest bleven hangen. Als je de volgende dag met een kater wakker wordt, zitten ze nog steeds in de huiskamer, met de mededeling dat ze voorgoed bij je intrekken.

Notovich had Valdin beroofd van de vrouw van wie hij hield, van zijn carrière en uiteindelijk van zijn leven. Toch had Valdin een soort genoegdoening gekregen, want Notovich zou de laatste momenten van Senna nooit meer uit zijn hoofd krijgen. Hij had haar niet vermoord, maar voelde zich wel schuldig aan haar dood. Leven met zijn nieuwe herinneringen was een zware straf en misschien ook wel de meest rechtvaardige. Vaak had hij heimwee naar het zwarte gat. Daarin zou hij maar al te graag opnieuw willen verdwijnen.

Die avond nam Linda een andere gast mee.

Het was Natasja.

Hij was ongelofelijk blij haar te zien, maar het deed ook pijn. Meer dan hij voor mogelijk hield met de medicijnen.

Ze glimlachte nerveus. Hij vroeg Linda om hen even alleen te laten. Die ging met tegenzin de kamer uit. Natasja kwam op de rand van het bed zitten. Hij wilde iets zeggen, maar ze haalde een brief tevoorschijn.

Hij was van Vivien.

Mikhael,

Deze brief geef ik aan Natasja, omdat ik weet dat ik haar kan vertrouwen. Mocht je in mijn lot geïnteresseerd zijn: het gaat redelijk goed met me. Ik ben langdurig ondervraagd door de politie.

Ik heb ze verteld dat het een ongeluk was en dat Valdin net zo schuldig is aan Senna's dood als jij. Ik weet eerlijk gezegd niet of dat echt zo is, maar dat is nu niet meer belangrijk. We komen toch nooit meer los van onze pijn.

Ik denk dat ze me geloven.

Ik besef nu pas echt hoezeer jullie op elkaar lijken, jij en Valdin. Twee gekken met dezelfde obsessies. Maar voor één van die gekken zal ik altijd een plaats in mijn hart bewaren en voor de andere ben ik nog steeds bang, zelfs nu hij dood is.

Jullie vochten om haar, maar kenden haar geen van beiden. Jullie waren te veel bezig met jezelf om te zien wat ze waard was, wat haar talent was. Ergens in Parijs liggen de schilderijen van mijn lieve, fantastische, tragische zus. Ik zal ze vinden, al kost het me mijn hele leven. Jij denkt misschien dat ik haar niets verschuldigd ben, maar dat is niet zo. Wij hebben alle drie schuld aan haar dood: jij, Valdin en ik. Jij en ik moeten die last voor de rest van ons leven dragen.

Mikhael, het zal me nooit lukken jou te vergeten en ik vrees dat jij me ook nooit met rust zult laten, maar onze liefde was vanaf de eerste seconde een leugen. Ik moet me bevrijden van deze ver-schrikkelijke waan. Als je dit leest, ben ik al ver bij je vandaan.

Het enige wat ik ooit nog van je vraag is dit: zoek me niet. Laat Senna en mij nu met rust.

Je liefste,
Vivien

Er ging een steek door hem heen. Ze had hem de hand boven het hoofd gehouden. Haar verklaring zou hem misschien vrijpleiten.

Heel misschien.

Bij de brief zat een vel papier, vol vlekken en kreukels, met een handgeschreven compositie. Daarboven stond in een handschrift dat hij herkende, met grote krullen en uithalen:

Duivelssonate door Franz Liszt
Opus postuum.

Het stond er zwart op wit. Maar het was zijn eigen handschrift en het waren zijn eigen noten, met schokkerige lijnen, alsof ze in grote haast op het papier waren gekwakt. Het muzikale thema dat hem steeds was ontschoten, kwam voort uit zijn eigen, niet te stoppen fantasie, in een manische periode van veel te hoogdravende, niet te bevatten gedachten en gevoelens. Nu, bekeken vanuit de onvermijdelijke nuchterheid die de medicijnen hem gaven, hadden de noten hun magische glans verloren. De *Duivelssonate* was een fantasie. Liszt had hem nooit ge-schreven.

Hij kon zijn tranen niet bedwingen. 'Natasja... ik heb je zo'n enorme pijn gedaan.'

'Je was jezelf niet. Dat was de ziekte. Dat snap ik nu.'

'Heb je haar gesproken – Vivien?'

Natasja knikte.

'Ze legde uit dat jouw liefde een waanbeeld was. Zij hebben dat be-wust gevoed. Ze hebben echt geprobeerd je gek te maken.'

'Dat is ze ook aardig gelukt.'

'Op een gegeven moment wist Vivien zelf niet meer wat echt was en wat niet. Ze voelt zich net zo schuldig als jij.'

'Maar zij heeft Senna niet de dood in gejaagd.'

'Zo mag je niet praten.'

Hij huilde weer, terwijl Natasja over zijn hoofd aaide. Een kwartier lang wiegde ze troostend met hem mee op het bed. Toen was hij uitgehuild. Hij begreep niet waar hij haar zorg aan had verdiend. Hij vermoedde dat Vivien op haar ingepraat had. Haar stille boodschap voor Notovich was duidelijk: Natasja was het beste medicijn voor hem. Zij was zijn lijn met de werkelijkheid.

Ze zocht hem elke dag op.

Hij praatte nauwelijks over de afgrijselijke beelden die hij steeds weer voor zich zag. Hij hoopte dat ze enigszins zouden slijten, dat de tijd zijn barmhartigheid als een warme, gouden gloed over hem zou laten neerdalen. Ook Natasja praatte er niet over, maar ze wist meer dan ze liet blijken. Ze draaiden er samen behoedzaam omheen, als om een stille, oeroude plek in het bos waar niemand durft te komen, maar die iedereen kent.

Na een week kwam zijn Franse advocaat met het nieuws. De officier van justitie maakte geen haast met een rechtszaak. Het belangrijkste struikelblok was het feit dat niemand onomstotelijk kon aantonen dat het lichaam onder in de liftschacht daadwerkelijk van Senna was geweest. De familie van Senna wilde de zaak laten rusten en ook de publieke opinie leek om te slaan ten gunste van Notovich. Vivien had een Franse journalist haar versie van het verhaal gegeven zonder echt in details te treden. En dat werkte.

Notovich zou niet in voorarrest komen. Als hij zijn medicijnen zou blijven slikken, mocht hij eind van de week naar huis.

Linda was in alle staten. Notovich werd al moe als hij dacht aan de logeerkamer van Linda en de computerspelletjes van Wim. Hij probeerde de gedachte aan zijn toekomst van zich af te zetten.

'Wat maakt het allemaal uit?' zei hij tegen Natasja. 'Ik kan toch nooit meer muziek maken.'

Ze pepte hem op.

'Er zijn genoeg kunstenaars die ondanks hun... ziekte nog schitterende dingen hebben gemaakt,' zei ze. 'Maar als dat niet lukt,' voegde ze er luchtig aan toe, 'dan kun je mij altijd nog helpen, want ik ga ook weer spelen.'

Hij was blij voor Natasja. Hij wilde er ditmaal voor háár zijn, gaf aanwijzingen voor haar studie, wees haar op boeken die ze moest lezen, cd's die ze moest beluisteren. Misschien was het mogelijk om hun liefde om te zetten in vriendschap. Dat was hij aan haar verplicht, na alles wat ze voor hem gedaan had. Natasja was een lot uit de loterij.

De vraag was of hij dat ook voor haar was.

Op een middag kreeg hij bezoek van haar ouders. Of hij hun dochter alsjeblieft met rust wilde laten? Dan zouden ze hem misschien niet laten vervolgen. Want hij – een docent nog wel – had hun jonge dochter niet alleen verleid en het hoofd op hol gebracht met zijn artistieke verhalen, maar hij had haar vervolgens ook de afgrond in gestort. Ze herkenden hun dochter niet meer; ze at niet en er was geen contact met haar te krijgen. En het ergste van alles: ze speelde geen piano meer. En nu hadden ze haar eindelijk zover dat ze terug naar school ging en pianospeelde, en nou kwam Notovich wéér met zijn grote fantasieën.

Hij luisterde zwijgend en aan het eind van het gesprek knikte hij deemoedig. Natuurlijk hadden ze gelijk. Hij zou het contact met Natasja verbreken. Ongetwijfeld zou ze tegenspartelen, maar ze zou snel genoeg begrijpen dat dit het beste voor haar was. Hij zou haar hand vasthouden en haar dan naar huis sturen. En daarmee zou zijn laatste hoop verdwijnen. Zijn hoop op een leven met muziek.

Die avond kwam Natasja langs met rode betraande ogen en een onsamenhangend verhaal. Ze had met haar ouders én met Linda gesproken. Die hadden alle drie dezelfde boodschap, maar zij wilde alleen weten wat Notovich er zelf van dacht.

'Het is misschien beter als...' begon hij, maar hij was zijn tekst kwijt. 'Wat moet je met mij, Natasja? Ik heb je alleen maar ellende bezorgd.'

'Wil je bij Linda en Wim intrekken dan?'

Die lieve, geweldige, fantastische Natasja. De hele avond luisterde hij naar haar. Ze liet hem de mogelijkheden zien van een andere toekomst. Notovich kon masterclasses geven. Haar begeleiden. Voor haar koken. Een boek schrijven over muziek. De hele dag tv-kijken. Langs de grachten fietsen. En wie weet konden ze, als ze hem weer vertrouwde, samen een appartement zoeken. Ze zouden tenminste samen zijn en weer van elkaar houden.

En langzaam begon de hoop grip te krijgen op zijn gedachten. Ze zouden een normaal leven leiden en toch gelukkig zijn. Een normaal leven – hij wist niet eens wat dat was, maar met Natasja kon hij dat wel aan. En misschien had ze gelijk, misschien was wat hij gevoeld had voor Senna en Vivien geen echte liefde geweest.

Maar hij had haar ouders beloofd dat hij met hun dochter zou breken. Niet voor hemzelf, maar om haar te beschermen. Een daad van opoffering.

Hij moest sterk zijn, onverbiddelijk.

Aan de andere kant... wat was een offer waard als iedereen er ongelukkig van werd? En als hij nou echt bewees dat hij een positieve invloed kon zijn in haar leven? Want misschien had zij hem ook nodig. Hij zag dat Natasja was veranderd. Door de ellende van de afgelopen tijd was ze volwassener en wijzer geworden. Hij zag het in haar ogen. Zij droeg nu ook een pijn met zich mee die er eerst niet was geweest.

Natasja pakte een roze iPod uit haar tas en deed de oortjes bij hem in.

'Wat is dat? Wat doe je?'

'Dit heb ik voor je opgenomen,' zei ze. 'Eerlijk zeggen wat je ervan vindt.'

Het was het *Andante* uit de *Sonate voor cello en piano Opus 19* van Rachmaninov, een van zijn lievelingsstukken. Het spel van Natasja was vol teder verdriet. Het had een ingehouden gloed die zich als een warmte in zijn binnenste verspreidde. Hij zag de ogen van Senna weer voor zich toen hij naast haar had gezeten in de ambulance. *Het is niet jouw fout*, leken die te willen zeggen, *het komt allemaal goed.*

Hij liet zijn tranen de vrije loop. Natasja kuste hem en hij liet haar begaan. Hij kon niet geloven dat ze zoveel voor hem overhad. Misschien had Senna gelijk gehad, misschien zou het allemaal goed komen. Ze konden klein beginnen, stapje voor stapje. En dan zouden ze wel zien.

En terwijl Natasja onder de lakens tegen hem aan ging liggen, trok er een tinteling door zijn hele lichaam. Hij besefte nu pas hoe goed ze hem begreep. Niemand had hem ooit zo goed begrepen, behalve *zij* dan. Maar *zij* bestond alleen nog maar in zijn hoofd, terwijl Natasja hier naast hem lag en leefde. Hij kuste haar en besefte voor het eerst hoeveel ze op *haar* leek. Hij kroop dichter tegen haar aan en probeerde geen aandacht te schenken aan zulke onzinnige gedachten.

Dankwoord

Toen ik jaren geleden op een ochtend naar school liep, hoorde ik in de lege straat opeens schitterende pianomuziek klinken. Ik bleef even staan en besefte dat het geen radio was; daar zat iemand te spelen. Ik probeerde een glimp van de pianist op te vangen door de beplanting voor het huis en zag inderdaad iemand aan een vleugel zitten, met de rug naar mij toe. 'Een echte pianist,' dacht ik, 'bij mij om de hoek!'

Het was de concertpianist Jan Beekmans, een legende in Brabant. Hij trad niet meer op, maar gaf wel les. Door een speling van het lot (en de juiste contacten, maar die zijn voor een kind ook een speling van het lot) werd ik zijn enige privéleerling. Bij hem thuis, aan zijn Steinway. Dat was een enorme gunst, want met talent had het weinig te maken. Ik was *muzikaal genoeg* voor zijn lessen, vond hij. Dat wel.

Hij was belangrijk voor me in de jaren dat persoonlijkheid en artistiek temperament zich ontwikkelen. Beekmans was een briljant musicus, wars van uiterlijk vertoon en grootdoenerij. Aan toonladders verdeden we onze tijd niet, want een echte pianist zou ik toch niet worden. Chopin vond hij een geweldige componist, in die tijd een niet erg modieuze mening onder zogenaamde kenners. Veel lesuren werden besteed aan het verzameld werk van Koot & Bie en Freek de Jonge. Daar zaten we uren naar te luisteren, gierend van het lachen. Beekmans was een echte Brabander, met een loepzuiver gevoel voor humor. Maar onder zijn joviale gedrag ging een perfectionist schuil, die zelden nog piano speelde, omdat hij vond dat hij niet meer aan zijn eigen maatstaven voldeed.

Zonder zijn onuitgesproken levenslessen was ik als schrijver waarschijnlijk niet geworden wie ik ben en had ik dit boek over pianisten nooit kunnen schrijven.

In de loop der jaren ging onze relatie geruisloos over in vriendschap. Maar ik ben tot het einde 'u' blijven zeggen. Dat vond ik passend en hij volgens mij ook.

Concertpianisten bleven altijd een magische aantrekkingskracht op me uitoefenen. Bij de voorbereiding van dit boek sprak ik met twee winnaars van het Liszt Concours, het zwaarste en meest unieke pianoconcours ter wereld: Vitaly Pisarenko en Martyn van den Hoek, de eerste – en tot nu toe enige – Nederlandse winnaar. Aan de gesprekken met deze grootheden en mijn ontmoetingen met Quinten Peelen en Sander Louis heb ik zeer veel gehad. Mijn grote dank voor hun enthousiasme en Quintens bereidheid mee te denken over de promotie van dit boek.

Mijn vader, Herman van Galen, was ook bij dit boek weer mijn geduldige klankbord en lette met een genadeloos oog op de stijl. Hij is de meest belezen mens die ik ken en zijn literaire smaak zit nou eenmaal in mijn genen. Ook de feedback van mijn vrouw Ingrid is van onschatbare waarde geweest; een betere lezeres kan ik me niet wensen. Daarnaast bedank ik mijn moeder Betty van Galen voor haar hulp en commentaar. Ik dank ook mijn lieve schatten Yme, Ista en Ghita; ik weet dat ze altijd achter me staan.

Voor mijn research naar manisch-depressieve kunstenaars heb ik het meest gehad aan het werk van Kay Redfield Jamison. Het aantal kunstenaars met deze aandoening is schrikbarend hoog. Wat ik nóg schrikbarender vond, was dat haar verhalen zo herkenbaar waren. Dat heeft misschien te maken met de afwisseling van onzekerheid en euforie waar iedere schrijver tijdens het schrijfproces mee te maken krijgt.

Mijn dank aan Willem Bisseling en Paul Sebes, die me een nieuwe thuishaven hebben ingeloodst. Bij A.W. Bruna ben ik met mijn neus in de boter gevallen. Net als Jan Beekmans zijn de mensen daar wars van arrogantie en grootdoenerij. Het manuscript van *Duivelssonate* werd met groot enthousiasme opgenomen door mijn nieuwe redacteur Juliette van Wersch. Dankzij haar scherpe en verfrissende inzicht heb ik het boek naar een hoger niveau kunnen tillen. Juliette, ik hoop dat dit het begin is van een lange samenwerking. En dat geldt voor iedereen bij Bruna: Steven Maat, Joop Boezeman, Marieke Niezen, Mariska Cock, Lizanne Croonen, Liesbeth Immink, de verkopers en de rest van de club. Als *Duivelssonate* geen succes wordt, ligt het helemaal aan mij.

Alex van Galen

*Blijft u graag op de hoogte van de nieuwste
spannende boeken?*

Kijk dan op

www.awbruna.nl

en geef u op voor de spanningsnieuwsbrief.

Op deze manier krijgt u steeds als eerste alle informatie
over nieuwe boeken en kunt u gebruikmaken van
aantrekkelijke kortingen en andere lezersacties.